A IDEIA DE JUSTIÇA NO PERÍODO CLÁSSICO OU DA METAFÍSICA DO OBJETO: A IGUALDADE

PROF° DR. JOAQUIM CARLOS SALGADO

A IDEIA DE JUSTIÇA NO PERÍODO CLÁSSICO OU DA METAFÍSICA DO OBJETO: A IGUALDADE

Belo Horizonte
2018

Impresso no Brasil | *Printed in Brazil*

EDITORA DEL REY LTDA
www.editoradelrey.com.br

Editor: Arnaldo Oliveira

Editor Adjunto: Ricardo A. Malheiros Fiuza

Editora Assistente: Waneska Diniz

Revisão: RESPONSABILIDADE DO AUTOR

Diagramação: Lucila Pangracio Azevedo

Capa: Alfstudio

Editora / MG

Rua dos Goitacases, 71 – Loja 24A – Centro

Belo Horizonte-MG – CEP 30190-909

Comercial:

Tel.: (31) 3293 8233

vendas@editoradelrey.com.br

Editorial:

editoraassistente@editoradelrey.com.br

S164i Salgado, Joaquim Carlos
A ideia de justiça no período clássico ou da metafísica do objeto: a igualdade. / Joaquim Carlos Salgado. Belo Horizonte: Del Rey, 2018.
288 p.
ISBN: 978-85-384-0505-4
1. Filosofia do Direito. 2. Justiça social. 3. Igualdade social. I. Título.
CDU: 340.114(091)

A Ricardo e Guilherme, meus amados filhos,
por consolidarem em mim, cada vez mais, os valores éticos.

Aos meus colegas da Faculdade de Direito da UFMG,
Docentes, Técnicos-Administrativos e aos Alunos.

"Em setembro...espera-se pela primeira chuva.
O ar se torna impregnado de odor ímpar,
decreta-se prorrogado o contrato da vida."
José Waltenir SALGADO. *Fortuidades*.

SUMÁRIO

QUARTA PARTE

QUINTA PARTE

PREFÁCIO

Do *tratado* da justiça que desenvolvo, já estão publicados três volumes (além de outros escritos), ou seja, *A Ideia de Justiça em Kant* – seu Fundamento na Liberdade e na Igualdade (referente à filosofia do sujeito), em 3ª edição/2012, da Editora Del'Rey; *A Ideia de Justiça em Hegel*, no qual se desenvolve o tema da justiça como realização dos valores igualdade, liberdade e trabalho (referente à Metafísica Especulativa); e o último volume já publicado, *A Ideia de Justiça no Mundo Contemporâneo* – Fundamentação e Aplicação do Direito como *Maximum* Ético, no qual se mostra a efetivação da Ideia de Justiça na forma de direitos fundamentais, como *suma* da totalidade ética do Ocidente. Um outro volume sobre a ideia de justiça no mundo contemporâneo está sendo preparado, completando-se, assim, com este que ora se publica (*A Ideia de Justiça no Período Clássico*), o projeto do *tratado* da justiça como ideia do direito, em cinco volumes.

Neste livro, considera-se o primeiro momento, o Período Clássico ou da Metafísica do Objeto, na qual se pretende realçar a Ideia de Justiça como realização do seu elemento fundamental, a igualdade. De acordo com o método aqui adotado, o Período Clássico abrange todo o tempo histórico em que o conceito de justiça se consolida como realização do valor igualdade, nas três grandes culturas que, em igual peso, formam a civilização ocidental: a cultura grega, a cultura romana e a cultura cristã. A ideia de justiça como realização do valor liberdade, próprio do momento da filosofia do sujeito que se abre com Descartes, continua sendo a exposta em Kant, *A Ideia de Justiça em Kant*, já publicada. Entretanto, o momento de transição para a filosofia do sujeito, ou seja, para o tempo moderno, portanto a partir de Descartes, será exposto também neste livro, por parecer mais adequado, em razão da força representativa de Kant e do caráter transitivo, com relação ao tema, das ideias que se desenvolvem de Santo Tomás a Kant, nas quais o valor continua sendo a igualdade, pois é propriamente em Kant que a liberdade dá definitivamente o conteúdo da ideia de justiça.

Como propedêutica ou uma condensação de todo o *tratado* está sendo preparado um livro de Filosofia do Direito, no qual se pretende discutir o grande tema do seu objeto, *a ideia de justiça*, apresentado em todo o desenvolvimento do *tratado*. Com isso, o projeto de pesquisa se fecha com seis volumes.

A chave a seguir dá uma visão do conjunto do projeto.

Belo Horizonte, 13 de maio de 2016.

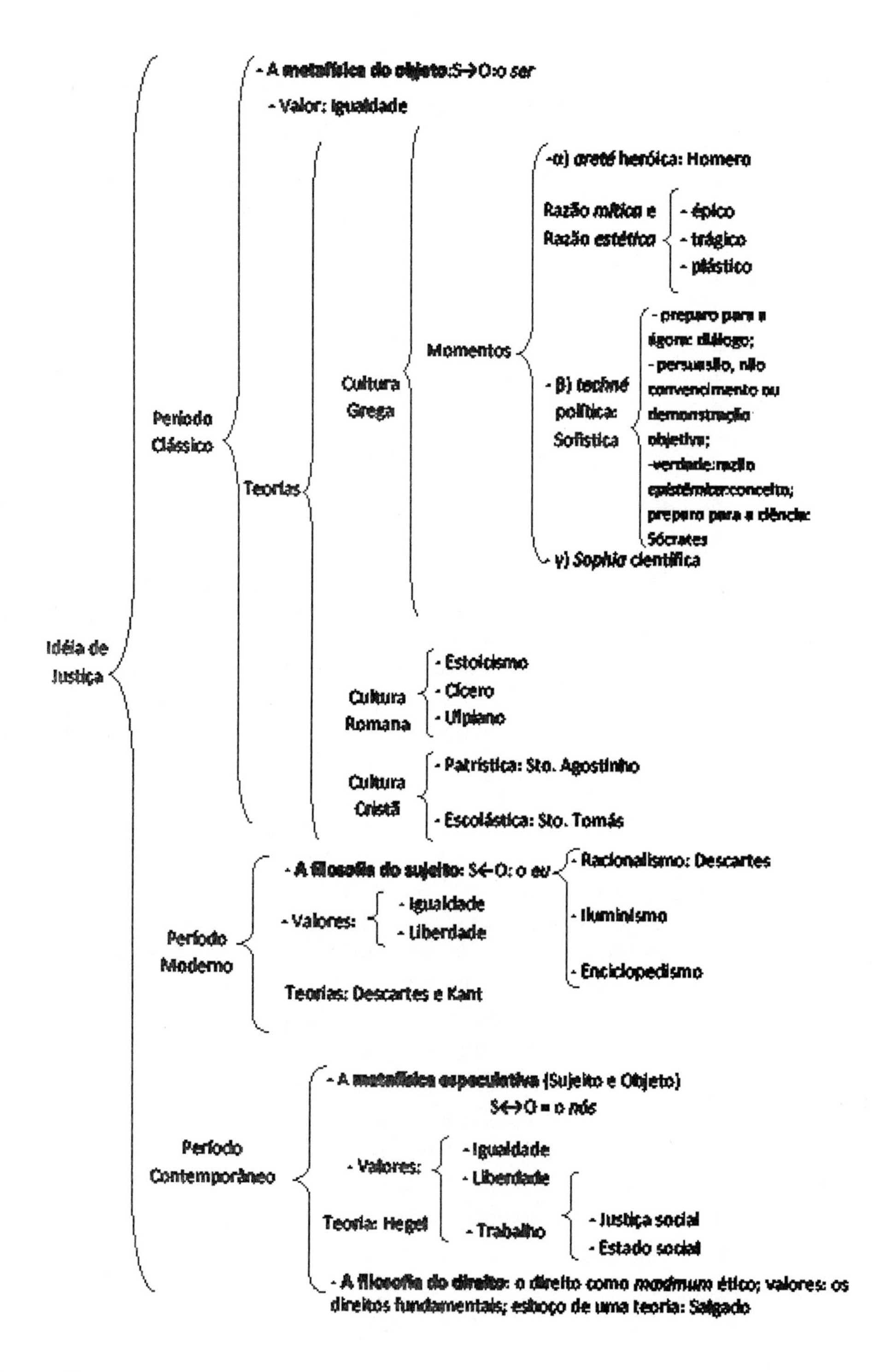
Idéia de Justiça
Período Clássico
- A metafísica do objeto:S→O:o ser
- Valor: Igualdade
Teorias
Cultura Grega
Momentos
-α) areté heróica: Homero
Razão mítica e Razão estética
- épico
- trágico
- plástico
- β) techné política: Sofística
- preparo para a ágora: diálogo;
- persuasão, não convencimento ou demonstração objetiva;
-verdade:razão epistêmica:conceito; preparo para a ciência: Sócrates
- γ) Sophia científica
Cultura Romana
- Estoicismo
- Cícero
- Ulpiano
Cultura Cristã
- Patrística: Sto. Agostinho
- Escolástica: Sto. Tomás
Período Moderno
- A filosofia do sujeito: S←O: o eu
- Racionalismo: Descartes
- Iluminismo
- Enciclopedismo
- Valores:
- Igualdade
- Liberdade
Teorias: Descartes e Kant
Período Contemporâneo
- A metafísica especulativa (Sujeito e Objeto)
S↔O = o nós
- Valores:
- Igualdade
- Liberdade
- Trabalho
- Justiça social
- Estado social
Teoria: Hegel
- A filosofia do direito: o direito como maximum ético; valores: os direitos fundamentais; esboço de uma teoria: Salgado

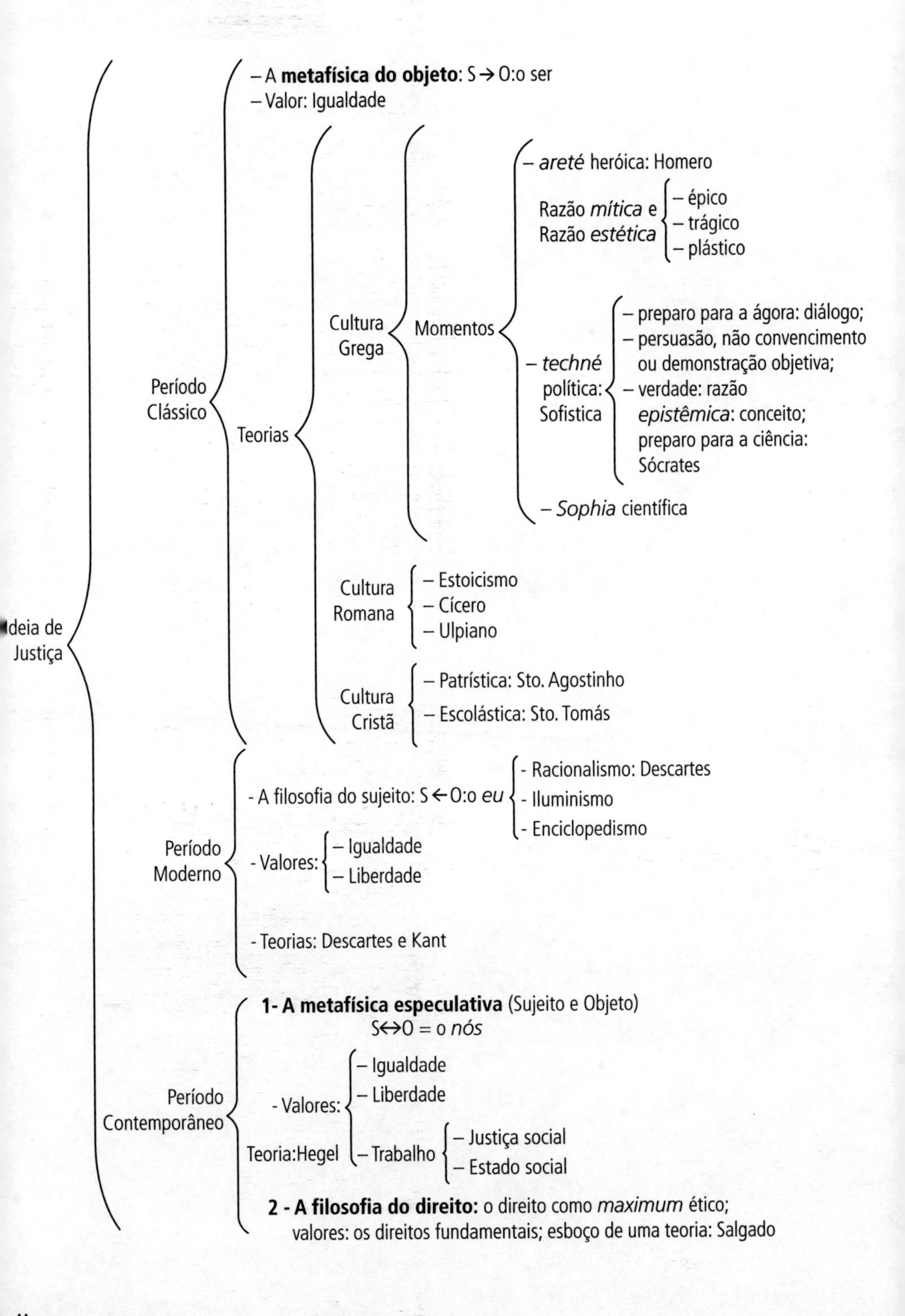
Ideia de Justiça
Período Clássico
– A **metafísica do objeto**: S → O:o ser
– Valor: Igualdade
Teorias
Cultura Grega
Momentos
– *areté* heróica: Homero
Razão *mítica* e Razão *estética*
– épico
– trágico
– plástico
– *techné* política: Sofistica
– preparo para a ágora: diálogo;
– persuasão, não convencimento ou demonstração objetiva;
– verdade: razão *epistêmica*: conceito; preparo para a ciência: Sócrates
– *Sophia* científica
Cultura Romana
– Estoicismo
– Cícero
– Ulpiano
Cultura Cristã
– Patrística: Sto. Agostinho
– Escolástica: Sto. Tomás
Período Moderno
- A filosofia do sujeito: S ← O:o *eu*
- Racionalismo: Descartes
- Iluminismo
- Enciclopedismo
- Valores:
– Igualdade
– Liberdade
- Teorias: Descartes e Kant
Período Contemporâneo
1- A metafísica especulativa (Sujeito e Objeto)
S↔O = o *nós*
- Valores:
– Igualdade
– Liberdade
– Trabalho
– Justiça social
– Estado social
Teoria:Hegel
2 - A filosofia do direito: o direito como *maximum* ético;
valores: os direitos fundamentais; esboço de uma teoria: Salgado

INTRODUÇÃO

1.1 O *PRIUS* LÓGICO DO DIREITO

Em vez de perguntar se apenas o modelo teológico influenciou o político, quem sabe não seria mais próprio perguntar se o modelo teológico seguiu o modelo político?[1]

Se a interpretação de Espinoza sobre a natureza política do Estado de Israel[2] tem fundamento, isto é, que Deus escolheu um povo para ser seu Soberano, portanto como seu Rei enquanto considerado esse povo pura e simplesmente como Estado, não há como perder de vista a formação teológica do cristianismo a partir do modelo do Estado romano, nas três fases de sua evolução, principalmente na do Império, em que é nítida a organização tripartite do poder: a *potestas* do *Populus* (*Institutas* I, 2, 4), a *auctoritas* do *Senatus* e o *imperium* do *Princeps* ou *Imperator*, no qual se realiza a unidade do Estado.

E mais: deixando ao lado o monarca absoluto, em todos os sentidos, o Deus do Velho Testamento, figuração da eternização do Estado, porque não desaparece como os monarcas terrestres, que lhe são apenas semelhantes e seus sacerdotes, o que prevalece é uma necessidade absolutamente primeira, a do convívio social ordenado e não determinado instintivamente, por força de se tratar de seres racionais, portanto dotados de liberdade e que, por isso mesmo, criam seus próprios comportamentos, bem como o habitat desses comportamentos. A questão fundamental se desloca para o jurídico. Em primeiro lugar, os seres humanos estão juntos no mundo, o que não é uma questão ou problema para os demais seres vivos, pois estão no mundo já determinados ao convívio social ou com esse convívio imanentemente

---

1 A respeito do modelo teológico, deve ser lido o livro clássico de Carl Schmitt, *Politsche Theologie* (1922), já traduzido para o português: SCHMITT, Carl, *Teologia Política*. Trad, de Elizete Antoniuk. Belo Horizonte: Editora Del'Rey, 2006.

2 Ver ESPINOZA, Baruch. *Tratado Teológico-Político*. Trad. de Diogo Pires Aurélio. São Paulo: Martins Fontes, 2003, p. 54 e segs, *passim*.

determinados. O convívio humano exige algo transcendente no homem com relação ao mundo biológico em geral, mas que especificamente nele é imanente: a liberdade. Em razão disso, despostismo e repúbllica, totalitarismo e democracia, enfim o Estado como tal não está antes do direito ou não determina o direito em si, mas apenas o conteúdo do direito. Seja a Constituição de Weimar, seja o Decreto de 28 de fevereiro para a proteção do povo e do Estado, baixado por Hitler quando assumiu o poder[3], suspendendo os direitos individuais, bem como quaisquer outros atos pressupõem uma estrutura normativa jurídica *a priori*. O direito é, desse modo, uma condição *a priori* da vida social, ou seja, há uma estrutura racional, *a priori*, que condiciona a vida social humana.

É uma visão de superfície e estreita dizer que o homem, enquanto homem, portanto racional, precisa primeiramente viver, estabelecer as suas condições materiais de vida, as quais seriam determinantes de tudo o mais. Isso é uma tarefa biológica de todo animal. O homem, porém, não pode despir-se da sua natureza de racional, para, primeiro atuar apenas como animal e depois como racional. Seria uma visão não dialética de sua realidade. Para sobreviver o homem age, desde o início, como ser racional que é, portanto como livre, com capacidade criativa ou produtor de cultura.

Não há essa de primeiro vem a práxis, o trabalho, depois o pensar. Pensamento e ação estão juntos desde o início, desde quando um determinado ser aparece como homem. O trabalho é exatamente o conceito de unidade do pensamento e da ação, pois não há trabalho sem um projeto a dirigir a ação do trabalho, mesmo que esse trabalho seja o mais incipiente, o mais rústico, que aparentemente se manifeste em meros tenteios, porque é um ser racional que o realiza e que não pode dispensar a sua condição de racional nesse tipo de ação, o traballho. Desde o início, o trabalho é já, em si, pensamento e ação. Se o trabalho é humano, nele está o pensar pelo simples fato de ser trabalho de ser que pensa. Lembrando Kant, a ação sem pensar é cega (então não é humana), o pensar sem ação é abstração que fica no vazio, se não tiver nenhuma possibilidade de influenciar na realidade. Não existe na história uma época em que o homem só interpreta o mundo e outra em que só transforma esse mundo. O que só "transforma" é o castor, mas como não pensa, não transforma, porque sem o projeto, o pensar, não há transformação progressiva, portanto não há transformação propriamente dita. O mundo contemporâneo vive numa civilização que soube unir dialeticamente pensamento e ação, interpretação e transformação.

---

[3] Cfr. AGAMBEN, Giorgio. *Estado de Exceção como Paradigma de Governo*. Trad. de Iraci D. Polaeati. São Paulo: Editorial Bomtempo, 2004, p.12.

Coube ao romano fazer essa síntese, da cultura grega e da sua civilização, da teoria e da prática, da interpretação filosófica com a práxis, no direito, na política, na ética etc. Esta civilização greco-romana em que se vive hoje, de caráter progressivo, de transformação progressiva, só foi possível com a unidade do teórico e do prático, da interpretação e da transformação, que são momentos dialéticos da realidade humana. Não há transformação sem interpretação, nem interpretação sem transformação, pelo menos no que se refere à civilização ocidental. Separar um momento do outro é abstração inconsistente, isto é, sem suporte na realidade ocidental. Trata-se sempre de interpretar e transformar o mundo, bem como de transformar e interpretar esse mesmo mundo. E o filósofo que melhor representou essa unidade de pensar e ação, de interpretação e transformação, pondo a serviço da civilização romana a cultura filosófica grega, unindo-as, foi Cícero.

A filosofia não tem de ficar aparvalhada com as novas aberturas das ciências naturais, que estariam pondo em cheque a existência da liberdade. Trata-se de uma certa concepção errada da liberdade. O habitat da liberdade é a cultura, não a natureza. É a razão a criadora da cultura e é a mesma razão a sede da liberdade. Ainda que a cultura fosse produzida pela natureza, uma vez produzida, a cultura constitui um momento autônomo da realidade como um todo. Ela é a verdade da natureza. Uma vez produzida, a cultura tem seu próprio movimento, dentro de suas próprias leis. Um exemplo por analogia esclarece. A Ciência da Lógica tem seu estatuto científico independente. Ainda que o conceito seja o resultado de um processo psicológico, uma vez posto esse resultado, ele assume independência com relação ao processo que o produziu e passa a ser objeto de outra ciência, diversa das ciências que estudaram o processo que o produziu: a Lógica.[4] Ainda que a razão possa ter sido posta por um processo natural, ela assume a liderança na construção do seu próprio mundo, a cultura, e se mostra nesse mundo como livre; no dizer de Hegel, em sua casa (*zu Hause*).

Esse elemento transcendente, a liberdade, exige uma condição *a priori*, que não é dada pela natureza biológica em geral, nem por qualquer outra coisa que o homem tenha de especificamente natural. Essa condição *a priori* de existência de seres livres em convívio social é a ordem normativa do direito, é um dever ser que comanda o seu processo de formação e, ao mesmo tempo, estabelece as condições formais de sua existência como ser racional socialmente situado, vale dizer, sob as condições de uma ordem normativa jurídica. É de notar que o Estado transcendente do Velho Testamento não

---

[4] V. MARITAIN, Jacques. *Elementos de Filosofia II* — A Ordem dos Conceitos. Lógica Menor. Trad. de Ilza das Neves, revista por Adriano Cury. Rio de Janeiro: 1986, p. 21-22. O Autor faz uma precisa distinção entre o ato do espírito e a obra do espírito ou, pode-se dizer, o resultado daquele ato.

atuava através de um fazer ou uma poiésis pura e simplesmente, mas eticamente por meio de nomos, leis. O decálogo deve ser interpretado como uma exigência *a priori* da ordem social israelense, principalmente porque posto por um Estado ou poder transcendente, o Deus do povo de Israel. Do mesmo modo, já então imanentizado o Estado, em Roma, o direito aparece como um *a priori* transcendental e, como *a priori*, condiciona a articulação da ação do Estado e da sociedade como um todo, o ordenamento das condutas e a estruturação dos órgãos e funções ou competências nomotéticas, a exemplo do *ius privatum*, que tem como centro de referência o *pater familias* na *domus*, e do *ius publicum*, cuja referência era o *rex*, depois o *consul* no *senatus* (na República) e o *Imperator* no Império, que dá a forma definitiva do Estado ocidental. Em Roma parece clara essa transcendentalidade do direito (diferente da transcendência política do oriente), que programa a sociedade e sua vida.

Não fosse uma alteração semântica de *oikonomia*, que passou a significar o resultado do fazer, dando preponderância ao produto das atividades poieticamente desenvovidas, ter-se-ia entendido também a sociedade grega como afirmadora ou reveladora dessa transcendentalidade do direito a reger o político, o social, o econômico, a teologia afinal. É que *oikia-nomos* são as leis ou normas que regem a gerência da produção, circulação e consumo da oikia. Isso é feito por um conjunto de normas disciplinadoras das relações dos indivíduos entre si e não entre os indivíduos e o bem a ser produzido, poieticamente. O nomos da *oikonomia* é ético, é direito privado.[5] Como se vê, tanto na estrutura da sociedade oriental, como na grega e, decisiva e claramente na romana, o direito ocupa um lugar primeiro a determinar tudo o que se refere ao homem nas demais atividades, econômica, política, e mesmo religiosa.

No oriente, ou em Israel, o Deus, como Estado ou soberano transcendente, comunicava-se ou mostrava-se na forma do direito posto, o decálogo; na Grécia, na disciplina da produção da *oikia,* pelo *nomos* ou normas de relacionamento pessoal; em Roma, pelo direito privado na *domus* e na *civitas* e pelo direito público na *civitas*, entendida nesse conceito a *respublica* e, dando unidade definitiva ao Estado, o Império.

Enfim, só é possível produzir, fazer circular e consumir riquezas, só é possível crer, governar, portanto só é possível a economia, a política, a religião se se concebe como logicamente primeiro o direito, a estabelecer

---

[5] É o entendimento de Arristóteles, segundo Agamben . Cfr. AGAMBEN, Giorgio. Stato di Eccezione. Entrevista.Trad.Silvino José Assman. *In*: *Interthesis-Revista Interdisciplinar.* Florianópolis, v.2, n.2, jul/dez.,2005, 11pp,, p. 5.(Original.Entrevistador:Gianluca Sacco.Rivista online, Scuola superiore dell'economia e delle finanze, anno1, n.67,Giugno-Luglio,2004,7pp.). Na entrevista o autor esclarece a sua concepção de teologia política e sua origem histórica no Cristianismo medieval.

as condições de toda ação do indivíduo nas relações sociais, que também, quaisquer que sejam, têm, como condição *a priori* de sua realização, o direito. E essa condição *a priori* necessariamente é posta pela razão pura prática. Procede independentemente de qualquer experiência. Não há conflito entre uma noção de razão pura prática e uma razão historicamente considerada. Kant faz um corte antropológico para revelar a estrutura do espírito do homem e nela as condições subjetivas do processo de conhecimento tal como ele se mostra nas ciências do seu tempo. Isso só pôde ser feito quando esse conhecimento surgiu. Nada impede considerar que o homem já tinha a mesma estrutura, considerada *em si,* no início da história, do mesmo modo que já era também, *em si*, livre.

O governante, ou a divindade são o ponto simbólico de unidade da sociedade, mas a unidade estrutural da sociedade é dada pelo seu direito, quer como ordem normativa, quer como faculdade a condicionar reciprocamente as ações nessa sociedade. Uma teologia política teria sentido apenas no caso de estado de exceção. Nesse caso, aparece, muitas vezes, como em momentos revolucionários, o lado poiético de sua ação, uma estratégia pela qual as regras de ação disciplinam o objetivo a ser alcançado, que é exatamente a normalidade, tomada em toda a sua riqueza semântica: como regra (geral), e não como exceção, e como conjunto de normas ordenadoras da sociedade, e não como controle pela força. Mesmo aí, o exercício da soberania é ético, pois se destina a preservar a ordem normativa.

Pode-se dizer que os autores que privilegiam o social, o econômico, o teológico, o político etc., consideram apenas os efeitos empíricos da sociedade já existente, não as condições dessa existência, na qual esses fenômenos são possíveis e se produzem: o direito.

Eis aí o prius lógico do direito, posto racionalmente como condição *a priori* de uma sociedade específica, a humana. Vale dizer: uma sociedade de seres livres, de indivíduos livres ou pessoas, – por isso, diferentes entre si e, portanto, conflitivos nas suas relações –, só é possível sob a condição *a priori* de se ordenarem sob normas.

Então, pode-se afirmar que o direito tem racionalidade imanente como fenômeno empiricamente dado no espaço e no tempo, como normas positivas. Por isso, pode ser captado como ideia, que é o plano de racionalidade, objeto da Filosofia do Direito.

Entretanto, o direito é objeto de estudo também da Ciência do Direito. Nesse caso, a racionalidade que apresenta é formal, portanto, de uma lógica instrumental, que procura a coerência no contexto de uma ordem de conceitos destinados a representar a universalidade de certo instituto.

Do direito, analogicamente ao que diz Hegel do real e do racional, pode-se dizer: o que é lógico é jurídico e o que é jurídico é lógico. É lógico, significando conceito lógico-formal, objeto da Ciência do Direito, se se quiser usar a terminologia kantiana (também aceita por Hegel), sob o ponto de vista do *entendimento*, que divide, seleciona e busca as conexões formais e conceitos universais abstratos, separa o justo do injusto, embora a ambos estude e regule; e o jurídico é lógico com o significado de racional, enquanto ideia, objeto da Filosofia do Direito, portanto, do ponto de vista da *razão*, que dá unidade ao igual e ao diferente, assumindo as contradições do direito real, do justo e do injusto, em busca da universalidade concreta. Pode-se dizer que o direito ou norma jurídica é estudado sob dois pontos de vista, da sua função e da sua finalidade. No primeiro caso, está-se preocupado com a vigência ou validade formal e com a positividade da norma jurídica, nas suas conexões, institutos e conceitos lógico-formais, com vistas a sua função de garantir a paz social na medida em que a norma é instrumento de prevenção e de solução dos conflitos de interesses. Do ponto de vista da sua finalidade, o que se busca é a ideia do direito, ou seja, a justiça. É fácil perceber que o direito não se contenta com só prevenir e solucionar os conflitos de intesse, mas quer prevenir e resolver esses conflitos de modo justo. A função é de natureza instrumental, poiética, como na relação de causalidade; a finalidade é de natureza ética, posta por uma vontade livre, segundo uma perspectiva axiológica.

Se o direito é posto racionalmente como condição *a priori* da sociedade humana, portanto numa perspectiva formal, é necessário supor a sua racionalidade imanente e mostrá-la no processo histórico do seu desenvolvimento. É preciso encontrá-lo como ideia.

Cabe notar que não é a natureza conflitiva do homem um *a priori* a reger sua existência. Essa natureza conflitiva dá-se na sua experiência. Entretanto, esse ser conflitivo, na medida em que tem de viver em sociedade – se não é social sua natureza conflitiva não se manifesta – pressupõe condições *a priori* de dever ser para a conciliação dos conflitos, e pressupõe a ordem normativa do direito, que, como momento, se processa com os conteúdos da vida social.

1.2 A justiça como ideia

O que é justiça? Todos sabem ou intuem ou percebem, quando uma conduta ou ação é justa ou injusta. Pelo menos, todos opinam. *Aequitas enim lucet ipsa per se, dubitatio cogitationem significat injuriae*[6], isto é, a justiça

[6] CÍCERO, Marcus Tullius. *De Officiis*, *Liber primus*, IX. Trad. Charles Appuhn. Paris: Librairie Garnier Frères, Ed. Bilingue, latim/francês, s/d, p.192.

luz imediatamente, não se tem dúvida da justiça de um ato, e quando se duvida é porque é injusto, pondera Cícero. Como, porém, conceituar a justiça, de modo a sair da subjetividade da mera opinião e ingressar na objetividade de um conceito, no plano teorético, portanto com valor de universalidade?

O conceito analítico de justiça separa a positividade do direito, dos valores que compõem a sua validade intrínseca. Certo, direito e justiça são a mesma coisa; não é errado tomar o direito positivo como critério de decisão justa, pois a objetividade do direito, nesse caso, empresta à decisão universalidade no âmbito de sua vigência. É, contudo, uma débil universalidade, pois mudando-se a ordem jurídica, muda-se o critério. De qualquer forma, realiza formalmente a justiça, se todos tiverem tratamento igual perante a norma de direito positivo. Portanto não é do conceito analítico da ciência dogmática do direito que se terá a compreensão do que seja a justiça, segundo um princípio de universalidade concreta, e não apenas abstrata e analítica, porque se trata de tomar essa realidade no seu todo e não fragmentá-la, reduzindo o direito a um dos seus elementos, a positividade.

A compreensão da justiça assume um outro estatuto epistemológico, desloca-se para a Filosofia do Direito. Ora, na Filosofia do Direito, essa compreensão dá-se, não como conceito analítico, abstrato, mas como ideia, portanto numa concepção dialética. A ciência dogmática do direito busca o conceito, analítico e abstrato; a Filosofia do Direito, a ideia, dialética e concreta. É claro que a ntureza dialética da reflezão filosófica implica, aqui, numa dimentsão histórica. O comando metodológico, porém, não é da História, mas da Filosofia do Direito, porque o objeto do trabalho é a ideia de justiça e não o transcorrer empírico do direito positivo. Assim, o fato histórico tem de ser revelado no seu sentido que não tem de ser exatamente o sentido subjetivo que o seu autor intencionou,[7] mas o sentido objetivo captado segundo o aspecto observado por quem o considera, portanto, segundo o sentido dado na perspectiva observada. Desse modo, mesmo a "passagem do Espírito Subjetivo para o Espírito Objetivo na filosofia de Hegel está sujeita à busca de um sentido, a uma hermenêutica",[8] segundo essa visão. Para usar uma velha figura, é como se o observador contornasse uma casa e fosse mudando a perspectiva, na medida em que outros aspectos da casa fossem observados, até encontrar a visão de totalidade do objeto e, daí, construir o seu interior.

Ideia é um conceito dialético, o qual se define nos momentos: oposição, movimento e totalidade. Um conceito dialético toma a realidade na sua

---

[7] V. STREK, Lênio Luis. *Verdade e consenso*. Rio de Janeiro: Lumen Juris. 2009

[8] SALGADO, Ricardo Henrique Carvalho. *A Revolução em Hegel*. Exposição nos Seminários Hegelianos, do Programa de Pós-Graduação da Faculdade de Direito da Universidade Federal de Minas Gerais. Primeiro Semestre, agosto de 2011.

totalidade em movimento, vale dizer, no seu completo processo genético, que assume um vetor dinâmico ou que se movimenta nas suas identidades e diferenças, portanto nas oposições, em que estão presentes, em unidade, o positivo e o negativo; no caso do direito, o justo e o injusto, como preconizou o romano[9].

A rigor, a definição romana de Ciência do Direito não induz por si mesma uma concepção dialética, vez que para o jurista romano se trata da Ciência do Direito, que procede analiticamente, e não de Filosofia do Direito, como ocorre em Heráclito. No texto de Heráclito, vê-se que o filósofo formulou a oposição entre justiça e injustiça também como momentos da realidade. Ainda na concepção de Heráclio, como na de Parmênides, o conceito de justiça era equivalente ao de verdade. A concepção de Heráclito era de natureza filosófica; por isso a oposição a que ele se refere entre justiça e injustiça é dialética.

Quando, porém, o romano define a Ciência do Direito como a Ciência do justo e do injusto (*iusti atque iniusti scientia)*, não está expressando uma reflexão filosófica, cuja finalidade é a elaboração de uma verdade sobre o real enquanto tal, ontológica, portanto de natureza dialética, mas definindo a Ciência do Direito, que procede analiticamente. Não está preocupado em dizer o que é o real em si mesmo, mas em dizer como a *Jurisprudentia* (Ciência do Direito) procede no trato dos fatos humanos ao estabelecer os conceitos ou os institutos necessários para compreender e regular a conduta humana. Para o jurisconsulto, a Juriprudentia lida tanto com o que é justo como com o que é injusto, ordenando ou permitindo aquela conduta e proibindo esta outra. Não se trata de buscar a compreensão da realidade jurídica dialeticamente, mas de tratá-la analiticamente, separando uma conduta da outra, conceituando-as e regulando-as. É certo que o Direito não pode conhecer o justo sem contrapô-lo ao injusto. Ao por o justo, segue-se o injusto que se lhe opõe, e vice-versa. Entretanto, esses conceitos não se posicionam dialeticamente a exigirem a passagem para um terceiro momento, porém, como conceitos correlatos que poderiam ser também interpretados como polaridade na forma preconizada por Miguel Reale. Não, contudo, sem uma dialética de concepção hegeliana. Como ciência, e não como filosofia, o conhecimento do direito é sempre analítico, sem a superação das oposições.

Mas o que é isso, ideia do direito como algo concreto e objeto da Filosofia do Direito? É o próprio direito positivo tomado na sua efetividade, portanto na sua processualidade no tempo histórico da cultura. O que, porém,

---

9 ULPIANO, Domicio. *D.*, 1, 1, 10, 2. Ver SALGADO, Joaquim Carlos. *A Ideia de Justiça no Mundo Contemporâneo.* Belo Horizonte: Del Rey, 2006, p. 11 e 12.

pode ser encontrado como constante no tempo histórico do direito, na cultura do Ocidente, a cultura que exigiu um tratamento epistêmico desse fenômeno social? A sua racionalidade intrínseca ou imanente. A justiça como ideia é, então, a racionalidade imanente ao processo histórico de formação do direito no tempo histórico da cultura ocidental, isto é, que o direito se mostra cada vez mais racional na história do Ocidente, desde a cultura grega, pela cultura e civilização romana, até a declaração de direitos no Estado de direito do mundo contemporâneo. Não apenas uma racionalidade instrumental, mas axiológica, em que o valor, próprio à razão, é a liberdade, pois fora da razão é o mundo dos determinismos naturais. É nesse ponto que se realiza a verdade do direito, que é a sua ideia, pois "a ideia é o verdadeiro em si e para si, a absoluta unidade do conceito e da objetividade"[10], tal como ocorre no Estado de direito pós-revolucionário em que a realidade ou objetividade do Estado coincide com o seu conceito, ou seja, o saber da liberdade se torna objetividade ou efetividade nesse Estado.

Ao dizer racionalidade ou inteligibilidade do real quer isso significar que o sensível é assumido no inteligível, ou que o direito positivo, no seu percurso histórico ocidental, não é uma rapsódia, uma aventura desgovernada de tenteios, mas observa um vetor de racionalidade, tal como se pode contemplá-lo no final da sua faina, o Estado Democrático de Direito, em que a liberdade se revela como saber e como agir. Eis o que na sociedade democrática de direitos constitui o núcleo da ideia de justiça. A disciplina que estuda a ideia de justiça, como seu objeto, é a Filosofia do Direito.

A Filosofia do Direito é uma reflexão sobre a realidade, porém sobre a realidade mediatizada pela ciência *stricto sensu*; por isso é um saber reflexivo, com o objetivo de revelar a inteligibilidade radical dessa realidade. A reflexão filosófica aqui referida não deve ser confundida com a filosofia da reflexão a que alude Hegel, que é uma filosofia do entendimento e não da razão. A filosofia da reflexão, como em Kant e em Fichte segundo Hegel, permanece na cisão dos termos opostos, pela afirmação da identidade recolhida num dos termos, a excluir qualquer relação com o outro, fixando-os nas suas posições, de modo a ser negada a diferença abstratamente, portanto eliminando-a, excluindo-a. A filosofia da reflexão é uma filosofia do entendimento, segundo Hegel. Na esfera da razão, a reflexão dialética é movimento que faz um termo "diante de" negar o outro, mas como mediação para si, tal como mostra Hegel na *Ciência da Lógica,* interpretado por

---

[10] "Die Idee ist das Wahre an und für sich, die absolute Einheit des Begriffs und der Objektivität." HEGEL, G. W. F. *Enziklopädie der philosophischen Wissenschaften*, § 213. Cfr. BAUM, Manfred. Wahrheit bei Kant und Hegel. In: *Kant oder Hegel? – Über Formen und Begründung in der Philosophie.* Hrsg von Dieter Henrich. Stuttgart: 1983, S.248.

Jarczyk: "um movimento que é transição reflexiva de um termo no outro"[11], isto é, negação incessante de um termo ao outro, de modo que um se torna mediação para o outro em busca da unidade dialética, que é a verdade dialética. A reflezão é negação absoluta, isto é, interna; o oposto não nega para ir em frente e abandonar o negado, mas refletidamente, nega para, como diferente, voltar ao idêntico e, com isso — no movimento de reflexão, que é divisão, mas ao mesmo tempo, mediação para a volta — encontrar a verdade do processo, ou seja, a totalidade ou unidade. Essa reflexão é um momento necessário e não contingente como na reflexão abstrata da separação dos termos opostos. É necessária porque é interior ao real. A separação abstrata entre o idêntico e o diferente é inessencial. Por exemplo, a existente entre o fenômeno e a essência ou a coisa em si. É preciso encontrar a negação que está no interior, na essência da realidade. Esta é que é plenamente reflexiva, portanto absoluta, pois volta para o negado e forma o movimento do real, cuja unidade ou totalidade é a verdade. A reflexividade da filosofia está em que a razão é seu único foro. Nela o inteligível assume o sensível na sua racionalidade, negando a sua exterioridade. Essa inteligibilidade, na medida em que se mostra como um processo no tempo histórico, é o que se pode denominar racionalidade do real, vale dizer, ideia. Como essa realidade é o direito positivo, mediatizado pela ciência do direito, a sua racionalidade é a ideia do direito ou ideia de justiça.

A ideia do direito é, pois, a racionalidade imanente ao direito positivo, que se revela processualmente no tempo histórico da cultura ocidental e que denominamos justiça.[12] A ideia de justiça quer significar que o direito positivo, posto por um ato de vontade da autoridade, não é uma arrogância da vontade ou um desvario do arbítrio, mas tem sentido ou um vetor racional historicamente articulado e revelado. Colher o real como existência, portanto como o situado no tempo e no espaço, e o *logos*, o racional como essência, portanto o exigido como o necessário é o que se pode denominar ideia, único modo de compreender a história, que só o homem produz ou constrói, portanto o direito (justiça) como fenômeno histórico-cultural.

A ideia de justiça mostra-se como um momento de penetração do *logos* na sociedade política, cujo ato de vontade põe o direito, segundo um modelo de racionalidade que o tempo histórico revela; dá a sua justificação ou

---

[11] "...un mouvement, qui est transition réflexive d'un terme à l'autre." JARCZYK, G. *Système et liberté dans la logique de Hegel*. Paris: Aubier-Montaigne, 1980, p.9.

[12] Embora em perspectiva diversa, Reale chama a atenção para o fato de o estudo da justiça não poder ser feito sem observância do processo histórico a que essa ideia está sujeita, sem deixar de considerar a sua inserção no conceito de "invariante axiológica" referente à pessoa humana. (REALE, Miguel. *Teoria Tridimensional do Direito, Teoria da Justiça, Fontes e Modelos do Direito*. Lisboa: Imprensa Nacional- Casa da Moeda, 2003, p.194-196 e 206.

legitimação. Deve, portanto, ser retomada nos seus momentos históricos decisivos. Esses momentos que se articulam lógica e historicamente na criação de valores realizam três desses valores como fundamentais, e que dão cumulativamente conteúdo à justiça como ideia. São os valores da igualdade, da liberdade e do trabalho, que tornam possível uma realidade do direito e do Estado cada vez mais racional a culminar na declaração de direitos das constituições dos Estados democráticos de direito a constituírem o *maximum* ético da civilização ocidental.

A ideia de justiça é o momento de unidade da ordenação do direito e da organização do Estado, na forma do Estado de Direito, portanto de um Estado ético a superar o Estado do momento meramente poiético, ou seja, do Estado que cuida, como se fosse sua finalidade, do aspecto do fazer com o objetivo de disciplinar a economia dirigida à produção, por isso situado no sistema das necessidades ou carências da sociedade civil, cujas relações entre os indivíduos se dão como relações econômicas de satisfação das necessidades, que vão se criando ao infinito, mas que exigem a passagem para o momento ético do Estado, isto é, de realização da liberdade, segundo o conceito de um *maximum* ético, na forma da declaração e realização dos direitos fundamentais.

Eis como a razão se impôs historicamente, no Ocidente, como medida do direito.

A ideia de igualdade como elemento definidor da justiça aparece, desde a Grécia clássica, mas como um elemento puramente formal e que, por isso mesmo, sobreviveu às mais diferentes estruturas sociais, a todas indistintamente aplicada. É necessário, porém, que esse valor integre a justiça, entendida não como *elemento* abstrato, mas como *momento* da própria realidade do direito, portanto o direito existente no tempo e no espaço, captado na sua inteligibilidade ou racionalidade.

Para o propósito deste trabalho será bastante relembrar, em essência, o que se pensou sobre a justiça como igualdade nos textos mais importantes até Kant. Aqui estão selecionadas algumas perspectivas marcantes no tratamento da justiça como igualdade, tais como a de Sócrates e Platão, a de Aristóteles, a estoica, fundamentalmente a romana, e a cristã, traduzida esta última, após a queda de Roma, no pensamento de Santo Agostinho e Santo Tomás, e outras que se interpuseram até Kant.

Trata-se, portanto, de uma indução histórica da ideia de justiça com o objetivo de mostrar como essa ideia se desenvolve através das teorias sobre ela formuladas, portanto de expor a ideia de justiça tal como o Ocidente a desenvolveu nos seus três momentos mais representativos: a ideia de justiça no período clássico, na esfera da Metafísica do Objeto, em que a igualdade se revela como valor central; a ideia de justiça no período moderno, na esfera da Filosofia do Sujeito, aberta por Descartes, em que os valores que a informam são a igualdade e a liberdade, que encontra seu mais alto momento na filosofia transcendental de Kant; a ideia de justiça no mundo contemporâneo, cuja expressão filosófica maior é Hegel, na Metafísica Especulativa, que propõe a superação dialética da divisão sujeito-objeto e realça o valor trabalho, com o qual se assume o da igualdade e da liberdade. A partir daí, assiste-se à canonização desses valores essenciais da cultura na forma dos direitos fundamentais: num primeiro momento, a consciência (saber) de que esses valores são direitos de todos os seres humanos (o momento do universal abstrato); depois, como declaração política (vontade), pela qual esses valores são positivados ou postos como direitos, empiricamente, na constituição (o momento da particularidade); e finalmente como efetivação desses direitos na forma de fruição de direitos subjetivos universais (o momento do universal concreto), que têm como origem toda a sociedade e como destinatários todos os indivíduos dessa sociedade, encontrando-se, aí, a unidade do universal (a sociedade) e do particular (o indivíduo), a prescindir de uma equivocada dialética de oposição de classes, as quais podem ser formadas ou compreendidas dos mais variados modos.

Pode-se dizer que o valor igualdade caracteriza a ideia de justiça no período Clássico; o valor liberdade dá o conteúdo axiológico da igualdade, como valor que se revela na modernidade; e o valor trabalho introduz uma nova dimensão na ideia de justiça, abrindo a perspectiva para o conceito de justiça social no Mundo contemporâneo.

Neste livro a ideia de justiça será tratada, pois, no âmbito da Metafísica do Objeto. Na Metafísica do Objeto, o homem ocidental está preocupado com conhecer a realidade externa, em criar definitivamente a ciência com a descoberta da razão demonstradora (*episteme*). O valor que integra a essência da ideia de justiça é a igualdade. As teorias sobre ela construídas nesse período histórico, que têm na igualdade o valor central da ideia de justiça na perspectiva da Metafísica do Objeto, são as que vão de Thales de Mileto a Santo Tomás de Aquino.

Dentro da Metafísica do Objeto, podem-se compreender três culturas distintas, mas que se interpenetram: a cultura grega, a cultura romana e a cultura cristã, segundo o critério acima já mencionado. A ideia de justiça como realização da igualdade percorre esse habitat do primeiro momento da cultura ocidental, manifestando-se de diferentes formas durante esse período.

PRIMEIRA PARTE

O ESPÍRITO DO OCIDENTE OU A RAZÃO COMO MEDIDA

1. A CULTURA E CIVILIZAÇÃO GRECO-ROMANA

Na medida em que o Ocidente construiu uma cultura e civilização da razão, mas de ordem planetária, ainda que na forma instrumental, é legítimo que ela mesma postule alcançar o seu próprio significado. Uma vez que se caracteriza como civilização da razão é lícito que a própria razão indague de si mesma ou – por que não dizer? – busque a razão da razão.

Se ela é o vetor dessa civilização e se é da sua natureza não apenas constatar a racionalidade dessa civilização, mas indagar do que ela mesma é, não há outro caminho senão a volta sobre si mesma para dar razão de si e navegar no cinzento, ou seja, em que a filosofia pinta o cinzento no cinzento, a que se refere Hegel ou diz o mesmo sobre o mesmo (*auté káth'auten*) de Platão. Eis como não se pode simplesmente expulsar da cultura a metafísica e proceder "cabeça com cabeça" (Unamuno) segundo a direção do cajado do pastor.

Razão da razão, sim, porque só ela pode dar razão de si, enquanto "dar razão", pois se ela é a única faculdade de julgar, só ela pode instaurar o seu próprio tribunal. A crítica da razão, o julgamento da razão, só ela mesma pode fazer, vez que não há no ser humano outra faculdade de julgar. Por isso é legítima a pretenção de Kant de instaurar um tribunal da própria razão para que ela mesma saiba dos seus limites, da sua medida, se é que para ela há algum limite.

E no momento de volta para si, de si para si, eis o modo mais autêntico de manifestação da liberdade, enquanto interioridade radical. Eis porque a tarefa ingente da Filosofia é a reflexão sobre a liberdade, ou seja, "unir dialeticamente Liberdade e Razão é a única tarefa da Filosofia", na expressão de Lima Vaz.[1]

---

[1] LIMA VAZ, Henrique Cláudio de. *Escritos de Filosofia III* — Filosofia e Cultura. São Paulo: Ed. Loyola, 1997, p. 80.

A descoberta da razão pelos gregos instaura definitivamente uma cultura da razão; é o traço característico da cultura ocidental. E por ser a razão a sede do universal, é essa cultura também definida por seu espírito universal.[2] Em razão disso vamos encontrar o universalismo da ciência entre os gregos e, em Roma, o da religião no Cristianismo, do Estado e do direito. O universalismo é nesses povos o traço característico do processo de *racionalização* da sua cultura, como observa Max Weber.[3]

Quando se fala da civilização ocidental, tem-se de considerar imediatamente os dois vetores essenciais da sua formação: a cultura greco-romana e o Cristianismo. A cultura greco-romana é a responsável pela formação racional do espírito livre do Ocidente, teorética, pratica e poieticmente (como razão poiética está ela também determinada externamente pelo objeto do fazer técnico). O evento Cristo constitui o ômega simbólico ou o destino da liberdade na forma da representação religiosa.

Na perspectiva do vetor da racionalidade greco-romana, pode-se encontrar um desdobramento dos modos de a razão atuar no mundo. Ela o faz na medida em que busca um determinado fim: a) A ***razão poiética*** [4], na esfera do *fazer*, cuja finalidade é, através da técnica (meio) alcançar um resultado (fim). Neste caso, pode buscar o belo como resultado, então é uma *razão estética*, ou um resultado útil, como *razão pragmática*; b) A ***razão teorética***, na esfera do *conhecer*, cuja finalidade é encontrar a verdade, caso em que poderá buscá-la na forma da fé, *razão mítica*; na lida com o mundo da aparência, como *razão doxal*; ou na busca da essência dessa realidade, como *razão epistêmica*. c) A ***razão prática***, na esfera do *agir*, quer na busca do bem (*honestum*), portanto na ética; quer na busca do *justo* (*iustum*), no *direito*; quer na do conveniente (*decorum*), no político.[5]

Conhecer (*theorein*), agir (*pratein*), e fazer (*poiein*) são os três modos pelos quais a razão atua e determina, estabelecendo medidas e limites. Aqui serão consideradas as formas plenamente livres de a *razão* conduzir a

---

[2] Cfr. SALGADO, Joaquim Carlos. *A Ideia de Justiça no Mundo Contemporâneo.* Belo Horizonte: Del Rey, 2006, p. 90.

[3] Id. *Ibid.*, p.42. WEBER, Max. *Sociologie Du Droit.* Tradução de Jacques Grosclaude. Paris: P.U.F., 1986,p.162.

[4] Cfr.YEBRA, Valentín García, nota n. 1. *In*: ARISTÓTELES. *Poética.* Ed. trilingue, grego/latim/espanhol. Madrid: Editorial Gredos, 1992, p. 243. O termo poiética, portanto, é usado aqui no sentido genérico, de *fazer com vista a um resultado ou produto*, reservando-se a forma aportuguesada, poética, para a disciplina ensinada por Aristóteles, *Perì Poietikês,* "sobre a arte da composição poética", evitando-se entrar na discussão que se trava em torno do significado do termo

[5] Os termos *honestum, justum* e *decorum* são próprios de Christianus THOMASIUS em *Fundamenta Juris naturae et gentium ex sensu communi, in quibus ubique sernuntur principia honesti, iusti et decori, cum adjuncta emendatione ad ista fundamenta institutionum iurisprudentiae devinae* (1705). Darmstadt: Scientia, 1979, p. 177.

formação do Espírito do Ocidente. Desse modo, será considerada na sua aptidão de conhecer e de agir, enquanto o agir é considerado em si mesmo como bom. Não se considera a ação do ponto de vista dos seus efeitos externos, de uma ação avaliada segundo o seu resultado, do "agir eficazmente" (ou "princípio eficiente", segundo outras traduções), na expressão de Aristoteles.[6]

Parte-se aqui de uma premissa básica, segundo a qual a sede da liberdade é a razão. Em virtude disso sempre que o homem usa a razão para qualquer situação age com liberdade, ainda que seu ato não seja totalmente determinado pela razão. Desse modo, a razão poiética introduz uma dimensão de liberdade na realidade em que ela atua, caracterizando-se essa liberdade como domínio da natureza. O modo pelo qual a razão atua na realidade externa é a técnica, A razão poiética desenvolve-se como um processo conduzido pelas regras técnicas por ela elaboradas, segundo as determinações dessa realidade. Esse processo culmina num resultado, num produto, pelo qual sua ação é avaliada. Esse procedimento como um todo é a *poiesis*. Como a razão estabelece limites e ao mesmo tempo se limita na produção poiética, ensina o riquíssimo percurso da evolução tecnológica que experimentou o Ocidente, quer no que tange à natureza, quer no que se refere à sociedade, principalmente num dos aspectos mais importantes da vida social, a política, na medida em que se define como técnica de alcançar e de conservar o poder, segundo o correto entendimento de Maquiavel.[7] A razão poiética, embora não possa determinar a realidade por si mesma, pois tem de submeter-se às suas leis, é ainda assim livre, porque é por meio da sua ação sobre a realidade que o homem a domina, se faz com isso mais livre, libertando-se do seu determinismo, controlando-a através das suas leis, pela razão elaboradas ou descobertas.

2. A RAZÃO TEORÉTICA[8]

Tudo isso que acima foi dito quer significar simplesmente que a razão é na cultura ocidental, desde o início, medida: medida de si mesma e do real; do real no plano do conhecer, do fazer e do agir. Na esfera teorética, a razão mede o teor de verdade do conhecimento, na do ético ou prático, a

---

[6] ARISTÓTELES, *Física*,189 b 8-16.

[7] Sobre a atuação da razão poiética na organização política ou do poder e sua oposição com a razão ética do poder, ver SALGADO, Joaquim Carlos. Estado Ético e Estado Poiético. *In*: *Revista do Tribunal de Contas de Minas Gerais*, Belo Horizonte, ano XVI, n.2, v.2, 1998.

[8] Ver SALGADO, J. C. O Espírito do Ocidente ou a Razão como Medida. *In: Cadernos de Pós-Graduação em Direito – Universidade de São Paulo. São Paulo*: Manole Editora, 2012. Trata-se de um curso ministrado por mim no Programa de Pós-Graduação daquela Instituição.

validade da conduta ou da norma de conduta; na esfera poiética, as regras do fazer e o resultado ou produto do fazer. E isso em todos os campos nos quais ela se manifesta: como razão mítica, vez que a divindade impõe limites ao homem; como razão estética, pois a arte é a realização da harmonia, do equilíbrio das formas; como razão epistêmica, seja quando ela se dirige ao conhecimento da *physis* ou do *nomos*.

Como razão epistêmica, teorética, demonstradora, convém lembrar que a ciência tem compromisso apenas com o valor verdade, e a verdade é a revelação, na forma de conceito, da essência da realidade; e é tarefa tanto das ciências particulares (hoje ditas *stricto sensu*) ou explicativas, como da filosofia compreendida também como ciência reflexiva . O grego, descobridor da razão epistêmica, não fazia distinção entre esses dois modos do conhecer científico. Apenas os consideravam instâncias científicas com seus objetos e métodos próprios, como se pode ver na classificação e sistematização de Aristóteles.

A razão é a medida de tudo e é a medida de si mesma, o que significa: a razão legisla para o mundo e para si mesma, como bem observou Kant. Por isso só ela é o absolutamente livre, num certo sentido dado por Hegel;

Cabe mostrar, aqui, que a razão é medida tanto na esfera teorética, das ciências, ou da necessidade na natureza, como prática, ou da liberdade do agir, na ética, já revelado por Kant . É medida da verdade e é medida do bem e do justo.

Com relação às ciências convém explicitar aqui o conceito de verdade, que é a sua razão de ser. Pode-se dizer que "é da essência da ciência a verdade" e "O pensamento científico busca a verdade do seu tempo".[9] A razão é a medida da verdade. Trata-se de um conceito analógico, como observa Lima Vaz. Há para esse conceito, significações com semelhaças e diferenças, como na verdade do bom senso ou do senso comum, da ciência, da filosofia e da teologia. Isso se compreende, pois, desde que a razão é a faculdade do universal, habita nela a verdade[10].Só se pode falar em verdade para um ser dotado de razão. Neste primeiro tópico, tratar-se-á da verdade tal como esse conceito é usado na ciência e na filosofia.

Ao estudar o conceito de ciência tem-se de recorrer à sua gênese histórica: como e quando nasce a ciência. Os gregos são os responsáveis pela sua descoberta ou criação, transmitindo esse elemento cultural, caracterizador

---

[9] SALGADO, Ricardo Henrique Carvalho. Ciência do Direito. *In:* Travessoni, Alexandre *et alii*. *Dicionário de Teoria e Filosofia do Direito*. São Paulo: LTR Editora LTDA, 2011, p.42.

[10] Cfr. VAZ, Henrique Cláudio de Lima. *Fé e Razão*. São Leopoldo: Editora Universidade do Vale dos Sinos, 1999,p.13.

da civilização ocidental. Entre os gregos é elemento da cultura, da formação do homem grego no nível do intelecto. No Ocidente como um todo, incluída a Grécia evidentemente, é elemento civilizatório, não apenas de formação. Faz parte da energia central ou essencial do desenvolvimento e história do Ocidente, formando um plexo de atividades típicas da *civitas*, do *homo civilis*. Quando o romano diz ser *incivilis* certa conduta, quer dizer que não pertence ela à *civitas*, e, não pertencendo à *civitas,* ou é bárbaro ou selvagem. O plexo de atividades da *civitas* incluía desde as construções sofisticadas e úteis da arquitetura e da engenharia, como fazer palácios, templos, abrir estradas, viadutos, aquedutos e esgotos, até a organização do poder político, em caráter definitivo pela estruturação das forças armadas e fundação do Estado universal no Império – o qual assumiu a república em processo de desenvolvimento – e a ordenação da vida social pela criação secular de um refinado e complexo direito positivo, a partir do qual se criou também a Ciência do Direito (*Jurisprudentia*), é a essência civilizacional do Ocidente, cujo dado relevante é a educação, através da língua e seu cultivo, inclusive da língua estrangeira, nas relações internacionais criadas pelo Império e a necessidade dos tratados, já na forma de direito internacional, e do comércio, tornando possível uma civilização contínua e permanente. A ciência (incluída nesse conceito a filosofia) é elemento central dessa civilização que por ela vai-se tornando planetária.

2.1 A Ciência (episteme) e a Verdade (aletheia)

Que dizer da ciência, essa "milagrosa" criação dos gregos, e da verdade, seu único objetivo?

A ciência começa por uma atitude, o *thauma*, *thaumadzei*, segundo Platão. Se ninguém se admira pelo óbvio, o girar do Sol em torno da Terra, por exemplo, não nasce a perquirição desse fenômeno, cujo resultado, o saber científico, não mais vulgar e imediato, é diverso do aparentemente óbvio. Desde o princípio, instaura-se a divisão na realidade que se quer conhecer cientificamente, e que no conhecimento comum não ocorre: a aparência e a essência.

Cabe fazer uma advertência prévia. O termo verdade é empregado geralmente para significar uma relação com algo externo à consciência ou ao pensamento. A rigor certas ciências não estão diretamente ligadas ao problema da verdade. São infensas a ele. É o caso da Lógica. A Lógica Formal lida com conexões do pensamento em si mesmo considerado e não com a relação pensamento e realidade externa a ele. Ora, as conexões do pensamento não mostram propriamente um resultado de verdade. As conexões de pensamento não são verdadeiras ou falsas, mas válidas ou não válidas, embora a Lógica use as valências verdadeiro/falso para significar essa validade. Assim, um encadeamento de proposições não verdadeiras pode constituir um raciocínio válido, é claro. A Lógica está preocupada com a verdade indiretamente, pois é instrumento necessário das várias ciências, as quais procuram a verdade.

O mesmo ocorre com a Matemática. Embora esteja ela sempre voltada para a realidade, as suas construções ou demonstrações também não são verdadeiras ou falsas propriamente, mas exatas ou inexatas. Com efeito, a verdade na Matemática ou está no começo, ou no final da demonstração ou do raciocínio. No começo, como postulado; nesse caso, como verdade apodítica, incontestável, vale dizer, que não pede a aceitação do interlocutor, mas se impõe objetivamente. Não é, portanto, uma verdade consensual. O postulado não é uma intuição sensível, é evidência intelectual, salvo se se concebe essa intuição como *a priori* da sensibilidade, segundo Kant. Se se trata de hipótese e não propriamente de postulado, também aí não entra a consensualidade, a não ser provisoriamente, pois a demonstração matemática é que dará validade à verdade da hipótese. Do ponto de vista do resultado, da conclusão da demonstração dedutiva, a verdade é dada pela validade da demonstração. Ainda, aí, não há falar em consenso.

Também do conteúdo de uma norma não se pode dizer que é verdadeiro ou falso, mas se vale ou não formalmente, segundo os critérios de validade postos por um determinado ordenamento normativo. No que tange ao *conteúdo* da norma é ele definido historicamente por valores, num processo dialético, que no direito culmina por um ato político legítimo, ou *ex auctoritate.*

É útil essa diferenciação de conceitos.

O problema da ciência é o problema da disciplina da razão na busca da essência da realidade. Essa concepção de busca da essência como verdade e abandono da aparência está presente desde o nascimento da cultura grega.

O problema da verdade científica começa pelo recuo diante da realidade sensível para o inteligível, ou seja, para uma plena confiança na razão, a faculdade do universal e do argumento, para buscar o permanente e uno em meio à pluralidade e variações da realidade sensível. Isso ocorre a partir de Thales, desenvolve-se, cada vez mais, no rumo de um modelo lógico-formal, como em Parmênides, até Platão, em que a verdade é dada pela ciência e esta é o saber da realidade em si[11], portanto da forma[12], pela qual o modelo

---

[11] Cfr.PLATON. Parmenides 134a. *In*: PLATON. *Obras Completas*. Madrid: Ed. Aguilar, 1969, 2ª edição, 3ª reimpressão, 1977.

[12] PLATON. *Parmenides* 132a e 132e.

passa a ser o matemático. Esse procedimento dedutivo em que a verdade tem de ser acompanhada de razão,[13] abandonar a participação no sensível e instalar-se plenamente no inteligível[14], encontra uma exemplar descrição em *Permênides,*[15] cuja hipótese, uma proposição evidente, é ser o Uno indivisível, contraditório à pluralidade, do que se segue a dedução de várias outras proposições, a confirmarem a própria hipótese. A verdade coincide, na epistemologia grega, com o conceito, o qual revela a essência do real, forma ou ideia.

É, entretanto, em Aristóteles que encontramos o conceito de ciência e que se pode usar até os dias de hoje. Com base na sua concepção pode-se entendê-la como "um conjunto de verdades certas e gerais, relativas a um único objeto formal", alcançadas através de um método, que as une "por causas e princípios". Pois bem, Aristóteles concebeu a ciência como um conjunto de verdades certas e gerais.[16] Verdades que se referem à essência da realidade. A verdade certa, porém, está do lado do sujeito que conhece, não no objeto. A proposição é que é verdadeira ou falsa, possui ou não a verdade. Então, essa verdade, essa proposição verdadeira ou o discurso que se faz da realidade, tem de ser certa, isto é, que os sujeitos cognoscentes, os cientistas, a comunidade científica, aceitam-na como verdade. Se César Lattes afirma ter descoberto uma partícula atômica que desenvolve velocidade maior que a da luz e, em consequência, instabiliza a verdade da teoria da relatividade, por assentar-se esta na velocidade da luz, só será verdade científica se aceita pela comunidade científica, não sendo suficientes os apoios de alguns colegas apenas (talvez por serem patrícios de origem).

A verdade da ciência há de ser geral (universal), no pensar de Aristóteles. Essa característica da verdade científica está do lado da realidade, do objeto conhecido. O que se afirma de um fenômeno tem de ocorrer em todos da mesma espécie. O racional tem de estar em todos os indivíduos da espécie humana. Só assim a proposição "o homem é racional" é uma proposição verdadeira, isto é, expressa o que está no intelecto como coincidente com o objeto. Entretanto, nessa concepção, verdadeira ou falsa é a proposição, não a realidade.

Aristóteles, continuando, concebe essas verdades como "relativas a um único objeto formal". O objeto material de uma ciência pode ser comum a outra ciência. Não o objeto formal. Assim, a natureza pode ser estudada por

---

13 PLATON. *Teeteto*, 201d.
14 PLATON. *O Sofista*, 248d.
15 PLATON. *Parmenides,* 137d-c e segs
16 Cfr. SALGADO, Ricardo H. C., Ciência do Direito, p. 42-43. O Autor faz uma exposição do conceito de ciência a partir de Aristóteles para fundamentar o entendimento do Direito como ciência.

várias ciências; também o homem. Se, porém, esse objeto material é tomado sob certo aspecto, como objeto adequado em razão desse aspecto, tem-se o objeto formal, e esse é de uma única ciência. Se se desdobra, nasce outra ciência.

Desse modo, se se estudam fenômenos de movimentos da natureza, tem-se a Física; se os de reações químicas, a Química; se a vida, a Biologia, etc. Ou, se se estuda o homem nas suas relações sociais, tem-se a Sociologia; se a sua evolução física, a Antropologia Física; se o que ele cria, a Antropologia Cultural; se certas normas que regulam suas relações, o Direito.

É interessante notar que na concepção de Aristóteles está o conceito dialético (portanto filosófico) de verdade formulado por Hegel: o momento imediato, em si, do saber, que é a certeza do sujeito, e o momento objetivo desse conhecimento, a verdade do objeto, cuja unidade é a efetividade (*Wirklichkeit*). Hegel põe a verdade do lado do objeto, mas assumindo o momento subjetivo da certeza do sujeito. Trata-se de uma verdade ontológica. A verdade nesse caso não pertence a uma relação do intelecto com a coisa, disciplinada no âmbito da Lógica Formal, mas da lógica dialética, concernente à própria estrutura da realidade em movimento.

Como se vê, ainda que se possam dar outras noções de ciência, Aristóteles deu elementos que são essenciais nesse conhecimento produzido pelo homem, a ciência, cujo objetivo a alcançar é a verdade.

Entretanto, o que é a verdade para a ciência? Não se duvida de que o resultado daquilo que faz a ciência, ou o cientista, é a verdade científica. Verdade, em primeiro lugar, recobrando o sentido originário da palavra. De certa forma, o conceito tem origem semelhante à da que ocorre com *id,* do grego, ou com *theorein,* que significa ver no sentido de contemplar.[17] O conceito, que semanticamente tem a força do ver pela luz com os olhos do corpo, ser testemunha ocular, implica uma confiabilidade incontestável no sentido da visão. Passa, porém, figurativamente, a significar um ver do intelecto, do *logos*, e, quando expresso pelo *id* (ideia), é o ver do *logos* no plano do *nous.* Diz Aristóteles, um conjunto de verdades; não uma só. O conceito de verdade depende do conceito que se tiver de ciência. Capte ela a essência da realidade, formulando-a em conceitos – inclusive os conceitos relacionais da Física – então pode-se aceitar a definição que se remonta aos clássicos: *adequatio intellectus et rei* (adequação da coisa com o intelecto), formulada por Santo Tomás de Aquino[18], que a tradição grega nos legou, principalmente a partir de Aristóteles, pois "Aristóteles admite aqui [em *Da*

---

[17] Cfr. VAZ, Henrique Cláudio de Lima. *Contemplação e Dialética nos Diálogos Platônicos*. São Paulo: Edições Loyola, 2012, p. 30.

[18] AQUINO, Santo Tomás de. *Summa Theologica*, I, q. 21, a. 2c. Cfr. RATZINGER, Joseph. *Jesus de Nazaré*. Da entrada em Jerusalém até a Ressurreição. São Paulo: Ed. Planeta, 2011, p.175.

Interpretação] que a verdade é uma espécie de correspondência com a realidade"[19], mais claramente, correspondência da proposição ou do juízo com as coisas.[20]

Quando Galileu faz rolar a esfera sobre o plano inclinado e mede o espaço e o tempo, descobrindo uma relação entre eles, formula o conceito de velocidade. O que mudou foi o método, a instrumentalização para a descoberta da velocidade. Então surge o laboratório (palavra deriva de *labor*-trabalho), algo trabalhado, construído para reproduzir o fenômeno sob controle, desdobrá-lo, isto é, explicá-lo (*ex-plico*). O conceito obtido após a confirmação da experiência, que não é mais pura observação, mas experimentação, expressa a essência da realidade. Isso não mudou. Galileu, o pai da Física moderna, assim entendia. O que mudou foi a atitude do cientista na descrição do fenômeno. Então ele produz o fato e não apenas observa o fenômeno, isto é, transforma o fenômeno em fato científico, reproduzindo-o em laboratório. Isto, porém, fazia Aristóteles, ainda que incipientemente, com suas dissecações de animais. Entretanto, não o fez na Física mecânica. Não quantitativizou o fenômeno para expressá-lo em fórmulas matemáticas. Não introduziu a matemática na natureza. Entendeu-a como objeto de estudo qualitativamente. Contudo, a ideia de busca da essência da realidade, persiste, em que pese o conceito de operação com Galileu.

Se a inteligência reflete a coisa como ela é em si – e a reflete desse modo se capta sua essência – pelas notas essenciais reunidas no conceito, então o conceito de ciência é o tradicional e adotado mesmo por Galileu. Se, entretanto, não pode a razão humana captar a essência da realidade, mas apenas a sua aparência, descobrindo apenas fórmulas operacionais, ou seja, conceitos operacionais, pelos quais o cientista pode atuar sobre a realidade e controlá-la, à guisa de instrumentos, então varia também o conceito de verdade científica. Em ambos os casos, a verdade é dada por um conceito formal, tanto na tradição aristotélico-galileana, como na moderna, da concepção operacional, a qual aparece em Habermas, Kuhn. É formal (não ingênua) na concepção clássica, porque fica a pergunta: quando podemos dizer se o que está no intelecto corresponde à essência das coisas? É claro que se deixou uma saída: pertence à essência de uma coisa aquela característica que distingue a coisa de todas as outras, mas que ocorre universalmente em várias individualidades, formando uma classe de objetos, ou, segundo Espinosa,

---

19 SAMARANCH, Francisco de P. Preámbulo à De la Expressión o Interpretación. *In*: Aristóteles. *Obras*. Madrid: Aguilar, s/d, p. 255.

20 Cfr. SZAIF, J. Wahrheit. *In*: Ritter, Gründer und Gabriel, Joachim, Karlfried u.Gottfried (Hrsg.). *Historische Wörterbuch der Philosophie*. Darmstadt: Wissenschaftliche Buchgesellschaft, B.12, 2004, S.51.

aquilo que, dado, faz com que a coisa exista como tal, tirado, a coisa passa a ser outra, ou não existe como tal. Na concepção operacional não se leva em conta a matéria, mas apenas o procedimento da operação, sendo indiferente se a coisa mostra suas características essenciais, ou não. Se a proposição "adequação da coisa e do intelecto" for tomada como radicalmente formal, então a concepção operacional estará considerando a coisa como sendo o que aparece dela. Em ambos os casos, na posição essencialista e na procedimentalista a definição seria pertinente. É o caso da coisa como fenômeno em Kant, embora não se possa falar se ela coincide ou não com a coisa em si, o *noumenon*. Se não coincide, a essência, a coisa em si, que não é o objeto do conhecimento, estaria separada da coisa adequada ao intelecto, o fenômeno, o único que pode ser conhecido pelas ciências.

A origem da divergência no conceito de ciência, em consequência, no de verdade, está no nascedouro da Física moderna de Galileu, e exatamente por ocasião do processo aberto pela Santa Inquisição contra o Cientista. O problema é levantado pela aparente contestação da astronomia galileana com relação à letra da Bíblia, interpretada literalmente (para ilustrar o problema, lembre-se do mito pelo qual Josué fez o Sol "parar"). Ao descobrir o telescópio, voltando as lentes da luneta para o céu, Galileu dá à Astronomia base empírico- matemática, que antes, com Copérnico, tinha apenas pressupostos matemáticos ou apenas hipóteses. Galileu, ao entender a Matemática, não apenas como um procedimento de soma, mas como uma linguagem própria para a compreensão da natureza, inaugura uma nova concepção de ciência e de verdade, substituindo a explicação qualitativa da natureza pela quantitativa.[21] Do Cardeal Bellarmino, o inquisidor de Galileu, e do Cientista, duas correntes de concepções diversas se desenvolveram: a de Galileu, tradicional, pela qual a ciência capta a essência da realidade; a do Cardeal Bellarmino, segundo a qual, ceticamente, a ciência não pode fazê-lo, pois somente Deus conhece a essência da realidade por ele criada. Segundo essa última concepção, o que o homem pode fazer, é descobrir modos de operar a realidade, de atuar sobre ela; nesse caso, Galileu teria apenas descoberto um modo simplificado de explicar o movimento do Sol ou da Terra, sem a necessidade de recorrer a epiciclos pelo sistema ptolomaico[22]. Essa concepção, segundo a qual a ciência aparece como conhecimento da aparência da realidade, e não da sua essência, e pela qual o homem torna possível operar

---

21 Cfr. EBBERSMEYER, S. Wahrheit *In*: *Historische Wörterbuch der Philosophie*. Darmstadt: Wissenschaftliche Buchgesellschaft, B. 12: W-Z, 2004, S.78.

22 Ver Bernard, José. *Galileu Galilei à Luz da História e da Astronomia*. Petrópoles: Editora Vozes, 1957, p.30.

sobre ela, sem necessariamente atingir o que ela é em si, encontra em Kant a sua mais completa, definitiva e rigorosa elaboração.[23]

Não há dúvida de que o próprio fazer científico de Galileu induz um conceito operacional da sua ciência, ou seja, uma definição que se dá por conceitos experimentáveis, ainda que fosse uma experiência imaginada. É da operação física que se elaboram os conceitos definitivamente, embora Galileu já pudesse fazê-lo matematicamente, para depois submeter as noções assim construídas à experimentação. O conceito pela essência explica, ao passo que o conceito meramente operacional descreve a operação. Por exemplo, a noção de substância não é experimentável; a de massa, sim.

No sentido de revelação da essência da realidade, é ilustrativo retomar o diálogo sobre a verdade travado entre Galileu e o Cardeal Bellarmino, de modo genial expresso no teatro de Bertold Brecht, na peça *Galileu Galilei.* O Cardeal Bellarmino, ao pretender mostrar a Galileu seu suposto erro em pensar que a sua ciência revelava a essência da realidade (só cognoscível por Deus, seu criador), fez com a mão um movimento em ziguezague, confuso, e perguntou a Galileu: E se Deus tivesse feito a realidade assim, assim, assim... (em ziguezague) e não tão certinha como você a encontra? Galileu respondeu sem dificuldade: Se Deus tivesse feito a realidade assim, assim, assim... (fez o mesmo movimento que o Cardeal) teria feito a nossa inteligência assim, assim, assim... (ziguezagueando com o indicador), para conhecê-la.

Em resumo, como Galileu resolve o problema da definição formal da *adequatio rei*? Dando-lhe um conteúdo. A verdade é obtida por uma equação matemática testada na experiência controlada. O teste para saber se o conhecimento é verdadeiro, se o conceito corresponde ao objeto, é a experiência. Entretanto, não é a Lógica Formal que vai dar o elemento *a priori* desta verdade, mas a matemática. Se a experiência confirma, quer dizer, se ela se põe como de acordo com a equação matemática *a priori* construída, então há adequação materialmente considerada, portanto a verdade, pouco importando se alcançada por uma operação, pois na Física não há verdade sem o teste da experiência.

Na verdade, não é tarefa do cientista definir a verdade; quando o faz, faz filosofia, ultrapassa a fronteira de sua competência e ingressa na jurisdição do filósofo, pois que é tema reservado à indagação filosófica. De qualquer forma, o cientista, quando descobre uma lei da natureza, não aceita que se trata de algo sem valor de universalidade e necessidade, o que remete para a aceitação da tese da descoberta da essência da realidade como verdade

---

[23] Sobre Galileu ver ainda a última parte deste trabalhado intitulada *O Tour Cartesiano.* Importante aqui é realçar a introjeção da Matemática na natureza, ou seja, um perfil específico da própria razão.

científica, a menos que se aceite que a universalidade e a necessidade decorram do *a priori*, do lado do sujeito, a compor a lei científica, tal como genialmente concebeu Kant. Assim, pode-se dizer, do lado da aparência está o conceito de operacionalidade da ciência, tal como o homem comum se orienta na vida, e dá certo. Do lado da essência, está o conceito de verdade real, a exigir a intervenção do cientista num plano superior de conhecimento, diverso do conhecimento vulgar. ***Não*** importa que o Cientista tenha acreditado ter alcançado a essência da realidade operando sobre ela; ao operar sobre ela ou sobre o que ela mostra, envolve a sua essência; ao buscar sua essência, tem de operar sobre ela.

A concepção de falsibilidade ou falseabilidade da verdade científica, em Popper, ou de falibilidade, pode-se dizer, torna mais precária ainda a possibilidade de uma verdade pela essência.[24] Em Kuhn, com seu conceito de paradigma (no qual há uma dose de consensualismo, pois os paradigmas são "partilhados pela comunidade científica"),— "critério segundo o qual se acolhem problemas, justamente enquanto problemas científicos"[25], ou, nas palavras de Kuhn, citado por Reale,"critérios para escolher os problemas que, no tempo em que se aceita o paradigma, são considerados solucionáveis", e dos quais se extraem modelos operacionais, em razão das "anomalias" ocorrentes no sistema da "ciência normal" a provocarem "revoluções científicas" das quais surgem a "ciência extraordinária" com um novo "paradigma",[26] – essas mudanças não levam "a uma aproximação cada vez maior da verdade, entendida em sentido ontológico."[27] Tanto essa teoria, como a da consensualidade de Habermas estão ligadas à última corrente, a da operacionalidade formal da aparência da realidade. Entretanto, é preciso lembrar, exemplarmente, que a teoria quântica não falibiliza a mecânica clássica, pois uma e outra são válidas para as respectivas regiões da realidade em que se busca a explicação científica. Um paradigma não invalida o outro.

---

24 Ver POPPER, Karl R. *A Lógica da Pesquisa Científica*. Trad. de Leônidas Hegemberg e Octanny Silveira da Mota. São Paulo: Cultrix, p. 43 e segs., e 82-99. Ver SOUZA CRUZ, *O Discurso Científico da Modernidade*— O Conceito de Paradigma é Aplicável ao Direito? Rio de Janeiro: Lumen Juris—Editora, 2009.

25 REALE, Giovanni. *Uma nova Interpretação de Platão*. Trad.: Marelo Perine. São Paulo: Ed. Loyola, 14ª ed., 1997, p.9

26 Id., *Ibid.*, p.14. Kuhn emprega também a metáfora da reorientação gestáltica, que consiste na observação de figura diversa numa mesma mancha no papel. Não seria própria a imagem que um político mineiro fez da política (atribuída a Magalhães Pinto); dizia ele que politica é como nuvens no céu: num primeiro momento formam uma figura, num outro formam imagens totalmente diferentes. É que no primeiro caso, referido por Kuhn, o objeto é o mesmo, ao passo que na política o objeto é que muda.

27 Id., *Ibid.*, p.19.

Já a teoria da consensualidade, outra coisa não faz, senão retomar a procedimentalidade de uma razão instrumental já usada pelos Sofistas, na qual não importa que a razão desenvolva uma demonstração rigorosa ou um procedimento persuasório, isto é, se é lógica ou epistêmica, ou se é retórica ou doxal. O que importa nessa concepção é chegar o grupo a um consenso. A verdade é o que consensualmente se admite como tal. É grave a transposição disso para a esfera da validade ética. A afirmação de Habbermas "a argumentação permanece o único meio disponível para se certificar da verdade..."[28] cria um círculo subjetivista, que revela a "dobra da linguagem"[29] que oculta o *logos*, até mesmo quando se fala do que é verdade. Não é a verdade que se revela, mas apenas a certeza subjetiva dos que realizam o consenso. Certificar-se da verdade significa ter certeza da verdade, momento meramente subjetivo, mas não que se tenha a verdade, momento objetivo. Para isso há que caminhar para dentro do significado, ultrapassando o significante.

O próprio Habbermas reconheceu essa falha ao afirmar que "uma alegação de verdade" – portanto, o argumento e consenso – "conduz à aceitabilidade racional, não à verdade".[30] Convém aqui avançar um pouco mais. A possível dobra na linguagem, segundo a qual não é ela plana, na concepção de Stein, pode exigir geralmente, ou sempre, uma hermenêutica, na qual esteja presente a pré-compreensão, "só depois aparecendo, na consciência e na representação dos enunciados". Entretanto, o que está também oculto na dobra da linguagem não é apenas o imediato do conteúdo de significação da linguagem. O que está previamente oculto e *a priori*, é o próprio *logos*, que não se reduz à linguagem, mas que dela se serve para exteriorizar-se. A linguagem é o fenômeno exterior ao *logos* embora necessário, porque o homem é social *também*. Porque é um momento necessário da comunicação e do processo do saber, não significa que seja o próprio pensar, ou o *logos*, ou o que o possa substituir. É preciso buscar primeiro o elemento espiritual do processo de conhecimento, o pensar. E isso necessariamente, quer no pensamento analítico, quer no dialético. No analítico, a separação permanece. No dialético, movimenta-se para a verdade do processo no momento do *nós*, que é a realidade humana e na qual, apenas, a individualidade livre se efetiva plenamente. Com isso, quer-se afirmar também a individualidade livre, cujo elemento substancial é o *logos*, no qual se dá a verdade.

---

28 Ver STREK, *Verdade e consenso*. p. 87

29 Sobre o conceito de dobra da linguagem ver Stein. Apresentação. *In*: Strek, Lênio Luis. *Verdade e consenso*. Rio de Janeiro: Lumen Juris. 2009, pag. XXIII.

30 Cf. STREK, *Verdade e consenso,* pag. 87, citando Habermas em Verdade e Justificação. São Paulo: Loyola. 2004

Se a linguagem veicula a exteriorização do *logos* ou substância interior, para constituir o nós hegeliano, com isso instaurando o que Hegel denomina razão, significa que o ser humano se põe como ser corpóreo no mundo externo e que essa exterioridade necessita, para que se torne unidade, do elemento também exterior de ligação, a linguagem. Essa é assumida no conceito de razão, porém como elemento negador da interioridade do pensar para tornar possível o reconhecimento do outro e, assim, instaurar o *nós*. Uma ciência da linguagem pode tomá-la independentemente do *logos* ou deste prescindir, pois procede analiticamente, fazendo o recorte do momento exterior. A Filosofia, não.

No sentido dado por Gadamer, a verdade experimenta uma outra perspectiva, também filosófica. Com efeito, a pré-compreensão projetada na formação dialética de uma compreensão produz uma verdade flexível, relativa às ciências da cultura (para recuperar aqui a tradição de Dilthey e Rickert), diferentemente da verdade das ciências da natureza ou das exatas, de natureza explicativa, portanto analítica, a produzir uma verdade rígida. Acaba por produzir uma verdade do texto escrito, não propriamente do objeto ou do real[31] e reduz tudo a texto, até a matemática (e, por isso, também a natureza, segundo o modo de Galileu), que seriam apenas "cunhagens lexicais, totalmente artificiais".[32] Aí, contudo, seria impossível a compreensão, parece, pois são "metáforas mortas", que, por isso mesmo, nada geram. Sobra a linguagem do mundo da vida do *sensus communis*, para uma verdade da compreensão, que alcança as ciências do espírito, mas não as da natureza. Mesmo a referência a "algo comum" a que alude no artigo publicado em 1957, "O que é a verdade", parece propriamente um "algo", objeto da cultura, não da natureza[33], pois "Escutar a tradição e situar-se nela é o caminho para a verdade que se deve encontrar nas ciências do espírito".[34] O conceito de verdade, contudo, tem compromisso com a noção de conceito. Em Gadamer é a noção de sentido e não propriamente de conceito que determina o processo hermenêutico. E é principalmente nesse ponto que ele se afasta de Hegel, pois a Filosofia se orienta segundo o "sentido e não mais pelo conceito como era pretendido por Hegel"; isto porque há um "vetor (*Richtung*) do que é dito"[35]. A noção de experiência por conseguinte é referente a uma

---

[31] Cf, GADAMER, G-H. *Elogio daTeoria.* Trad. de João Tiago Proença. Lisboa: Edições 70. 1983, p. 117.

[32] *Id. ib.*, p 121.

[33] GADAMER, Hans-Georg. Verdade e método II. Petrópolis: Ed. Vozes, 2002, p. 71(56). Original, Wahrheit und Methode II. Tübingen: J.C.B. Mohr (Siebeck), 1986/1993. Trata-se de texto originariamente publicado como artigo em 1953.

[34] Id., *Ib.*, p. 53 (40)

[35] SALGADO, Ricardo Henrique Carvalho. *Hermenêutica Filosófica e Aplicação do Direito.* Belo Horizonte: Editora DelRey, 2006, p.85.

experiência cultural e tem também um sentido aberto, sem a conclusão da dialética hegeliana.[36] E o sentido refere-se à linguagem, ao que é dito, pois "as coisas são para o homem e na medida que dizem."[37] De qualquer modo, esse abandono da interioridade do *logos*, para ater-se na sua exterioridade, deve ser contido e recuperada a advertência feita lá no começo pelos que fundaram a ciência. Trata-se de Platão ao combater o relativismo da verdade: "*¿O Juzgas que puedes llegar a compreender el nombre de um objeto, si no se sabe lo que és el objeto?*[38] Esse abandono do *logos* nem alcança o *status* da ciência da linguagem, como a Linguística, nem é mais Filosofia. Com simplicidade Aristóteles parece por a questão no seu devido lugar ao dizer que "as palavras faladas são símbolos ou signos das afecções ou impressões na nossa mente", que "as palavras escritas são signos das palavras faladas" e que embora as escritas como a linguagem não sejam as mesmas para todos os homens, as impressões mentais de que essas palavras são signos e os objetos de que essas impressões são representações, imagens ou cópias, são os mesmos para toda a humanidade.[39]

Já em Kant, a filosofia transcendental não deixa espaço para a *adequatio* da coisa considerada em si com o conceito. Tanto o objeto do sentido interno (no tempo), como o objeto do sentido externo (no espaço), a alma e o corpo), são conhecidos como fenômenos (*Erscheinungen*), do que se conclui que, "para mim, a essência em si mesma (*das Wesen an sich selbst*), que fundamenta esses fenômenos (*das diesen Erscheinungen zum Grunde liegt*), permanece desconhecida (*unbekannt ist*)."[40] A coisa em si (*noumenon*) é inacessível, razão por que o objeto se desloca para a *coisa para* o sujeito (o fenômeno), no qual esse objeto se forma, produzindo o conhecimento (verdadeiro) mediante a subsunção das intuições da sensibilidade, segundo as determinações das suas formas *a priori,* nas categorias do entendimento, por ele produzidas *a priori*. Então, a verdade é a *adequatio* da coisa no sujeito, dada na intuição, com o intelecto, ou seja, "o entendimento é não só o criador dos seus conceitos puros, mas é também a causa da conformidade desses conceitos com os objetos da experiência"[41]. Kant parte do fato da Física e da Matemática, portanto do fato da verdade, restando apenas a

---

36 Idem, *Ibidem*, p. 54.

37 Idem, *Ibidem*, p. 49.

38 PLATON. *Teeteto*, 147 b.

39 ARISTÓTELES, De la Expresión o Interpretación, 16 a. *In: Obras*. Trad de Francisco de P. Samaranch. Madrid: Aguilar, 1977, p. 256.

40 KANT, Emmanuel. Prolegomena zu einer jeden künftigen Metaphysik, die als Wissenschaft wird auftreten können. *In*: *Gesammelte Schriften*. Hrsg. von der Königich Preussischen Akademie der Wissenschaften, B. IV. Berlin: Georg Reimer, 1911, § 49, S. 336 u. 337.

41 BAUM, Manfred. Wahrheit bei Kant und Hegel. *In*: Dierter Henrich (Hrsg.). *Kant oder Hegel?* Über Formen und Begründung in der Philosophie. Stuttgart: Klett-Cota, 1983, p. 249.

necessidade de provar como são essas ciências possíveis. Verdadeira é a proposição que descreve uma relação necessária e universal, ou seja, verdadeiros são os fatos das leis das Física. São elas fatos, portanto verdadeiras desde o início. A Analítica Transcendental não mostra como se alcança a verdade como fez Galileu, mas como é possível essa verdade, a lei: sob a condição de ser a causalidade um conceito puro *a priori*.

A concepção essencialista e a operacionalista da verdade podem ser vinculadas à própria origem da ciência com os gregos na procura da unidade na pluralidade e da permanência na mudança, aporia da possibilidade da ciência, cuja solução primeira foi a de Parmênides pelo abandono do mundo do sensível, da aparência, portanto da *doxa*, para encontrá-la no mundo do inteligível, do ser (da essência) ou da *episteme*.

As ciências positivas, desinteressadas do problema da verdade, acompanham a vertente iniciada com Bellarmino e definitivamente teorizada em Kant. O problema da verdade passa a ser um problema próprio da Filosofia. Nas ciências positivas, a razão atua de forma analítica e, com isso, procedimentalmente, de tal forma que poderia ser entendida também como razão quasi-poiética, à procura de um resultado, não se interessando pelo que a coisa é em si, mas pela "coerência' e 'consistência' do sistema". A questão da verdade e do ser é substituída pela do *factum* e do *faciendum*.[42] A verdade é o próprio cálculo.

A concepção de Heidegger não é propriamente sobre a verdade científica *stricto sensu,* mas a da filosofia, de uma ontologia fundamental. Quer ele deslogicizar a filosofia (no sentido de tirar da filosofia o instrumentalismo da lógica formal para a busca da verdade), para, com isso, deixar resplandecer o ser no *logos*, a sua verdade, isto é, desocultá-lo; por isso, retoma o conceito originário de verdade, *aletheia (*cujo sentido está ligado ao de certeza), desocultação ou "atitude do ser-aí"(*Desein*) de estar aberto (isto é, de desocultar o ser)[43], principalmente no sentido de tirá-la da logicização do pensamento filosófico que o oculta. A ontologia fundamental é "um esforso para conectar o problema da existência com o problema do ser", vale dizer, não se preocupa com o ente pela sua essência com o instrumento da Lógica Formal, fazendo da linguagem um instrumento para isso, mas "busca o ser para além do ente e da sua essência, portanto busca o ser pela sua existência

---

[42] RATZINGER, Joseph. *Introdução ao Cristianismo*. Preleções sobre o Símbolo Apostólico. Trad. de Alfred J. KELLER. São Paulo: Edições Loyola, 2011, p.56-57.

[43] "...Erschliessensein als Verhaltung des Daseins"(§52, p.256). A transcendência do ser do ser-aí (*Desein*) traz uma verdade fenomenológica como abertura do ser (Erschlossenheit des Seins), uma *veritas transcendentalis* (§ 7, p. 38). HEIDEGGER, Martin. *Sein und Zeit*. Tübingen: Max Nietmeyer Verlag, 1979.

numa linguagem própria, criativa, isto é, poesia; por isso não busca o seu conhecimento, mas a sua compreensão".[44]

A consequência da posição de Heidegger é ficar no momento do ser e da existência e não avançar para a essência e o conceito, tal como propõe Hegel, para quem a verdade é a certeza (subjetiva), no momento em que se torna efetividade ou conceito. Trata-se de um conceito dialético, num processo que se desenvolve até o momento de plena revelação do real-inteligível, ou seja, da essência que se mostra na aparência, vale dizer, de revelação do conceito.[45] A posição de Heidegger estaria no momento do em si, na linguagem de Hegel, portanto da verdade no momento do imediato, que ainda não passou pela divisão da essência exigida pela razão na pergunta pelo *quid, do que existe ou simplesmente é, por não se poder desprezar o ente que aparece.*

Se a matriz filosófica da concepção de ciência como conhecimento de verdades produzidas por procedimentos formais do cientista, portanto, um conceito operacional que atua sobre a aparência da realidade, e se a matriz filosófica da concepção de ciência como conhecimento da essência da realidade tal como está em Platão e Aristóteles, com base na dialética hegeliana, opõem-se, reivindicando cada uma para si a verdade da verdade, pode-se afirmar que se dá uma superação dessas duas certezas (cada uma com sua verdade abstrata) pela conversão dessa cisão numa unidade, a partir do conceito de unidade da própria realidade, que não é algo separado em essência e aparência, como se esta (a aparência) fosse apenas um engano sobre a realidade, mas uma unidade que se mostra como verdade concreta dos dois momentos, essência e aparência. Quer-se dizer que o real não é apenas o que dele aparece ou o que nele se oculta; não é a essência abstrata ou separada com a eliminação da aparência, nem a aparência dada empiricamente nos sentidos sem consideração da essência, pois a aparência é o próprio modo de por-se o real na existência, o modo de a essência mostrar-se na existência,

---

[44] SALGADO, Ricardo Henrique Carvalho. *Hermenêutica Filosófica e Aplicação do Dereito*. Belo Horizonte: Editora Del Rey, 2006, p.65.

[45] Certeza e verdade são conceitos que indicam os momentos (*em si*, a certeza; *em si e para si*, a verdade) fundamentais a determinar de toda a filosofia de Hegel, tanto a *Fenomenologia do Espírito*, como a *Ciência da Lógica* e a *Filosofia do Espírito*. É suficiente aqui citar o texto referente ao Cap. V da *Fenomenologia do Espírito,* intitulado Certeza e Verdade da Razão. (V. HEGEL, G. W. F. Gewissheit und Wahrheit der Vernunft. *In: Phänomenologie des Geistes*. Hamburg: Felix Meiner, PhB B.114, 6te. Auflage, 1952, S.175-182. Contudo, uma passagem da Introdução do mesmo livro sintetiza com clareza o que é a verdade na Filosofia: "O verdadeiro é o todo. O todo, porém, é simplesmente a essência que se faz completa por meio de seu desenvolvimento. Diz-se do absoluto que ele é essencialmente *resultado*, que somente no *final* (am *Ende*) é ele o que em verdade é; e exatamente nisto consiste sua natureza: ser o efetivo, o sujeito, ou o tornar-se ele mesmo (und eben hierin besteht seine Natur, Wirkliches, Subjekt, oder Sichselbstwerden zu sein." Id.,*Ibid*., p. 21

como aparência. É da essência da essência aparecer, como diz Hegel. Ao dar-se na existência, contudo, o real se mostra como racional na forma de ser para, vale dizer, para uma consciência. Eis como a dialética da essência e da aparência se torna complexa e se desenvolve como dialética do espírito. O real é assim a unidade da essência e da existência, ou seja, da essência e da aparência. Enfim, para Hegel, o verdadeiro é a unidade da consciência e da coisa a ela oposta, do sujeito e do objeto, como procurou mostrar a *Fenomenologia do Espírito*.

A verdade é, então, todo o processo genético da própria realidade, na qual há um sentido racional, vez que essa realidade só é verdade na esfera do Espírito, ou da Cultura, que assume a própria natureza. Trata-se de verdade no sentido da filosofia. Por exemplo, a verdade do direito positivo é todo o seu processo histórico de gênese até a sua efetivação plena na forma dos direitos fundamentais como um *maximum* ético no Estado de Direito Contemporâneo.

Muitas são as concepções sobre a verdade que a reflexão filosófica produziu, quase todas conhecidas. Blackburn desenvolve um interessante tratado sobre a verdade, dentre cujas concepções releva aqui assinalar o absolutismo, originário de Platão, que defende a possibilidade de se poder conhecer o que é a verdade, e não somente a verdade de juízos particulares, empiricamente comprováveis; o relativismo de Protágoras, assim entendido por Platão, como medida do homem tomado individualmente (*Teeteto*); o minimalismo, que substitui o universal pelo particular[46]; o eliminativismo, para o qual o enigma, como, por exemplo, o conhecimento de Deus, deve ser afastado, ou para o qual determinados aspectos do conhecimento do objeto são enigmáticos ou mesmo produzem a rejeição desse conhecimento; o ceticismo e suas variantes, como o de Sexto Empírio, de Hume etc. (que não se confunde com o eliminativismo, a que o autor se refere) o qual, dentre outras características, pelas quais é conhecido, pode-se apontar que "mesmo quando temos fundamentos para nosso convencimento" de certa verdade, "nunca podemos estar seguros desses fundamentos"[47], *e do* qual pode ser exemplo o trilema de Münchenhausen (o *regressus ad infinitum*, escolha arbitrária e o argumento de autoridade ou *petitio principii*).[48]; o realismo, para o qual "os fatos devem ser descobertos, não criados,"ou, ainda, para o qual esses fatos, sobre os quais nossas afirmações são verdadeiras ou não,

---

[46] BLACKBURN, Simon. *Wahrheit*. Ein Wegweiser für Skeptiker. Übersetzt aus dem Englischen von Andreas Hetzel. Darmstadt: Wissenschaftliche Buchgesellschaft, 2005, p.75

[47] *Id. Ibid.*, p. 132

[48] *Id. Ibid.*, p.51

existem independentemente da nossa consciência[49]; o contextualismo de Wittgenstein[50], a que o autor citado denomina holismo[51]; o que poderíamos denominar consensualismo de Rorty, para quem a verdade outra coisa não é senão o com que os contemporâneos concordam[52] e, portanto, pode ser substituída por consenso,[53] o que valeria também para Habermas, etc. Cabe verificar se é possível encontrar um conceito de verdade que contemple os aspectos de verdade que essas várias e outras concepções expressam

Do ponto de vista da ontognoseologia de Miguel Reale, a verdade das ciências particulares, da natureza, mostra que as oposições não se superam e se incluem na verdade científica, numa espécie de dialética aberta como se observa a partir das experiências de Bohr com relação à natureza da luz; os opostos mantém suas diferenças em tenção e encontram sua unidade numa polaridade complementar.[54] Reale desenvolve o conceito de verdade conjetural com a qual elabora uma metafísica conjetural que se aproxima infinitamente de seu objeto e que possibilita apenas chegar a um absoluto por conjetura;[55] trata-se de uma verdade infinitamente cognoscível do infinitamente incognoscível. Desse modo nas ciencias da natureza a conjetura é comprovável, ao passo que na metafísica, não, pois esta se assenta na convicção da inverificabilidade. Naquelas produzem-se conceitos; nesta, ideias.

Paralelamente essa dialética por ele denominada da complementaridade se aproximou da denominada lógica paraconsistente, para a qual não existe o princípio de contradição. Assim se expressa o autor dessa lógica: "A lógica clássica, bem como várias outras lógicas, não é apropriada para a manipulação de sistemas de premissas ou de teorias que encerram contradições (nas quais sem a proposição e a negação são ambas teoremas da teoria ou consequências dos sistemas de premissas). Porém, nas ciências figuram contradições que são difíceis ou impossíveis de ser eliminadas (o que ocorre, por exemplo, em física, onde a teoria da relatividade geral e a

---

49 Id.*Ibid.*,p.135

50 Id., *Ibid.*,p.154 e 162

51 Id., *Ibid.*, p.164

52 Id., *Ibid.*, p.47

53 Id., *Ibid.*, p.183

54 REALE, Miguel. *Ontognosiologia.*Fenomenologia e Reflexão crítico-histórica. In: Revista Brasileira de Filosofia. São Paulo: Instituto Brasileiro de Filosofia, v.16, fasc. 62, p.161-201, abr./jun., 1966, p. 189; cfr. também SALGADO, J. C. *Miguel Reale e o Idealismo alemão: Kant e Hegel*, conferência pronunciada no "Seminário Internacional em Homenagem ao Centenário de Miguel Reale", na Faculdade de Direito da Universidade de São Paulo, organizado pelos Professores Doutores Tércio Sampaio Ferraz Jr., Celso Lafer, Elza Antonia Pereira Cunha Boiteux e Mônica Heman S. Caggiano, em 5 a 8 de abril de 2010;v. ainda SALGADO, J. C. *Atualidade do Pensamento de Miguel Reale*, conferência de encerramento pronunciada no em 19 de novembro de 2010 na Faculdade de Direito da U. S. P., no Congresso Brasileiro de Filosofia do Direito.

55 REALE, Miguel, *Verdade e Conjetura.* 2ª. Edição. Rio de Janeiro: Nova Fronteira,2001, p.91-92.

mecânica quântica são logicamente incompatíveis, em direito, onde os códices jurídicos sempre apresentam inconsistências etc.)." Em consequência, diz que "a ciência hoje não é algo que procura retratar o real" como na teoria da correspondência, mas afirma apenas que "tudo se passa em certas circunstancias como se ela fosse verdadeira. É o 'como se"[56]

Trata-se, ao que parece, de descrição de "comportamentos" dos fenômenos naturais. Ambas as lógicas, a da dialética da complementaridade como a lógica paraconsistente são comportamentos dos fenômenos naturais descritos pelo entendimento. Com efeito, o lógico pode ser considerado de dois modos: a) internamente, como estrutura do pensamento ou como regra de uso do pensamento; b) externamente, como "comportamento" da realidade. Portanto, do ponto de vista da estrutura do sujeito, do pensar e do ponto de vista da estrutura do objeto, do real. Na natureza os fenômenos são conflituosos, variados, oponíveis e assim devem ser descritos, mas a descrição deve ser coerente. No pensamento não pode haver contradição não resolvida. O fato de que na mecânica quântica as partículas atômicas têm comportamento diferente do dos objetos da mecânica clássica não indica contradição, que só se dá no plano do pensar, mas realidades diferentes, e que são captadas como realidades e não "como se" fossem realidades. Porque diferentes, são oposições ou, se se quiser tomar o termo em sentido genérico, na natureza são contradições não resolvidas, no dizer de Hegel. Ademais, uma teoria pode não ser completa e ir se completando com o tempo das pesquisas. Ou pode até ser incorreta, mas as leis que lhe deram base para a elaboração não o serão, se são efetivamente leis.

Então a pergunta fundamental que está à base do que se escreveu acima seria: afinal, há uma verdade teoreticamente objetiva? Ou então: a razão é a medida da verdade, isto é, a verdade está do lado da razão ou a verdade é a medida da razão? Vale dizer, a verdade está do lado do objeto ou do sujeito? Objetivismo ou racionalismo? Parece que nem um nem outro dos extremos. A medida é da razão, pois ela é que constrói a ciência, portanto constrói a

---

[56] COSTA, Newton Afonso da. *Paixão e Contradição*. Entrevista em publicação eletrônica: http://revistapesquisa.fapesp.br/extras/imprimir.php?id=3536&bid=1, edição 148, junho de 2008. Entrevistador:Neldson Marcolin. É interessante trazer à colação a concepção essencialista de Saul Kripke, para quem se deve ter em conta o conceito por ele formulado de "necessidade metafísica", pela qual é viável a atribuição de uma qualidade a um objeto com valor de verdade em qualquer mundo possível, como, por exemplo, a descoberta da composição da água como sendo H^2O. V. PUTNAM, Hilary. Possibilidade/Necessidade. *In*: *Enciclopédia Einaudi* . Vol.13 (Lógica-Combinatória). Lisboa: Imprensa Oficial – Casa da Moeda,1988, p. 90/110. Ainda sobre a questão da verdade e a teoria da correspondência e realista, numa perspectiva de cálculo, ver PUTNAM, Equivalência, *Op. Cit.*, p. 72 e segs, bem como do mesmo autor, Referência/ Verdade, na mesma obra, p. 129 e segs, em que discute Russel, Tarski e outros, tendo em vista a dificuldade da teoria realista, numa perspectiva também de cálculo e formalista.

verdade do objeto. Nessa construção sujeito e objeto formam uma unidade necessária.

No plano teorético, portanto, pode-se dizer que o limite e a medida de todo conhecimento é a própria razão. É a razão que diz o que é conhecimento verdadeiro ou não verdadeiro, e só ela pode dizer o que é a verdade ou, se se quiser, só ela pode dizer o que é a verdade, porque, embora para ela não haja limite, só ela é seu próprio limite. Por isso, a razão é que diz se é ou não possível a verdade objetiva, no sentido clássico, ou se ela só atua procedimentalmente, na periferia do objeto, em busca do *factum* por ela mesma produzido.

3. A RAZÃO PRÁTICA: A ÉTICA E A RAZÃO COMO MEDIDA

É preciso em primeiro lugar levantar a questão sobre se é possível falar propriamente em verdade prática ou em verdade moral, e se são esses termos equivalentes. Foi dito anteriormente que não seria adequado dizer que uma proposição prática é verdadeira ou falsa, preferindo-se empregar os conceitos válida e não válida para certa conduta ou proposições de dever ser.. Entretanto é da tradição do pensamento ético ocidental usar o termo verdade no sentido analógico para significar a correspondência da vontade ou desejo com a razão. O conceito *ortos logos* de Aristóteles ou de *recta ratio* de Cícero está a mostrar que uma razão não perturbada por afecções sensíveis, mas dominadora das paixões ou outros desvios da conduta, traça o vetor da verdade prática. Desde Aristóteles até Lima Vaz se tem concebido a possibilidade de um silogismo prático.

Em Aristóteles, a verdade prática ou a correspondência da razão prática com um desejo que põe uma finalidade[57] é diferente da capacidade de verdade, da veracidade, a qual caracterizaria a moralidade do sujeito, da pessoa veraz, capaz de interiorizar e de dizer a verdade. Note-se, contudo, que essa capacidade de dizer a verdade, de ser moralmente veraz, pode não corresponder com a verdade objetiva ou da esfera teorética.

Aristóteles, entretanto, faz uma diferença entre proposição e sentença ou frase. A proposição tem valor de verdade, as sentenças outras, não; como por exemplo as de valor expressivo. Conclui-se também não terem valor de verdade as normativas ou práticas. Diz: "Chamamos proposições somente as que têm em si verdade ou falsidade. Uma súplica é, por exemplo, uma sentença ou uma expressão, mas não tem nem verdade nem falsidade"

---

[57] Cfr.ZACHHUBER, J. Wahrheit, objektive. *In*: *Historisches Wörterbuch der Philosophie*. Darmstadt: Wissenschaftliche Buchgesellschaft, B. 12, S. 163.

Parece não contradizer com o escrito na Ética a Nicômaco, pois nessa obra quer Aristóteles mostrar que quando se trata da ação há também reflexão da razão. "Esta reflexão e esta verdade têm, pois, um caráter que diz respeito à ação"[58]; e essa reflexão é a mesma que ocorre com a razão que conhece apenas, sem se dirigir a uma ação. Quer-se aqui frisar que mesmo na estrutura elementar da ação está presente o comando da razão no ato de reflexão.

Quando se fala em ética a primeira pergunta que ocorre é sobre a origem desse termo: Ética constitui a matéria da ética de modo geral, ética no sentido amplo. A palavra Ética, porém, pode ser tomada em um sentido estrito, então nós temos uma teoria moral, a moral, uma ciência que cuida da moralidade, enquanto comportamento virtuoso do indivíduo, ou no sentido amplo, um estudo sobre tudo aquilo que, de modo geral, se denomina *ethos*.

Portanto, ética vem de *ethos*. Ética é ciência — *ethos* é o objeto dessa ciência, é a palavra fundamental para se entender a Ética no sentido amplo, pois interessa o **pensamento** ético do Ocidente. O pensamento ético do Ocidente, portanto, é a Ética no sentido amplo, ou seja, a Ciência do *Ethos*. No grego essa palavra é escrita de dois modos: com a letra denominada *epson (ϵ)* e com outra denominada *etha (η)*; são duas letras diferentes que têm a mesma pronúncia; em ambos os casos pronuncia-se *"ethos"* (com *é* aberto). No primeiro modo de escrita, *ethos* (*ἔθος*), com *epson*, significa a conduta do indivíduo, a interiorização do Ethos com *etha*, ou seja, a interiorização do costume, portanto o hábito. *Ethos* com *epson* é igual a hábito. *Ethos* (*ἤθος*) com *etha* é igual a costume.

Hábito vem da palavra latina *habere*, aquilo que o indivíduo *tem* como seu, como próprio, que traz como pertencente a si mesmo; é como o *costume* na sociedade. A palavra hábito significa aquela constante prática de um ato de um indivíduo e a palavra costume é a constante prática de atos coletivos da sociedade. Essa primeira explicação é para entender-se o objeto da ética, para depois abrir-se o caminho para o desenvolvimento de uma teoria da justiça. O hábito aparece em primeiro lugar como medida; é o costume interiorizado como medida. Pode-se falar em medida e desmedida do hábito; e o mesmo ocorre com o costume. O hábito como medida é a interiorização do bom costume. Então é virtude.

O conceito de medida (*métron*) leva ao de igualdade, elemento essencial da justiça, e, ao mesmo tempo, ao de valor.

---

[58] ARISTÓTELES. Ética Nicomaquea, VI, 1, 1139a. *In: Obras*, p.1241. Veja-se a excelente exposição de Lima Vaz: "Enquanto *forma* imediata da racionalidade (ou razoabilidade) do agir ético, a *phrónesis* desempenha uma função mediadora essencial entre a *universalidade* dos princípios e a *singularidade* da ação." (LIMA VAZ, *Escritos de Filosofia V*, p. 49).

A primeira forma de medida que na esfera ética a razão impõe ao desejo ou ao arbítrio que, deixados por si mesmo avançam para a desmedida (a *hybris)*, é a lei, moral na disciplina da virtude, ou jurídica, no indivíduo na relação com o outro, ou na sociedade, na qual o indivíduo não é pensado "na particularidade da sua existência natural, mas na universalidade racional da sua existência política, como sujeito livre de direitos e deveres"[59].

Em texto claro e lapidar, Lima Vaz assim descreve o significado de *métron* assim como, no indivíduo, o movimento do desejo tende ao excesso e deve ser regido pelo *métron* da virtude, assim a dinâmica do poder é habitada internamente pela desmesura ou a *hybris* da violência e deve ser regulada internamente pelo *logos* presente na lei.[60]

O relato da palavra medida é muito significativo para a teoria da justiça. Para se entender o que é justiça, é necessário entender exatamente o conceito de medida entre os gregos, o elemento que está no nascedouro da noção de justiça. O *ethos* como hábito aparece então como interiorização do costume, portanto, como medida, porque o costume é medida. Há, porém, costume como medida e como desmedida; a rigor não poderia haver costume como desmedida, pois costume é de todo o povo, e um mau costume significaria a decadência desse povo; mas medida é também a interiorização do costume como prática, os bons costumes. Na língua portuguesa sempre aparece esse termo "bons costumes" – *mores* –; se os bons costumes são interiorizados tem-se a virtude. Virtude é o hábito bom; entretanto, se o hábito é uma desmedida, é denominado vício.

A desmedida é representada na língua grega com a palavra *hybris*. *Hybris* é o rompimento de qualquer medida. No *ethos* objetivo tem-se ainda uma medida interna; essa medida interna é a religião. Entre os gregos a medida interna estava vinculada à religião. A medida externa é o direito, a lei – *nomos*. A *hybris*, a desmedida, caracteriza a corrupção dos costumes. Ela aparece como uma forma da infração interna. A resposta para a infração interna do costume é a moral e a religião, que entre os gregos estão ligadas.

Quando há uma infração a uma norma costumeira, na medida em que essa norma costumeira é tida como bons costumes, tem-se uma infração interna. Essa infração interior viola uma norma moral, portanto, que só atinge o interior. A resposta a essa infração interna para o restabelecimento da medida, o costume, é a própria moral, porque a moral não é o que o indivíduo cria arbitrariamente. Ela é antes de tudo um conjunto de normas sociais

59 LIMA VAZ, Henrique Cláudio de. *Escritos de Filosofia II* – Ética e Cultura. São Paulo: Edições Loyola, 1988. p. 139.

60 Id. *Ibid.* p. 137.

também, neste sentido: criadas pela sociedade. Não é social no sentido de que regula a relação de um indivíduo com outro; regula uma conduta do indivíduo na medida em que ele tenha consciência que moral é medida da infração que ele pode cometer (do ponto de vista moral). Mas a moral é criação da sociedade, não do indivíduo. Mesmo se se aceita a autonomia moral no sentido de Kant, a lei moral daí decorrente é uma lei que concerne a todo ser racional. E na medida em que o autor de uma ação cumpre ou descumpre a lei moral, estará necessariamente relacionando-se com os outros, a menos que não viva em sociedade.

Quando a infração é externa, isto é, alcança ou pode alcançar a esfera de outra pessoa, a resposta é o direito. Nessa fase, o que é chamado costume é exatamente o *êthos* objetivo e o hábito é o *ethos* subjetivo. O *êthos* objetivo aparece na denominação grega como *nomos*, como lei. Não há uma distinção nítida na formação do *êthos* ocidental. Há uma distinção entre *nomos* e *physis*, mas não entre *nomos* e costume; o *êthos* envolve o *nomos* jurídico e todas as formas de normas que podem existir na vida social do homem. O *ethos* é toda forma de vida, de conduta do homem, não só a conduta ética no sentido estrito, como moral, mas o direito também; não só o direito escrito como também o direito costumeiro; e não só o direito positivo, mas também o natural. Surge a primeira dicotomia ocidental importante, a divisão entre *physis* e *nomos*, que aparece em um período mais avançado da cultura grega, evidentemente mais ou menos o que marca o nascimento da civilização ocidental, no séc. VIII a.C., com a descoberta da razão epistêmica, a partir de Thales de Mileto.

Contudo, é a razão que se impõe como medida, tanto da *physis*, quanto do *nomos*. O modo como ela estabelece a medida da conduta humana é, em primeiro lugar, a justiça como virtude, entre os gregos, e a justiça como razão objetivada na *lex*, entre os romanos.

Quando há a descoberta da razão, há a descoberta da ciência, pois trata-se da razão demonstradora. Os sofistas, mais tarde, colocaram o primeiro problema da ética ocidental, o da relatividade da norma ou lei humana, o *nomos* diante da *physis*. Até então tem-se uma Ética monotética, neste sentido: que tanto a lei da *physis*, quanto a lei da sociedade (*nomos*), a lei da natureza como a humana são uma coisa só para o grego. O grego não fazia nenhuma distinção entre a lei da natureza e a lei da sociedade. A lei em ambos os casos promanava da divindade, da mesma origem. Por isso a justiça era a deusa da verdade, da ciência para Parmênides.

Nesse período, a grande preocupação do grego era com o problema da medida. Por que algo é medida? Quem dava a medida de todas as coisas e a medida da conduta do homem? Começa a ficar claro o conceito de justiça.

A medida, o *métron*, da conduta era dada pelos deuses, pela divindade. Ora, a primeira medida que o homem tinha de observar é não querer ser igual a um deus. A cultura grega começa a estabelecer o conceito de justiça: não querer ultrapassar determinados limites. A medida de ser simples mortal e humano. Quando o homem ultrapassava essa medida, esse limite, surgia o que se chamava *hybris*, essa vaidade pela qual rompe com todas essas medidas. Essa desmedida do homem, de querer ser igual a um deus, tinha uma resposta fatal, a *moira*, o castigo dos deuses ou o destino, a perda da medida de si mesmo, da sua autonomia de vida.

Esse conceito de justiça, que aparece nessa primeira fase da formação da cultura ocidental é de suma importância. Faz aparecer o conceito, ou pelo menos uma dimensão antropológica muito importante da cultura ocidental, o conceito do homem trágico grego. Toda tragédia, toda beleza da poesia grega decorre exatamente do homem grego tal como ele é. Em primeiro lugar, ele é um indivíduo que tende a obedecer os limites traçados pelos deuses, em que as normas, a lei, eram impostas pelos deuses e, na medida que ultrapassava esses limites, essa medida de conduta, que eram as leis dadas pelos deuses, cometia o pecado maior, de querer ser igual a um deus. Quando acontecia esse pecado do orgulho, da *hybris*, surgia o castigo, e o castigo era o destino. Isso significa: ele não é mais senhor de suas condutas; um deus passa a traçar toda sua vida; não tem mais liberdade de escolha em toda sua vida. Note-se que o grego não deixou de reconhecer a liberdade do homem, porque naquele primeiro momento ele é livre entre escolher romper com todas as suas forças aqueles limites traçados pelos deuses ou não; é totalmente livre; rompe porque quer. Se rompe, porém, aliena a sua liberdade.

Ora, aí está também o momento trágico do homem grego. Na medida em que ele recebe os limites impostos pelos deuses para não ser como deuses, é ao mesmo tempo dotado de um dom que o impele a romper todos os limites, o *logos*, a razão, porque só ela é limite e só ela põe limite às coisas e a si mesma. A razão é a faculdade do universal[61] que faz com que o homem rompa todos os limites possíveis. Não há limite para a razão, não há limite para o conhecer do homem. Exatamente porque é racional, quer ser igual a um deus. Portanto, é um ser *determinado* a romper todos os limites por ser racional, porque para a razão não há limites, ao mesmo tempo a religião impõe-lhe limites. Essa natureza da razão de ser sem-limites é a sua própria perdição; uma essencia externa, que é ela mesma alienada,o de que ela não sabe, impõe-lhe limites, e castiga-a com a moira, o destino, a sua absoluta negação. Esse é o conceito trágico do homem grego. Por isso surgem as

---

[61] Cf. LIMA VAZ; HEIDEGGER: *Introdução à Metafísica*. Trad. de Emmanuel Carneiro Leão. Rio: Tempo Brasileiro, 1966, p. 190. Ver ainda SALGADO. *A ideia de justiça em Kant*, p. 105.

tragédias que descrevem o destino traçado por um deus para um determinado herói, expresso na beleza da dramaturgia grega: Sófocles, Eurípides, Ésquilo. Essa representação religiosa é uma forma pela qual a razão aliena a sua própria essência. A divisão está nela mesma; o limite e o ilimitado, o finito e o infinito, a liberdade e a determinação do destino estão na própria razão. Por isso, a sua unidade aparente cinde-se, primeiro em razão mítica. A razão cria uma razão fora dela mesma, infinita; não sabe que é ela mesma o infinito, não sabe do seu poder infinito. No mito está essa cisão. O modo por que ela retorna a si é a razão epistêmica. E nas formas sociais de vida, a superação de si, da sua alienação na medida imposta pela razão divina, na essência alienada, o seu retorno dá-se na razão epistêmica ética. Com a ética, a medida passa a ser a própria razão, mas reconciliada consigo mesma. Por isso o sofista intui que o homem é a medida de todas as coisas, não os deuses.

Esta primeira fase, então, mostra como é que nasce o conceito de desmedida. Daí para frente, numa segunda fase, propriamente a partir dos sofistas, a medida não é mais imposta pelos deuses. Uma frase de um sofista dos mais importantes, Protágoras, aliás, o único que Platão respeitava, é o gonzo que faz girar a razão sobre si mesma. Em Protágoras há uma reviravolta, uma inversão dessa medida imposta pelos deuses. Não são mais medidas para o homem. Com Protágoras o homem é que é medida de todas as coisas, inclusive dos deuses, "das coisas que são enquanto são e das coisas que não são enquanto não são". O homem – entendido como espécie, não como indivíduo isolado[62] é critério exclusivo de toda a verdade de tudo que existe. Esse é o marco do nascimento do momento antropológico da filosofia, e de que surge a divisão nítida de *nomos* e *physis*. Em Protágoras propriamente não há uma cisão. Em Protágoras há a reconciliação da razão consigo mesma, como o absoluto, o critério supremo da verdade do ser, a medida de tudo. A partir dele, porém, aprofunda-se a cisão dentro da própria razão: o conhecimento da aparência e da essência e, na essência, da *physis* e do *nomos*. *Nomos* como a lei que rege o homem, a sociedade, e a *physis*, as leis que regem a natureza. Sócrates está em meio a essa efervescência cultural. Com Sócrates, a medida da conduta humana não é mais imposta pelos deuses como algo que lhe é externo, mas pelo próprio homem, a ele interna, porém não como opinião subjetiva, pois é objetivamente dada no conceito, portanto passível de conhecimento universal.

---

[62] Em *Protágoras*, também no *Teeteto,* Platão combate o relativismo sofista e inclui Protágoras nessa concepção. Dìes, baseado em Theodor Gomperz, entende ter Platão não esposto corretamente o pensamento de Protágoras. Cf. MIGUEZ, José Antonio. Preâmbulo. *In*: PLATON. Teeteto o de la Ciencia. *In*: *Obras Completas*. Madrid: Aguilar, 1977,p. 890.

Sofistica é o rico movimento cultural que surgiu no séc. V, a.C.. Entre os sofistas surge Sócrates, o criador da Ética como ciência. Sócrates legou duas grandes contribuições: a criação do conceito, que é o primeiro passo para a criação da lógica aristotélica, da Lógica formal, a Lógica que conhecemos hoje, e a criação da Ética como ciência das virtudes, estudo das virtudes humanas. Já Aristóteles reconhece essa grande contribuição de Socrates para as ciências, pois foi "o primeiro que, tratando das virtudes morais, intentou buscar umas definições universais sobre elas".[63]

A Lógica é o primeiro modo pelo qual a razão volta sobre si mesma par dar-se limites, ao mesmo tempo que impõe limite ao conhecimento das coisas, e a Ética, o primeiro modo de ela estabelecer limites à ação.

Quando se chega ao direito aparece algo muito importante. Desenvolve-se no Ocidente uma nova dialética. No costume tem-se a sociedade, pois é ela que produz o costume. No hábito tem-se o indivíduo. Quais são os valores, elementos importantes que aparecem nessas duas faces de uma mesma realidade, que é a realidade do agir humano? O indivíduo e a sociedade. Não há sociedade sem indivíduo, nem indivíduo sem sociedade. O conceito de homem é eminentemente dialético. Essa é uma proposição apresentada por Aristóteles: *zoon politikón* e *zoon logikón*. Se é lógico, se pensa, pensa na medida em que há o outro que capta o pensamento como comunicado, *logos*. Do contrário não seria pensante. Por isso é social; e mais, é político, isto é, não só social no sentido de viver em aglomeração, em que os indivíduos estão vinculados por determinações naturais, mas social, vinculados culturalmente, portanto na medida em que se organiza, se estrutura politicamente, no Estado que dá unidade ao indivíduo e à sociedade.[64] Estruturar-se politicamente é estruturar-se na forma de poder. Então, aparece aqui o primeiro tema importante da sociedade, o poder e, de outro lado, a perversão do poder, evidentemente; a perversão do poder é o arbítrio e a violência. É a desmedida. Para o grego é a tirania, a perda da liberdade de um povo, da sua autonomia, ou seja, a perda do poder de fazer as suas próprias leis, de traçar seus próprios limites, por estar o poder da razão, que é um *nós*, alienado no arbítrio de um *eu,* de um só. O *nós* é o momento próprio da razão, que trás em si todo um processo dialético a envolver a consciência oposta ao seu exterior[65], ao objeto, pela consciência de si, sempre como abertura para

---

[63] ARISTÓTELES. Metafísica, XIII, 1078 b. *In*: *Obras*, p. 1065.

[64] Sobre uma democracia participativa, abordando o homem perante o Estado, ver SOARES, Fabiana de Menezes. *Direito Administrativo de Participação*— Cidadania, Direito, Estado, Município. Belo Horizonte: DelRey, 1997.

[65] "Nossa análise da noção de consciência situa-se numa perpectiva dialética, isto é, aquela que permite definir o homem enquanto oposto ao mundo, e, por isso mesmo, relacionado dialeticamente com o mundo." O homem não é entedido por Lima Vaz na categoria lógico-formal do gênero próximo e

o objeto até a consumação de um *nós*, que é também um *eu*, como Hegel descreve na *Fenomenologia do Espírito*. Por isso, a organização do poder ou sua estruturação em órgãos implica numa ordenação, o que significa a direção do poder ou sua subordinação a normas jurídicas. Organização do poder (a sua realização através de órgãos vinculados e subordinados, formando uma unidade *racionalmente articulada)* e ordenação e disciplina desse poder e das condutas dos indivíduos (por meio de normas jurídicas, portanto de auto-limitação da razão) constituem uma forma de vida própria do homem, que evolui até se consolidar em ato, nesse primeiro período, o clássico, na república e no império romano, o momento mais expressivo de uma sociedade racionalmente organizada politicamente e ordenada juridicamente.

Desde os pré-socráticos, a preocupação em aproximar a palavra, a razão e a lei, é constante. É a palavra, na linguagem contemporânea a ação comunicativa da linguagem, para Isócrates (354 a.C.), a origem, segundo aponta Romilly[66]. A palavra tornou possível a sociedade civil, principalmente porque fez com que se pudesse diferenciar o justo do injusto, sem o que seria impossível habitarem os homens uns com os outros.

A palavra (*logos*) é instrumento de convencer os outros e a nós mesmos, portanto, o próprio critério da verdade, a razão. Viver segundo a palavra é viver segundo a razão, na esfera de um nós, segundo uma ordem, e a lei é uma ordem determinada por um acordo consciente.[67] Portanto, por um querer racional ou determinado pela razão.

Platão procurava uma instância superior desse *logos* identificado na palavra, pois o *logos* é critério de verdade. Não se contentava com ser a razão que discute e decide[68]. Platão procura uma faculdade pura com relação a qualquer determinação externa e substitui o *logos* por *nous*, que, desde o início, tem o significado de ato interior do pensar, depois inteligência ordenadora, *matrix*.[69]

No *Fedro* (278c), *logos* se aproxima de *nomos*, pois *logos* é ainda discurso, e nas *Leis* (674b) o *nous* e o *nomos* aparecem como direito e o homem

---

diferença específica, como, por exemplo, diz, "animal racional", mas segundo uma linha de pensamento na dinâmica da história, que não admite "a ordenação da realidade em quadros fixos e estáticos". O homem é um ser histórico e sua definição "pela consciência – em sua oposição ao mundo –" dá "uma compreensão dinâmica da sua essência." (VAZ, H. C. de Lima. *Escritos de Filosofia VI* – Ontologia e História. São Paulo: Ed. Loyola, 2001, p. 247-248).

66 ROMILLY. Jacqueline. *La loi dans la pensée grecque*– dès origine à Aristotes. Paris: Belles Lettres, 1971, p. 174.

67 Idem. *Ibidem*. p. 175.

68 Idem. *Ibidem*. p. 176.

69 Ver VAZ, Henrique Cláudio de Lima. *Contemplação e Dialética nos Diálogos Platônicos*. São Paulo: Edições Loyola, 2012, p. 28-30.

deve obedecer a um só comando, o da razão, pois que o comando da razão é a lei comum da cidade.

Parece que no séc. IV a lei deixa de ser algo que se dê pelo costume apenas, para ser um produto, uma construção direta da razão[70]. No plano do agir é a razão a medida de todo o ético, vale dizer, do *êthos* em geral. Aqui não se trata de verdade, mas de validade, em primeiro lugar. O uso de palavras de natureza teorética na ordem ética, não pode trazer a confusão de conceitos, como verdadeiro ou falso, certo ou errado, vez que no plano ético há termos próprios, como justo e injusto, bom e mau, pio e ímpio. Mesmo quando se usa certo e errado não é com o mesmo significado com que essas palavras são usadas na esfera teorética. Uma proposição normativa ou que tem sentido de dever ser é válida ou não válida e a conduta com ela ajustada ou não é justa ou injusta, boa ou má, ou ainda, se quisermos um termo genérico, correta ou incorreta, embora essa palavra possa ser usada também para proposições teoréticas ou de significado de verdade ou de conhecimento. Deve-se, contudo, ter o cuidado para não cair num normativismo abstrato ou num decisionismo também abstrato, pelo qual há uma norma "fictícia" ou, em última instância, a vontade é a origem da norma, pois a razão, em primeiro lugar, valora o fato para depois elevá-lo a pressuposto de uma norma.

Não é infundado dizer que o processo de logicização do pensamento e da cultura grega, tanto para explicar a realidade natural, quanto para entender o agir humano nos seus relacionamentos sociais, alcança seu momento próprio na universalização do múltiplo e do mutável, portanto, da unidade na multiplicidade e da permanência na mudança; é o que faz a lei, a medida da razão, cuja natureza é instaurar o igual. A razão já começa a impor a sua medida no costume jurídico, moral ou religioso. É, contudo, na lei escrita que essa medida se torna plenamente racional, pensada. E o primeiro passo para que a conduta seja efetivamente igual, ocorre necessariamente na lei jurídica, a medida definitiva, cuja expressão mais lúcida foi dada na definição do Jurista romano: *Lex est commune praeceptum. Eis o primeiro elemento de essência da noção de justiça: a universalidade da lei e, com isso, a igualdade de todos perante ela.*

Na questão da justiça, convém ainda trazer à consideração a passagem do Evangelho, mencionada por Blackburn,[71] em que Pilatos pergunta a Cristo: "O que é verdade?", de grande importância quanto ao seu significado jurídico. Trata-se de uma pergunta de duas dimensões: a primeira tem o sentido de metalinguagem, então com a intenção de saber o que é essa

---

70 Idem. *Ibidem*. p. 178.

71 Cfr. BLACKBURN, *Op. Cit.*, p.75

realidade que denominamos "verdade," e se é uma realidade. A segunda tem o sentido contextualizado e minimalista, para usar a palavra empregada por Blackburn, vale dizer: se Cristo diz que Ele é a verdade, quer isso significar que tudo o que Ele ensinou corresponde à realidade; mas Ele ensinou moral e também afirmou ser Filho de Deus e rei. Trata-se de uma afirmação (proposição apofântica) no plano teorético no sentido amplo de conhecimento, portanto sujeita a ser julgada verdadeira ou falsa. Para Pilatos, essa afirmação, verdadeira ou falsa, não tinha qualquer consequência normativa, pois a ordem normativa com a qual deveria valorar esse fato era a ordem jurídica romana, na qual não havia tipificação para aquele fato; então para ele Cristo era inocente. Já para os judeus a afirmação era falsa, ou seja, dizer Cristo que era Deus era falso e isso tinha uma consequência normativa na ordem religiosa deles, isto é, tratava-se, para eles, de fato valorado numa norma religiosa como blasfêmia ou outra infração sujeita a uma determinada sanção. O que se quer aqui mostrar é que a verdade de Cristo podia ser verdade para Pilatos, mas não para os judeus, ou seja, a afirmação de Cristo era verdadeira para Pilatos e falsa para os judeus. Do lado ético, o fato da afirmação era conduta justa, segundo a ordem jurídica romana, e injusta segundo a ordem jurídico-religiosa dos judeus. Em resumo: a) do ponto de vista teorético, a afirmação era *verdadeira* para Pilatos (não era difícil para um politeísta e romano acreditar ser Ele Deus e também rei dos judeus) e *falsa* para os judeus; b) do ponto de vista ético, a afirmação falsa configurava conduta *injusta* para os judeus, mas para Pilatos a conduta era *justa*, independentemente de ser a afirmação verdadeira, vez que a ordem normativa que tinha competência para aplicar era a jurídica romana, e nesta não havia tipificação para aquela conduta; sua competência era para aplicar leis jurídicas romanas, não leis religiosas judaicas, ainda que fossem também jurídicas. Isso decorria de norma implícita no direito romano, de direito internacional, tratado tácito, pelo qual Roma deveria respeitar a cultura, a religião, os costumes, o direito comum e respectivas normas do povo sob seu domínio, no que não colidia com a autoridade romana. Se Pilatos determinasse a soltura do acusado, estaria usurpando um poder que só competia aos judeus, o de aplicar as normas jurídico-religiosas que lhes eram próprias. A execução do julgamento, porém, já não estava na esfera jurídica, mas política, do poder, e esse era da potência dominadora. Roma tinha o monopólio da força. A execução do julgamento só ela poderia dar. Essa competência, portanto, não se confunde com a de julgar. A prisão foi decretada pelo Estado judaico, já com acusação formal – por quem representava o Estado, que estava em lugar ou na Cátedra de Moisés[72] – e o processo desenvolveu-se perante órgão superior do

[72] Cfr RATZINGER, Joseph. *Jesus de Nazaré*. Da entrada em Jerusalém até a Ressurreição. Tradução de Bruno Bastos Lins. São Paulo: Editora Planeta do Brasil, 2011, p.159. O Capítulo 7 desse livro é

Estado, não se podendo separar interrogatório de processo. A intenção era envolver o Governador, ainda que para mostrar-lhe fidelidade, pois Roma detinha o poder de aprovar o rei ou o que suas vezes fizesse. A remessa de Jesus ao Governador Romano não foi para julgar, mas para executar. Disso não de pode duvidar, diante dos pronunciamentos e atos de Pilatos. E como ocorre na ordem jurídica romana, Pilatos, reconhecendo inocência em Jesus, deu-lhe um verdadeiro recurso para o povo, analogamente ao *ius provocationis* do direito romano. Entretanto, o povo confirmou a condenação feita pelo Sinédrio por blasfêmia ou pretensão messiânica que equivalia "a reivindicação da realeza sobre Israel".[73]

Não se deve, por outro lado, esquecer que não havia separação entre Estado e religião no Estado judaico. O temor do Sumo Sacerdote da Judéia tinha fundamento, pois mesmo que Cristo dissesse que seu reino não era deste mundo, por se tratar de religião, tratava-se também de política. A ação reiligiosa de Jesus era também ação política contra o Estado judaico, portanto contra o Sumo Sacerdote que o represetava e contra o Sinédrio. Diante disso, por habilidade ou mesmo sem propósito, o seu argumento de que sacrificar uma pessoa, ainda que inocente, era melhor do que sacrificar a nação convenceu o Sinédrio. Embora essa ameaça não existisse, pois a ameaça de Jesus, para o Romano, era religiosa e, ainda que se dissesse rei, teria de ser reconhecido por Roma, possivelmente depois de aceito pelo Sinédrio, o qual estava indeciso antes dos argumentos do Sumo Sacerdote. A separação entre Estado e Religião era uma novidade trazida por Jesus para Israel, diante dos seus inequívocos pronunciamentos, como: Dai a Deus o que é de Deus...; O meu Reino não é deste mundo...

Do diálogo entre o Governador romano para a Judéia podem-se inferir conclusões válidas. Pilatos, como bom romano, conhecia o seu direito (o direito romano), acostumado que estava a delimitar competências, como o fez naquele momento, ao julgar-se incompetente para aplicar o direito religioso judaico, vez que essa lhe era reservada apenas no âmbito do direito de Roma, cuja distinção entre ordem normativa moral ou religiosa e ordem normativa jurídica era clara, ao contrário do que ocorria no direito judaico. Remeteu aos judeus a competência para julgar, mas, julgado, era de sua competência dar execução à decisão, pois só Roma tinha o monopólio da força, por reserva.

A argúcia de Pilatos ao por a pergunta ou questão, "O que é a verdade?"a Cristo, que evidentemente lhe parecia um sábio, mostrou que não podia ela

---

de leitura obrigatória para quem deseja entender melhor o processo de Jesus, segundo a interpretação desse grande Teólogo do Cristianismo.

[73] Id. *Ibid.*, p. 163 e p. 167.

ser respondida na empiria dos fatos cotidianos, pois estes mostraram-na *conflitiva*. E, diante dessa oposição entre verdade para ele e verdade para os judeus, estava implícita uma dialética dessas oposições no sentido metafísico, a verdade sobre a verdade, cujo conceito pudesse dar unidade à oposição empírica, isto é, era necessário o plano metafísico para a busca da resposta à pergunta, "O que é verdade?"

No plano religioso, ou teológico, na esfera da fé, a verdade era o próprio Cristo como verbo encarnado, sua vida, sua palavra e sua obra. Pilatos, porém, viu de perto a sua sabedoria e pretendeu uma resposta no planto do conceito, ou seja, na esfera da razão. Como, porém, estava afeito a distinguir competências, deixou a pergunta sem resposta, uma vez que cabia ao filósofo, não ao jurista ou ao político, encontrá-la.

No diálogo de Cristo com Pilatos percebem-se, como se vê, dois conflitos de valores transcendentes (segundo a visão de Platão): o *verum* e o *bonum* ou o ético na forma do *iustum*. Com efeito, do mesmo modo que o fato produziu um conceito empírico de verdade e, por isso, antinômico, a consequência valorada do fato produziu um conceito empírico de justiça, por isso também antinômico.

A pergunta "O que é a verdade?", no caso, gerou uma outra pergunta, então no plano prático, especificamente ético-jurídico,"O que é justiça?". Ambas as questões exigem a busca de uma resposta para além da empiria, exigem uma resposta no plano da filosofia, no caso, metafísico e metajurídico. Esse é a única esfera em que se poderia encontrar uma resposta, porque nela a razão é a medida e o juiz absoluto.

Toda a fraseologia que se produziu sobre esses conceitos não conseguiu satisfazer ou desviar essa exigência da razão. De qualquer modo, o conceito de verdade e o de justiça inserem-se no esforço de impor a medida da razão, quer no conhecimento teorético, quer no prático ou, ainda, no poiético, mesmo que, nesse último, o do fazer ou produzir um resultado, a técnica imponha à razão um caráter instrumental, por força da determinação do objeto.

Se não pode o conceito de justiça ser induzido da empiria do fato, como é revelado na esfera filosófica, mais precisamente, jusfilosófica? Somente se a razão puder ser medida do direito positivo. Vale dizer, se o direito se tornou, no seu percurso histórico no Ocidente, mais racional, o que significa ainda dizer, se realizou uma ordem jurídica e social de pessoas mais livres e iguais. Dizer se determinada conduta é justa ou não pode ser uma questão de técnica de aplicação. Neste caso, a medida da razão é dada na estrutura da justiça formal (a universalidade e objetividade da lei, a segurança jurídica, a certeza jurídica, a igualdade perante a lei ou na lei, o processo no seu desdobramento com o terceiro neutro, a igualdade das partes, o contraditório, as técnicas hermenêuticas etc.). Dizer, porém, o que é a justiça é uma questão substancial, que só pode ser respondida se tomada como ideia do direito, a ser enfrentada pela Filosofia do Direito.

SEGUNDA PARTE

A CULTURA GREGA: O PROBLEMA DA IGUALDADE E DA UNIVERSALIDADE

1. A *PAIDEIA*

O método pelo qual se conhece a coisa, ou seja, o método do conhecimento, que capta na realidade externa o universal, como permanente e uno, é o dado característico da cultura grega. Não satisfazendo ao conhecimento as narrações míticas de sua justificação, nem os conhecimentos empíricos fragmentários, ainda que em grande quantidade, era necessário primeiramente saber como saber cientificamente, isto é, descobrir o modo de conhecer a realidade, com abertura para infinitas possibilidades ao conhecimento científico. É o que se convencionou denominar "a descoberta da razão" ou "o milagre grego" .

Segundo o ideal de formação do homem grego, ele deveria se ver diferente dos demais objetos da natureza. Passa a se preocupar não apenas com as transformações da natureza, mas do próprio homem. Na famosa frase: "Torna-te aquilo que és", é possível compreender nesse imperativo que o homem *deve* buscar aquilo que ele *pode* ser. Evidentemente, o homem não *pode* o que *quer*. Só uma vontade divina pode o que quer. O homem, porém, deve o que pode, isto é, se *pode* ser melhor, *deve* ser.

Através da educação, o homem deveria buscar ser aquilo que ele projetava para si. Aqui a questão da medida da razão é uma questão *a priori*, pois antes de tudo, como homem ou racional, a relação com o outro tem de dar-se no reconhecimento, que implica o ver o outro como um igual. A igualdade é nesse caso o primeiro ato de medida da razão, e que só ela pode fazer.

Como nasce a ideia de igualdade? Essa é a primeira questão que se coloca na busca da ideia de justiça. É na cultura grega que se encontra o começo ou fonte da cultura e civilização que se convencionou denominar civilização da razão, entendida como razão científica ou demonstradora, a informar todo o processo civilizatório do Ocidente. E é na filosofia entendida como vocação ou chamado para o saber, na busca da explicação radical do real, e desse modo como conhecimento metódico a implicar a separação do sujeito cognoscente e de um objeto que se lhe antepôe, em abertura para um processo infinito, e a marcar a diferença fundamental entre esse saber e o de outros povos, que se dá essa razão. Nesse sentido a filosofia é o saber próprio do Ocidente, e constitutivo do espírito do Ocidente, cuja característica é ter a razão como medida. É suficiente lembrar o significado de cosmos, que traz em si o conceito de unidade de uma pluralidade, de equilíbrio, ou seja, igual peso, harmonia, e daí partir para o conceito de igualdade, implícito no de unidade do plúrimo. Esse começo da ciência e seu desenvolvimento é traçado por uma atitude de fundamento, um conhecimento noético jamais experimentado, sem precedentes históricos e sem pressupostos lógicos, pois que se trata de conhecimento por princípios, a metafísica, nesse momento da cultura ocidental, portal de todo conhecimento científico.

A cultura grega pode ser compreendida, usando uma expressão de Jäger, a partir do ideal de formação do homem grego, de sua *paidéia*. É através da *paidéia* que podemos entender o espírito grego, ou a *psyqué* grega, em três dimensões que compõem substancialmente essa psiquê. Embora num certo tempo histórico prevaleça um desses modelos de formação do homem grego, não quer isso dizer que as outras dimensões se tenham extinguido ou não estejam presentes. São elas, avançando a partir de Jäger, a *Arete* heróica, a *techne* política e a *sophia* científica.

Antes, porém, de percorrer esses momentos da *paidéia*, convém entender como se estrutura a *psyqué*, na qual se desenvolve o processo de conhecimento, tal como a concebe o grego, principalmente na visão privilegiada de Aristóteles.[1]

Partindo do clássico conceito de homem dado por Aristóteles, animal racional (*ζοόν λογικόν*), de imediato percebemos duas características que determinam as faculdades de conhecer desse ser: a sensibilidade (*άισϑεσις*) e o entendimento (*λογος*). A sensibilidade por si só não produz conhecimento, pois o que é captado pelos sentidos tem de ser levado ao plano do entendimento para ser pensado e gerar o conhecimento. A prevalência dos sentidos no processo de conhecimento produz apenas doxa, opinião individual, a menos que se trate de uma opinião coletiva, admitida consensualmente, caso em que se dará um conhecimento válido, do senso comum (*άισϑεσις κοινή*), o que é comumente aceito. Se essa verdade do senso comum é admitida pelos sábios, passa a ter uma dimensão qualitativa, do bom senso, é *eudoxa*. Este é um procedimento diaporético: a partir de uma premissa aceita, um

---

1 BERTI, Enrico. *As Razões de Aristóteles*. Trad. de Dion Davi Macedi. São Paulo: Loyola, 1998, p. 150 segs..

endoxón, o raciocínio que aí se desenvolve é o dialético, no qual evidentemente está presente o entendimento, o *logos*.

O conhecimento rigorosamente científico, apodítico (*apodeixis*) ou objetivo, no sentido de que se impõe ao destinatário ou a quem quer que a ele tenha acesso, desenvolve-se no plano do *logos*. O logos é a faculdade de produzir conceitos, juízos e raciocínios, modo pelo qual discorre o pensamento, produz conceitos, relaciona-os e faz a conexão das proposições. Faz o discurso (*kriterion*) da *ousia*, da essência.

O *logos*, porém, considerado na sua natureza, é concebido pelos gregos em dois níveis: a) o da *diánoia*, o entendimento propriamente dito, que em latim se denomina *ratio*; b) o do *nous*, a razão propriamente dita. Resumidamente podemos dizer que a *diánoia* é a capacidade de produzir conhecimento, no caso conhecimento científico, por exemplo, o discurso matemático para Platão. Ela é a responsável pela criação da ciência no sentido de *episteme* , conhecimento necessário e universal, portanto teórico (*ϑεωρεῖν*) e do argumento apodítico (*αποδείζις*) que se desenvolve no discorrer do *logos*[2]; pela técnica, (*τεκνή*), no sentido de conhecimento aplicado e pela prudência (*φρόνεσις*), no sentido de conhecimento aplicado à conduta.

O *nous* (*νούς*, que em latim é expresso com a palavra *intellectus*), a razão (no sentido dado em Kant, pode-se dizer) é a faculdade de conhecer os princípios de toda ciência, da *episteme* em geral. A sabedoria, a *sophia*, em última instância, une a *diánoia*, a capacidade de demonstrar, e o *nous*, a capacidade de conhecer os seus princípios diretamente. Platão fala em *diánoia ousan* ao lado de *nous* no qual se desenvolve o seu pensamento e que capta o bem diretamente, no sentido de uma intuição intelectual. Platão, como Parmênides, toma como única sede da ciência (a Filosofia), o *nous*, a razão, prescindindo totalmente do sensível. O conhecimento diretamente pela razão, o *nous*, dá-se num processo de três momentos: o *noetón*, o inteligível ou objeto do pensar; a *nóesis*, a operação do *nous*; e a *nóesis noéseos*, ou seja, "a inteligência se entende a si mesma, pois que ela é o melhor que existe, e o pensamento é o pensamento do pensamento".[3] A *phronesis*, finalmente, é a faculdade do juízo, de conduzir o particular a um universal, de unir a demonstração da episteme, a ciência, no plano do *logos*, aos princípios, no plano do *nous*, ou, ainda, a capacidade de deliberar sobre os meios para

---

2 VAZ, Henrique Cláudio de Lima. Ética e Justiça: Filosofia do agir humano. *In*: *Síntese*, Nº 75, 1996, p. 443.

3 ARISTÓTELES, *Metafísica*, Livro XII (∟), cap. 9. Ver SALGADO,Joaquim Carlos. *A Ideia de Justiça em Hegel.* São Paulo: Loyola,1996, p. 211 e segs. Ver, ainda, VAZ, H. C. de Lima. *Escritos de Filosofia VII*, p. 228.

alcançar um fim bom. Refere-se ao último termo ou momento da aplicação e pode-se adquirir por experiência das coisas particulares.[4]

Feitas essas considerações sobre a *psyqué* e explicitado o *logos*, levando em consideração a exposição de Aristóteles, e a interpretação feita por E. Berti, podemos avançar e considerar a forma pela qual o *logos* se manifesta na criação da cultura grega, vale dizer, a razão mítica, pela qual a razão justifica o mundo, o *kosmos*, através da representação; a razão estética, pela qual essa representação é expressa *na harmonia do cosmos ou da obra humana*, na forma da intuição do belo na arte; e a razão epistêmica, demonstradora, pela qual a razão dá explicação da realidade. A cultura grega, porém, não se constitui apenas do ideal de formação do sábio, na *sophia* científica. Ela manifesta-se ao longo da história grega em três ricas dimensões: a da formação do herói, a *aretê* heróica; a da formação do político, pela *techné* política; e a da formação do sábio, pela *sophia* científica.

1.1 A Arete heróica

Embora presentes desde os primeiros momentos do desenvolvimento da cultura grega, sobressai, no primeiro período, segundo a evolução que experimenta essa cultura, a *Arete* heróica. Nesse momento o homem grego é chamado a formar-se como herói do seu povo, a cujo serviço põe a sua vida, ou serve-o sob o risco da morte, na defesa da cidade (da *pólis*).

Ressalta-se nesse momento a razão mítica, pela qual a justificação da realidade se faz através do mito, da narração fundada na crença religiosa, transmitida pela tradição, expressa na forma do belo, ou seja, de uma razão estética, que já no primeiro momento se ocupa de encontrar a harmonia na expressão e na comunicação das figuras mitológicas. Encontrar a harmonia que realiza a emoção do belo, significa para o grego traçar a proporção das formas, o equilíbrio das partes com o todo e entre si, vale dizer, buscar na razão a medida do belo e no belo a medida de expressão do sagrado, que, por sua vez, é posto pela razão mítica a procurar a explicitação do real enquanto tal no mito. É instigante lembrar que no mito grego não se privilegia o corpóreo sobre o anímico. Ambos, corpo e alma, mostram-se na forma do belo, o primeiro privilegiadamente na escultura, e o segundo, a *psyqué*, na poesia heróica, cuja expessão maior e repositório da mitologia grega é a *Ilíada* e a *Odisséia* de Homero, ou dramatúrgica, na expressão de Sófocles, Eurípedes ou de Ésquilo. É a razão que cria a religião e põe o mito como explicitação do mundo e o belo como sua expressão. O mito, para Platão, "nao é o oposto

4 Cfr. BERTI, *op. Cit.*, p. 145. Ver também ARISTÓTELES, *Metafísica*,Livro VI (Z).

mas o suporte imaginativo da razão".[5] É ilustrativo a esse respeito lembrar o mito de *Kronos*, a divindade que gera todas as coisas e que a tudo devora, só concebível por força da razão que busca a justificação do real enquanto tal na própria existência sensível, em que é imanente o tempo (*Kronos*), contudo racionalmente significado na forma transcendente de um deus, que, como deus, garante a unidade e a permanência na incessante mudança que ele mesmo produz. Está aí, já na religião, a vocação do grego para a busca da unidade e da permanência, que tornará possível a criação da ciência.

O modo de expressão estética desse momento heróico caracterizou definitivamente a religião grega como a religião do belo (Hegel), exemplarmente representada na escultura, na arquitetura, na dramaturgia e, principalmente, na épica de Homero, o repositório da mais alta expressão artística da religião grega. E porque a razão, legitimada ou não, instaura a busca do absoluto, fá-lo na representação religiosa (o sentimento da fé), na intuição artística (a emoção do belo) ou no saber filosófico (a demonstração da verdade), como de forma singular observou Hegel.

1.2 A techné política

O segundo momento desse ideal de formação é o preparo do homem grego para a política, com o advento da democracia. A direção da comunidade, sua administração, a elaboração de suas leis e tudo o mais que a ela se refere, estava nas mãos dos próprios membros da comunidade. Daí a necessidade de preparar e formar o cidadão para os debates na ágora, o que fez surgir um dos modos de convivência mais racional jamais conhecido, o diálogo, a busca da solução dos problemas comuns através da razão, ou seja, pelo consenso, ou da experiência da liberdade. E é dessa experiência da liberdade exercida através da palavra, do *logos*, que surgem as duas vertentes da argumentação, a retórica para a persuasão e a lógica para o convencimento, vale dizer, o uso da palavra com sua dimensão emocional para conseguir a adesão do interlocutor, atuando na sua subjetividade, ou o uso dos conceitos apoditicamente articulados a impor-se objetivamente à aceitação do interlocutor.

A sofistica foi esse momento de fermentação da cultura grega, que privilegia, é certo, a verdade consensual, por isso relativa, no sentido de possibilitar o domínio da palavra segundo o que era mais relevante, a conveniência, que caracteriza a política. Ela, porém, estabeleceu as condições do aparecimento de uma outra exigência, que, na percepção do seu grande interlocutor, Sócrates, deveria compor o político. Trata-se da ética, para a qual não era

---

[5] VAZ, Henrique Cláudio de Lima. Nas Origens do Realismo: A Teoria das Ideias no "Fédon" de Platão. *In*: *Filosofar Cristiano*. Códoba, 1983, p. 117, nota n. 3.

tolerável o relativismo das virtudes, sob pena de desfazer-se a argamassa axiológica da sociedade. Possibilitou, portanto, a percepção de uma ciência com o rigor dos conceitos, a sustentar-se na demonstração, a exigir o convencimento do argumento lógico e não a persuasão retórica. Foi, contudo, necessário o desenvolvimento do diálogo e, com ele, a arte da retórica, definida com Cícero como o "talento de fazer valer as ideias pelo modo de exprimi-las"[6], pela qual o cidadão propunha soluções para a pólis, discutia e persuadia com a sua arte. O exercício da arte retórica revelou a necessidade de um outra ciência para instrumentar o raciocínio correto ou válido, a Lógica.

É na *techné* política que vamos encontrar a experiência da liberdade na sua primeira forma, a liberdade interior, que para Jäger se mostra como liberdade conceituada negativamente, em oposição ao não livre, o escravo. Assim descreve Jägger o conceito de liberdade entre os gregos: "O princípio socrático do domínio interior do Homem por si próprio tem implícito um novo conceito de liberdade. É digno de nota que o ideal de liberdade que impera como nenhum outro da época da Revolução Francesa para cá, não desempenhe nenhum papel importante no período clássico do helenismo, muito embora não esteja ausente dessa época a ideia de liberdade, como tal. É a igualdade (το ίσον) em sentido político que fundamentalmente aspira a democracia grega. A liberdade é conceito demasiado polivalente para a caracterização desta exigência. Tanto pode indicar a independência do indivíduo, como a de todo o Estado ou da Nação. É indubitável que de vez em quando se fale de uma constituição livre ou se qualifiquem como livres os cidadãos do Estado em que essa constituição vigora, mas com isso apenas se quer significar que não são escravos de ninguém. Com efeito, nesta época, a palavra 'livre' (*eléuteros*) é primordialmente o que se opõe à palavra escravo (*doulos*)."[7] Sócrates, segundo Jäger, transfere esse conceito negativo de liberdade política para o interior do indivíduo e o concebe como autonomia, ou seja, "eficácia do domínio do Homem sobre si mesmo", "independência do Homem em relação à parte animal da sua natureza". Vê-se, pois, que essa autonomia, no sentido socrático, coincide apenas com o momento negativo da ideia de liberdade de Kant (independência da causalidade natural) e permanece como autonomia relativa, no sentido de não interessar a Sócrates propriamente a independência do indivíduo com relação à ordem normativa externa.[8] De outro lado, a liberdade está diretamente ligada com o conceito

---

6 CICERO, Marcus Tullius. *De officiis*, I, 1. Trad. Charles Appuhn. Paris: Librairie Garnier, [s/d], p. 171.

7 JÄGER, Werner. *Paidéia* –A formação do homem grego. Trad. de Artur Parreira. São Paulo: Martins Fontes,1995, p.510-512.

8 Id., *Ibid.*, p.917. Para o conceito de liberdade como autonomia em Kant, ver SALGADO, J. C. *A Ideia de Justiça em Kant* – Seu fundamento na liberdade e na igualdade. Belo Horizonte: Delrey, 2012, 3ª edição, especialmente o Capítulo V e VI.

de igualdade. Nesse caso, devemos considerá-la sob esse aspecto de interioridade a que se refere Jäger, mas também sob o aspecto de liberdade externa, ou seja, liberdade em Atenas é participar da assembléia, ser cidadão, isto é, exercer os princípios fundamentais da *politéia*: ser igual perante a lei (*isonomia*), ter o direito ou liberdade de falar na ágora, de abrir o diálogo ou ter voz (*isegoria*) e poder decidir, criar suas próprias leis (*autonomia*), com vista à equidade ou à boa lei (*eunomia*).[9] É claro que o cidadão gozava de uma vida livre, um estilo de vida compatível com a sua importância como participante da assembléia e exercente daqueles direitos ou liberdades. Essa liberdade, porém, não entrou em consideração como tema autônomo.[10]. Ser livre é não ter um senhor, melhor, é ser senhor e, sendo senhor, ser igual a outro senhor; ser igual nas três dimensões dessa igualdade ou direitos politicos acima citados. A igualdade política e, com isso, a liberdade política eram os dois elementos (valores) centrais da democracia ateniense. É a igualdade, contudo, o elemento determinante da vida política ateniense. É a vida política a razão de ser da vida individual. Esta submete-se àquela. Portanto, a liberdade submete-se à igualdade. Numa sociedade em que a vida individual coincide com a vida social, o senhor é o livre e é o político, ao qual incumbe o serviço da pólis, não há pensar em separar o indivíduo livre do político como ocorrerá após a Revolução Francesa, quando o primeiro valor a considerar é o indivíduo livre, não o político.

Esse princípio de igualdade faz com que a lei seja criada por todos. A lei é, portanto, o modo de viver livre, na medida em que esse viver livre é viver para a comunidade como cidadão, cujo momento de efetividade é a voz e o voto na ágora. E porque a lei é resultado da decisão do cidadão, tem de ser materializada em escrito, pois é produto da vontade num momento do tempo.[11] Epressando esse conceito de liberdade vinculado ao da igualdade e de democracia, Romilly faz persuasiva interpretação das Suplicantes de Eurípedes: do diálogo em que um tebano indagava quem era o tirano de Atenas, obteve a resposta de que Atenas tinha um rei, Teseu, mas que respeitava a democracia, portanto Atenas era livre. E retoma o diálogo ilustrativmente: “Esta cidade não é o poder de um só: ela é livre, isto é, o povo a governa.”[12] A liberdade é simplesmente a da pólis de não ser governada por um tirano.

---

9 Cfr. VAZ, Henrique Cláudio de Lima. *Escritos de Filosofia IV*. Introdução â Ética Filosófica 1. São Paulo: Edições Loyola, 1999, p. 90. Ver, ainda, do mesmo Autor,Escritos de Filosofia II. Ética e Cultura. São Paulo: Loyola, 1988, p. 48-49.

10 ROMILLY, Jacqueline. *La Grèce Antique à la Découverte de la Liberté*. Paris: Éditions de Fallois, 1989, p.69 e segs.

11 Id. *Ibid*., p. 55.

12 Id. Ibid., p. 56.

O Estado grego, porém, no contorno da pólis, não realiza a universalidade que dará definitivo nascimento ao Estado ocidental, o mesmo ocorrendo com o direito.

1.3 A Sophia científica

O terceiro momento dessa cultura exsurge na forma de *sophia*. Essa vocação científica do grego está presente desde o início e marca uma forma qualitativamente superior do ideal de formação do homem grego, pois será a responsável pela perenização dessa cultura que se dimensiona no tempo como permanente e no espaço como planetária, o modelo ocidental de civilização da razão ou da civilização da ciência.

O que caracteriza a *sophia* científica é a mudança qualitativamente radical na explicação do real, por um passo abissal da história humana que se transpõe do modelo de justificação da realidade através da razão mítica, narradora, para a razão epstêmica, demonstradora, denominado, como diz Mondolfo, o "milagre grego" ou a descoberta da razão.[13] Não que outros povos não soubessem da razão ou não soubessem serem *racionais*, ou que não tivessem feito experiências e encontrado verdades de teor científico. Trata-se de buscar a explicação do real enquanto tal, não por um mito que o tenha criado externamente, pressuposto a essa realidade; trata-se de encontrar na realidade mesma a sua explicação com a só força da razão, que nesse mister tudo pode. Trata-se de encontrar a verdade do real enquanto tal no próprio real, através da razão, o que é feito pela descoberta não desta ou daquela verdade, deste ou daquele objeto, ocasionalmente, mas de como descobrir a verdade controladamente. Em síntese, trata-se não de descobrir esta ou aquela verdade científica, mas de descobrir a própria ciência, ou seja, da descoberta de como descobrir indefinidamente verdades cientificamente válidas, o método. Daí, a Filosofia, o amor ao saber, o saber pelo

---

[13] A expressão "milagre grego", empregada por Rodolfo MONDOLFO (*El genio helénico y los caracteres de sus creaciones espirituales*. Trad. Docezio Licitra. Buenos Aires: Universidad Ncional de Tucuman/Faculdad de Filosofia y Letras, 1943, cap. 1), indica que se trata de algo sem explicação, cujas condições de seu aparecimento Chevalier procura expor. (CHEVALIER, Jacques. *Histoire de la Pensée*. Des Pre-socratiques à Platon. Paris: Editions Universitaires, 1991, vol. 1, p. 49 e segs.). É claro que a genialidade grega encontrou condições sociais adequadas para seu esplendor, embora não sejam causas desse "milagre". O grau de maturação desse povo havia estabelecido um certo divórcio com a religião aristocrática dos tempos homéricos, a qual não mais se prestava a dar explicação do mundo pelos mitos. Nas camadas emancipadas pelo desenvolvimento do comércio e o exercício da política, floresceu a razão como autônoma para essa explicação, ao passo que nas camadas incultas a tendência era afastar-se também da religião oficial e adotar os ritos e crenças dioniziacos da Trácia, diante da impotência dos deuses tradicionais de proteterem o homem diante das forças naturais. Entre os letrados a atitude foi buscar a solução teórica, operando um afastamento diante da realidade sensível. É o passo da metafísica.

saber, não se contentando aquele que procura o conhecimento, com apenas buscar conhecer o que lhe seja útil, mas aquilo que o realiza na *eudaimonia* ou perfeição de um ser portador do *logos*. Esse, o verdadeiro significado de filosofia, que com o tempo acabou por se deteriorar, até que Hegel, ao considerar a Filosofia já como um saber autônomo, advertiu que não se trata de um diletantismo, mas de uma rigorosa ciência.

Como se deu essa atitude científica?

Observando o modo como a *psiquê* grega se desenvolve no processo de conhecimento cientifico, encontramos três momentos.

1.3.1 O Thauma

A ciência começa com o espanto. O óbvio, o familiar torna-se estranho diante do cientista. As coisas cotidianas, múltiplas e mutáveis, tornam-se estranhas e parecem guardar dentro de si um mistério. A descoberta desse mistério começa por negar o óbvio aparente que o esconde. Para Galileu, a velocidade da carruagem, o girar do sol em torno da Terra tornaram-se uma incógnita. Era preciso descobri-los. Assim foi também para o grego a multiplicidade e mudança das coisas. O primeiro, o do *thauma*, é a atitude do espanto diante do comum, da admiração diante do óbvio, do maravilhar-se diante do trivial.

O óbvio é a verdade imediata da aparência, que nenhuma dúvida oferece ao homem comum. É a coisa tal como se mostra na sensibilidade. Que o sol nasça e novamente gire em torno da Terra é o óbvio sobre o qual não se interroga. Admirar-se diante do óbvio, incomodar-se com ele, inquietar-se diante dele para depois num segundo momento questioná-lo, submeter a sua verdade inabalável à crítica, ao julgamento da razão, é a primeira atitude científica de que fala Platão (*thaumadzein – thaumádzomai*)[14], confirmado por Aristóteles, para quem o saber "dos primeiros princípios e das primeiras causas" é um saber especulativo, o que é demonstrado pelos primeiros filósofos (até Aristóteles), já que "foi a admiração o que inicialmente motivou os homens a filosofar".[15] Mesmo que o óbvio seja o múltiplo e o mutável, nele, com todo seu movimento, está algo permanente, tal como a imagem do divino empregada por Heráclito: "Mesmo aqui",– disse Heráclito,

---

[14] "Muito próximo do filósofo é o estado da tua alma: a admiração. Porque a fiosofia não conhece outra origem senão esta." PLATON. *Teeteto*, 155 d. Na tradução alemã, "Verwunderug" (PLATON.Theaitetos,155d.*In: Werke*,B.6.ÜbersetzungvonF.Schleiermacher,(Griechisch/Deutsch). Darmstadt: Wissenschaftliche Buchgesellschaft, 1970.

[15] ARISTÓTELES. *Metafísica*, A, 982 b. Cfr., ainda, VAZ, Henrique Cláudio de Lima. O Realismo Platônico. In: *Filosofar Cristiano*.Códoba, 1983, p.117.

ao receber suas visitas, contemplando o movimento incessante das chamas de sua lareira—"os deuses também estão presentes".[16] Pode-se dizer: nesse puro movimento que é o fogo, o permanente está presente. Ou também: nesta particularidade de uma situação tão corriqueira também está presente o universal, ou como Heidegger comenta: "O forno presenteia o pão. Como pode o homem viver sem a dádiva do pão? Essa dádiva do forno é o sinal indicador do que são os Theoí, os deuses. São os daíontes, os que se oferecem como extraordinário na intimidade do ordinário."[17] Algo de misterioso se esconde no óbvio. O estranho habita o familiar.[18] Ou ainda: neste elemento, o fogo, que parece mostrar-se aos olhos totalmente, algo se esconde, a essência, a sua natureza (*physis kryptesthai philei*).[19] No ordinário da vida está o extraordinário, naquele fogo que queima tudo o que é material está algo espiritual ou universal, o logos. No familiar cotidiano, no comum há algo estranho, encoberto; é preciso descobri-lo, descobrir a sua verdade *(aletheia)*.

1.3.2 A aporia

Diante dessa inquietação, o espírito avança, dá mais um passo adiante, para o segundo momento: pergunta pelo que está por trás dessa verdade óbvia, ou seja, levanta um problema segundo o qual o homem grego está consciente de que há algo recôndito e que é diferente do que aparece. É a *aporia*, o caminho sem saída, a pergunta sobre por onde caminhar na floresta fechada, sem clareira, emaranhada, ou como avançar se diante dele está algo opaco. Como se formula esse problema? O que há por detrás desse fenômeno, disso que aparece e nos tranqüiliza quanto ao que realmente é, e que por isso mesmo nos quer demover de qualquer tentativa de rompê-lo? Enfim, qual a essência disso que aparece? Ao pôr-se o problema, ao ser formulado, põem-se também os elementos equacionadores da sua solução.

A *aporia* é um problema fundamental, pois indaga da essência de uma determinada realidade. Todo problema científico pergunta pelo fundamento de um determinado fato ou determinada realidade. Perguntar pelo fundamento é perguntar pela essência. Há, porém, uma pergunta ou um problema que, além de ser fundamental é também radical. Não se trata de perguntar pelo fundamento desse ou daquele fato ou realidade, mas pelo fundamento do real como tal, ou de toda a realidade. Essa pergunta radical exige para sua

---

16 HEIDEGGER. *Heráclito*. Trad. de Márcia Sá Cavalcante Schuback. Rio: Relume Dumará,1998, p. 22 e segs. Ver também HERAKLIT. *Fragmente*. (βΙΟΣ). Hrsg. von Bruno Snell (Griechisch/ Deutsch). München: Heimeran Verlag, 1979, p. 47.

17 HEIDEGGER, *Heráclito*, p.24.

18 HEIDEGGER, *Heráclito*, pag. 22 e segs

19 HERAKLIT, *Fragmente* b123.

resposta a competência da Filosofia . Trata-se de um problema fundamental, de uma determinada ciência, a Filosofia, não de um problema particular, sobre este ou aquele fenômeno, mas que constituirá definitivamente a estrutura do processo do próprio conhecimento científico como tal. A partir daí inicia-se o processo de logicização ou de logificação[20] ou de racionalização da cultura helênica.

Dado que os sentidos nos mostram, do ponto de vista do espaço, uma multidão indefinida de seres e, do ponto de vista do tempo, uma mutação incessante desses seres, não pode a sensibilidade resolver o problema, mas apenas dar suporte para ser levantado. Se se quer o conhecimento do que é o real dessa pluralidade mutável, é preciso encontrar o que dá unidade a essa pluralidade e o que é, na mudança, permanência. Este é o problema fundamental da *sophia* grega: a unidade na pluralidade e a permanência na mudança (Prado Júnior). Trata-se de um problema fundamental, portanto de uma determinada ciência, a Filosofia; mas é também o problema de toda ciência, qual seja, encontrar em todos os objetos da classe considerada, tanto no espaço como no tempo, o que é uno e permanente. Tem-se aqui o primeiro aparecimento da ideia de igualdade, que é ao mesmo tempo o universal. O que é igual, em cada um, num conjunto de seres? O que é igual em cada um do conjunto de seres é universal.

Como se trata de um problema fundamental, a pergunta que se põe é também fundamental: o que é isto que é?[21] Ou seja, o que é isto que é dado na existência? Qual o seu fundamento, em suma, qual a sua essência *(ousia)? Repita-se,* não se trata deste ou daquele objeto, mas do real enquanto tal: o que é isto que é? Qual a essência do que existe, do que aparece? O grego abre essa cisão no real: o que aparece e o que é recôndito, a aparência do múltiplo e do mutável que os sentidos mostram, e a essência, o permanente e uno que os sentidos não podem captar e que, portanto, só a razão pode desvelar e *ver* (*id*) como verdade ou desocultação (*aletheia*), como observa Heidegger. Lá está a *doxa*, aqui a *episteme* . De um lado, o múltiplo e mutável: o sensível,

---

[20] PRADO JUNIOR, Caio. *Dialética do Conhcimento*. São Paulo: Editora Brasiliense. 4ª Edição, tomo I, 1963, p. 108, 167, *passim*.

[21] A pergunta sobre o que é isto que existe abre o capítulo da pergunta sobre o ser. O verbo ser e seus correspondentes nas línguas indoeuropéias tem a função de pôr algo na existência, ou de atribuir um predicado ao sujeito (ver SALGADO, *A Ideia de Justiça em Kant,* § 26º). Põe, contudo, a pergunta fundamental sobre o real como tal, ou, para dizer com Aristóteles, do ser enquanto ser e não parcialmente considerado (*Metafísica*, δ, 1002 d, e 1061 d). Não se trata apenas de uma questão de linguagem, a não ser que se queira dizer com isso que a linguagem indica essa questão fundamental. Para ilustrar, não para provar evidentemente, cito um diálogo entre um aluno e o filósofo Pe. Henrique Cláudio de Lima Vaz. Ao dizer-lhe o aluno que algumas línguas não têm o correspondente do verbo ser, o que tornaria difícil o desenvolvimento da Ontologia, respondeu-lhe simplesmente o filósofo, numa analogia com a resposta de Hegel sobre a possível irracionalidade de certos fatos: "pior para elas."

a aparência, a **opinião** – a *doxa*; de outro, o uno e permanente: o inteligível, a essência, a **verdade** – a *episteme* .

Quando Thales põe a questão: "o que é o que existe?", embora encontre a explicação na água, substância natural e empiricamente dada, a pergunta é radical, isto é, fundamental, sobre o real enquanto tal, pois que procede com a só força da razão. Seu problema e sua resposta caracterizam uma atitude genuinamente metafísica, constitui um recuo com relação à realidade empírica, num procedimento totalmente lógico, sem recurso ao empírico, como reconhece a História da Filosofia.

O problema filosoficamente levantado pode ser, portanto, formulado como a busca da identidade na diferença e da diferença na identidade, pois na solução filosófica do problema fundamental do real enquanto tal está o real a partir do qual se põe o problema, o plúrimo e mutável, que guardam em si o uno e o permanente, ou seja, a unidade da aparência e da essência, do fenômeno e do *nóumenon*.

Thales é, portanto, o primeiro a pôr a questão metafísica por excelência, pois a água, embora seja uma *substância* física, dada na sensibilidade, é posta pela razão como princípio explicativo de todas as coisas, um universal, que só a razão pode conceber.

O que se deve realçar aqui é ter o grego, diante do óbvio aparentemente inquestionável do múltiplo e do mutável, "espantar-se", admirar-se e, com isso, interrogá-lo. A possibilidade da ciência estava em encontrar a unidade na pluralidade e a permanência na mudança. O que dá a unidade das coisas? Enfim, do *comos*? O que nelas ou nele permanece. Ora, o sensível ou a sensibilidade só mostra o plúrimo e mutável. A razão é que deve buscar o uno e permanente. Daí, a cisão entre sensível, que mostra a aparência e nos dá apenas a *doxa* (a opinião) da pluralidade e mudança das coisas e, de outro lado, o inteligível que revela a essência oculta das coisas e nos fornece o conhecimento científico, a *episteme* , do permanente e uno. Essa cisão, necessária para a implantação da ciência, encontrará a recuperação da sua unidade numa filosofia que enfrenta a realidade no seu movimento dialético, ou seja, que considera a identidade na diferença e a diferença na identidade e que, na linguagem de Hegel, se diz identidade da identidade e da não identidade. Nessa fase da descoberta da ciência, contudo, o modo de a razão explicar a realidade é o analítico. O sensível não dá verdade científica, porque não capta a essência, o uno e permanente. Somente o inteligível o acolhe. A razão analítica ou o entendimento primeiro separa esses dois aspectos da realidade.

Nesse procedimento, a razão preocupa-se, em primeiro lugar, com o *comos*. Como é possível a ciência do que se mostra ao homem externamente?

Primeiramente, portanto, é preciso buscar a unidade e permanência dentro do todo do mundo exterior, o *comos*, através da Filosofia; depois, buscá-lo nas suas partes, nas ciências particulares.

Depois de explicitado o *comos*, ou a natureza, nas suas manifestações, busca o grego a unidade e permanência no homem. As condutas do homem são várias. O que é uno nesse ser, especificamente nas suas condutas? O *êthos* e as virtudes. Na natureza, foi-se abstraindo, de Thales com a água, até Demócrito com os átomos, os quais são partículas invisíveis, portanto, não dadas ao sentido, mas, não perceptíveis pelos sentidos, postas pela razão. No homem, busca-se o modelo de conduta virtuosa e, dentre as várias, a justiça. Sócrates incumbe-se de fundar essa ciência do *êthos* e da virtude. Essa preocupação científica com o homem caracteriza o período antropológico, ao qual se segue a busca da explicação de toda a realidade, a humana e a natural ou cósmica, período sistemático.

Como essa identidade e diferença, que mais tarde se formulará no mundo humano como igualdade e liberdade, é captada na razão grega, encontra-se nas diversas e boas histórias da Filosofia.

1.3.3 A Euporia.[22]

Diante do problema, da *aporia*, surgem as respostas, a *visão* do que se busca, o rumo certo ou o bom caminho, a boa saída: a *euporia,* as soluções teóricas (*theorein*, o ver da razão) que os sábios vão propor. Ao mencionar o *ver da razão* tem-se de levar em conta que a razão aborda a realidade de modos diversos. Procura ela *justificar* a realidade, criando a religião ou pondo a fé como pressuposto, como o faz a razão mítica dos gregos; realça a realidade ou os mitos da religião na expressão do belo, pela emoção; ou, enfim, demonstra a sua verdade, no conhecimento epistêmico (científico). Coube ao grego, de forma inexplicável, a descoberta da razão, isto é, da razão demonstradora criadora da ciência. *Daí, a referência, pela tradição filosófica, a essa descoberta da razão como o milagre grego.* A *Sophia* científica é caracterizada por esta descoberta: da razão epistêmica ou demonstradora. A razão passa a ter uma confiança absoluta em si mesma para dar conta de explicar a realidade, sem pressupostos externos a ela e ao objeto a ser

---

22 Aristóteles emprega a palavra *euporia* como momento metodológico no procedimento diaporético, em que se usa a dialética, ou seja, uma demonstração de uma tese que coincide com a refutação da tese oposta. A *aporia* é o momento da demonstração em que as opiniões opostas são apresentadas; põe-se à prova cada uma das opiniões, deduzindo-se as consequencias das opiniões opostas, observando-se se um *endoxon* ou a premissa aceita não contradiz. Cfr. ARISTÓTELES, *De Coelo,* I, 10,279b 4-5; BERTI, Enrico. *As Razões de Aristóteles*. São Paulo: Loyola, 1998, p. 137.

explicado, sem recorrer a uma narração acostada na crença em algo externo, e busca a unidade na pluralidade, a permanência na mudança, o inteligível no sensível, a essência na aparência e constroi a epistême a substituir a doxa.

O problema é encontrar a possibidade da ciência. Esta só é possível se, na mutabilidade e pluralidade infintas das coisas, algo permanece igual.

A *euporia* ou as soluções teóricas para a *aporia* podem ser agrupadas em três períodos, já por demais conhecidos na filosofia grega: o cosmológico, o antropológico e o sistemático.

1.3.3.1 O Período Cosmológico

Cosmos é a palavra que possibilita compreender o começo da Filosofia grega. Ordem é o conceito-chave oposto ao caos, à desordem. A palavra cosmos corresponde à palavra universo para os romanos, que traz em si duas ideias: a de unidade e diversidade. Ambas têm o sentido do equilíbrio (palavra latina), da armonia (palavra grega). A Filosofia caminhará sob o signo desse conceito para encontrar a forma de sua explicação racional, tanto no mundo da *phýsis*, como no humano, do *nomos* ou do *ethos*.

A preocupação com a explicação do *cosmos* vem da ideia presente no ideal de fomação do grego, de que tudo deve ser harmônico e belo, e que essa explicação devia ser a primeira tarefa do homem, uma vez que ele está inserido nesse cosmos.

O momento cosmológico caracteriza-se por ser físico e noético. Noético porque, mesmo quando se põe como princípio um elemento físico, como a água, é a razão que encontra a solução da aporia. A atitude de Thales é metafísica, isto é, busca um conhecimento da totalidade do real, do real enquanto tal, com a só força da razão. A primeira preocupação é, pois, firmar a competência material e formal da razão. O que se pode dizer do Cosmos como resposta sobre o *quid*, a sua essência, não sobre uma existência que está diante de, só é possível pelo conhecimento direto da razão (*nous*), por isso, noético. A água é na verdade elemento dado na empiria da sensibilidade. Pô-la, entretanto, como fundamento de todo o real, não é obra da sensibilidade, mas exclusiva da razão.[84]

No período cosmológico encontram-se duas vertentes, a que se pode denominar naturalista e idealista. A primeira é aqui representada por dois pensadores, Thales e Demócrito; a segunda, na vertente noética, por Parmênides, em que a preocupação ontológica é centrada no Ser, e Heráclito, cuja preocupação se dirige ao Pensar (logos), sendo de lembrar um momento de transição, que pode ser considerado físico-noético, Anaxágoras.

1.3.3.1.1 A Vertente Naturalista tem como princípio um elemento físico. Essa vertente, de maneira bem racional, busca a verdade nas coisas na realidade do mundo material que se dá à sensibilidade. Dois dos seus mais importantes representantes são Thales de Mileto e Demócrito.

a) Para Thales, o princípio de tudo é a água, pois ela se mostra nos três estados. Ele dizia que as coisas são compostas de água, mas isso não podia ser provado; apenas por analogia com os três estados da água. É a razão que infere essa verdade, não a sensibilidade que a observa. A razão tem essa competência, mas não pode sair da realidade, abandonando o sensível. A água é o princípio, o elemento único a compor todas as coisas do universo. Como se observou acima trata-se de uma atitude metafísica, porque da razão exclusivamente. Thales não pode provar o seu princípio, apenas deduz com recurso à analogia a explicação do Cosmos, portanto racionalmente, sem recorrer a uma hipótese mítica. É também, pode-se dizer, o início da Ontologia, pois pergunta pelo ser do ente, embora a resposta seja ainda dada por um ente, a água.[23]

b) A Demócrito ficou reservado o mérito de ter descoberto o átomo, o indivisível. Construção totalmente intelectual, uma vez que este era invisível, não se dá na sensibilidade. O movimento se dá totalmente no pensamento, distanciando-se do ponto de vista em que se buscava algo possível de ser sentido, observado. Trata-se de partículas materiais, mas deduzidas e postas pelo intelecto. Agora o princípio originário é algo totalmente impercptível através dos sentidos,embora material, mas totalmente posto pelo logos, ou seja, logicamente posto.

Há, então, um grande avanço. Tudo é constituído por partículas infinitésimas que são indivisíveis, e a forma como as coisas aparecem na natureza depende da organização dessas partículas. Há uma razão que ordena o universo, o *lógos* que está por dentro de tudo. O que dá a unidade não é uma partícula, mas sim a ordem do universo que se dá no pensamento. Nós ordenamos as coisas, conhecendo-as.

1.3.3.1.2 A Vertente Idealista tem como princípio um elemento ideal, ontológico, posto pela razão. O gigantesco passo dado por Thales na busca da ciência pelo abandono da mera observação empírica do saber vulgar não se detém na interiorização cada vez mais profunda do conhecimento científico na força exclusiva da razão. De Thales para Anaxágoras e de Anaxagoras para Parmênides mais se acentua essa interiorização e exclusividade da razão na competência para o conhecer científico. Toma-se algo que é captado pela razão, para cujo conhecimento a sensibilidade em nada pode contribuir. O que se dá em primeiro lugar no intelecto, das coisas existentes,

---

[23] Ver o comenatário de Heidegger à postura inicial da Metafísica em *Heráclito,* p.245.

é que são. Os autores mais significativos, segundo o propósito deste trabalho, são Anxágoras, Heráclito e Parmênides.

a) Anaxágoras concebe um princípio físico-noético, pois busca-se a ordem interior do cosmos para descobrir o que ele é e concebe-se que sua organização interior é o pensamento. O conhecimento é dado pelo intelecto, o *nous*, mas posto na matéria. Anaxágoras não compreende o *nous* como totalmente espiritualizado. O *nous* está consubstanciado com a matéria. É ele quem faz a transição entre as duas correntes, a física para a noética, justamente porque ele se preocupa com as duas coisas que são princípios: a matéria e a inteligência. Para Anaxágoras, não é possível entender a matéria, o universo, o cosmos, senão através da inteligência, o *nous*, que lhe dá organização.

b) PARMÊNIDES: ***Tò gàr aùtò noeîn te kaì einai,*** "O mesmo é o ser e o pensar."

O Ocidente acolheu o absoluto nos três modos de movimentar-se a razão: pela arte, pela religião e pela filosofia. Intuiu-o na mais exuberante expressão do belo através a sua maravilhosa obra de arte, representou-o nos textos sagrados do Cristianismo e, ao mesmo tempo, *a-presentou*-o ou tornou-o presente radicalmente no mistério (na transcendência) e no tempo como evento histórico (na imanência) da sua encarnação e, como momento de sua total luminosidade, pensou-o, elevando a sua intuição e a sua representação ao momento do conceito na Filosofia, essa sua admirável invenção epistêmica, exigida por esse esforço antes ou em outro lugar jamais ocorrido.

A Filosofia, por sua vez, pensou o Absoluto em três momentos definitivos da sua história: com Parmênides, com Platão e com Hegel. Heráclito surge no preparo dessa caminhada do saber do absoluto.

Desde que o homem habita a terra, pela primeira vez, o absoluto foi pensado na sua total identidade consigo mesmo, isto é, totalmente interiorizado. Quem levou essa tarefa a efeito foi Parmênides.

Depois de intuir a identidade imediata entre ser e pensar (pensar é ser, ser é pensar), Parmênides empreende o gigantesco esforço noético de pensar o ser na sua absoluta identidade consigo mesmo, sem qualquer exterioridade que o contingenciasse. Os outros que o precederam pensaram o absoluto, pois é a tarefa da filosofia, porém, como princípio das outras coisas, portanto na exterioridade, ainda abstrato e particularizado com relação às coisas. Assim o fez Thales com a água e Anaximandro com o ápeiron (ἄπειρον), princípio posto como indeterminado, portanto exterior e não absoluto.

Parmênides pensa o ser na sua determinação total, pois o ser é finito em sua compreensão, com isso eliminando do discurso toda forma de exterioridade, como a do mau infinito matemático, que sempre acrescenta, seja numérica ou extensionalmete na direção de um ponto nebuloso, que não reflete a luminosidade do *logos* ou do *nous*. Por isso, pode-se dizer que Parmênides estava se referindo ao mau infinito de que fala Hegel, do infinito exterior, em que sempre se acrescenta uma parte, um número, mas nunca a ele se chega. É um ponto obscuro sempre remoto, nunca iluminado como inteligível. O infinito de Parmênides é o que Hegel denomina o bom infinito, pois está todo interiorizado na determinação do pensar como unidade do finito e do infinito, que são momentos do Absoluto.

Em Parmênides, pois, o absoluto é pensado como ser. Parmênides dá as características do discurso sobre o ser, o finito. O infinito é o ininteligível, o inefável, algo posto para além do pensável.

Do ponto de vista da sua filosofia especulativa, porém, a primeira na história da filosofia ocidental, o infinito está totalmente interiorizado na identidade de ser e pensar, pois se o pensar é o absolutamente interior, a exterioridade do ser se assume totalmente nessa interioridade do pensar. Seu pensar é já especulativo, em razão de o ser e o pensar serem idênticos e por estarem nessa identidade o finito e o infinito (agora pensável), como momentos (e não separadamente) da totalidade, o Absoluto. Poder-se-ia objetar sob o argumento de que não seria o absoluto pensado, por estarem em Parmênides separados ente e ser. O que Parmênides exorta a pensar é que, identificado ser e pensar, todo o pensável já está no ser, pois este não é separado do ente, mas posto como seu fundamento (ser é pensar e o pensar é que é fundamento), ao mesmo tempo em que é posta sua existência (pensar é ser, ser é que dá existência).

Na verdade, Parmênides divide seu discurso em duas partes: o discurso da verdade e o da opinião, o que obedece à razão e o que obedece aos sentidos. A única via que nos leva so ser é a da razão, a da verdade; a dos sentidos leva à aparência e à contradição. Ora, a contradição fundamental é a do ser e do não ser. A via dos sentidos leva ao absurdo de mostrar o ser não sendo e o não ser sendo. Como do não ser nada se pode falar, porque o não ser não é, o que se salva na via da opinião é mesmo o ser, que por isso é assumido pela razão.

Cabe ainda realçar que a existência de duas interpretações, uma com base na proposição implícita no seu pensamento, "o ser é e o não ser não é"; e outra por ele expressa, "o mesmo é pensar e ser", não prospera porque nesta última proposição já está a solução: o não ser não é porque é impensável. Nada se pode dizer do impensável.

Heidegger chama a atenção para o fato de ter Parmênides posto como sujeito da proposoção "O mesmo", suporte do pensar e do ser, mas na sua absoluta identidade. Ora, "o mesmo" é absoluta identidade (*idem*), não é simplesmente o igual, pois nada está fora do pensar e do ser.

Parmênides põe também "pensar" antes do "ser". Então poder-se-ia dizer: O mesmo (*Tó a*útò), a absoluta identidade, é o pensar, a essência que é, e o ser, a existência que pensa. Ora, isso é exatamente o Espírito, pois, como Hegel afirma que "O Absoluto é o Espírito", o "mesmo" de Parmênides é o absoluto, que é pensar e ser em unidade, portanto, Espírito. E aqui é preciso ter em conta que Hegel não diz: "O Espírito é absoluto", mas: "O Absoluto é o Espírito" (Das Absolute ist der Geist). Quer isso significar que não se trata de um atributo ao sujeito na proposição, nem de um adjetivo ao substantivo na oração, mas de dois substantivos que são ao mesmo tempo sujeito e predicado. Quer isso dizer que há absoluta identidade da substância, que é o Absoluto e o Espírito.

Desse modo, a unidade encontrada por Parmênides já é unidade sintética originária, que procuravam os primeiros filósofos do Idealismo Alemão. Portanto, ela é em si dialética, capaz de realizar a autogênese do absoluto ou sua ex-posição (Auslegung) nos seus momentos posteriores, até a sua total explicitação em si e para si, com Hegel.

A interpretação de Hegel sobre o discurso "o ser é", como abaixo se explicita, mostra-o. Se a unidade preconizada por Parmênides não fosse sintética nada poderia dela ser deduzido ou gerado; estaria enclausurada em si mesma. É sintética no sentido de que a filosofia, na busca do absoluto, desenvolveu-se a partir dela, porque já era unidade especulativa, do finito e do infinito, da qual Platão pode deduzir a ideia, segundo a equação: ser=pensar; pensar=ideia; então, ser=ideia.

Esse absoluto na identidade consigo mesmo, pensado, porém, no momento da imediatidade , para lembrar Hegel, sofre uma divisão radical em Platão , que nele, no ser, introjeta a diferença, pois compreende a necessidade de dizer o que é o ser, com o que põe a diferença da essência. E uma vez posta no interior do ser a diferença, não pode ser ela uma, mas muitas essências. Platão, porém, fiel à necessidade de pensar o absoluto e nele permanecer, recolhe as essências do pensar e torna-as ou redu-las a ideias. O ser de Parmênides, que também é o pensar, é agora o pensar desdobrado em ideias. Ser e ideia são a mesma coisa.

Parmênides "inaugura a história da Ontologia grega", portanto ocidental, que se inicia já na "máxima altitude especulativa alcançada pela *identidade* parmenidiana entre o *pensar* (*noein*) e o *ser* (*einai*)", então "posta diante do imperativo absoluto de *pensar* a *verdade* como epifania eterna dessa identidade".[24] Significa dizer que todo o processo de desnvolvimento do Espírito

[24] VAZ, Henrique C. de Lima. História da Religião e Metafísica. *In*: *Síntese*, V. 25, N. 80 (1998): 133-146, p.136.

do Ocidente se dá, na esfera noética, pela sucessiva divisão posterior dessa visão especulativa inicial, até a sua plena explicitação na filosofia especulativa de Hegel, mediatizada por todo o percurso histórico da filosofia.

O princípio (*arché*) que a tudo fundamenta e de que se desenvolve o seu pensamento, exposto no poema, *A Via da Verdade,* é o da identidade de ser e pensar: "O mesmo é o ser e o pensar" (*Tò gàr aùtò noeîn te kaì eînai*).[25] A via da verdade é que é, a da inverdade é que não é; mas esta é impensável. Do não ser nada se pode dizer, é o impensável. Parece que não se pode afirmar precedência de uma ou de outra proposição: afirmar que "o ser é e o não ser não é" equivale a afirmar "ser e pensar é a mesma coisa". Há uma metafísica, uma ontologia, uma lógica e uma teoria do connhecimento em Parmênides.[26]

É matriz primeira do desenvolvimento do pensamento ocidental até hoje. Para melhor entender Parmênides, convém levantar certas proposições, embora às vezes não expressas no seu poema. Algo que se adequa ao intelecto é algo igual a ele. Se há algo que é conatural ao intelecto, é igual ao pensamento. Quando se diz que algo é, põe-se esse algo plenamente no pensamento. Esse "é" só é possível no pensar. "Tudo é" significa, pois, que está tudo no plano do intelecto, é pensamento. Tudo se identifica no ser que se instaura como logos.

O problema fundamental para Parmênides é pensar o ser, ou seja, trata-se de um problema legitimamente ontológico, que se preocupa com o ser (*ontos*) e o pensar (*logos*), mas na medida em que podem ser afirmados como idênticos. O sobre que Aristoteles perguntará posteriormente na fórmula *tí tò 'ón,* o que é o ente, afasta-se, segundo Heidegger, da pergunta direta sobre o ser (*tí tò eînai*).[27] Talvez porque a pergunta pelo ente, pelo "sendo", *tò ón,* acaba por ocultar a verdade do que é, o ser, *tò einaì.*

Ser e pensar são a mesma coisa. O ser das coisas não é dado pelo sensível, somente pelo intelecto. O ser só é na medida em que é pensado.

Para a ciência, as coisas não mudam, não é possível dizer a verdade de alguma coisa se ela é e de repente muda, não é mais. O mutável é o que se dá na sensibilidade. A ciência procura o imutável, logo o seu lugar é no intelecto, ou seja, no pensar.

---

25 Cfr. CHEVALIER, Jacques. *Histoire de la Pensée.* Dès Prè-socratiques à Platon. Paris:Editions Universitaires, 1991, p. 75. Ver o texto do poema, *A Via da Verdade*, transcrito por Chevalier, em francês, a partir da página retrocitada, inclusive a nota n. 2 da mesma página.

26 ID., *Ibid,* p. 77.

27 HEIDEGGER, Martin. *Heráclito*, p. 90.

O pensamento de Parmênides desenvolve-se em rigorosa lógica. Uma coisa não pode ser e não ser ao mesmo tempo. Para Parmênides não basta saber que tudo é constituído de água, por exemplo; é preciso também entender, dar o fundamento da própria água. Aqui, busca-se abstrair-se de todas as coisas sensíveis.

As vias que Parmênides aponta no conhecimento que comumente ocorre são: a via do ser, a do não ser e a da aparência. A via do ser é a via da verdade epistêmica; a do não ser é impossível (pois agrediria o princípio de não contradição). A da aparência não constitui a *epistême*, não alcança a certeza da verdade, apenas a *doxa* enganosa.

Diz-se que uma coisa é, atribuindo-se a ela um predicado. As coisas, porém, mudam o tempo todo. Contudo, no entender de Parmênides, as coisas mudam apenas na aparência; e a aparência não é a verdade, pois se dá no mundo da sensibilidade que é o mundo do plúrimo e do mutável, das coisas que aparecem, ora sendo, ora não sendo, é o mundo da aparência em que as coisas apenas **parecem** ser; e o mundo da aparência não é o mundo da verdade, da ciência; desse mundo só se pode ter opinião, doxa. A ciência, que por definição é o modo de busca de uma verdade inconteste, tem como objeto a essência, o imutável nas coisas. Ora, a afirmação que se pode fazer de todas as coisas, do que nelas é universal e permanente, é que tudo *é*. Quer isso dizer: tudo é ser. É impossível pensar algo sem saber imediatamente que ele "é". O absolutamente primeiro em todas as coisas é o ser. Embora se possa falar em busca da essência, o que Parmênides encontra é o ser.

O caminho da razão é o único que conduz à verdade, à *aletheia* e o que está fora desse caminho conduz ao erro, à mera opinião, à doxa. O caminho da razão conduz ao ser, no qual não há abertura, não há um para fora do ser, pois o ser é o absoluto, o necessário. O ser simplesmente é e não pode deixar de ser. Este é o princípio (não postulado): o ser é. O não ser seria o sem razão, o absolutamente fora do pensar. Disso nem sequer se pode falar. Entrar-se-ia em contradição, isto é, dizer e desdizer, o absurdo. Por tudo isso, ser e pensar é a mesma coisa. E disso se deduzem os atributos do ser: o uno, pois se há dois, um seria o não ser; o simples, pois se composto entraria na composição o não ser; o eterno, pois se tem começo, haveria antes dele o não ser; o imutável, pois se pudesse mudar, mudaria para o não ser; o imóvel, pois se se movesse, mover-se-ia para o não ser; e o finito, pois se fosse aberto ao infinito estaria sempre se completando; mas ser é completo, não pode ter carência, é perfeito, só poderia ser completado consigo mesmo. Com efeito, para a altura a que chegou essa filosofia, o infinito é o impensável, pois a razão, o logos, é um princípio de determinação, de medida. Só o finito, o determiável, é pensável. O infinito tomado na pura abstração, sem o finito, é o que não tem determinação, nem é determinável. Ora, somente quando o infinito for pensado como absotuto, não mais na sua imediatidade, mas na mediação com o finito, o Espírito chega ao saber de si, o que se tornou possível pela representoção religiosa do finito no infinito ou do infinito no finito, o Deus-Homem do Cristianismo. Somente então o infinito passa a ser pensado, não na sua pura identidade abstrata, mas concretamente como a mediação e determinação do finito. Este foi o esforço de Hegel para fundar uma filosofia especulativa definitiva (definitiva, mas que não põe termo ao seu desdobramento nas reflexões filosóficas posteriores). O absoluto é, aí, a totalidade pensada, cujos momentos são o infinito e o finito, como momentos dialéticos, portanto opostos, do absoluto, o qual é sua identidade.

Parmênides antecipa o que Platão, Aristóteles e Hegel irão dizer, como observa Heidegger, a baixo citado. O universal é o objeto próprio da razão. Ela se impôs à formação da cultura ocidental em todas as suas dimensões, inclusive na religião do Ocidente, o Cristianismo. Isso se mostra claro, como adiante se verá (capítulo intitulado "A Religião e o Saber Universais"), na tradução bíblica da passagem referente ao diálogo entre Moisés e Javé, quando este responde "Eu sou aquele que é". Isso significa a identidade absoluta entre o ser de Parmênides e o Deus dos cristãos, do ponto de vista teológico-filosófico.

Ao lado da religião universal, que se instala na unidade do Estado universal, essa representação do universal na religião e a efetividade do universal no Estado surge uma outra dimensão do universal que os une, o saber universal, a filosofia, cujo tema ou objeto é o próprio universal. Com efeito, essa religião universal, o Cristianismo, é já, dede o início, a religião que procura unir a representação do absoluto com o seu conceito dado na filosofia, ou seja, o Cristianismo recepciona a cultura grega no que ela tem de mais importante, o saber filosófico. E isso se dá com o conceito mais elevado da filosofia, o ser, o absolutamente universal. É que a tradução grega da Bíblia, na sua passagem mais significativa, a resposta de Javé a Moisés, "Eu sou o que sou"(acima citada) , recebe no grego um significado filosófico pelo qual um deus nominado pelos hebreus como seu deus, mas que, com Cristo se tornou Deus universal, de todos os povos, é conceituado como "aquele que é" ou "Sou o ser", tal como concebido por Parmênides, na simplicidade do universal, que se singulariza no seu Filho, cujo nome é Jesus. "O nome bíblico de Deus identifica-se, nessa tradução, com o conceito filosófico", como expõe um dos mais importantes teólogos da contemporaneidade, Ratzinger, ao comentar os artigos de fé do Catolicismo, num texto que se tornou clássico na Teologia cristã, *Introdução ao Cristianismo*.[28] Ele simplesmente é. Nesse é está o absoluto, universal, o ser parmenidiano. Não se situa no tempo ou no espaço. E sendo simplesmente o ser é também simplesmente o *logos*, o *Verbum* a que se refere São João. A tradução da Biblia para o grego dá à verdade revelada a luminosidade das categorias epistêmicas, a filosofia. O absoluto, abstratamente interiorizado na fé, na forma da representação, é então levado ao saber de si, ainda também na forma abstrata, mas já no processo do conceito, cujo momento de chegada, depois da faina no tempo da história, será o Estado de Direito.

O absoluto como representação religiosa no Cristianismo, como realidade política na história e como saber de si na filosofia mostra-se em unidade como Espírito do Ocidente.

Não foi, nem será, é, presente eterno. Ao dizer presente eterno, não se quer com isso pôr o ser no tempo. Esse é não é temporal, mas ontológico. O tempo e o espaço são também elementos do mau infinito. Sempre se acrescenta algo mais ao tempo ou ao espaço no caminho do totalmento escuro, o infinito, o indeterminável, impensável; mas o *logos* é o princípio de determinação. O tempo e o espaço já estão recolhidos no ser, são apenas entes. Por isso, o é do presente, não sendo temporal, mas ontológico, está antes do tempo e do espaço, Trata-se de presença ontológica, portanto de *pré -ens*, ou seja, antes do *ens* (ente). Ora, o que precede ao ente, ao ón — o ón é apenas um sendo no tempo e no espaço — é o ser, o *einai,* segundo entendeu Heidegger. Pode-se dizer também que o ser fundamenta o ente, antecipa-o ontologicamente. O livro é, a mesa é, o tempo é, o espaço é etc. Depois é que são o ente livro, o ente mesa etc. Poder-se-ia dizer: "então sobrou muito pouco para a ontologia". Não, sobrou tudo, o todo, o ser. Só ele é pensável no esforço ontológico. Os entes são matéria das várias ciências particulares. Cabe notar que o arguto tradutor da Bíblia, deu o começo da caminhada do absoluto no chão do Ocidente. Como consiliar o ser de Parmênides com a criação, na medida em que ela não é o próprio *logos* que faz outro de si, portanto o ser fazendo-se não-ser? Será necessário que o pensamento ocidental se depare com o fato da encarnação ou da unidade do finito e do infinito da fé, para que essa representação do absoluto, ou, neste caso, com mais precisão, essa *pré-sentação*, seja pensada na sua verdade ou no seu conceito; será necessária a dialética, entendida como interior ao ser, para que se possa chegar ao saber do absoluto, o que tentará Hegel. Para nós ou para o filósofo, o ser de Parmênides parece hermético; entretanto, ele é em si, no seu

---

[28] Cfr. RATZINGER, Joseph. *Introdução ao Cristianismo.* Trad. de Alfred J. Keller. São Paulo: Ed. Loyola, 4ª edição, 2011, p. 89; ver também pgs. 88 e 90. Santo Tomás explicita esse "é" do absoluto diante do "é" contingente, assumindo a doutrina aristotélica do ser como conceito analógico.

interior, dialético, aguardando apenas entrar na história para desdobrar seus momentos. Por isso, diz Hegel, citado também por Heidegger:

"À medida que aqui se deve observar o elevar-se ao âmbito do ideal, é com Parmênides que se inicia o filosofar em sentido próprio; Um homem liberta-se de todas as representações e opiniões, retirando-lhes toda a verdade e diz: Somente a necessidade, o ser é o verdadeiro. Esse começo é, certamente, ainda turvo e indeterminado e não se pode esclarecer com precisão o que ali se encontra; mas esse esclarecimento é precisamente a formação da própria filosofia, que aqui ainda não está dada".[29]

E com razão expressa-se Hegel desse modo sobre Parmênides, pois também na alocução de Berlin explicita o mostrar-se necessário do Absoluto, pois a "essência imediatamente hermética do Universo (das verschlossene Wesen des Universums) não tem força em si para resistir ao ânimo do conhecer (Mute des Erkennens), tem de abrir-se" ao homem e pôr ao seu desfrute toda "sua riqueza e profundezas (seinen Reichtum und seine Tiefe".[30]

O grego buscava sempre o equilíbrio. E o equilíbrio modelar era a matemática. A deusa do amor é, ao mesmo tempo, a expressão do equilíbrio e da beleza. O desproporcional era expresso através dos monstros da mitologia grega. O belo é sempre a manifestação do equilíbrio das partes na formação do todo, da perfeição. A arte tinha a tarefa de buscar o equilíbrio das formas. E o equilíbrio das formas, a harmonia, era o belo.

Em Parmênides nós encontramos o mito e a poesia para comunicar o saber, em surpreendente equilíbrio. Através dessas vertentes de busca do absoluto, ele constitui a *sophia*, o conhecimento. Ser é pensar, pensar é ser, uma ciência, cujo nome traz a unidade absoluta do real, o ser e o pensar: *ontos-logos*, a Ontologia. No seu pensamento realizam-se em unidade os três modos de manifestar-se a razão: a razão epistêmica da verdade, a razão estética referente ao belo na forma poética em que compõe o seu discurso científico, e a razão mítica na forma simbólica pela qual a deusa Justiça

---

[29] Crf. HEIDEGGER, Martin. Moira—Parmênides. *In: Ensaios e Conferências*. São Paulo: Editora Vozes, s/d, p. 209. A citação de Heidegger é parcial. O texto original completo é o seguinte:"Mit Parmenides hat das eigentliche Philosophieren angefangen; die Erhebung in das Reich des Ideellen ist hierin zu sehen. Ein Mensch macht sich frei Von Allen Vorstellungen und Meinungen , spricht ihnen alle Wahrheit ab und sagt:Nur die Notwendigkeit, das Sein ist das Wahre. Dieser Anfang ist freilich noch trübe und unbestimmt; es ist nicht weiter zu erklären, was darin liegt; aber gerade dies Erklären ist die Ausbildung der Philosophie selbst, die hier noch nicht vorhanden ist."HEGEL, Willhelm Fr. *Vorlesungen über die Geschichte der Philosophie I.* Frankfurt: Surkamp Verlag, 1980, S. 290.

[30] Hegel, G. W. Fr. Konzept der Rede beim Antritt des philosophischen Lehramtes an der Universität Berlin. *In: Werke in zwanzig Bänden—Emzyklopädie der philosophischen Wissenschaft,III*, Band 10 Frankfurt: Suhrkamp, 1981, S.404. Ver, ainda, HEIDEGGER, Martin. *Dilucidación de la "Introducción" de la "Fenomenologia del Espíríto" de Hegel*. Edición Eletrónica de WWW.philosophia.cl/ Escuela de Filosofia Universidad ARCIS, p.8.

conduz o discurso para a verdade. *Na sua visão, justiça é a verdade, é o que é adequado.* A justiça se identifica com a verdade. No seu poema, pois, estão os três modos de manifestar o absoluto: a Filosofia na forma do conceito, a Arte na forma da intuição e a Religião na forma da representação simbólica.

Essa noção de equilíbrio conjugada com a noção de medida, de limite, é que vai dar a ideia de justiça. E justiça é a possibilidade de medida, mas que se adapta à realidade. A justiça se desenvolve num processo dialético e não no exclusivamente matemático, abstratamente considerado. Ou seja, essa adequação, esse equilíbrio, essa medida corresponde à justiça. A Justiça, porém, nesse período, é uma deusa severa. Sua missão é entregar o bem maior, a verdade (que a matemática sabe revelar), segundo o mérito daquele que a busca. Tal como a alegoria da caverna na *A República* de Platão, que exige decisão, humilde aceitação do condutor e esforso na subida pelas rochas íngremes da caverna até às cumeadas, para contemplar o esplendor do bem que é a verdade, simbolizada no fulgor do sol, a busca da verdade, já para Parmênides, exige porfia e sacrifício, viajar pelo espaço em fora, até o pórtico do santuário que a guarda. E, além desse sacrifício, da viagem penosa, há ainda a necessidade de por-se com humildade diante da deusa para que ela abra os portões da morada da Verdade, e que o pretendente desse tezouro, a verdade, convença a Justiça dos seus méritos, do seu direito a ser-lhe ela entregue, por ser *justo*, com "brandas palavras,[31] ou seja, com a mansidão do *logos ou* do discurso razoável, sem a impostura e exaltação dos sentidos na forma de sentimentos ou emoções, arbítrio ou violência.

Parmênides diz que o ser é idêntico a si mesmo. É o evidente; o ser se impõe ao nosso *logos*. Esse é o postulado fundamental, que abre o caminho para a ciência, porque o que ele disse é lógico, e lógica é a estrutura do pensamento. Essa obviedade é que tornou possível descobrir que é possível conhecer as coisas, mas de modo muito mais profundo, que é possível ir com o conhecer para além da *physis*, à Metafísica, a ciência das primeiras causas e dos primeiros princípios, no entender de Aristóteles.

Ora, se uma coisa é idêntica a si mesma, ela não pode ser outra coisa; porque uma coisa não pode ser e não ser, ao mesmo tempo. Como Parmênides, porém, não está falando de uma disciplina do pensar abstrato, mas do ser como tal, não pode ocorrer o ser e o não ser, não só ao mesmo tempo, mas a todo tempo, porque o ser é eterno presente, sem começo, nem fim. Trata-se de uma Ontologia e não de uma Lógica formal.

---

[31] MATOS, Andítyas Soares de Moura Costa. *O Grande Sistema do Mundo* – Do Pensamento Grego Originário à Mecânica Quântica. Belo Horizonte: Crisálida Livraria e Editora, 2011, p.136.

Aqui há a indagação da possibilidade de explicação radical da natureza e do *cosmos* fora da razão mítica. Para o grego, como visto acima, antes do *cosmos* era o *caos*; Cronos põe ordem no *caos*, a tudo ordena; e o todo ordenado é o *cosmos*. Entretanto, a ordem indefectível procurada por Parmênides é a absoluta igualdade. Essa absoluta igualdade é a do ser e do pensar. Nesse caso, a absoluta igualdade torna-se absoluta identidade. O logos não é apenas o lugar de aparecer o ser, como se coisas diversas fossem. O logos é o esplender do ser, é o ser na sua absoluta manifestação como essência imutável, da qual não há a aparência como diferença. Como absoluta identidade de si mesmo, nada há fora dele. Não há o nada, nem o outro. Tudo é ser. Não que tudo participa do ser. Melhor expressando o pensamento de Parmênides: tudo é o ser, o ser é tudo. É uma Ontologia radical. No dizer que o ser é a iguadade elevada ao absoluto, tornou-se ela identidade absoluta, porque o ser é um só. Não se pode falar do não ser. Então, dizer que o nada não é, é uma cortês concessão à linguagem, em razão de o *logos*, para efeito de comunicação, darse na forma do discurso, da referência ao outro, forma de o entendimento expor, dividindo e conectando em juízos. O *logos* de Parmênides tem a natureza do *nous*, da razão que capta o absoluto, vez que o ser, tal como concebido por Parmênides, é o absolutamente uno, sem divisão, sem o outro, sem o que não é ele mesmo, o não ser; é o absolutamente posto em si mesmo.

Eis como a procura da igualdade levou o pensar ao mais alto grau da exigência filosófica.

Ao dizer acima que o *logos* em Parmênides tem a natureza do *nous*, quer-se dizer que, ao tratar do absoluto (e essa é a intenção de Parmênides ou o sentido do seu discurso), necessariamente se move o pensamento para um plano superior, o do *nous*, da razão (*intellectus*), que só nesse plano o pensar capta o absoluto.

Em razão disso, parece ter Hegel interpretado bem a expressão de Pamênides: "O ser é". Para Hegel, há uma dialética no interior do pensamento de Pamênides, pois, ao formular esse juízo extremo, o pensamento introduz a divisão. Como se sabe, o juízo implica uma divisão originária: para *juntar* um conceito ao outro, é necessário que tenha havido uma separação anterior, originária (*ur-theilen*), primeiro do conceito com relação à coisa, depois de um conceito com o outro conceito.

Para Hegel, o "é" da proposição "o ser é", é um predicado do sujeito "o ser", ou seja, o "é", ainda que seja o mesmo de "o ser", pôs-se como seu outro, isto é, como o seu oposto. Uma inevitável dialética no pensamento de Parmênides. A identidade teve de sair da unidade hermética do *nous*, do *noein*, para expressar-se como *logos*, como discurso ou juízo que divide e põe a essência no ser.

E mais, sobre a grandeza insuperável desse Pensador. Na sua proposição, o predicado é o próprio sujeito que se põe na diferença. Essa diferença, contudo, é absolutamente interna ao ser. Poder-se-ia dizer que é a essência pondo-se na existência. Isso porque o "é" que funciona como predicado, na verdade não atribui uma qualidade ou qualquer outra predicação ao Ser. O "é", aí, simplesmente põe o ser na existência, diz que ele está aí. Eis a profundidade do seu pensamento: a absoluta unidade de essência e aparência, entendida esta como existência ou esplendor do ser .

De qualquer modo, essa dialética do discurso apontou para um momento especulativo também inevitável, o ser como o absoluto no momento da imediatidade, se se quiser inserir o pensamento de Parmênides no processo de formação do pensamento ocidental, no qual Hegel se põe como chegada, tendo como ponto de partida essa "máxima altitude especulativa alcançada pela identidade parmenidiana entre o pensar (noein) e o ser (einai)", como expressou Lima Vaz, acima citado."[32]

A interpretação de Hegel enriquece a Filosofia de Pamênides; não a contesta.

Outra não pode ser a interpretação do seu poema, a vista dos princípios ontológicos, que têm a função de encerrar o pensar e o ser na sua absoluta identidade: a) o princípio de identidade (o ser é idêntico a si mesmo); b) o princípio de não contradição (não se pode falar do não ser); c) o princípio do terceiro excluído (não há uma terceira via, um ser-não ser). Esses princípios ontológicos tornaram-se princípios lógicos a reger a formação de todo discurso válido, portanto princípios apenas do pensar, separado do ser por operação do entendimento. Em Parmênides, contudo, são princípios a uma só vez do ser e do pensar na sua absoluta identidade, portanto onto-lógicos. De qualquer modo, não se pode objetar a Parmênides não ter considerado o tempo no seu pensamento, mas tão só a lógica, tal como observa Aristóteles, com relação aos eleatas. O tempo, como acima se observou, é ente e, como tal, está contemplado na esfera do ser, e não dele separado.

Como se vê, em Parmênides, esse pilar dos pilares do pensamento ocidental, o tema da igualdade é elevado ao grau mais alto, ao da absoluta identidade. Nesse sentido, Parmenides não é simplesmente aquele que ainda não sabe o que os posteriores vieram a saber. Heidegger, na perspectiva do seu próprio pensamento, pondera que a "questão, aqui, é precisamente se os pensadores originários, os que ainda não pensaram como Platão e Aristóteles, devem continuar sendo considerados como os 'ainda não' de uma

---

[32] VAZ, Henrique Cláudio de Lima. Filosofia da Religião e Metafísica. In: *Síntese* Nova Fase. Belo Horizonte, v.25,n.80,1998, 136.

sequencia, como os que estão atrasados relativamente ao pensamento dos que os sucederam, ou se eles já anteciparam todos os pensadores posteriores, justamente porque 'ainda não' pensavam como Platão e Aristóteles."[33] Parm*ên*ides antecipa o que eles irão dizer. Ou melhor, o que Parmênides antecipa ainda não é.

Com isso dá-se passagem para o pensamento de Platão e sua dialética das ideias, sempre na busca do universal: no direito, do igual; na Filosofia, do absoluto.

c) Heráclito: πάντα ῥεῖ: "tudo flui"

Heráclito pode ser considerado um importante representante do momento noético-ontológico. A interpretação da cosmologia de Thales como atitude metafísica, cujo objeto, porém, era cosmológico, finito ou determinado, e a de Anaximandro, entendida do mesmo modo, mas pondo como princípio o indeterminado, despertou em Heráclito não só uma atitude metafísica, mas também a elaboração da Metafísica do ponto de vista do seu objeto. Pode-se dizer que o problema, então, era o da posição entre o determinado e o indeterminado, ou do finito e o infinito. Esse problema exigiu compreender a realidade, sensível e inteligível, dialeticamente. A dialética, nesse ponto, é ao mesmo tempo o movimento do *logos* e do *cosmos*. O puro movimento é a própria alma de todo o real, cuja forma de manifestação simbólica mais próxima é o fogo. Ao contrário do princípio de Thales, o de Heráclito era o mais puro, no sentido de não haver nele umidade alguma. A alma é aí Espírito ou o *logos*, ou melhor, *nous*, como puro movimento a desconstituir o tecido conjuntural do real ou do ser, no qual, enquanto matéria, se mostra na simbologia do fogo (*Ψρόνιμον εἶναι τὸ πῦρ*)[34], movimento incessante, pois tudo se dispersa e volta; "nada é fixo"[35]; tudo flui (πάντα ῥεῖ)[36], ou, para usar a clássica imagem por ele construída: não se banha duas vezes no mesmo rio.[37] O *logos* é, então, energia pura ou puro movimento, a superar as contradições do mundo e de si mesmo.

Em Heráclito aparecem três palavras fundamentais: 1) O *devir* – movimento permanente das coisas, que é o próprio movimento do pensar, que é simbolizado por um círculo. Quando se afirma que o ponto do círculo é o início do mesmo, vê-se que ele também é o fim. Por isso, o círculo dá ideia de movimento, pois o ponto inicial, qualquer que seja esse ponto, vai ser

---

33 HEIDEGGER. Martin. *Heráclito*. Trad. de Márcia Sá Cavalcante Schuback. Rio: Ed. Relume Dumará, 1998, p. 93.

34 HERAKLIT, *Fragmente*, B64a.

35 HERAKLIT, ***op. cit.***, B91.

36 HERAKLIT, ***op. cit.***, B91.

37 HERAKLIT, *op. cit.*, B91.

sempre o ponto final também. 2) O *logos* e a *alma:* o *logos,* o pensamento ou a razão, é que explica tudo e dá a unidade de todas as coisas. A razão é simbolizada pelo fogo, porque aparece como energia universal e fundamental em todas as coisas e individual em cada um de nós. Essa energia universal, que é o logos, na medida em que aparece como energia individual em cada um, é a *alma.*

Tanto na visão cosmológica, quanto na antropológica, a unidade é sempre buscada nas oposições, em movimento circular, a mostrar, como no círculo, que o começo é sempre o fim[38] e que o movimento dos contrários não é apenas uma síntese (composição), mas uma gênese, de forma que a morte se supera na vida e não é algo que fica fora do processo, mas que se incorpora no seu resultado, isto é, "a morte do um é o nascimento do outro"[39]. A unidade na pluralidade do mundo sensível possibilita o conhecimento por meio de uma hermenêutica. A simbologia usada para expressar a realidade mutante decorre da necessidade de interpretar a realidade como se interpreta o oráculo de *Delphos*[40] (conhece-te a ti mesmo). Esse oráculo nem expressa, nem oculta, mas dá um sinal a ser interpretado. O que aparece é o sinal, pois a essência das coisas tende a ocultar-se.[41] Do mesmo modo, o processo de conhecimento não descarta a sensibilidade, mas é preciso que a alma compreenda a linguagem que os olhos e os ouvidos assinalaram[42], pois a sabedoria (*σοφόν*) separa-se de tudo, é um *absolutum.*A alma, porém, tem, como sua razão de ser, de enriquecer-se; e o seu enriquecimento é a virtude da sabedoria, a qual, a *suma* perfeição, consiste em "dizer e realizar a verdade segundo a essência das coisas"[43] na medida em que se obedecem suas leis. O texto diz: *...καὶ σοφίη ἀληφέα λέγειν καὶ ποιεῖν...*, isto é, a sabedoria é dizer e *fazer* a verdade, a indicar que também o fazer está sob o páleo da verdade ou do justo, que não se compreende sem o injusto[44]. Enfim, seguir a natureza das coisas.

Resumindo essa filosofia das oposições, da guerra que conduz à união, diz Heráclito que o direito (a justiça) é conflito e tudo o que nasce ou é gerado enfim, nasce do conflito e da carência (...καὶ δίκην ἔριν, καὶ πάντα

---

38 HERAKLIT, *op. cit.,* B103.

39 *Cfr.* SNELL, Nachwort, p. 50-51.

40 HERAKLIT, *op. cit.,* B93.

41 HERAKLIT, *Fragmente* B123.

42 HERAKLIT, *Fragmente* B107.

43 HERAKLIT, *Fragmente* B115 e B112.

44 HERAKLIT, *Fragmente*, B23. Heráclito diz Δίκης ὄνομα, o nome de justice (direito). Donaldo Schüler entende que Heráclito reduz *dike* a apenas um nome "desamparado de agente mitológico" e que, por isso, o nome *dike* entra no jogo tanto dos atos justos, como dos injustos (SCHÜLER, Donaldo. *Heráclito e seu (dis)curso*. Porto Alegre: L&PM, 2000, p. 44).

κατ'ἔριν καὶ χρεώμενα)[45] A luta e o conflito levam à unidade, não à extinção dos opostos, como parece a Homero; engendram a justiça e não a injustiça, como pensava Anaximandro.[46]

A contradição entre Parmênides e Heráclito é apenas aparente. O que ocorre é que eles observam as coisas sob aspectos diferentes. Heráclito reconhece a diferença entre o ser e o pensar, para estabelecer a identidade entre eles. Para ele só se pode estabelecer a identidade a partir do momento em que se constata a diferença. Procedendo dessa forma, Heráclito encontra a dialética dentro do pensamento. Já que o ser é pensar, é preciso descobrir o momento do pensar. É aqui que se encontram as raízes do ser e do dever ser. O ideal que o grego traça para si é, então, o do dever ser, segundo a fórmula imperativa: "torna-te o que és". Ambos, Parmênides e Heráclito buscam encontrar a unidade na divesidade da vida. E a encontram no *logos*, na razão, enfim no pensar. Heráclito eleva a princípio o próprio movimento, porque se as coisas se movimentam, é porque têm nelas esse princípio, e esse princípio é o logos, o pensamento. Este, o pensamento, é o universal. Parmênides recebe esse universal de Heráclito e desenvolve as consequências necessárias que daí decorrem. De qualquer modo, há uma diferença no próprio princípio de Heráclito com relação ao de Parmênides: neste o pensar ou o *logos*, que é o mesmo ser, é imóvel. Pensar o movimento seria pensar o não ser, e isso é impossível. O universal de Parmênides é imóvel, o de Heráclito é movimento. Em Parmênides a razão mede analíticamente, em Heráclito, dialeticamente. Em Parmênides, a estrutura da razão é de uma lógica binária, em Heráclito, é dialética. Naquela o princípio é do terceiro excluído, nesta última é do terceiro incluído. Ambas as lógicas são modos de a razão medir e conhecer a realidade.

Essas duas grandes matrizes encontrarão, como estuário, os dois grandes sistemas: Platão e Aristóteles. Platão aceita a diretriz de Parmênides, de abandonar o sensível e recolher-se exclusivamente no inteligível, o mundo das ideias, mas acolhe nesse plano a diversidade heracliteana, dando-lhe unidade hieraquizada pela ideia de bem. Aristóteles rejeita a exclusão do conhecimento sensível e o coloca como fonte de todo conhecimento, inclusive o científico, adquirido pelo método da indução e aponta como explicação da coisa que se move três princípios (arché): os dois princípios da contrariedade e o do uno ou do que permanece, o substrato da mudança, e soluciona o problema da mudança com a teoria da forma e matéria,[47] do ato e da potência.

---

45 HERAKLIT, B80.

46 Cfr. WERNER, Charles. *La Philosophie Grecque*. Paris: Payot, 1962, p. 19-20.

47 Cfr.PHILIPPE, Marie-Dominique. *Introdução à Filosofia de Aristóteles*. Tradução Gabriel Hibon. São Paulo: Paulus, 2002, p. 112-17).

1.3.3.2 O Período Antropológico: "o homem é a medida de todas as coisas"

Após a guerra persa, Atenas assume o domínio do Mediterraneo. Uma nova camada social, formada por comerciantes, artesãos etc. pressionava no sentido de participar do poder político. O imperialismo de Atenas sobre as colônias e as contribuições das outras cidades para o financiamento da guerra carrearam-lhe grandes riquezas, que foram destinadas à reconstrução de Atenas. Uma euforia de vitória e de riquezas domina a cidade e atrai grande quantidade de pequenos proprietários rurais, que se dedicaram ao artesanato, provocando o aumento da população urbana . Uma certa divisão do trabalho e uma nova camada social que se enriquecia fazia pressão à aristocracia dominante. Um considerável numero de cidadãos acompanhava os acontecimentos políticos. Apesar da euforia, uma crise se instalava pela mudança das condições de vida. Os valores decantados da aristocracia enfrentavam os novos valores criados pelas novas camadas sociais em razão das mudanças ocorridas.

Esses novos valores começaram a surgir já quando os físicos de Mileto descobriram a razão, buscando na própria natureza, onde os deuses manifestavam seu poder, a explicação inteligente do Cosmos. O recuo metafísico dos filósofos de Mileto diante do simples mostrar das coisas até então explicitadas pelos mitos enfrentava os deuses, mas ainda minimizava o homem, deixando-o imerso na matéria total.

O orgulho humano, porém, não poderia tolerar que a sua essência estivesse internada no claustro das coisas que lhe eram externas. Era preciso mergulhar no mundo dos físicos e dele desafogar o homem, elevando-o ao mais alto valor: à medida de todas as coisas. É nisto que consiste a missão dos sofistas enquanto podem ser considerados portadores de uma posição filosófica ou de uma nova mentalidade. Elevaram o homem a uma altura digna e lhe submeteram não só a natureza, mas também os deuses. É verdade que nem todos descriam dos valores religiosos, mas pertenciam ao clima da época.

a) A Sofística

A situação política de Atenas ou o seu modelo democrático impunha aos oradores a necessidade de conduzir o pensamento de forma a persuadir os eleitores ou os cidadãos a aprovarem suas propostas e a formarem as suas opiniões. Isso teria impulsionado o processo de logicização do pensamento, preocupados que estavam com expressar corretamente, ou seja, a expressão correta do pensamento, como revela a gramática de Protágoras. Essa foi a grande contribuição dos sofistas, além do método de preparar as gerações para a política e do método da disciplina do pensamento (Caio Prado Júnior), o que os torna os inventores da educação, que, como afirma Jäger, tem seu nascimento no século V. Não se trata, contudo, no caso da logicização, de uma fuga da realidade, como parece entender Prado Júnior, mas da elaboração de um poderoso instrumento de domínio da realidade, física e humana, pois que se trata de uma prática na vida política, que tornou possível, depois do seu uso teórico por Platão, a sua teorização por Aristóteles.

Não só a Lógica praticaram os sofistas, mas criaram uma nova arte, que também em Aristóteles encontrou teorização, a arte da oratória. Usaram-na não só na prática para efeitos imediatos, mas aprimoram a sua forma, retirando-a do seu caráter utilitarista e instrumental, para torná-la, pelo esmero da forma e do pulimento gramatical, uma arte bela.

O período antropológico é marcado pelo grande movimento cultural da sofística, "de incalculável importância para a posterioridade", iniciado "no tempo de Sófocles."[48]Não é ousado dizer que percorre todo o período de formação do homem grego, a ideia de medida (*métron*). Pode-se notar a clara diferença desse princípio nos períodos decisivos dessa formação. Nos tempos homéricos a medida eram os deuses[49], cujas normas eram impostas aos homens; em seguida, com o advento da explicação epistêmica, a medida é o cosmos; e, num terceiro momento, exatamente no período antropológico, em que a preocupação era a organização da comunidade humana numa ordem política democrática, que preconizava uma ordem de convivência justa com vista à *eudaimonia* do cidadão, a medida é o homem. Nesse período antropológico, portanto, essa ordem justa se concebe segundo três fontes principais: ainda mantendo o ideal de formação da nobreza aristocrática, a fonte da justiça eram os deuses, o que a beleza da dramaturgia grega está a mostrar; uma segunda fonte, que abandona a busca da explicação do mundo na narração mítica, é o cosmos; e a terceira fonte, própria do humanismo surgente nesse período, a fonte da ordem justa é o homem, quer pela sua atividade, a lei, quer pela sua investigação teórica na busca do conceito de justiça, já então com a presença de Sócrates, a fazer a passagem para o período dos

---

[48] JÄGGER, *Paidéia*, p. 335

[49] A lei é concebida como *thémis*, um decreto revelado ao rei pelos deuses, "transmitido de pai para filho como norma sagrada", de caráter aristocrático, direrente da concepção de lei como *díke*, em Hesíodo, expressando "a ideia de vontade superior do homem", de conotação democrática, segundo Fassó (Cfr. FASSÓ, Guido. *Storia della Filosofia des Diritto I*—Antichità e Medievo. Blogna: Il Mulino, 1970, p. 21-22. *Themis* é ordenação na linguagem de Homero, "remete à aplicação da justiça sob a égide de Zeus".; *Díke*, no vocablário de Hesíodo, é a justiça que "exprime através do conceito de igualdade a racionalidade do direito" (VAZ, H. C. de Lima. *Escritos de Filosofia II.* Ética e Cultura. São Paulo: Ed. Loyola, 1988, p.48, nota n. 50..

sistemas com Platão e Aristóteles. Como representantes dessas três posições sobre as fontes da justiça, podem-se citar, dentre outros, Sófocles na concepção da justiça como procedente das leis dos deuses ou costumes diuturnos; Cálicles ao entender a justiça como decorrente da lei do mais forte, portanto da natureza ou do cosmos; Trasímaco, que desloca a força, da natureza para o Estado, portanto sustentando como fonte da justiça a lei do Estado. Protágoras, o mais importante sofista, concebe a justiça como virtude fundada na existência do Estado, na lei do Estado, sem contudo invocar a força como elemento determinante. Uma outra posição, não pertencente ao direito natural divino de Antígone, nem ao direito natural da força da natureza como em Cálicles, nem ao direito positivo da força do Estado ou da instituição do Estado, procura entender a justiça do ponto de vista da doutrina filosófica, na busca de seu conceito, Simônides, posição que será, de certa forma, perfilhada por Sócrates e Platão.

Sófocles representa o clima da época, verdadeira "primavera da inteligência humana"[50] em que o homem é elevado a tal altura, que passa a considerar-se não só senhor da natureza, mas, com os sofistas, também dos deuses. É na dramaturgia grega, nesse período, que se esboça a reação ao abandono da tradição religiosa: Ésquilo condena a desmedida e evoca a justiça divina; Sófocles exalta a superioridade da lei divina; Eurípedes realça o destino[51], que está à base do trágico. Sófocles mostra isso no amargo e romântico clamor com que prostetava no estásimo cantado em coro na sua obra Édipo Rei: "a religião se vai". Esse clamor, expresso na dramaturgia grega, ostenta a necessidade de recorrer à tradição, portanto aos ditames da religião, pela qual os limites postos pelos deuses são intangíveis—"intangíveis leis dos deuses", exclama Antígone. Nem verdade relativa, nem verdade científica descoberta pelo homem, mas leis naturais ditadas pelos deuses, diferentes das leis naturais decorrentes da *physis*, como defendiam alguns sofistas, comforme relato de Platão na A República, e diferentes das leis postas pelos homens, isto é, das leis do Estado (da pólis). Sófocles, embora represente uma posição de defesa dos valores aristocráticos, faz da sua obra poética uma verdadeira pregação política quando, expondo a luta do direito natural e do direito ou do direito divino contra o direito positivo lavrado no decreto de Creonte, traça o retrato de sua época, revelada no drama de um povo exposto à tensão provocada pelos costumes que caíam e os novos valores criados. Nessa esteira está também Aristófanes e Eurípedes, este ligado a Sócrates, a integrarem o grande movimento da sofística.

---

[50] Cfr. CHEVALIER, J. *Histoire de La pensée.* Dès pré-Socratiques à Platon. Editions Universitaires: Paris. 1991, p.93.

[51] Id. *Ibid.*, p.96.

O conceito de justiça experimenta na vida ética grega uma primeira cisão, em que cada um desses pólos da sua realização, como momentos, real e ideal – em que o ideal é entendido como lei dos deuses posta nos costumes religiosos –, são apresentados numa das mais belas peças da dramaturgia, *A Antígone*, do mesmo grande teatrólogo grego, Sófocles. Instaura-se desse modo uma profunda cisão na substância ética grega: justo é o que dizem as leis do Estado, de um lado e, de outro, justo é o que determinam as leis dos deuses.[52]

O cidadão na cidade grega era um ser livre. Livre porque a sua vontade se confundia com a da sua cidade. Havia uma harmonia total. Nenhuma divisão ou diferença. A liberdade se manifestava como uma relação harmoniosa entre o indivíduo e a cidade. Sua vida pública não se separava da sua vida privada. As leis a que se submetia eram leis que ele mesmo se dava. O Estado era afinal o objeto mais alto do seu mundo.

Na ordem ética, porém, sustentada na Família e no Estado surge o momento da oposição. Essa oposição tanto se manifesta entre a substância e a consciência de si, como também no interior da própria substância[53]. Neste último caso refletindo-se no conflito entre a lei humana e a lei divina, que subsistiam em coexistência harmônica no *mundo ético*.

As diferenças das duas leis se mostram primeiramente numa diferença natural. A lei humana é representada pelo homem, o cidadão a quem na *polis* incumbia a direção dos negócios políticos. À mulher cabia zelar pela religião da família, devendo fazer com que fosse observada a lei divina.

O conflito se instaura, propriamente, no momento em que uma das leis é desconhecida em benefício da outra. Para representar este conflito Hegel tira de *Antígona* de Sófocles uma das mais belas imagens da *Fenomenologia*. Antígona, representando a lei divina, e Creonte representando a lei humana.

Para Antígona a lei humana ditada por Creonte, pela qual se negava a Polinices a sepultura, não passava de uma tirania irracional. Para Creonte, ao contrário, a atitude de Antígona era uma desobediência à lei do Estado, mero capricho e teimosia da mulher, já que pretendia ela sepultar seu irmão.

---

52 Sobre este tema ver SALGADO, J. C. O Aparecimento do Estado na "Fenomenologia do Espírito" de Hegel. *In: Revista da Faculdade de Direito da UFMG.* Belo Horizonte, v. 24, n. 17, out/1976 (p. 178-193), p. 185 e segs. Ver, ainda, Salgado, J. C. A Ideia de Justiça em Hegel. São Paulo: Edições Loyola, 1996, p. 280 e segs.; COSTA, Ílder Miranda. Entre o Trágico e o Ético. *In*: SALGADO e HORTA (Coordenadores). *Hegel, Liberdade e Estado.* Belo Horizonte: Editora Forum, 2010, p. 265 e segs.

53 "*La substance simple a acquis d'une part le caractére de l'opposition en face de la conscience de soi, et d'autre part elle presente aussi en elle-même la nature de la conscience, c'est à dire qu'elle se divise interieurement, se presentant comme un monde articulé en ses propres masses*". HEGEL, G. W F. *La Phenomenologie de l'Esprit.* Trad. de Jean Hyppolite. Paris : Aubier-Montaigne, II, p. 14.

A substância ética entretanto é tanto a Família a quem incumbia zelar pelo morto (no morto está a essência ética da Família, pois, a morte racionalizada – e não a natural – define a essência da família, já que antes da morte o homem pertence ao Estado), como o Estado. O conflito é pois uma invasão do Estado no âmbito privado da competência da Família e uma invasão da Potência da Família no domínio do Estado: Ou ainda: o conflito surge em razão de o indivíduo da ação desconhecer o valor ético da lei humana. Ao mesmo tempo, o que se põe do lado da lei humana desconhece o lado ético da Família, ou da lei divina. Esse desconhecer não significa, apenas, não conhecer a existência de lei oposta. É principalmente negar validade efetiva à lei contrária, negar-lhe o valor de essência ética. É o que fazia Antígona que bem conhecia a lei de Tebas.

No desconhecimento da lei funda-se o conceito de culpa, de natureza puramente objetiva, resultante da simples prática da ação. A culpa, com base exclusivamente na ação, gera a vingança da lei desconhecida e faz aparecer o conceito de destino.

A origem do conflito coloca-se, da mesma forma em que se originou a dialética do senhor e do escravo, na luta, ou seja, na ação. O mundo ético é assim negado pela ação, que é o elemento que introduz a divisão, a diferença nesse mundo homogêneo. A ação nega o dado originário do mundo ético, o seu em-si, determinando o processo da sua dissolução.

No princípio da ação que dissolve o mundo ético está a guerra. A guerra aparece como meio pelo qual o Estado evita que o indivíduo aspire o isolamento do seu ser-para-si, mostrando-lhe a morte como o seu mestre a qual é o ponto de encontro entre a lei divina e a lei humana, melhor entre Estado e a Família,. Contraditoriamente, a própria guerra com que o Estado procurava a unidade dos indivíduos desencadeará o processo do seu isolamento. Desta forma, as guerras que se travam imediatamente anterior ao desaparecimento das Cidades-Estado determinam o aparecimento do cidadão do Império – e não mais da cidade – como um simples indivíduo isolado e não como pertencente à Família. Esse isolamento dos indivíduos foi uma inevitável consequência da dissolução da vida harmônica da Cidade-Estado.

A ação é, pois, a responsável pela dissolução do mundo ético. Ela introduz a divisão nesse mundo e suprime a imediatidade do Espírito. Agindo, o ser humano responde pelo resultado da sua obra. Ao negar valor ético à outra lei, a consciência de si não consegue eliminá-la, posto que ela é também a essência ética[54]. Assim, ao operar e realizar uma lei, a ação suscita o aparecimento da outra lei, pois, as duas leis é que são a essência.

---

54 "*Aucune de ce deux lois prise isolément n'est en soit et pour soi*". *Phenomenologie,* II, p. 27.

O aparecimento da lei contrária ignorada, mostra-se, contudo, como vingança por ter sido violada. A ação remove, pois, o imóvel, torna externo o que se esconde na possibilidade, une o consciente com o inconsciente, o que é com o que não é[55]. Daí a ação produzir também o seu oposto.

O fim do movimento das potência éticas em que se embatem uma contra a outra será o declínio de ambos os lados, Família e Estado, pois que nenhum é mais essencial do que o outro. O resultado final será a destruição da Família como essência ética pelo Estado que busca com a guerra unir as individualidades num todo. Destruindo, porém, a sua base, isto é, a Família, o Estado destroi a sua própria essência; destroi a si mesmo.

Adverte Sócrates, como personagem de Platão, sobre a necessecidade de primeiro conhecer o próximo, o seu vizinho, o que diferencia o homem do animal irracional, para depois tentar conhecer o ceu; e cita como exemplo o fato de Thales ter caído numa poça d'água, quando, concentrado, observava os astros, o que provocou a ironia de uma jovem trácia, burlando da sua "preocupação com as coisas do ceu, quando nem mesmo se dava conta do que tinha debaixo dos pés".[56]

A situação política de Atenas é o ambiente propício dos sofistas. A ágora e os tribunais tinham a participação ativa dos cidadãos. As decisões se tomavam pelos seus votos. Ora, a vida dos partidos dependiam desses votos. Era, pois, importante conduzir as opiniões. Os sofistas aparecem então como mestres de virtude política. Interessava a formação política do homem. A *Arete* aristocrática deveria ceder lugar para a paidéia,[57] a cultura numa dimensão completa.

O momento cultural mais importante da Grécia desenvolve-se a partir do séc. V a. C. com a sofística. Na acrópole ambiente onde se ensinavam as técnicas de convencimento para ingressar na ágora, travavam-se discussões, diálogos sobre a ciência, não importando se era verdade ou não, mas, sim, o poder buscar a adesão dos outros à aquele postulado. A partir da sofística a distinção entre *phýsis* e *nómos,* já preconizada por Heráclito, torna-se nítida. O conceito de ordem universal a reger tanto os fenômenos naturais (*phýsis*) como o mundo humano, segundo um princípio monotético cede ao argumento

---

55 "L'operation consiste justement à mouvoir l'immobile à produire exterieurement e qui n'est d'abord qu'enfermé dans la possibilité et ainsi à joindre l'inconscient au conscient, ce qui n'est pas à ce qui est". *Phenomenologie*, II p. 36.

56 PLATON. *Teeteto*, 173 b.

57 "A *paidéia* grega é definitivamente marcada por esta preocupação ravolucionária, que procura meios estritamente racionais de intuzir o indivíduo à prática das virtudes, de uma maneira tal que ele mesmo pudesse refletir sobre seus atos e tornar-se seu próprio tribunal" BROCHADO Ferreira, Mariah Aparecida. Por que *Paidéia* Jurídica? *In*: Mariá Brochado et *alii* (Organizadores).Belo Horizonte: PROEX/UFMG, 2010, p.23.

dos sofista favorável ao relativismo das leis humanas (nómos), cuja superação é retomada por Aristóteles, para quem a práxis humana obedece a leis particulares a reger a ação "finalizada pela forma do *logos* ou pela razão reta (*orthòs lógos*)".[58]

Os sofistas eram chamados de mestres de cultura, já que ensinavam tudo sobre a vida, técnicas políticas, história, sabedoria de um modo geral; preparavam o indivíduo para a técnica da palavra (técnica da argumentação). Sua técnica de ensino era o diálogo, com o objetivo de conseguir a adesão do interlocutor, pela persuasão, ainda que por argumentação logicamente inválida, para alguns, pois para outros, como Protágoras, era importante educar com argumento lógico, sem perder de vista a retórica, razão pela qual preferia uma exposição monologal. Alguns sofistas não tinham compromisso imadiato com a verdade, entendendo-a como relativa, dependendo do que sujetivamente se concebia como verdade. Como muitos eram políticos, a conveniência era também o objetivo da argumentação. Como político, porém, tinha de estar preocupado com o problema da justiça. O cidadão da polis era ao mesmo tempo o político, que participava da ágora, discutia os problemas da cidade , propunha soluções e decidia em assembléia. A política passa a ser a atividade mais importante na comunidade grega, pois no sistema democrático adotado por Atenas o povo, formado do conjunto dos homens livres, votava suas próprias leis. A polis era então livre, no sentido de autonomia, e não permitia o governo despótico.

A primeira preocupoção era fazer boas leis, e boas leis (*eunomia*) para um povo constituído de homens livres e, como livres, iguais, deveriam ter leis que realizassem a justiça (*dikaiosyne*). Por isso o tema privilegiado das discussões teóricas que se travavam na acrópole, era a justiça. E o método com que os temas eram levados a procura de um consenso era o diálogo, o que se concebe através da razão. O diálogo não era uma conversação qualquer, mas uma alternância de discursos com fundamentação, ou seja, diálogo é "a capacidade de dar e receber passo a passo a justificação do que se afirma".[59] Quando feito na forma de perguntas e respostas, contudo, podia converter-se em verdadeiras armadilhas de argumentação.

A mais importante obra de Platão, *A República*, é um tratado sobre a justiça e pode ser considerada o resultado de todo o processo de formação do homem grego através a atividade política. Nessa obra Platão traz à discussão as concepções dos sofistas sobre o tema. Interessa aqui apenas registrar essa tenativa de uma definição da justiça de três dos sofistas que a debateram com

---

[58] VAZ, Henrique Cláudio de Lima. Ética e Direito. Edição organizada por Cláudia Toledo e Luis Moreira. São Paulo: Edições Loyola, 2002, p. 222.

[59] PLATON, *Protágoras*, 336 b-c.

Sócrates: Cálicles (no *Górgias*), Simónides e Trasímaco (em A *República*). Esses autores representam uma concepção física ou naturalística, uma concepção ética e uma concepção política.

Platão começa a discussão sobre a definição de Simônides: "...é justo dar a cada um o que lhe é devido".[60] O que é o devido? Sócrates argumenta, mostrando que o justo será sempre entregar o que é devido a alguém, ainda que seja inimigo e que a justiça tem de estar combinada com a equidade – embora não use essa palavra – pois não se há de devolver a arma dada em despótico ao seu dono, se estiver louco. De qualquer modo, em que pese ser correta a definição de Simônides, admite ela exceção, o que torna a definição insegura do ponto de vista teórico, que era o procurado.

Trasímaco enfrenta a questão realisticamente, segundo a observação que faz da realidade denominada Estado. Justo é o que convém ao Governante. A questão agora não é a busca de um definição do ponto de vista de como deve ser a conduta para ser justa, mas de como a realidade empiricamente observada estabelece o que é devido ou obrigatório. A questão é posta do ponto de vista do direito posto pelo Estado. Justo será o que ordena o Estado, seja ele organizado na forma democrática, aritocrática ou tirânica [61]. Ora, o Estado é que tem a força. Suas leis devem ser obedecidas, são obrigatórias, quaiquer que sejam. Trasímaco fica em dúvida quando Sócrates o interroga, se se deve obedecer às leis mesmo quando o governante erra e edita leis que não lhes covém. Corrige o conceito de "mais forte", excluindo dele a noção de engano.[62] Como se nota, o conceito de justiça, passou do plano da ideia no plano da ética, ou da sabedoria[63], para o da experiência no plano do Estado, ou seja, da lei posta pelo Estado.

A concepção naturalística de Cálicles, expõe-na Platão no seu livro *Górgias*, ou da Retórica, quando Cálicles dicute com Sócrates , sustentando ser a verdadeira justiça a lei do mais forte e que as leis feitas pelos homens são modos de os mais fracos limitarem os mais fortes,[64] e apresenta, como argumento, o vencedor da guerra, citando como exemplo o ataque de Xerxes à Grécia.[65]

b) **Protágoras de Abdera**: A Educação, o Estado e a Justiça.

α. A Teologia e a Metafísica. P*ánton krématon métron estìn ántropos*: "O homem é a medida de todas as coisas" – (*Homo-mensura*)

---

60 PLATON, *La República*, 331d.
61 PLATON, La *República*, 338c
62 PLATON, La *República*, 340b.
63 PLATON, *La República*, 351d.
64 PLATON, *Górgias*, 428e.
65 PLATON, *Górgias*, 486f.

Protágoras de Abdera, autor dessa ousada divisa, extraordinário pensador da cultura grega como *paidéia,* legislador de Thyrium por solicitação de Péricles de quem gozava amizade e admiração por sua sabedoria, profundo conhecedor e mestre, com originalidade, de diversas artes[66], da educação, da gramática, da lógica, da moral, da política, da retórica, "escandalizou os atenienses por seus ensinamentos e foi banido por impiedade", acusado por Pitodoro (segundo Aristóteles, citado por Diógenes de Laércio, acusado por Evatlo, possivelmente o mesmo de quem Protágoras havia cobrado os honorários, embora não tivesse ele vencido a causa)[67] pela sua sincera e objetiva posição com relação à existência dos deuses diante das suas teorias, que prestigiam o conhecimento sensível, por afirmar ser "Impossível saber se os deuses existem ou não, pois vários são os obstáculos que nos impedem de sabê-lo, além da obscuridade do assunto e da brevidade da vida humana".[68] E falando aos atenienses: "... sem perdoar aos próprios deuses, porquanto deixo de lado, seja em meus discursos, seja em meus escritos, toda questão que afete a sua existência ou inexistência."[69] Com a sentença de banimento foi decretado o confisco e a queima de todos os seus livros encontrados em Atenas.

A questão de que fala Protágoras é a pertinente ao conhecimento; do ponto de vista da crença não lhe era dado opinar, mostrando rigor metódico no trato científico da realidade. Outra não poderia ser sua posição no que se refere à ciência, à Teologia ou à Metafísica, vez que convencido só ser possível a ciência através a percepção sensível. Daí a obscuridade da questão, como observa Gomperz. E como seria possível ter uma experiência dos deuses, e dela uma inferência, se a vida humana é breve?

β. A Gnosiologia. No *Teeteto*, Platão reproduz o pensamento de Protágoras, que embasa a sua posição com relação à Teologia e à Metafísica, da seguinte forma: "O homem é a medida de todas as coisas; das que existem enquanto existem e das que não existem enquanto não existem." Trata-se da conhecida teoria do *homo-mensura*. É aqui, diz-se, introduzido o relativismo e o subjetivismo na teoria do conhecimento, por se entender o homem nesta frase, separadamente, considerado individualmente: "O que é para mim é para mim, o que é para ti é para ti" (a frase é de Platão no *Teeteto,* e não de

---

66 Protágoras é citado por Cícero dentre os que escreveram sobre a natureza das coisas e dentre os grandes oradores. CiCERO, Marcus Tullius. *De Oratore/Über den Redner III, 128* (Lateinisch/Deutsch). Stuttgart: Phillip Reclam,1997, p. 527.

67 LAERZIO, Diogene. *Vite dei Filosofi, IX,8,56.*Trad. Marcello Gigante. Bari: Editori Laterza, 1962, p. 451.

68 Cfr. CHEVALIER, J. *Histoire de La pensée.* Dès pré-Socratiques à Platon. Editions Universitaires: Paris. 1991, p. 97. O autor cita como fonte, Diógenes de LAÉRCIO, *Vida dos Filósofos Ilustres*, IX, 51 (ver também IX, 52-53).

69 PROTÁGORAS, citado por PLATÃO *in*: *Teeteto*, 162d.

Protágoras). A verdade seria substituída pela opinião e esta é medida pelos sábios segundo a utilidade: "Ensino a sagacidade nos negócios públicos e privados." O homem é a medida da realidade. O que aparece ao homem é, o que não aparece não é. Tanto é verdadeiro dizer ao doente que o alimento é amargo, quanto dizer ao são que é doce. Interessam as percepções úteis e estas são as que produzem os sábios. Assim, "os bons oradores fazem parecer como justas à cidade as coisas úteis". A mesma concepção se dá no campo estético, já que nada é absolutamente feio, nem absolutamente belo. Semelhantemente a Heráclito, as coisas feias, mudando segundo o momento, ficam belas. Neste ponto há de se ter cuidado no emprego do verbo "parecer" e "aparecer" em português. Parecer está no campo da opinião, aparecer está no campo do fenômeno. Em Heráclito a questão é ontológica; as coisas é que mudam e, mudando, aparecem diferentemente. Para Protágoras, mudando as coisas ou mudando o seu aparecer no processo de conhecimento, o que se tem como verdade é o que se oferece à sensibilidade, à experiência. É para ele importante o aparecer, o *phainómenon*, em que há o peso da objetividade da coisa que aparece, bem como o parecer, a *dóxa*, em que pesa a subjetividade da opinião.

É preciso reconhecer certa razão a Gomperz[70], quando diz não ter Platão exposto o pensamento de Protágoras fielmente, ao comentar a doutrina do *homo-mensura* e incluí-lo no relativismo gnosiológico. Com efeito, Protágoras— pelo menos sobre isso nada há escrito por ele— não diz que a palavra homem no texto por ele afirmado está tomada no sentido de indivíduo, e não no sentido genérico. Aliás, se ele não restringiu o termo, objetiva e necessariamente está ele tomado no sentido genérico, não se podendo encontrar no seu texto uma intenção restritiva que teria de ser expressa. Tome-se a frase, atribuída por Platão a Protágoras, escrita por Platão no *Teeteto* e interpretando a sua doutrina da medida: "as coisas são para mim tal como me aparecem e para ti também tal como a ti aparecem", completada com estoutra, ao dirigir-se a Teeteto: "Não há dúvida de que eu e tu somos homens."[71]. Há aí uma reduplicação de conceitos. É claro que Sócrates, Teeteto, Theodoro, personagens do diálogo, e outros são homens. Exatamente porque se pode afirmar essa identidade em todos eles é que homem é um conceito genérico. A inferência de Sócrates seria logicamente inválida; se, entretanto, se trata de interpretação do termo "homem" como particular, essa interpretação seria construtiva e, por isso, incorreta, pois seria criação dele

70 Em *Protágoras*, também no *Teeteto*, Platão combate o relativismo sofista e inclui Protágoras nessa concepção. Dìes, baseado em Theodor Gomperz, entende ter Platão não exposto corretamente o pensamento de Protágoras. Cf. MIGUEZ, José Antonio. Preámbulo. *In*: PLATON. Teeteto o de la Ciencia. *In*: *Obras Completas*. Madrid: Aguilar, 1977, p. 890.

71 PLATÃO. *Teeteto*, 152a-b.

e não de Protágoras. Quando Sócrates armou uma cilada lógica na presença de Protágoras, este desfez o engano lógico, como em *Protágoras*, 350c, acima citado. Na verdade, parece tratar-se mesmo de criação apresentada como interpretação. Como pondera Gomperz "... *'el hombre' al que se opone el conjunto de las cosas, no puede razonablemente ser el individuo, sino el hombre en general*".[72]

Portanto, aquelas frases ditas por Sócrates em expressa referência a ele e a Teeteto ("as coisas são para mim tal..."), são dele, Platão (no diálogo, Sócrates como personagem), não de Protágoras. Protágoras não particularizou o conceito homem. Platão interpreta a palavra "homem" no texto de Protágoras, recitado por Teeteto, como sendo o indivíduo, segundo o interesse do que iria demonstrar. Isso por tática argumentativa, corretamente do ponto de vista de um conhecimento epistêmico ou filosófico das coisas, nas suas essências ou ideias no sentido da filosofia de Platão, embora pudesse haver também a intenção de combater Protágoras. Trata-se de uma tática para fazer prosperar seu método, a dialética. Sua interpretação foi apenas uma hipótese para efeito da argumentação dialética. O que leu Teeteto (personagem do diálogo) em Protágoras não continha a particularização do conceito homem. A intenção principal de Platão era criar um ponto de partida para o seu método dialético com o fim de chegar à teoria das ideias, nessa época já por ele desenvolvida, o que ainda não tinha ocorrido na época em que escreveu *Protágoras*. Sócrates, o personagem de *Teeteto*, formula a hipótese de que se se tomasse a palavra homem no sentido de indivíduo e o conhecimento no sentido de conhecimento ou percepção sensível, não seria possível a ciência, ou a filosofia de Platão. O conhecimento sensível para Platão é o conhecimento da aparência que nos dá imagens, em constante mutação e diversidade. Ora, a ciência procura a unidade e a permanência nas coisas, ou seja, não a aparência, mas a essência que se realiza na ideia. É esse o sentido do seu livro *Teeteto*, vale dizer, encontrar a ideia como essência das coisas, já bem exposto em *A República*.

De qualquer modo, é preciso ter em conta, na interpretação da metafísica ou da teoria do conhecimento de Protágoras, os outros textos seus. Essa metafísica e gnosiologia se ligam diretamente ao texto teológico já comentado. Se se não pode falar dos deuses e se o único ser capaz de conhecimento é o homem, este só pode falar das coisas que se dão a sua experiência. Ora, o conhecimento é que é o modo de medir as coisas no sentido dado por

---

[72] GOMPERZ, Theodor. *Pensadores Griegos*. História de la Filosofía de la Antigüedad. Tomo I. Tradução de Carlos Guillermo Körner. Buenos Aires: Editorial Guarania, s/d, p. 168. Ver Trigeaud, Jean -Marc. Tentatives de Réduction Positiviste — Du Conventionnalisme au Volontarisme. *In*: (Idem) *Humanisme de la Liberté et Philosophie da la Justice*. Bordeaux: Editions Biere,1990, p. 32.

Protágoras. Assim, ainda que o conhecimento só se dê no plano do inteligível, como quer Platão, é o homem que produz esse conhecimento, que é a medida dessas coisas por ele conhecidas. Nenhuma referência a outros seres, a deuses, pode ser feita. Só o homem conhece, e conhece nos limites da sensibilidade.

Protágoras é extremamente coerente na sua doutrina. Sua preocupação primeira não é dizer o que existe, na sua essência, ou o que não existe, com pretensão ontológica, mas como se dá o conhecimento comumente e cientificamente, segundo uma perspectiva gnosiológica, especificamente o da *techné* política. Desde o início adverte que o objeto de seu estudo é a prudência, entendida como virtude do decoro e da justiça. Não lhe interessa imediatamente investigar a natureza ou o cosmos, embora o fizesse. Afeito às ciências geométricas e astronômicas era Hípias e vários outros sábios desse rico movimento[73]. A ele, Protágoras, interessava saber o que torna possível a sociedade política e sua conservação e como ensinar as virtudes da justiça e do decoro para que ela possa existir do melhor modo possível. Essas são as virtudes ensináveis, diferentemente das aptidões inatas nos animais. O homem é medida *prima facie* da comunidade política, pois criada por ele, cuja argamassa são aquelas virtudes. As sensações são o que determina as coisas para o conhecimento e que se dão em nós na sensibilidade. Daí não se poder dizer se os deuses existem ou não. Não se trata de "sensismo" ou simplesmente de pragmatismo epistemológico ou utilitarismo ético; talvez um fenomenismo no sentido de Kant, evidentemente sem o *a priori* e a transcendentalidade, mas com a crítica ao que está além do fenômeno dado pelos sentidos. O fenômeno da coisa em nós, sem preocupação com a coisa em si, se essa coisa em si é buscada no plano do inteligível apenas (o que está vetado) é que dá sua verdade. Esta nasce da experiência e com a experiência, o que o põe como precursor do realismo aristotélico, sem se estender para uma metafísica no plano puramente inteligível.

A ele interessa diretamente a política ou a virtude política, que está vinculada ao que tem utilidade pública, isto é, o que é útil à cidade. Por isso quer ensinar essa realidade, a virtude política, que tornou possível a *polis*,

---

[73] Leia-se a menção que faz J. Chevalier (*Op. Cit.*,p. 99) de vários sofistas como contribuintes das diferentes ciências: Hípias, Antiphon, na geometria, Méton na reforma do calendário; Theodoro, Theeteto, Hippócrates, nas pesquisas novas da geometria, no estudo das curvas e da estereometria; Antiphon e Bryron na quadratura do círculo; Árchitas na visão intelectual do espaço;Theeteto nas investigações básicas para a acústica, a ótica e a astronomia; Oenópide sobre "a inclinação da eclíptica, a redução aplicada ao problema da duplicação do cubo, método retomado por Euclides"; Damon na música com apoio na matemática; Pródico na semântica; Górgias na retórica e na semântica; enfim a política considerada como ciência ou arte racional em que os sofistas são os inventores, pela distinção entre *physis* e *nomos*.

pois todos têm parte nela. Ninguém a não ser um louco declararia publicamente não ser justo. Teria de ser considerado excluído da sociedade. Por isso faz um recorte epistemológico e com humildade diz ser apenas mestre de virtude política, ou seja, ensina o homem a ser cidadão com o aprendizado e exercício da justiça e do decoro, sem o que não pode participar da vida pública.

A verdade dessas virtudes é conhecida do sábio, que as conhece como tudo o que é de utilidade pública, isto é, útil à sociedade. Ora, o útil, como se sabe, é o que é "bom para"; é um valor ao lado do bom, do justo, do belo, do verdadeiro e do santo. Está na esfera do poiético, do fazer ou do interesse. O que vai determinar se é ético ou não, é sua finalidade. Ora, Protágoras entendeu a justiça como o que é útil à cidade e o útil à cidade é garantir sua existência e conservação em primeiríssimo lugar, segundo seu pensamento. Dir-se-ia hoje: o que é de *interesse público*. Fica clara a grande importância da doutrina de Protágoras para a política, inclusive no mundo contemporâneo. Aliás, o conceito de útil na política é que todos estão em pé de igualdade quando se trata de coisas justas e injustas etc., não havendo superioridade de um ou outro indivíduo para aconselhar.[74] O que é justo em primeiro lugar é garantir a existência da cidade, sem a qual não se pode falar da existência do cidadão.

A ciência para Platão é antes de tudo reflexão, pois "Pensar é uma espécie de discurso que a alma desenvolve nela mesma acerca das coisas que examina". Ela "dirige a si mesma diálogo ou perguntas e respostas..."[75]. Para isso, para fazer ciência, e não prática política ou virtude política, é preciso dizer o que é ciência primeiramente, destacando-a do conhecimento por mera opinião, como ocorre com os políticos, e do conhecimento por sensações: "Já não podes dizer, Teeteto, que sensação e ciência são a mesma coisa", diz o personagem Sócrates no *Teeteto* de Platão.[76]

Como se pode ver nos textos apresentados pelo próprio Platão, o ângulo de visão da realidade – que é uma só, a sociedade política ou *polis* –, de Protágoras, é o do fenômeno da *polis* e da justiça ou de como é possível a *polis* e sua conservação. Do ponto de vista dessa realidade que aparece, fenomênica, a justiça é o que é útil ou necessário à existência e conservação da *polis*. Do ponto de vista de Platão, é necessário buscar o conceito de polis e de justiça como coisa em si, portanto como *noumenon*, não na experiência, mas na esfera exclusiva do inteligível. Vale dizer, a Protágoras interessa a *polis* e a justiça como fenômeno, o que aparece, e como tal deve ser conhecida

[74] PLATON, *Teeteto*, 171e.
[75] PLATON, *Teeteto*, 189d.
[76] PLATON, *Teeteto*, 186c.

a virtude da justiça; e esta é também a região da *dóxa*, da opinião que produz efeitos na realidade política. E para isso não se há de desprezar a lógica que encadeia corretamente o argumento no convencimento do interlocutor, como o próprio Protágoras mostrou, nem a retórica no sentido de persuadir o interlocutor na condução de um argumento justo no interesse da cidade. Esse conhecimento doxal pressupõe um conhecimento teórico que está ligado à prática, portanto à experiência. A Platão interessa retirar-se do fenômeno, mergulhar no seu fundamento e definir a justiça na sua essência e não na sua aparência; portanto como ideia: "Se a intelecção e a opinião são dois gêneros distintos, esses objetos invisíveis existem em si; são as ideias, que não podemos perceber pelos sentidos, mas somente por meio do intelecto", diz Platão. E separando a demonstração, da persuasão: "A primeira delas produz-se em nós pela ação do ensino científico; a segunda produz-se em nós pela persuasão. A primeira está sempre acompanhada de uma verdadeira demonstração; a segunda não traz consigo demonstração." Diante dessa divisão no processo de conhecimento, Platão conclui, definindo a ideia: "... o que de nenhuma maneira nasce ou perece, o que jamais admite em si qualquer elemento vindo fora, o que não é perceptível pela visão ou por qualquer outro sentido, mas que só o intelecto pode contemplar."[77]

Em resumo: Platão parte do ponto de vista de que a ciência (a filosofia) se instala no plano do inteligível (da essência). Para isso, também com apoio em Parmênides, procura contestar o conhecimento sensível (da aparência), de que, para ele, são representantes: Homero ("todas as coisas se movem como as águas do rio") e Heráclito ("tudo flui"). Nessa classificação inclui Protágoras em razão do seu princípio: "o homem é a medida de todas as coisas". Neste caso, pode-se concluir, a questão gnosiológica coincide com a questão ontológica (a de Heráclito) em Protágoras.

Nota-se que a um, a Protágoras, interessa o fenômeno, a aparência, o fenômeno como objeto da política ou da virtude política e seu saber, no qual é importante a *doxa*, porque na política ou na jurisprudência o que torna possível alcançar a justiça é a convergência de diferentes pontos de vista, ainda que contrários, para um consenso. Se se quer fazer uma ciência não se pode desprezar a percepção sensível, pois que a ciência qualquer que seja é para Protágoras, empírica. A outro, a Platão, interessa o *noumenon* ou a essência como objeto da filosofia, e seu saber é a *episteme* , que para ele se instala no plano do inteligível exclusivamente. A divergência parece situar-se no plano epistemológico: Protágoras está preocupado com a ciência no

[77] PLATON, *Timeu*, 51c.

sentido estrito de ciências empíricas; Platão fala da filosofia, que não pode ser ciência empírica.

No *Teeteto* pretende Platão procurar o caminho da ciência, que é o do saber do objeto, de seu ser ou essência, e não o saber empírico sobre o homem e a política.[78] Por isso separa o filósofo, que procura o silêncio e a reflexão, e o político, que está em meio ao movimento, vive nele e não pode refletir, mas conduzir com discursos persuasivos.[79]

Se se observa a realidade como ela é, como totalidade dialeticamente articulada, compreende-se que ela é uma e outra coisa, pois a aparência ou fenômeno e a essência ou *noumenon* (a coisa em si) são momentos da mesma realidade. A dialética, do ponto de vista de Hegel, e não de Platão, explica essa divergência ou oposição como momentos pertencentes à mesma realidade, a qual é a essência que aparece, isto é, que tem existência. Essência sem aparência, que não tem existência portanto, é abstrata; aparência sem essência é infundada, sem razão, sem sentido.

Protágoras, que não pôde apresentar as suas razões (não estava presente no *Teeteto*, obra de maturidade de Platão), poderia bem dizer a Platão: "Cuida bem da essência da cidade e da justiça na filosofia, e eu cuido da sua existência na política, teórica e praticamente."

γ. A Língua, a Lógica e a Retórica. É dentro dessa perspectiva gnosiológica, do conhecimento através da percepção sensível e da experiência, que trata de todos os temas acima arrolados. Para ele, ensinar (educação) exige um talento natural e constante exercício, desde a juventude, e deve dirigir-se ao aprendiz desde sua idade tenra, teórica e praticamente. Como o instrumento do ensino é a língua, foi o primeiro a introduzir a gramática, podendo ser também considerado o primeiro gramático da língua grega, com o texto *A Correção da Língua*, fazendo a codificação das regras gramaticais no que se refere ao gênero das palavras, aos verbos, distinguindo seus tempos, preposições, estabelecendo as partes do discurso e várias técnicas de raciocínio e de debates; enfim impôs, como bom iluminista que era, ordem e racionalidade à linguagem para seu correto uso,[80] sempre com o cuidado de buscar na realidade da língua falada as suas regras e ordenação racional.

---

78 PLATON, *Teeteto*, 186a.

79 PLATON, *Teeteto*, 200c.

80 Cfr. GOMPERZ, Theodor. *Pensadores Griegos*. História de la Filosofía de la Antigüedad. Tomo I. Tradução de Carlos Guillermo Körner. Buenos Aires: Editorial Guarania, s/d, 492 segs. Sobre o tema da divindade é citada por Gomperz sua obra, *Sobre o Existente*, que traz também outros títulos, *A Verdade* e *Discursos Demolidores*. A tradução italiana da obra de Diogene LAERZIO, *Vite dei Filosofi*, traz referências às seguintes obras de Protágoras: *Tecnica eristica; Della lota; Delle scienze; Dello Stato; Dell'ambizione; Delle Virtù; Dell'ordine originário delle cosa; Delle cosa nell'Ade;*

E porque cuidou com esmero da gramática, não podia deixar de estar atento à lógica, principalmente nos seus discursos. Atesta isso a passagem em *Protágoras* de Platão, quando Sócrates (personagem), de propósito ou não, erra na conversibilidade do sujeito e do predicado nas proposições universais (por exemplo, "Todo homem é mortal" não se converte em "Todo mortal é homem"). Assim desfaz Protágoras o equívoco de Sócrates, quando este afirma ter Protágoras admitido que os audazes são valentes, porque dissera que os valentes são audazes:

"Tu, Sócrates, reproduzes inexatamente o que eu disse ao responder às tuas perguntas. Perguntaste-me se os valentes eram audazes; respondi afirmativamente. Tu, porém, não me havias perguntado se os audazes eram ao *mesmo tempo* valentes. Se mo tivesses perguntado ter-te-ia respondido que nem todos o são."[81] (Grifo nosso).

Saliente-se, ainda, ter sido o primeiro a sustentar a possibilidade de asserções opostas nos argumentos, aplicando o procedimento de diálogos nos raciocínios e a "introduzir o método de discussão denominado socrático", bem como a aplicar "a demonstração de Antístenes segundo o qual a contradição não é possível".[82] Trata-se, contudo, neste caso, de técnica de argumentação ou do discurso, segundo a qual se alguém fala de um objeto e a outra pessoa de objeto diferente, não pode haver contradição.

δ. O Diálogo. Na fermentação cultural que foi o séc. V a. C., no movimento da Sofística, está como mostra o exemplo de Protágoras, a base da formação política do cidadão. Foi, sem dúvida, um dos mais ricos períodos da história do pensamento grego. Os sofistas, mestres de cultura, interessados em todas as dimensões do saber, mas dedicados ao preparo dos cidadãos para a vida política, que na democracia ateniense se exercia nos debates na ágora, são os iniciadores da arte de uma educação pública, direcionada para a atividade política. Por isso uma das grandes conquistas desse período, a tornar possíveis a racionalidade e o exercício livre da palavra na política e na solução dos conflitos é o diálogo, travado por argumentos, convincentes ou persuasivos, no sentido de, na ágora ou no tribunal, vencer uma questão. Como a política não estava necessariamente determinada por exigências de verdade, mas de conveniência, desenvolveu-se na sofística a arte da retórica, antes que a ciência da Lógica. Contudo, com Protágoras estabeleceram-se

---

Dei misfati degli uomini; Preceti; Processo per l'onorario; Antilogie, em dois livros. Cfr. também CHEVALIER, *Op. Cit.*, p. 97, nota n. 1.

81 PLATON, *Protágoras*, 350c.

82 LAERZIO, Diogene. *Vite dei Filosofi*, X, 8. Trad. Marcello Gigante. Bari: Editori Laterza, 1962, p.448-449. O autor e o tradutor citam PLATÃO no *Eutidemo*, 286c. Veja-se também *Eutidemo*, 265e.

as condições de desenvolvimento da Lógica diante de uma necessidade de demonstração da verdade, quando se tinha de buscar a verdade e não somente conduzir juízos. A retórica era necessária para atuar na subjetividade do interlocutor e persuadi-lo, não necessariamente a lógica que convence objetivamente, pelo uso de um discurso com conexões válidas, de conceitos verdadeiros ou objetivos, que se impõem à aceitação do interlocutor.

ε. O Estado. A par da correção da linguagem, da lógica e da retórica, Protágoras cuidou também de encontrar as regras éticas, jurídicas e políticas para a correta conduta das pessoas e organização do Estado, sem perder a conexão com a realidade ética grega, escrevendo *Sobre a Conduta Incorreta dos Homens*, *O Discurso Imperativo, Sobre o Estado* (ou *Sobre a Organização do Estado*). Seu nome como organizador do Estado e legislador era o mais conhecido da época, de valor reconhecido tanto pelos políticos, como Péricles, como pelos filósofos, a exemplo de Críton, que escreveu um livro com o título *Protágoras, ou O Estadista*[83], além do reconhecimento do próprio Platão.

Desenvolveu no Direito importantes doutrinas sobre a responsabilidade e a pena, como adiante se verá. Nesse particular, sua teoria da pena como reeducação do cidadão mostra excepcional avanço com relação não só ao seu tempo como também em relação à evolução do Direito Penal nesse aspecto, a permitir ter ele chegado a uma concepção da responsabilidade ou culpabilidade limitada às pessoas numa época em que se discutia se podia ser imputada também a seres irracionais e até mesmo a inanimados.[84]

Através da narração mítica[85] e, em seguida, do discurso demonstrativo Protágoras procurou explicar a formação da cidade e que o homem é um animal extremamente político. Ilustrando a sua teoria com o mito por ele citado, Epimeteu esqueceu-se do homem ao distribuir as faculdades necessárias à vida entre os animais, razão pela qual Prometeu, percebendo o erro, furtou a sabedoria das artes a Atena e a Efesto e ensinou-a aos homens, isto é, não lhes sendo inatas, foram elas adquiridas por aprendizado. A partir daí, o homem exercitou-as para tudo aprender na experiência, que exige o concurso da sensibilidade e do entendimento; tem entendimento porque tem parentesco com os deuses, segundo o mito. No mito, Prometeu ensinou-lhe todas as artes de Efaísto (Efesto) e de Atena, mas ficaram sem ensinar as que só a Zeus pertencem, a política, cujas virtudes são o decoro e a justiça.

---

83 ID. *Ibid.*, II, 12 (121), p. 77.

84 Cfr. GOMPERZ, *Op. Cit.*, p. 496-8. Gomperz não afirma essa concepção referente à responsabilidade pessoal em Protágoras, mas pode ser inferida do conjunto do seu pensamento, principalmente da sua teoria da pena como processo de educação do infrator.

85 PLATON, *Protágoras*, 320d-322e.

Observou Zeus que os homens, embora já dominassem todas as técnicas, terminavam por ser destruídos, vez que não tinham a ciência da política; por isso, faltava-lhes também a da guerra. Para prevenir contra seu extermínio, mandou Hermes distribuir-lhes o pudor e a justiça como princípios das suas cidades e que essas virtudes fossem distribuídas de modo que *todos* delas participassem. Sem essas qualidades a todos distribuídas o homem não poderia sobreviver: "pois não poderiam as cidades existir se fossem essas virtudes, como as artes, patrimônio exclusivo de alguns." O homem estaria disperso em cavernas ou em meio dos animais, mas nunca em sociedade própria. E Zeus mandou, ainda, estabelecer em seu nome a lei assim expressa: "todo homem incapaz de pudor e justiça será exterminado como fragelo da sociedade."[86]

Exposta a sua doutrina na forma do mito, Protágoras passa a demonstrar a necessidade de o homem viver em sociedade própria, pois não tem as habilidades que cada espécie de animal possui naturalmente como própria para sua sobrevivência. Essa comunidade, porém, só é possível se seus membros adquirem as virtudes do decoro e da justiça, que não são aptidões dadas pela natureza, mas virtudes adquiridas. Eis porque para adquiri-las é necessária a educação. Diferentemente de Crítias – que entendia ter havido um pacto social para que o homem fizesse leis e pudesse ingressar na sociedade civil, a pólis, para deixar de viver destruindo-se uns aos outros, sem leis, criando também os deuses para o caso de não haver testemunhas –, Protágoras entende a sociedade política como institucional, pois forma-se pela educação, não por um pacto, como alguns autores entendem. A sua posição é acompanhada por Platão, para quem a cidade surge da necessidade, ou seja, de um sistema de necessidades ou carências, satisfeitas pelo trabalho de cada um, razão pela qual se reuniram formando a cidade[87].

Para Protágoras, como para Platão, o mito não é desprovido de racionalidade. Para Protágoras o mito relaciona-se com a demonstração na forma de alegoria ou analogia, enquanto que Platão usa-os no sentido alegórico, para ilustrar a demonstração, tal como Protágoras, mas, diferentemente de Protágoras, emprega-os em outro sentido, pois "há um logos que subjaz mais fundo nos mitos", como adverte Lima Vaz.[88] O mito em Protágoras

---

86 PLATON, *Protágoras*, 322a-d.

87 PLATON, *La República*, 369 b-c. "...no meu entender a cidade tem origem na impotência de cada um de nós para bastar-se a si mesmo...Por conseguinte, cada qual une-se ao que satisfaz suas necessidades... até o ponto em que, ao terem todos necessidades de muitas coisas, agruparem-se em um só lugar com o fim de auxílio comum, com o que surge o que agora denominamos cidade."

88 LIMA VAZ, H. C. de. Trad. do Latim por Juvenal Silvian Filho. *Contemplação e dialética nos diálogos platônicos*. São Paulo: Edições Loyola, 2012, p.37. O Autor aponta outros sentidos que o mito possui na literatura filosófica grega como os genéticos e os paracientíficos (p.32). "O mito, na busca

está a ilustrar a sua demonstração, segundo a qual cada ser na natureza tem uma aptidão e que toda a natureza forma uma unidade no conjunto dessas aptidões. Só o homem, porém, não tem uma aptidão específica. Possui, contudo, a razão, o logos, como parente dos deuses. Para Protágoras significa isso possuir a capacidade de ensinar-aprender e criar, ou seja, criar o homem um outro habitat para si, a cultura. É fácil entender porque o sofista diz ser mestre de cultura e Protágoras, mestre de uma ciência empírica específica, a política, que para ele é a mais nobre, pois guardada por Zeus. Desse modo procura não dispersar a mente dos jovens com o ensino de várias técnicas (*téchnas*), como "o cálculo, a astronomia, a geometria, a música." Preocupa-se com um único objeto, qual seja o ensino da "prudência que todos devem ter para a administração de sua casa e, no que se refere às coisas da cidade, a capacidade de conduzi-las à perfeição por meio das obras e das palavras." Refere-se à política e, por isso, à formação de bons cidadãos.[89]

ζ. A Educação. Como se vê, pela primeira vez é introduzido um humanismo radical no pensamento grego. Nem os deuses, nem o cosmos, mas o homem como única medida de si e de tudo o mais, cujas virtudes principais são o pudor ou decoro e a justiça, com as quais dão existência e conservam a *pólis*. Protágoras é o mais eminente dos que povoaram esse rico movimento da cultura grega, denominando-se honrosamente sofista. É o criador da educação pública, no sentido da época, elaborando elementos para uma educação consciente. Por ele, o mundo entra numa teoria consciente da educação. Para o grego, a sabedoria, o heróico, etc., são de todos os homens, e não apenas de um único indivíduo. Não basta ser herói ou sábio para si mesmo; é preciso ser herói para o povo, para a *pólis,* para a coletividade, o que só é possível, na visão de Protágoras, pela educação. É de certo modo uma exigência de universalidade na própria vida da polis. Se Hípias ensina a astronomia, a geometria, a música, Protágoras diz que o objeto de seu ensino é a prudência, que outra coisa não é senão o decoro e a justiça no trato das coisas particulares e públicas, no agir e no falar *(kaì prâttein kai légein*), que todos devem ter nesses assuntos.

Coerente com sua posição epistemológica, Protágoras desenvolve a sua doutrina da educação ou sua pedagogia. O ensino da cultura ou particularmente das virtudes políticas obedece ao propósito da formação integral do homem: da mente e do corpo.[90] Para isso divide a educação das pessoas

---

da verdade, acrescenta algo à pura demonstração racional"(p. 38). Nele "faz-se uma passagem do plano essencial ao plano existencial histórico" como realidades pressupostas para a construção da obra filosófica, devendo-se" aceitar um conteúdo ideal do mito" (p. 39).

[89] PLATON, *Protágoras*, 318d-e. Cfr. LIMA VAZ, *Op. cit.*, p.48.

[90] PLATON, *Protágoras*, 324a-326e.

em três etapas, pois, segundo sua concepção, a educação desenvolve-se em graus ascendentes. A primeira se realiza com a família, em que a criança aprende as coisas elementares da vida, dentre as quais a falar com inteligibilidade. Nesse primeiro momento a criança já começa a aprender a ser cidadão, pois deve ser-lhe ensinado o que é justo e o que é injusto, o que é belo e o que é feio, o que é piedoso e o que é ímpio, enfim o que deve fazer e o que não deve fazer. Em seguida, a educação é dada na escola, na qual se aprende a ler e escrever, a música pelo manejo da lira para dar harmonia ao seu espírito, bem como a recitar "poemas dos melhores poetas" até a aprendê-los de cor.[91] Adquire com a música a harmonia da alma e a medida das suas ações (*sophrosyne*). Depois desse aprendizado, o jovem freqüentará o ginásio, para desenvolver-se fisicamente e estar preparado para a defesa da cidade, já que sem a educação física não poderia haver uma formação completa. A última etapa é a educação da lei. O jovem não é levado simplesmente a imitar um modelo, como o herói aristocrático, mas à observância da lei, pelo seu elemento normativo a impor-lhe a correção através do castigo, tal como ocorre no aprendizado da escrita, em que o aprendiz deve escrever na linha.[92]

Terminadas as primeiras fases, o jovem vai aprender a viver em comunidade, portanto a conhecer e observar as leis, que ordenam e proíbem as condutas e estabelecem as sanções. Então ele completa seu aprendizado lendo as boas leis e assim se forma nas duas virtudes fundamentais para a existência da cidade, o pudor e a justiça, que lhes serão ensinadas igualmente, vez que todos podem e devem aprendê-las, já que todos têm parte nelas e na cidade, diferentemente das outras artes para as quais nem todos têm aptidão. [93] É o primeiro a ensinar que as virtudes são adquiridas e que podem por isso mesmo ser ensinadas e aprendidas. A virtude é adquirida e a virtude da justiça "não é fruto da natureza, nem da casualidade, mas ensinada e os que a possuem devem isso a sua aplicação".[94]

---

[91] Cfr. JÄGER, *Paidéia*, p.360. Evidentemente a filosofia, como metafísica, não aparece na formação do jovem. A exigência não é mais de crença em um mito ou de explicação do cosmos, como se vê da advertência feita pela jovem a Thales ao vê-lo cair olhando para cima: que cuidasse das coisas da terra, antes que das do céu. Cuidar das coisas do homem era a mensagem. Os sofistas não descuraram totalmente da educação filosófica. Cálicles sugere, como consta do *Górgias* de Platão, ao contrário de Trasímaco, que a filosofia seja ensinada na juventude, mas que os adultos se ocupem de algo útil para a cidade. "A filosofia — diz Cálicles no *Górgias*, 485b-c — é certamente, amigo Sócrates, uma ocupação grata se se dedica a ela com medida nos anos juvenis; mas quando se dedica a ela mais tempo do que o devido, é a ruína dos homens" porque se perde em experiência em tudo aquilo que devemos conhecer bem. Dignificante é "dedicar-se à filosofia enquanto útil para a educação, e não é feio em um jovem o filosofar." Na idade madura, porém, para Cálicles, é ridícula.

[92] Id. *Ibid.*, p. 362

[93] PLATON, *Protágoras*, 322b.

[94] PLATON, *Protágoras*, 323a-b.

No capítulo das leis, Protágoras desenvolve uma das mais célebres doutrinas penais referente à finalidade da pena: a teoria da pena como reeducação do criminoso e como medida exemplar para os outros membros da comunidade. Tem firme convicção na recuperação do criminoso e só admite a pena de morte ou a sua exclusão da comunidade , quando, tentada *quantum satis* sua recuperação pela educação, não se consegue. No caso de não recuperação prevalece o princípio da utilidade pública, da cidade, tendo em vista a sua teoria da necessidade da sociedade para a existência do homem e da participação de cada um na justiça e no decoro. Diz Protágoras:

"Ninguém, ao castigar, tem diante de si ou é movido pelo fato da falta cometida – a não ser que se entregue como um animal selvagem a uma vingança irracional –; o que tem o cuidado de castigar inteligentemente não o faz em razão do passado – porque o fato já está praticado –, mas para prevenir o futuro, de modo que nem o culpado, nem os que testemunham o seu castigo caiam na tentação de voltar a praticá-lo."[95]

É a concepção do Estado educador, aceita posteriormente por Aristóteles, embora Aristóteles não aceite a doutrina da finalidade da pena de Protágoras. De qualquer forma, se a pena for apenas um castigo ou instrumento de vingança seria de total inutilidade para a polis. Estaria simplesmente excluindo o cidadão.

Analogicamente poder-se-ia perguntar sobre a questão da utilidade: o que é útil para uma pessoa que sente frio, ainda que esteja fazendo calor? Não é indagar o que é o calor ou o frio, mas dar-lhe algo útil, um agasalho. Por isso não entende necessário para a vida da cidade, desenvolver uma *episteme* sobre o que é a polis, o que é a justiça etc., na busca de essências abstratas, mas conhecer e formular opiniões eficazes sobre a realidade política, tal como ela se mostra ou aparece nas suas causas e efeitos enquanto fenômenos, e não enquanto realidades em si e, como tais, a serem definidas. Na política, o que importa em primeiro lugar são as opiniões dos cidadãos, na medida em que formam decisões úteis para a cidade. Daí ser importante saber articular bem o discurso em suas partes, a gramática, a semântica, e o argumento por antíteses, pois sempre é possível uma opinião oposta (*antikeiménous allelois*) e que a coisa ou o assunto é medido pelo pensamento do homem.[96] A educação tem, pois, o sentido de formação, de *paidéia*.

Nesse período é posta uma questão fundamental e que só se responde com o conceito de *paidéia*, de formação ou educação: o que deve ser o homem? E o que o homem deve ser não é a natureza que vai traçar, mas o

---

95 PLATON, *Protágoras*, 324a-b.
96 Cfr. CHEVALIER, *Op. Cit.*, p.97-98.

próprio homem. A justiça é, então, o ideal de como deve ser o indivíduo e a sociedade. O modo pelo qual isso pode ser alcançado é a *techné* política. Não há uma divisão entre Estado e sociedade; tudo que é criado é em função da sociedade organizada politicamente. É preciso conhecer a realidade como ela é, no caso a realidade humana, para saber como ela deve ser, uma vez que ela se transforma, mas segundo a ação do homem, segundo a *paidéia* ou a educação.

Se se não conhece a realidade como ela é, não se pode fazer projeção de como ela deve ser. A sofística é esse movimento cultural que procura dar a resposta a essa questão de como deve ser o homem grego. A resposta é a educação, a *paidéia*, não mais na forma de uma educação privada cultivada com esmero pela nobreza, mas educação pública aberta a todos os cidadãos da *pólis*. Transforma-se "a antiga *paidéia* aristocrática na moderna educação urbana."[97] O ideal de formação aristocrática, fundada na virtude ou *Arete* heróica, é substituído pelo ideal da educação do cidadão fundada na *Arete* política, ou seja, na *techné* política. Esse ideal implica também o da *kalokagatia,* "um conjunto de todas as exigências ideais, físicas e espirituais,..., no sentido de uma formação espiritual consciente".[98]

O mais importante representante desse projeto público de educação na sofística é, pois, Protágoras. Partiu de uma concepção segundo a qual todos almejam a educação que poderá ser dada em maior ou menor profundidade ou extensão, segundo o estado do educando e de que o cumprimento da lei pode ser ensinado e o castigo pelo seu descumprimento pode ser evitado também pela educação. A pena da lei deve ter uma função educativa, uma função cívica e pedagógica em razão da possibilidade própria da natureza humana de ser educada. E essa função educativa da lei pressupõe a participação do Estado como um todo, com sua força educadora, a conduzir sistematicamente a educação dos seus cidadãos.[99]

Protágoras fazia da própria lei um instrumento de educação como se pode verificar da sua avançada teoria da pena com função educativa, dentro da doutrina da prevenção especial e da prevenção geral (conforme o texto do *Protágoras*, 324a-b de Platão, citado acima) e não como vingança ou

---

[97] JÄGER, Werner. *Paidéia* — a formação do homem grego. Trad. de Artur M. Parreira. São Paulo: Martins Fontes, 1995, p. 361.

[98] JÄGER, *Op. Cit.*, p. 335.

[99] Jäger realça, com base em Plutarco, os três elementos fundamentais da educação preconizada pelos sofistas. Trata-se da trindade padagógica, segundo a qual a educação é comparada com a agricultura ou com o cultivo da terra. Para que chegue a bom termo, é necessário que haja uma "terra fértil, um agricultor competente e uma semente de boa qualidade." Na educação ou no cultivo do homem são elementos: a natureza do educando, o educador e "as doutrinas e os preceitos transmitidos de viva voz." JÄGER, *Paideia*, p. 363.

castigo, calcada no princípio de retribuição. "Não creia a justiça existente por natureza ou automaticamente adquirida, mas conquistada por meio de ensinamento e exercício." Como se nota, a justiça é adquirida, por ensinamento e exercício. Antes que Aristóteles o dissesse, já o dissera Protágoras: a justiça é uma virtude.

Sua doutrina antecipa as modernas doutrinas da pena, com o nome de prevenção especial e prevenção geral da pena. Nesse sentido sua doutrina é superior à de Aristóteles que não acredita na correção a não ser quando o indivíduo escolhe os meios, pois, alcançado o fim não pode mais voltar atrás. A tônica da sofística era que todo homem é educável.

Tinha autoridade moral Protágoras para dizer abertamente: "Declaro ser sofista e instruir os homens." Estas palavras demonstram que os sofistas gozavam de respeito e bom conceito entre os cidadãos de Atenas. Segundo Gromperz, a conotação pejorativa do termo só surgiu em razão dos ataques de Platão, que não conseguiu os sucessos políticos que alcançaram os sofistas, não por causar desdoiro a remuneração do ensino, apontada como obstáculo ao ingresso dos pobres em suas escolas (o que na verdade não ocorria). As próprias palavras de Protágoras mostram não ser um mercenário da educação, pois quem podia pagar, pagava proporcionalmemte às suas possibilidades; quem não podia, declarava essa situação no templo e recebia a educação gratuitamente.[100] Possivelmente, o conflito com Platão tivesse também como motivo ter Platão concepção aristocrática do ensino e Protágora, concepção democrática.

Conclusão. A bela lição de Protágoras está a mostrar a importância da formação para a vida política e com isso para a organização de uma cidade em que governa a lei e, com ela, a justiça. Sua doutrina da educação que envolve a do Estado e a da justiça dá-lhe o direito de ter seu pensamento posto como porta de entrada do processo de formação do homem grego e, via de consequência, do homem ocidental.

c) **Sócrates**[101]:

Sócrates vivia preocupado com a calamitosa situação política e moral de Atenas. Esse um dos motivos para que sua reflexão se concentrasse no problema moral e no problema do conhecimento humano. Em ambas

---

[100] Platão afirma ter Protágoras ganho, com o ensino, mais riqueza que o próprio Fídias com todas as suas obras (PLATON, *Ménon*, 91d), ressalva contudo que ensinou durante quarenta anos em Atenas, dos setenta por ele vividos (*Ménon*, 91e).

[101] Nascido em Atenas no ano de 469 a.C, Sócrates viveu até 399 quando o tribunal ateniense o condenou e o fez morrer pela cicuta. No julgamento, depois de mostrar a improcedência da acusação, toda ela girando em torno a ideias, recusou-se a deixar de filosofar, em troca da vida. Teve como seu discípulo, Platão, e só esse fato patenteia a gigantesca estatura do mestre, sábio e justo.

esferas assentou as linhas fundamentais do pensamento do ocidente. Expôs o seu pensamento em conversas e discussões com pessoas de todos os níveis sociais, inclusive escravos, nas ruas, praças, assembléias, estradas, etc. Acreditava que a divindade lhe confiara a missão de ensinar os homens a serem melhores, pela prática das virtudes. "O melhor homem é o justo, aquele que não causa mal a ninguém". E o modo encontrado para ensinar ao homem ser justo para consigo mesmo e para com os outros, parecia-lhe simples: ensinando-lhe o que é a verdade e o bem, pois quem conhece uma e outra coisa tornar-se-á, só por isso, bom.

Mas a questão é: como se pode conhecer com certeza a verdade e o bem? Mediante a análise ou exame das coisas, que permitem descobrir a essência ou definição de cada coisa, para um conhecimento válido perante todos. Era preciso constituir uma ciência válida para todos. Fundada na certeza que os homens devem ter nesta vida. O justo é o que realiza o melhor da natureza humana, em si e para os outros, praticando o bem e evitando o mal. O conhecimento verdadeiro revela em que consiste a conduta justa, examinando as diversas condutas e os seus efeitos na vida. E o direito faz respeitar a conduta justa, a correta na sociedade.

O esforço de Sócrates era encontrar uma saída para a crise do *ethos* em que vivia o grego diante das graves questões levantadas pelo movimento sofista de modo geral, a introduzir o relativismo na consideração dos valores éticos da sociedade grega, principalmente no que concerne à justiça. Se parecia assegurada a ordem universal do cosmos, era necessário encontrar uma analogia com essa ordem que autorizasse a introdução da medida (*métron*) no mundo humano do *nomos*, com que se possa opor, com critério, o perfil do homem justo (*anèr díkaios*) ao do homem injusto (*anèr ádikos*).[102]

Para cumprir essa missão divina, porém, era preciso começar por conhecer a si mesmo, segundo o princípio γνώθι σ ‹αυτόν (*gnosce te ipsum*). É a busca da essência do homem no seu interior, na *psyqué*.[103] Esse conhecimento torna possíve agir o homem com autonomia interna (*eukráteia*),[104] portanto ser livre verdadeiramente pelo domínio da razão sobre o lado animal do homem, sobre a sensibilidade e as paixões nela sediadas. E somente a partir do conhcimento da alma e das virtudes que a alimentam é possível ao homem ser feliz, alcançar a *eudaimonía.*

---

102 Ver VAZ, H.C. de Lima. *Escritos de Filosofia II* —Ética e Cultura. São Paulo: Edições Loyola, 1988, p. 48-49.

103 Cfr. REALE e ANTISERI, Giovanni et Dario. História da Filosofia—Antiguidade e Idade Média. Vol. I. São Paulo: Paulus, 1990, p. 87.

104 Id., *Ibidem*, p. 91.

Sócrates é o responsável por lançar os fundamentos de duas ciências: a Ética (ato justo ou injusto) e a Lógica. A Lógica porque, descurando o método da simples persuasão dos sofistas, própria da retórica, procurou demosntrar a verdade através de seu método, a maiêutica, com que fazia nascer essa verdade do interior do seu próprio interlocutor. Para ele não era sua tarefa ensinar qual era a verdade, mas como procurar a verdade. Essa estava no interior de cada ser humano; até mesmo a matemática poderia ser conhecida, inclusive por um escravo, se aplicado o seu método de conhecer, a miêutica.

"Minha arte maiêutica", diz Sócrates, "é seguramente bastante semelhante à daquelas [parteiras], contudo com uma direrença, pois que se pratica com os homens e não com as mulheres, buscando, além disso, provocar o parto nas almas e não no corpo... Ocorre-me o mesmo que com as parteiras: não sou capaz de gerar a sabedoria... não sou sábio em nada, nem está em meu poder ou em minha alma fazer descobrimento algum."[105].

Procura aquelas verdades que mais pertencerm à interioridade do ser humano, a ética ou as virtudes e as regras da conduta correta, bem como a lógica ou regras de formar os conceitos das coisas ou de pensá-las corretamente.

A demosntração pelo diálogo tinha por objeto buscar o conceito das coisas, especificamente das virtudes éticas e, dentre essas, a justiça, que o interlocutor já trazia dentro de si. Desse modo, ao buscar o conceito das coisas deu o primeiro passo para a criação de uma teoria do conceito, objeto da Lógica clássica. Deu decisiva contribuição à elaboração do discurso logicamente válido, tal como o fez Platão e, a partir dele Aristóteles, que estabeleceu definitivamente a Ciência da Lógica. Ao buscar o conceito das condutas válidas no *êthos* social, buscou também a sua essência, o que realmente são essas condutas. Vale dizer: encontrou o modo de construir a ciência do *êthos*, que para ele consistia fundamentalmente em conhecer as virtudes, ou seja, conceituá-las para que se tivesse delas o que é permanente e uno dentre a variedade de atos praticados como virtudes e, com isso, conhecê-las. Conhecidas as virtudes, o cidadão tornar-se-ia bom ou justo. Dito de outro modo: Diante do relativismo sofista sobre a verdade, traço que impossibilitaria a criação da ciência, principalmente uma ciência do *êthos,* Sócrates propõe-se encontrar, na conduta humana, o que poderia ser considerado verdadeiro e bom. Verificando as condutas que podem ser consideradas positivas, procura encontrar nelas a sua essência, ou o que em várias condutas se repete e as torna boas, justas, etc. São as virtudes. Ora, se se consegue definir, pela sua essência (aquilo que ocorre em todos os atos virtuosos e que os faz tais e os distingue dos demais), cada uma delas,

---

[105] PLATON . *Teeteto*, 150 d.

poderão elas ser ensinadas e, ao serem conhecidas, serão praticadas pelo homem. Assim, se se conhece o que é justiça, pratica-se a justiça.

O método de constituição da verdade, de um conceito firme é o que ele denominou maiêutica, conforme a descrição acima. Esse método de busca da verdade através o diálogo é praticado em conjugação com outro, a ironia. Sócrates utilizou da ironia para demolir o que os sofistas construíam enganosamente e o diálogo para construir a ciência, a verdade. Percebe-se, portanto, que é Sócrates quem define o que é justiça: ater-se à sua medida, que era a igualdade. Nas palavras finais de sua defesa perante o tribunal ateniense, Sócrates põe em claro o efeito supremo que a justiça tem: esta é algo inobscurecível nesta vida, e absolutamente respeitada e satisfeita no que virá depois do tempo: "Não há mal possível contra o homem de bem, nem depois da morte, e os deuses não são indiferentes a sua sorte".

Ao buscar o elemento essencial, portanto universal, numa determinada virtude, encontra-se o seu conceito. Sócrates é, assim, o descobridor da ciência da ética, ou como lembra Cícero (citado a baixo), o que fez a Ética descer do céu à terra , e o descobridor do conceito, primeiro elemento a constituir o objeto da ciência da lógica, através das formas argumentativas de Platão e definitivamente com Aristóteles.

O intelectualismo de Sócrates, pelo qual bastava conhecer a virtude para praticá-la, carecia ainda de um elemento ético essencial, a intervenção da vontade livre para a decisão. Mesmo assim, pôs o conhecimento ético no plano de um conhecimento científico, deixando duas importantes contribuições para a construção de qualquer ciência, segundo Aristóteles: "o princípio da indução e o da definição de natureza universal."[106]

E ainda:

"...la doctrina de Sócrates no se extiende de ninguna manera al estudio de la naturaleza total, sino se mantiene tan solo en la esfera de lo moral, aunque en este terreno tendiera a la investigación de lo general y fuera el primero que tuvo la idea de dar definiciones de las cosas,..."[107]

A grande contribuição da sofística, em cujo movimento se inseria Sócrates, para o preparo do cidadão a fim de participar da ágora e lograr persuadir seus interlocutores pela retórica, e através do debate ou do diálogo na democracia, de evidente valia, passa para um momento superior, e que dirigirá a *technê* política e dela para a *sophia* científica, numa nova dimensão a ser dada por Platão. Introduz-se a necessidade do convencimento pela

---

106 ARISTÓTELES. *Metafísica*, 1078 b.
107 ARISTÓTELES *Metafísica*, VI, 987 b).

demonstração, de caráter objetivo, com vista à verdade expressa no conceito e, com isso, ao preparo para a ciência. Ganha com isso a ciência do justo, que então terá alcançado um preciso conceito para essa virtude, mas elevada à categoria de ideia.

1.3.3.3 O Período Sistemático (Séc. IV a.C.)

a) Platão[108]:

A grande *aporia* do homem grego é a seguinte: é possível a ciência? É, se for possível encontrar a unidade na pluralidade e o permanente na mudança. Do contrário, o homem contituará errante, bicéfalo segundo Parmênides, dizendo que é e que não é, formulando mera opinião.

O que é o cosmos e o homem? Como encontrar a unidade de conhecimento de ambos? Aqui surge a política, a ética, a física, a necessidade da sistematização do conhecimento de todo real, do homem e do cosmos, dando unidade às coisas. É a síntese dos dois conhecimentos anteriores, surgindo um novo conhecimento que explica ao mesmo tempo o cosmos e o homem. É a explicação do cosmológico e do antropológico. Platão e Aristóteles vão fundamentar o período sistemático.

Sócrates havia buscado uma forma de tratar a verdade não através da persuasão, mas através da demonstração. Tenta achar um critério para encontrar a justiça. Para ele a ética era uma ciência como a matemática. Tinha convicção de que se todo indivíduo aprendesse o que é justiça não haveria porque praticar injustiça. Esse foi o erro de Sócrates, pois a ética é uma construção interna, a simples definição da virtude não garante o se implemento. A liberdade possibilita o descumprimento do que é tido como certo, pois o comportamento de cada um é algo interno, depende de uma decisão, como entenderá Aristóteles.

Segundo o método aqui adotado, a descoberta da razão é a própria indagação sobre a verdade científica.

E essa busca da racionalidade do mundo faz com que a verdade do cosmos não se separe da justiça da polis, tal como se desenvolve o pensamento grego no seu início. A grande aporia do homem grego é a do começo da

---

[108] Platão (428-348 a.C), filósofo grego, deixou uma das mais importantes obras filosóficas, em razão da qual se tornou uma das matrizes do pensamento ocidental, da qual destacam-se os diálogos da juventude, os diálogos da maturidade e os diálogos da velhice. Sobre o pensamento não escrito de Platão, ver REALE, Giovanni. *Para uma Nova Interpretação de Platão*. Trad. de Marcelo Perine. São Paulo: Edições Loyola, 1997. Sugere-se aqui, como ponto de partida para a compreensão de Platão, o livro de Novais, Roberto Vasconcelos; *O Filósofo e o Tirano*; Belo Horizonte: Ed. Del Rey, 2006, especialmente o Capítulo 3], A Interpretação dos Diálogos.

ciência, que poderia ser assim formulada: é possível a ciência? É, se for possível encontrar a unidade na pluralidade e o permanente na mudança. Do contrário, o homem contituará errante, bicéfalo segundo Parmênides, dizendo que é e que não é, formulando mera opinião.

A vertente platônica é a de Parmênides na busca da fundação da ciência no inteligível, com a contribuição socrática da descoberta do conceito. Seu pensamento desenvolve-se a partir de Parmênides. No *Teeteto*, recusa as ideias correntes de que a ciência é feita pelos sentidos, a sensação, e iguala a essa posição a de Protágoras, pelo seu relativismo e a de Heráclito pelo seu mobilismo. Essas doutrinas não possibilitariam uma verdade certa, porque o conhecimento de algo num momento não valeria para o outro, pois a coisa já se teria mudado, seria outra; do mesmo modo, o cohecimento de uma pessoa ou da sua conduta não se confirmaria em outro momento. É preciso, segundo Platão, encontrar a possibilidade de uma verdade universal para ser possível a ciência. Aos olhos de Platão, o mundo sensível subordina-se às essências ou ideias, formas inteligíveis, modelos de todas as coisas, que salvam os fenômenos e lhes dão sentido. No ápice das essências, encontra-se a Ideia do Bem, que as ultrapassa em dignidade e potência; esse princípio supremo confunde-se com o Divino. "O homem justo [...] estabelece uma ordem verdadeira no seu interior [...], harmoniza as três partes (razão, cólera, desejo) de sua alma absolutamente como os três termos da escala musical."[109]

Para Platão o maior bem que o homem poderia fazer a si mesmo é o conhecimento, o qual permanece para o sempre. Contudo, o conhecimento processa-se pela educação, e esta requer um esforço contínuo, uma vigília constante que evite seu retrocesso. É um pré-requisito para a realização e satisfação plena do homem.

A sabedoria, nesse contexto, consiste em saber o que é a Justiça. Para o alcance de seu conceito necessita-se da Educação, que deve ser a finalidade do Estado ético por excelência, o Estado que realiza a justiça. A verdade do homem estava, portanto, em encontrar uma teoria capaz de dar sustentação à conduta virtuosa e existência a um Estado justo. *A República* responde a essa exigência.

a.1 A Ideia em Platão: A Ontologia.

É preciso entender o que é a ideia em Platão para que se possa entender o segundo maior movimento do pensamento ocidental, o Idealismo Alemão, que traça o rumo deste trabalho,dentro do qual desenvolvo dois livros sobre a justiça como ideia: Kant e Hegel. O Idealismo Alemão, se se conhece a sua

---

[109] PLATON, Republique, Iiv. 4. *In: Oeuvres Complétes*, t.7, 1a parte, p. 44, Budé, Belles Lettres

profundidade e extensão não é a mera projeção de uma concepção religiosa, mas a superação das duas grandes fontes da verdade no Ocidente, a ciência pagã ou a filosofia grega e a revelação cristã, ou da dicotomia das fontes principiais da cultura erudita ocidental, a razão e a fé, cuja consiliação tem sido o esforço do Espírito do Ocidente desde Santo Agostinho. Tanto a poderosa racionalização da fé na organização temporal da Igreja, escudada doutrinariamente no racionalismo e realismo aristotélico-tomista, como a interiorização ou sentimento da fé operada pelo voluntarismo agostiniano, acostado, contudo, no racionalismo platônico, podem ser considerados apenas indícios externos do seu tema central e motivo único, a trajetória e revelação da liberdade como o absoluto na história do Ocidente. Por isso mesmo os dois maiores representantes desse grande movimento, Kant e Hegel, tomaram a sério a teoria das ideias de Platão. Ao tratar da ideia em geral no início da Dialética Transcendental,[110] Kant recorre a Platão para melhor esclarecer o que entende por ideia. E é importante que se entenda o conceito de ideia criado por Platão, já que o próprio Kant o aproveitará no uso prático, evidentemente sem o caráter hipostático que lhe dá Platão, segundo a interpretação tradicional a partir de Aristóteles e que o próprio Kant parece, em parte, reconhecer. Que entende Platão por ideia?

Pode-se dizer que a ontologia, a gnosiologia e *dikelogia* de Platão estão assentadas no conceito *psyqué* encontrado por Sócrates, que exclui qualquer participação da animalidade do homem na construção da ética e da ciência teorética. O *nous* é esse centro exclusivo do conhecimento e do agir, pois quando a alma é totalmente livre pode ela alcançar a verdade. O mito de Er esclarece bem esse entendimento, ao descrever Platão o estado da alma no momento de assumirem um corpo é ela totalmente livre de qualquer necessidade ou de determinação dos deuses, exceto a de ter de encarnar-se.[111] Eis como cada um com total liberdade, porque é apenas alma, é também responsável exclusivo pela escolha da vida que deverá cumprir na terra. Será feliz o que escolher entre os extremos, o excesso e a escassez: "Por este camino puede llegar el hombre, en efecto, a alcanzar la mayor felicidad". E a escolha se faz segundo um princípio de igualdade, pois ninguém é prejudicado por chegar por último.[112]A teoria das ideias de Platão está exposta em vários trechos das várias obras que deixou. É sabido que Sócrates, no afã de demonstrar que a virtude pode ser objeto de uma ciência, isto é, pode ser ensinada (a ignorância é que gera o vício), além de fundar a Ética como

---

[110] KANT, Immanuel. Kritik der reinen Vernunft, B 368 et seq. *In*: *Gesammelte Schriften*,III. Hrsg. von der Deutschen Akademie de Wissenschaft zu Berlin. Berlin: George Reimer, Walter de Gruyter, 1907-1966 (24 Bände).

[111] Cfr. REALE et ANTISERI, *op. cit.*, p. 159.

[112] PLATON, *La República*, XVI, 618 b.

ciência, legou para a humanidade[113] uma das mais importantes contribuições intelectuais: a formulação do conceito. O conceito de Sócrates, contudo, é um resultado exclusivamente lógico, um momento abstrato do pensamento. Aplicando-se ao conceito socrático os predicados do ser, tem-se a ideia ou o conceito ontologizado. Com **o** ser de Parmênides, Platão constrói a ideia, um conceito entificado.

Não interessa aqui diretamente a discussão em si, aberta entre os intérpretes de Platão, de um lado a corrente tradicional a partir de Aristóteles e, de outro, mais recente, a dos que procuram ver na teoria das ideias de Platão um significado de profundidade maior do que encontrou a interpretação tradicional.[114] Contudo, os pontos de vista divergentes prestam valioso auxílio na compreensão do que seja a ideia para Kant e, naturalmente para Hegel, a que se dedica em outro livro atenção especial.

A interpretação tradicional tem origem em Aristóteles que afirmava serem as ideias de Platão concebidas como entes. Daí as sérias críticas por ele desenvolvidas na *Metafísica*, capítulo 9 do Livro I, e também na *Ética a Nicômaco*, capítulo 6 do Livro I, ao discorrer sobre o bem, quando chega mesmo a dizer preferir a verdade ao amigo Platão. Ao querer Platão encontrar nas ideias as causas dos seres, criou "outros tantos seres iguais em número aos do mundo sensível", diz Aristóteles, na *Metafísica*.

Responsáveis por uma nova orientação nos estudos de Platão estão os neokantianos de Marburgo, dentre os quais se destaca Paul Natorp. Para esse autor, a interpretação tradicional baseada em Aristóteles é superficial e não revela o verdadeiro alcance nem das palavras, nem do conjunto da obra de Platão. A ideia de Platão é antes um método, um processo lógico;[115] não uma coisa, mas um método,[116] diz Natorp na pesquisa de várias obras de

---

113 VAZ. *Escritos de Filosofia II:* ética e cultura, p.59.

114 A interpretação tradicional considera que as ideias em Platão são verdadeiras substâncias, diferentemente do rumo traçado pelos estudos filológicos e históricos acerca de Platão, traduzidos em certa minimização da teoria da ideia-substância, como é o caso de NATORP (*Platos Ideenlehre:* eine Einfürung in den Idealismus. Hamburg: Felix Meiner, 1961) e JÄGER (*Paidéia:* a formação do homem grego, p.545 et seq.), o qual acentua o caráter educativo dos escritos de Platão.

115 Dass Platos "Idee" sich auf nichts stützt nichts anderes zum wesentlichen Inhalt hat als das logische Verfahren, dafür ist der Phaedo ein Hauptzeuge. (NATORP, Paul. *Platos Ideenlehre:* eine Einfürung in den Idealismus. Hamburg: Felix Meiner, 1961, p.133.)

116 *Die Ideen bedeuten nicht Dinge, sondern Methoden... Ein reines Denken kann nicht absolute Existenz aufstellen, sondern nur Erkenntnisfunktionen zur Begründung der Wissenschaft ins Spiel setzen;... damit ist die Ideen... Grundlagen zur Erforschung Phänomene.* (*Ibidem*. p.133.) A conclusão semelhante chega BRÉHIER, Émile (*História da filosofia*. Trad. de Eduardo Guerra Filho. São Paulo: Mestre Jou, 1977. Tomo I. Fasc. I, p. 107), ao afirmar que o que dá sentido à filosofia de Platão não é o "dogma das ideias, mas o esforço metódico", pois o "método é muito mais amplo e importante que a teoria das ideias, que nada mais é do que uma explicação particular dele". (*Ibidem*. p.97.)

Platão que procuram demonstrar que a pura determinação do pensar, o ser, o que é em si, não se concebe através da investigação sensível, mas dirigindo-se ao objeto tão só com o pensamento.[117]

A ideia platônica – idea é derivada de *id* (*vid*) = ver, segundo Natorp – significa antes de tudo a atividade do espírito (não dos órgãos do corpo) no sentido de captar a realidade, de "vê-la" no seu íntimo como ela é. Não se trata, portanto, de um simples ειδος (como também atesta Lima Vaz)[118], que traz como significado a passividade da coisa vista, o visto, ou aspecto do visto,[119] mas da atividade do ver, o que dá à palavra a conotação do lógico, isto é, "a própria legalidade" (*Gesetzlichkeit*) por força da qual o pensar forma seu objeto.[120] Com isso, a palavra guarda também o significado de um universal determinado ou de espécie.[121]

Daí a íntima ligação do conceito de *ideia* com o de teoria (θεωρειν: contemplar). A teoria no sentido amplo (pois que tecnicamente a lei científica não é ainda teoria) é a contemplação do ser, enquanto essa contemplação não se dá pelos órgãos físicos, mas por uma faculdade capaz de penetrar a opacidade do sensível e captar o íntimo das coisas, ou seja, a sua essência. As essências não são, pois, objeto da visão sensível, mas do theorein, do ver interno, que só é possível através do intelecto, do pensar. Uma lei científica não é algo que se encontra a partir da pura amostragem sensível dos dados, razão pela qual devemos deixar de lado os "astros que estão no céu", diz Platão. A própria ideia do bem na interpretação a que se alude nos parágrafos anteriores (de Natorp) não é um "princípio lógico", mas o "princípio do lógico" em geral, no qual todo ser particular (ou pensar particular) se justifica, como na sua última lei, que está acima da lei particular e do objeto por ela "constituído".[122]

Não só Natorp, na sua obra clássica sobre Platão, mas também Ernst Cassirer (dos mais importantes filósofos da geração neokantiana) – embora não tematize a questão e malgrado fazer referências à "realidade das ideias",

---

117 NATORP, *op. cit.* p.137.

118 Lima Vaz distingue três significados no uso de *eidos* ":(a) *um sentido comum*: forma visível, delimitação, propriedade; (b) *sentido socrático*: forma geral a cuja obtenção tende a ivestigação dialética; (c) *sentido especificamente platônico*, em que o *eídos*, comoveremos, designará o objeto da ciência ou a Ideia." VAZ, Henrique Cláudio de Lima. *Contemplação e Dialética nos Diálogos Platônicos*. São Paulo: Edições Loyola, 2012, p. 52, nota n. 24; ver também na mesma obra, p. 25-28.

119 HEIDEGGER. *Introdução à Metafísica*, p.258, 259.

120 NATORP. *Platos Ideenlehre*, p. I.

121 HEGEL. *Phänomenologie des Geistes*, p.46.

122 Dieses Gesetz selbst... ist somit übergegenständlich, auch über allem besonderen Gesetz... (NATORP, *op. cit.* p.195.) O interesse imediato, pelo qual se cita a tese de Natorp, é, posteriormente, tentar esclarecer melhor o conceito de ideia a partir de Kant, não importando, portanto, dar-lhe ou não razão.

"nova forma de ser" – não deixa espaço para outra interpretação de Platão, ao afirmar ser de importância capital na filosofia platônica o giro do Ser para o valor, da oposição sujeito-objeto, interior-exterior, representante e representado, para a "distinção do grau de certeza do conhecimento", ou seja, entre doxa e epistéme[123] e (por que não?) entre "não verdade" e "verdade". Verdade é a representação que exsurge do método, particularmente do método dialético.

De outro lado, a transcendência das ideias aparece, ao ver de Cassirer, apenas como meio de atingir o objetivo principal de Platão: a transcendência da alma – acentuando o lado da crença órfica, teológico – justificada logicamente.[124]

Na verdade, não se pode negar a importância da religião na obra de Platão. A não ser no *Parmênides*, em que o tema é o estudo das ideias, as ideias aparecem sempre como instrumento, método ou hipóteses necessárias à demonstração da imortalidade da alma ou da reencarnação. Entretanto, é exatamente no *Parmênides*, quando Platão se põe a refletir sobre a sua teoria das ideias, isto é, quando elas se colocam como a sua preocupação imediata e fundamental, que ele levanta os mais sérios problemas da sua teoria,[125] dos quais Aristóteles se servirá mais tarde para combatê-la. E isto numa obra posterior às mais importantes do ponto de vista da exposição da teoria das ideias: *Fédon* e, principalmente, *A República*, que é o lugar privilegiado dessa exposição (principalmente para Kant).

A alegoria da caverna desenvolvida no Livro VII, de *A República* nos mostra a existência de dois mundos: um, daqueles que estão aprisionados pelo corpo, o mundo sensível, das aparências; o outro, dos que se elevaram até a luz do sol, o mundo inteligível, da ciência. Esta alegoria se prende ao mito da preexistência da alma,[126] que agora é hipótese necessária à demonstração do saber verdadeiro.[127] Somente os que puderam contemplar com a divindade as formas puras, as ideias, poderão, através da purificação, ou

---

[123] CASSIRER. *Das Erkenntnisproblem der Philosophie und Wissenschaft der neueren Zeit.* Darmstadt: Wissenschaftliche Buchgesellschaft, 1973-74,, v.2, p.57.

[124] *Das problem, an dem der Platonismus, logisch betrachtet, seine Grenze findet, ist nicht die Tranzendenz der Idee, sondern die Tranzendenz der Seele.* (Id., *Ibidem.* p.657.)

[125] PLATÃO. *Parmênides*, 130-135.

[126] O religioso aparece sempre como um pólo de tensão na obra de Platão. A alma de Platão revela essa tensão em todas as passagens mais importantes: de um lado, a imposição do religioso, de outro, a exigência do lógico. Não pode abandonar o religioso de que está impregnado, mas não pode contentar-se com as formas acabadas de explicação da realidade dadas pela religião, depois que seus antecessores descobriram a razão.

[127] Platão se serve das ideias como hipótese para demonstrar a imortalidade da alma. Não ocorre, porém, círculo vicioso. Na demonstração da existência da alma, as ideias são colocadas como hipóteses de uma demonstração ontológica, ao passo que no Livro VII, de *A República* trata-se de uma

seja, do expurgo metódico do sensível, alcançar o inteligível. Mundo sensível e mundo inteligível, aparência e verdade, corpo e alma se resumem, na metafísica de Platão,[128] à dicotomia: ideia e cópia das ideias, modelo (inteligível e imutável) e cópia do modelo (sensível e mutável),[129] sobre a qual se assentarão as suas mais importantes contribuições filosóficas.

Como chegar ao mundo do inteligível, às ideias? Platão se vale do método analítico de Sócrates, pelo qual o sensível vai sendo descartado pelo raciocínio, até que se tenha o conceito que não se refere a este objeto aqui e agora, por exemplo, esta mesa, mas a um objeto em geral; no exemplo citado, à mesa em geral. Ora, o que vai dar significação universal ao conceito é exatamente a forma que constituirá a essência do objeto mesa. Mas Platão observa (do mesmo modo que fará Kant diante da Física de Galileu e de Newton) que as ciências matemáticas oferecem uma verdade indiscutível, razão por que o conceito socrático deverá ser alcançado e também usado para chegar a outro conceito verdadeiro, através do método das ciências matemáticas. E como procedem essas ciências?

No *Ménon*, Platão esclarece o que seja esse método. Para "descobrir as qualidades de uma coisa cuja natureza desconhecemos", havemos de proceder por hipóteses no sentido em que os geômetras as usam. Se se lhes pergunta se "tal triângulo pode inscrever-se num círculo eles responderão: Não sei ainda... mas... se ocorrem tais condições, o resultado será este; se outras condições, será outro" o resultado.[130] Platão aplica rigorosamente o método por hipóteses. Para investigar, ainda no *Ménon*, se a virtude pode ser ensinada, parte da hipótese: se a virtude é uma ciência, então poderá ser ensinada. Sabendo que a virtude é um bem, a outra questão será para Platão: se não existir o bem fora da ciência, então, a virtude é uma ciência. O mesmo fará[131] para demonstrar

---

questão gnosiológica, ou seja, como é possível o conhecimento com precisão, o conhecimento pleno das ideias? Para isso a alma preexistente oferece o fundamento da sua possibilidade.

[128] A grande importância de Platão para o estudo da metafísica consiste em ter sido o primeiro a colocar além da pergunta "o que existe?", a pergunta "o que é o que existe?", diz MARTIN (MARTIN, Gottfrien. Das metaphysische Problem der Ideenlehre Platons, *In*: *Kant-Studien*, N.58, 1961, p.427 et segs.). No entender do autor, é por ter sido o primeiro a procurar explicar a resposta à questão "o que existe?", isto é, depois de ter afirmado que existem as ideias, procurando responder o que são as ideias __ o que nenhum dos filósofos anteriores fez que Platão se afirma também como primeiro metafísico. Na realidade, a afirmação de Martin não é infundada, se verificarmos a disputa dos intérpretes de Platão para revelar qual o verdadeiro sentido dado por Platão à ideia, ou seja, o que ela é.

[129] PLATÃO. *Timeu*, 49a.

[130] PLATON. *Ménon*, 82 et seq.

[131] Id., *Ibidem*.

a teoria da reminiscência (e com isso a da preexistência e imortalidade da alma) ao mostrar que mesmo um escravo, que jamais teve um mestre que lhe ensinasse geometria, pode chegar a conhecimentos precisos dessa ciência[132], o que demonstra o caráter transcendente e *a priori* dos conceitos da matemática e das normas da moral.[133] No *Ménon*, Sócrates demonstra que a definição de virtude não pode ser particularizada, definindo-se por uma das virtudes, como justiça ou outra apontada por Ménon. Tem-se de encontrar o que é comum em todas as virtudes, como qualquer outro objeto de definição, por exemplo, a definição de abelha. Trata-se da universalidade do conceito. Também no *Ménon* já começa o conceito de Sócrates a deixar o plano do puramente lógico, para já alcançar a esfera da ideia de Platão, como mostra o mito da reminiscência.[134]

É no *Fédon*, contudo, que a teoria das ideias aparece com maior precisão. Platão indaga por que Sócrates, podendo fugir à morte, prefere esperá-la, numa antecipação extraordinária da distinção entre a causalidade necessária natural e a causalidade livre de Kant. Sócrates, se consideradas somente as causas físicas, em nada estaria impedido de fugir à condenação que as leis da cidade lhe impuseram. Se, entretanto, estava assentado, não era porque uma determinação física o compelia a isso, mas uma outra causa radicada no seu interior.[135]

Essa decisão livre tomada por Sócrates, esse agir não determinado pelas causas físicas, a que se deve? Qual sua causa? A causa, responde Platão, é o bem que para ele é o mesmo que o devido, que se alcança com o refugiar-se nos conceitos para "contemplar neles a verdade das coisas".[136] Esses, os conceitos, é que são causa verdadeira, as essências de que participam as coisas, o belo e o bem em si, que possibilitam que as coisas sejam chamadas belas ou boas, na medida em que daquelas essências participam, e que, uma vez existentes, demonstram a existência da imortalidade da alma (objeto

---

132 PLATON, *Ménon*, 81a-85d.

133 HARTMANN. *Ethik*, p.28 et seq. mostra que a *anamnésis* é um método teorético e nada tem a ver com a reminiscência no sentido mítico e psicológico. A aporia levantada no *Ménon* é se a virtude é adquirida ou inata; se pode ser ensinada ou apenas despertada. A solução é encontrada na aprioridade da virtude, tal como ocorre com o conhecimento matemático. Reminiscência para Platão é, no entender de Hartmann, sinônimo de aprioridade.

134 Veja-se LIMA VAZ, *Contemplação e Dialética nos Diálogos de Platão*, p. 51 e segs.

135 Si alguno dijera que sin tener tales cosas, huesos, tendones y todo lo demás que tengo, no seria capaz de llevar a la prática mi decisión, diria la verdad. Sin embargo, el decir que por ellas hago lo qué hago y eso obrando con la mente en vez de decir que és por elección de lo mejor podria ser una grande y grave ligereza de expresión. (PLATON. *Fédon*, 99.)

136 Id., *Ibidem*. 100.

do *Fédon)*[137] e da sua preexistência no mundo dos inteligíveis, onde a alma contempla as essências.[138]

No Livro VI, de *A República*, desenvolve Platão os fundamentos da sua epistemologia, completada no Livro VII. A ideia do bem aparece como "causa do conhecimento e da verdade (αἰτίαν δ'ἐπιστήμης οὖσαν καὶ ἀληθείς),[139] e "que comunica a verdade aos objetos e a faculdade de conhecer ao cognoscente", razão pela qual o bem em si não é a mesma ciência nem a verdade, como a luz e a visão não são o mesmo sol. É o bem que dá a essência aos objetos inteligíveis sem que seja a mesma essência desses objetos.[140] Mas como alcançar o bem, esse sol que nem todos podem mirar, mas somente os que podem ver com a alma?

O bem é o senhor do mundo inteligível, como o sol é o senhor do mundo sensível. Para demonstrar a relação entre um e outro mundo, recorre a um exemplo prático: se dividirmos uma linha em duas partes desiguais, podemos representar, na parte menor, as coisas sensíveis, na maior, as inteligíveis. Em seguida, obedecendo à proporção da divisão anterior, dividimos a parte menor em duas partes desiguais: uma, a maior, que representa as coisas sensíveis, e outra, menor, que representa suas imagens. Dividindo a parte maior, que representa as coisas inteligíveis, temos: na parte menor, a verdade enquanto alcançada através de hipóteses, com o auxílio das coisas sensíveis, ou seja, pela aritmética, geometria, astronomia e estereometria, que "não buscam um princípio, mas uma conclusão".

A ciência não está, pois, comprometida com os sentidos,[141] porque estes são apenas objeto da opinião variável, mas com o conhecimento daquilo que é permanente e que só a inteligência pode conseguir. O conhecimento sensível usa das hipóteses como princípios, e a sua verdade é o próprio proceder do pensar, como procurou demonstrar Cassirer na obra supracitada.

---

[137] Assim se expressa Platão: "...aceptando como princípio que hay algo belo en sí e por sí, bueno, grande e que igualmente existen las además realidads de esta indole... espero que a partir dellas descubriré y te demonstraré la causa de que el alma sea algo inmortal ", e mais adiante: "A mí me parece que sí existe otra cosa bella a parte de lo bello em si, no és bella por niguna otra causa, sino por el hecho de que participa de eso que hemos dicho que és bello en sí" (*Ibidem*. 101.)

[138] Id., *Ibidem*. 449.

[139] PLATON. *Der Staat/ POLITEIA*, 508e. Deutsche Übersezung von Friedrich Schleiermacher. Darmstadt: Wissenschaft Buchgesellschaft, 1971.

[140] Um primeiro desdobramento das essências, enquanto diferenças introduzidas no ser como determinações mais ricas, ao modo como as desenvolve HEGEL (*Logik*, v.2), é feito por Platão, em *O sofista*, também obra importante quanto ao estudo das ideias, quando se têm em vista as dificuldades levantadas no *Parmênides* após a bela exposição de *A República*.

[141] Do mesmo modo como procedeu com relação à geometria (abandono das coisas sensíveis), pede Platão que se proceda com relação à astronomia: deixar de lado as coisas do céu. (PLATON. *La República*, 530c.)

A demonstração, portanto, não fornece um resultado absoluto, mas tão só o resultado determinado pelo pressuposto (hipótese) de que se partiu. O conhecimento científico usa também do sensível. O geômetra, para fazer uma demonstração, parte de uma hipótese, mas usa também um círculo desenhado, ou seja, dados sensíveis para chegar ao seu objetivo. Mas ele sabe que o círculo a que se refere não é aquele que desenhou (na verdade não precisa ter e nem terá a precisão do círculo) mas a ideia do círculo que é sempre idêntico e que se encontra em sua mente. O conhecimento científico, portanto, auxiliando-se do sensível, não se elabora sobre ele, mas sobre a ideia, visto que o círculo traçado nada mais é do que a imagem do círculo que o geômetra concebe, isto é, que ele capta pelo pensamento. Daí o objeto da ciência não ser um conhecimento sensível, embora se ligue ao sensível, mas intelectual, abaixo, contudo, do conhecimento do princípio absoluto, o mais alto, o conhecimento filosófico ou dialético.

Na maior parte da linha considerada temos representada a verdade, não já como conclusão alcançada através de hipóteses, mas como princípio absoluto, sem que se recorra ao auxílio do sensível, mas tão só através das ideias consideradas em si mesmas, "em encadeamento sucessivo até chegar ao fim, que são as mesmas ideias".[142]

Temos, nessa exposição de Platão, o falso representado na imagem, a opinião representada nas coisas sensíveis e o conhecimento que só é possível nas coisas inteligíveis. Como a relação que existe entre as coisas sensíveis e suas imagens é a mesma existente entre as coisas sensíveis e as inteligíveis, segue-se que só entre essas últimas se dá o conhecimento, o verdadeiro. Uma relação da imagem para o modelo corresponde a uma relação das representações sensíveis para o conceito ou ideia. Mas as coisas inteligíveis não são conhecidas por um mesmo método. Vimos que para elas há um certo conhecimento que parte de hipóteses como princípios e, através de dados sensíveis, se chega a uma conclusão verdadeira, usando, portanto, um método discursivo (διάνοια). O conhecimento alcançado por esse método apenas prepara o conheci-mento mais alto, a contemplação da ideia do bem.[143] O conhecimento puro que capta o princípio absoluto (ἀρχὴν ἀνυπόθετον) – não meramente hipotético –[144] só é conseguido pelo processo dialético capaz de nos levar à ideia do bem,[145] ou seja, ao conhecimento filosófico.

---

142 PLATON. *La República*, 511c.

143 Id., *Ibidem*. 526e.

144 PLATON. *Der Staat /POLITEIA*, 510b.

145 Em termos kantianos, a verdade pode ser alcançada, segundo Platão, através do entendimento (dia-vnoia) ou através da razão. Esta, a razão, é a faculdade do conhecimento dialético. A tradução alemã de Schleiermacher nos dá melhor compreensão. O tradutor usou a palavra *Verständnis* (entendimento no sentido de compreensão, conhecimento) aparentada com *Verstand* (entendimento no sentido de

A alegoria da caverna (*A República*, Livro VII) é a imagem de que se serve Platão para explicar o conhecimento. A saída da caverna para a região do sol é a "ascensão da alma à região do inteligível" ou do conhecimento,[146] a emergência do filósofo, "do mundo perecível para a essência das coisas".[147]

Só a inteligência conhecedora das essências produz o conhecimento que se desdobra no conhecimento discursivo das ciências matemáticas (ou assemelhadas) e no conhecimento da ciência propriamente dita: a dialética. Ao contrário da inteligência, a opinião se dirige não às essências, mas ao mutável, razão por que não cria ciência, mas apenas fé e conjetura.[148]

A dialética tal como expõe Platão em *A República*[149] é, pois, a ciência que tem como método o uso exclusivo da razão, "prescindindo de modo absoluto dos sentidos, para elevar-se à essência das coisas" ou à coisa em si (por exemplo, a cama real não é a que faz o marceneiro, mas a que lhe serviu de modelo)[150] até alcançar "por meio da inteligência o que constitui o bem em si", simbolizado por Platão na imagem do sol, que ilumina as coisas que vemos,[151] isto é, o momento supremo do inteligível, o princípio absoluto. O pressuposto da dialética é, portanto, o libertarse do sensível através da análise socrática, no sentido de prosseguir nas distinções das formas ou na captação das essências[152] "organizadas em discurso" (λόγος).[153]

A ideia para Platão não pode ser entendida e nem pensada sem a compreensão do que ele chama dialética, como um método de superação da contradição do sensível, que se mostra na predicação de um juízo, cujo resultado é o universal enquanto çonsiderado em si mesmo, ou o predicado enquanto não seja simples determinação de um sujeito, mas um universal em si mesmo.[154]

---

conhecer por conceitos aplicados às intuições sensíveis). Para traduzir diánoian ousán, usou (noesiς) a palavra *Vernunft* (razão). (PLATON. *POLITEIA Der Staat*, 511d.)

146 PLATON. *La República*, 516 a

147 Id., *Ibidem*. 525 b.

148 Id., *Ibidem*. 533 d e 334 a.

149 Id., *Ibidem*. 531 b a 535 a

150 Id., *Ibidem*. 596 d.

151 Id., *Ibidem*. 532 a

152 PLATON. *El sofista*, 253.

153 Sobre essa organização discursiva das ideias pelo homem e a aporia daí resultante, ver VAZ H.C.de L.. A dialética das ideias no *Sofista*. *In: Ontologia e História*. São Paulo: Loyola, 2001, p.15-66. Ver também, do mesmo Autor, Itinerário da Ontologia Clássica; *in: Ontologia e História*. São Paulo: Loyola, 2001, p. 57-76 p.71, para quem PLATÃO, em *O sofista*, lança definitivamente as bases da ontologia como ciência.

154 HEGEL G. W. F. *Leçons sur Platon. 1825-1826.* Trad. Jean-Louis Viellard-Basson. Paris: Aubier-Montaigne, 1976, p.97.

Se se considera a ideia de Platão como coisa, então aparecerá, para a filosofia kantiana, como ilegítima postulação da razão. Se for, entretanto, tomada como método, lei, então a ideia platônica assumirá um caráter positivo na filosofia kantiana, principalmente na *Crítica da Razão Prática.* Se a teoria das ideias é o principal objetivo da obra de Platão, como quer Natorp, se a religião nela desempenha um caráter puramente instrumental, de natureza erística (de argumento, por exemplo, a admissão de Deus, no Livro X, de *A República* entendida por Natorp como mera concessão ao interlocutor), então a ideia deverá ser concebida como lei, expressão da legalidade (*Gesetzlichkeit)* da realidade, ou seja, regra de conhecimento, método, colocando-se toda a tônica da filosofia platônica na gnosiologia e, em particular, na epistemologia. Se, ao contrário, se privilegia o caráter religioso de Platão, na sua obra, vendo-se nela uma preocupação antes de tudo teológica, de forma a admitir, por exemplo, que Deus é o criador das ideias, como arquétipos das coisas (*A República*, Livro X) então a consequência é aceitar como válida a interpretação tradicional fundada na *Metafísica*, de Aristóteles, dando-se preeminência ao lado ontológico da filosofia platônica, concebendo-se a ideia como ente, coisa ou objeto.

Se, entretanto, se vislumbra o caráter trágico da alma platônica, que se coloca no embate entre a exigência lógica da explicação da realidade e a salvação da religião que decai,[155] então não se há de destacar este ou aquele lado, e a ideia aparece com uma função ontognosiológica, como *método* e como *objeto*, numa perspectiva de superação das dicotomias propostas: sensível – inteligível, religioso – lógico, aparência – verdade, conservando ainda o seu aspecto normativo como modelo que deve ser. [156]

Um dos mais importantes intérpretes de Platão, Lima Vaz, procura dilucidar a teoria das Ideias a partir de seu nascedouro, o *Fédon.* Com efeito, ao tratar o *Fédon* da imortalidade da alma chega a mostrá-la como a própria dialética do pensar, desdobrando-se em ideias, pela qual o pensar se identifica com o inteligível como tal: *auté kat'autén*, o mesmo pelo mesmo[157] cuja transcendência com relação ao sensível se alcança por duas dialéticas: uma como "procedimento dialogal", que não é ainda a ciência, mas propedeutica ou caminho para a ciência dialética propriamente dita, que tem como ponto de partida a chegada, e que é a intuição da ideia; outra, a dialética que se

---

155 O conflito entre a explicação racional do Cosmos (no período cosmológico da filosofia grega) e depois do próprio homem (no período antropológico), que constitui o que se convencionou dizer o milagre grego(ver nota n.15), com a sua justificação pela religião é expresso no espírito religioso de Sófocles, principalmente em *A Antígona.*

156 HEIDEGGER. *Introdução à metafísica*, p.280.

157 VAZ, Henrique Cláudio de Lima.Nas Origens do Reallismo:A Teoria das Ideias no "Fédon" de Platão.In:*Filosofar Cristiano*. Córdoba:,1983,p123

trava no âmbito do puramente inteligível (*noetón*), o ser que é verdadeiramente tal (*óntos ôn*). Desse modo, a intuição da ideia "coroa a subida dialógica para o inteligível"; o *logos* ou o discurso aprisionado na experiência fica suspenso e a ideia surge como o que simplesmente é.[158-159] Então surge a ciência ou a Dialética como o "discurso sobre as ideias". As ideías põem-se como hipóteses necessárias, não num sentido lógico ou procedimental, mas como princípios (*arché*) de inteligibilidade[160]

Lima Vaz recusa, portanto, tanto uma interpretação gnosiológica das ideias como método, regras, segundo a interpretação da escola de Marburgo, que conduziria à aporética de uma insatisfeita "admiração"[161], em que a dialética seria uma coletânea de problemas e não uma ciência de teses; como refuta também a interpretação aristotélica, pela qual seriam as ideias tão só conceitos abstratos ontologizados. As ideias são, contudo, na visão de Lima Vaz, o *autò kat'autó*, o real idêntico a si mesmo"[162], enfim, o existente puro (*ousia*)[163]. E relembra Hegel, na Introdução à *Ciência da Lógica*: "A ideia platônica não é outra coisa senão o universal ou, mais determinadamente, o conceito do objeto; somente no seu conceito alguma coisa tem realidade efetiva". Na verdade, poder-se-ia dizer que a ideia é a razão de ser do real, sem a qual seria a desrazão, o absurdo, ou a ideia é o que dá razão ao real, não como "axiomas" lógicos simplesmente, mas como "princípios necessários e suficientes de inteligibilidade, e que são 'postas' absolutamente como causas primeiras do conhecimento e do ser".[164] Enfim, "para Platão, a realidade verdadeira só pode ser a realidade *conhecida* e o conhecimento verdadeiro é o conhecimento das Ideias"[165]

Hegel se coloca na perspectiva também contrária à interpretação aristotélica da teoria das ideias, rejeitando a coisificação do mundo suprasensível no pensamento de Platão.[166] Para estudar Platão, Hegel parte da divisão da sua filosofia proposta por Diógenes de Laércio em:

a) dialética procedente do pensamento moral de Sócrates;

b) filosofia da natureza;

---

158 Id.,,*Ibid.*, p. 125.

159 Id., *Ibid.*, p.119.

160 Id., *Ibid.*, p.126.

161 Id., *Ibid.*, p. 117.

162 Id., *Ibid.*, p. 126Ver também do mesto Autor, *Escritos de Filosofia VII.* — Raízies da Modernidade. São Pauo: Ed. Loyola, 2002, p. 226 (cita Platão em *Banquete* 211 b 1-2).

163 Id. *Ibid.*, p., 123.

164 Id., *Ibid.*, p. 127.

165 Id., *Ibid.*, p.129.

166 HEGEL. *Leçons sur Platon*, p.35.

c) filosofia do espírito. Interessa aqui o estudo da dialética, pois que aí exporá Hegel também a sua interpretação sobre o que Platão concebe como ideia.

Hegel escolhe cuidadosamente os textos que lhe pareceram importantes em três obras fundamentais (segundo seu ponto de vista) para a compreensão da dialética em Platão: *O Sofista*, *Filebo* e *Parmênides*. Em *O Sofista*, Platão estuda o ser e suas determinações, a partir do ser e não ser; no *Filebo*, aparecem as determinações especulativas segundo Hegel: finito e infinito; e no *Parmênides*, obra-prima de Platão (Hegel),[167] a dialética do uno e do múltiplo. No *Parmênides* é que mais claramente a concepção dialética de Platão se revela, visto que entendida por Hegel como a conclusão dos temas lançados em *O Sofista* e no *Filebo*.[168]

Ao contrário da dialética puramente "raciocinante", argumentativa e demolitória dos sofistas (Hegel), a dialética de Platão consiste na necessidade da união dos contrários num termo superior, no conceito universal, a ideia, ao considerar o predicado não como mera determinação do sujeito, mas em si mesmo: "Não o homem justo, mas a justiça em si, a beleza em si", etc.[169]

A ideia em Platão aparece para Hegel como o resultado do próprio movimento do pensar, que, para Hegel, é significado por Platão como alma.[170] Alma é o que tem a vida em si, o que dá o movimento a si mesmo. Nesse sentido, o dinamismo do pensamento enquanto movimento, liberdade, se traduz nas determinações de si mesmo, nas ideias que, por serem o próprio pensamento que se determina, são o universal, pois o pensamento é o próprio universal livre ou, na linguagem filosófica a partir de Sócrates, o conceito, para Hegel equivalente ainda ao momento abstrato do universal que se torna concreto no gênero.

O movimento como elemento essencial da dialética já se encontra em Heráclito,[171] cujo pensamento, diz Hegel, ter aproveitado totalmente na sua *Lógica*.[172] A dialética é, nesse caso, a concepção da realidade que se move,

---

167 HEGEL. *Phänomenologie des Geistes*, p.57.

168 A posterioridade do *Parmênides* com relação ao *Filebo* e *O Sofista* não obedece para Hegel a um critério histórico. Tão pouco leva Hegel em consideração que *Parmênides* é exatamente o momento crítico da teoria das ideias. (HEGEL. *Leçons sur Platon*, p.47.)

169 HEGEL. *Leçons sur Platon*, p.97.

170 O esforço de PLATÃO, em *O sofista*, para solucionar a oposição de Heráclito e de Parmênides, consiste em salvar o permanente ao mesmo tempo que o movimento, pois as ideias se destinam a ser conhecidas sob pena de perderem a sua razão de ser. Entram dessa forma no movimento, já que o conhecimento é um processo. (Ver MARTIN. *Kant-Studien*, p.428.) Para Hegel as ideias são resultantes do próprio movimento do pensar.

171 HERAKLIT. *Fragmente* B 12; B 30, 31.

172 HEGEL,G. W. F. Vorlesungen über die Geschichte der Philosophie I. *In*: *Werke in zwanzig Bänden*, v.18, p.320: Es ist kein Satz des Heraklit, den Ich nicht in meine Logik aufgenommen; ver, ainda, HEGEL, *Logik*, v.1, p.68.

que é livre. Ora, a realidade livre, cujo movimento está em si mesma, é o pensamento para Hegel.[173]

É exatamente por ser a alma de Platão o próprio pensamento, que Hegel não encontra dificuldade em ligar a sua filosofia à de Platão, ao conceber a reminiscência platônica como o descobrir-se do próprio pensamento ou o interiorizar-se do pensamento (*Erinnerung*: recordação: "interiorização"). Platão opera esse retorno ao interior.[174] Não haverá, por isso mesmo, dois mundos totalmente separados, um dualismo inconciliável entre o mundo das ideias e o dos sentidos. "Somente do ponto de vista da representação é que o mundo das ideias é uma cópia ideal do mundo percebido; do ponto de vista da razão, é o mundo das ideias, que é o verdadeiro mundo."[175]

O *Filebo* é o lugar onde essa ideia é revelada. O infinito aparece como o indeterminado, e o prazer que figura no *Filebo* como o sensível (e que é colocado em confronto com o conhecimento) é esse indeterminado, isto é, o sensível é o indeterminado, o infinito, o que aparece ora assim, ora doutro modo, como o calor se manifesta ora em baixo grau, ora em alto. O conhecimento aparece como o limite, o finito, o determinado. O infinito é indeterminado, uma vez que se não determina a si mesmo. "Só a ideia é o ato de determinar-se a si mesmo...".[176] Só o pensar, que é vivo, determina-se a si mesmo na ideia.

O idealismo grego, radicalizado por Parmênides, vale dizer, posto como raiz do pensamento ocidental na busca de pensar o absoluto, atinge seu clímax com a identidade de ser e pensar. Essa indentidade é constitutiva da ideia em Platão. Em Platão, instaura-se, porém, um dualismo ontológico entre o mundo sensível e mundo inteligível. O mundo sensível é real, mas como participação no mundo inteligível, das ideias. A unidade e a multipicidade são salvas e compatibilizadas na esfera do inteligível. Não se afirma apenas o ser, mas as essências universais dos entes, as quais são externas a esses entes corpóreos, dos quais elas são a verdade.

a.2 A Gnosiologia:

A gnosiologia platônica segue o dualismo ontológico. O sensível, contudo, não oferece base para uma verdade científica. No máximo chega à

---

173 Die Dialektik ist nichts Anderes als die Tätigkeit...,(HEGEL G. W. F. *Leçons sur Platon. 1825-1826.* Trad. Jean-Louis Viellard-Basson. Paris: Aubier-Montaigne, 1976, p.106.), pois que "Freiheit ist nur in der Rückehr in sich..."(*Ibidem*, p.98.)

174 HEGEL, *Leçons sur Platon*, p.34.

175 *Id., Ibidem.*

176 *Id., Ibidem.* p.100.

doxa, como mostrou o *Teeteto,* em que todos os mestres da concepção de uma epistemologia a partir da experiência sensível, como Heráclito e Protágoras (posto dentre eles, em razão do seu relativismo, segundo Platão), são refutados.

Na epistemologia expurga-se o sensível e desenvolve-se uma metodologia adequada a dois conhecimentos científicos privilegiados: o matemático e o filosófico , que se instalam exclusivamente no mundo inteligível. Diz Platão:

"Bien sabes a mi juicio que los que se ocupan de la geometria, del cálculo y de otras ciências análogas, dan por supuestos los números ímpares y los pares, las figuras, três clases de ángulos y otras cosas parecidas a estas, según el método que adopten. Emplean estas hipótesis , como si em realidad las conosciesen, y ya no creen menester justificar ante si mismos o ante los demás lo que para ellos presenta una claridad meridiana. Empezando por ahí, siguen em todo lo demás un camino semejante hasta concluir precisamente en lo que intentaban demonstrar.

– Esso desde luego ya lo sabia yo – dijo."

"Sabes igualmente que se sirven de figuras visibles que dan pie para sus razonamientos, pero que em realidad no piensan en ellas, sino em aquellas cosas a las que se parecen? Y así, por ejemplo, que cuando tratan del cuadrado en si y de su diagonal, no tienen en el pensamenieto el que diseñan, y otras cosas por el estilo? Las mismas cosas que modelan y dibujan, cuyas imágenes nos las ofrecen las sombras y los reflejos del água, son empleadas por ellos con esse carácter de imágenes, pues bien saben que la realidad de esas cosas no podrá ser percibida sino con el pensamiento"

Nesse conhecimento pontifica o método hipotético-dedutivo, tal como o aplicou Euclides: a partir de certas hipóteses, que não são demonstradas, porisso postas como postulados, deduzem-se consequências necessárias até uma conclusão.

Na filosofia, porém, o método é o dialético, que não admite hipótese acostada em imagens, mas alcança os princípios somente com a razão, pois nesse caso se trata do movimento da própria realidade, as ideias. E continua:

"Y no hay duda de que ahora comprenderás también a qué llamo la segunda sección de lo inteligible. És aquella que la razón misma alcança con su poder dialéctico...; pero non se servirá de nada sensible, sino de las ideas mismas que, en encadenamiento sucesivo, podrán llevarla hasta el fin, o lo que es igual, a las ideas."

O processo, pelo qual a razão chega às ideias, é a dialética, que não é "um elenco de problemas", mas "uma ciência de teses". É ao mesmo tempo um procedimento dialogal ou caminho ou métodos de descoberta das

Ideias" e, uma vez intuída a ideia, " é um caminho que se desdobra já no solo firme do mundo ideal", "em que o pensamento pode ser definido propriamente como discurso interior da alma".[177]

E separando o conhecimento pelo entendimento (*diánoian*), que é o conhecimento do geômetra e de outros cientistas, do conhecimento pela razão (*diánoian oúsan*), que é o conhecimento do filósofo, das essências ou das ideias, classifica as potências ou faculdades da alma:

"Ahora tendrás que aplicar a essas quatro partes de que hablamos" [as partes do conhecimento] "otras quatro operaciones del alma: la inteligencia, a la que se encuentra em el primer plano; el pensamiento, a la segunda; la fe, a la tercera, y la conjetura, a la última." Em outras palavras: a razão ou intelecto (*nóesin*), o entendimento (*diánoian*), a sensibilidade (*pístin*) e a imaginação (*eikasian*).[178]

No "Mito da Caverna" está a descrição do penoso processo de conhecimento, uma vez que a *A República* é um tratado filosófico e também da educação. O que Platão nos mostra com essa alegoria é o caminho que o filósofo percorre das noções imprecisas para as ideias reais do mundo inteligível, que estão por trás dos fenômenos da natureza do mundo sensível. Representa a imagem da coragem e da responsabilidade pedagógica do filósofo, o querer, o esforso ingente e a disciplina do discípulo .

O caminho do pensamento filosófico parte da imagem das coisas, perceptível pelos sentidos, que leva o pensador a uma verdade por hipótese, a requerer a demonstração matemática, pois nessa esfera não é possível chegar à ideia sem demonstração. É só a partir daí, que pode ser considerada uma verdade por princípio, finalizando-se a dialética, que tem por fim a chegada à ideia pura. Ao dizer que Platão une Parmenides e Sócrates, quer-se dizer que Plaltão ontologiciza o conceito, que, para Sócrates, é meramente lógico. Isto é, toma-o como ser segundo a identidade ontológica de Parmênides, pela qual ser é igual a pensar. Quer-se dizer também que Platão trata o ser de Parmenides num discurso logicamente rigoroso, segundo o modelo de Sócrates. A identidade porém não é entre ser e pensar, mas entre ser e conceito dos diversos entes.

Com efeito, o de que se trata na cultura epistêmica grega, na *sophia* científica, é descobrir a verdade das coisas, vale dizer, a sua essência, que, necessariamente, é o que permanece e unifica, sob pena de não ser possível o discurso epistêmico ou alético. A base científica do seu tempo para a construção do seu edifício filosófico era a matemática. Ora, o que é a

---

177 Cfr. VAZ, Henrique Cláudio de Lima, *Nas Origens do Realismo*, p. 119-120.

178 PLATON. *La República*, VI, 508c-511d.

verdade matemática ou o real verdadeiro da matemática? São as ideias. Desse modo, objeto da geometria é a ideia de círculo e não as coisas circulares ou o círculo que se dá na experiência por mais perfeita que seja. O círculo que o professor traça na pedra com o compasso para fazer uma demonstração é apenas uma longínqua imagem do círculo que ele está considerando no seu entendimento e que jamais se dá, na sua precisão ideal, nas coisas sensíveis. O mesmo ocorre com o conceito de ponto geométrico, como no teorena: por um ponto no espaço podem-se passar infinitas retas. Ora, somente num ponto ideal, e se se consideram as retas ideais, é que poderiam infinitas retas por ele passar.

Se assim é na matemática, qualquer outra ciência, se quer a verdade do seu objeto, tem de ter o mesmo procedimento. Se se quer saber qual a verdade dos objetos da natureza, tem de se buscar a sua ideia, o seu conceito, que é a sua essência. E esta é a sua verdade; se é a sua verdade é o real para a ciência.

A matemática, porém, é uma ciência por hipóteses. Seu rigor advém da demonstração, mas desde que seja posta por uma verdade anterior. Poder-se-ia dizer: se se pergunta se duas paralelas não se encontram no infinito, o matemático responderia – depende: se se toma o espaço como dimensão plana, as paralelas não se encontram no infinito; se, porém, se toma o espaço como dimensão curva, elas encontrar-se-ão no infinito.

A filosofia, porém, procede sem hipótese, é um saber sem pressupostos (ἀνυπόθετον) seu modo de conhecer é o dialético, que é o movimento da própria realidade, a qual são as ideias. Ela se processa, desde a saída do homem acorrentado no fundo da caverna, com o seu despertar ou libertar-se da aparência, o qual necessitou de um condutor, o sábio, para libertá-lo e dirigi-lo pelas rochas íngremes até a cumeada, em que resplandecesse a luz do sol, até o treinar para ver as coisas por ele iluminadas e poder, embora para poucos, contemplar (*theorein*) o próprio sol, a ideia do bem. As ideias, depois de iluminadas processar-se-ão dialeticamente, de ideia em ideia, até chegar ao que as ilumina, de cuja luz elas participam. Quer isso dizer que as ideias têm as suas verdade como participação da ideia do Bem, representado na imagem do sol.

Depois de fazer a analogia entre o sol e o bem, mostra Platão como a sua epistemologia dos dois mundos, o inteligível e o sensível ou visível, melhor se esclarece com uma imagem geométrica: "Toma ahora una línea cortada en dos partes desiguales y vuelve a cortar cada una de estas en otras dos partes , también desiguales, que representen la especie visible y la inteligible"[179], de modo que essas divisões sejam proporcionais. O tamanho de cada uma determinda o seu grau de clareza, portanto do conhecimento, se

[179] PLATON. *La República o de la Justicia*, XX, 509d.

bem que para Platão conhecimento propriamente é o inteligível, pois só este é epistemicamente verdadeiro. A linha maior representa o conhecimento inteligível e a menor, a espécie visível. A parte menor da menor(a) representa as imagens, sombras das coisas visíveis, como nas artes; é a esfera da *eikasia*, da imaginação, sombra da sombra. A parte maior da menor(b), representa as próprias coisas visíveis, e o conhecimento é a mera opinião: esfera da *doxa*. A verdade ou a ciência, que são a mesma coisa, tem de estar no plano do permanente. Por isso, não se encontra na esfera da imaginação ou na da opinião, dos sentidos, mas na da inteligência, portanto da ciência ou do conhecimento. A parte maior da linha refere-se ao conhecimento inteligível, à verdade; nela, a parte menor(c) é referente aos objetos do conhecimento discursivo, que se utiliza das coisas sensíveis ou visíveis como meios para alcançar o conhecimento inteligível, os quais, porém, não entram no objeto do conhecimento; por exemplo, o geômetra, ao fazer uma demonstração, traça um círculo, que é uma imagem do verdadeiro objeto da sua ciência, a ideia de círculo produzida no seu intelecto. É a esfera da *diánoia*. A segunda parte, a maior(d), é relativa ao conhecimento dialético, da filosofia, que prescinde totalmente do sensível. É o conhecimento das ideias, dos princípios, diretamente captados pelo intelecto. É a esfera da *nóesis*.

Em resumo: o primeiro degrau é o da conjetura ou da imaginação, operação do espírito que considera as imitações das coisas; o segundo é o da percepção das coisas mesmas pelos sentidos e não apenas das suas imagens; o terceiro é o plano do conhecimento científico, discursivo, elevado à categoria de conhecimento intelectual, mas que se utiliza de elementos sensíveis para alcançá-lo; o quarto nível é o do conhecimento filosófico, dialético, que capta diretamente as ideias e os princípios e que vai de ideia em ideia até chegar à ideia de bem, que é, na esfera do inteligível, o que é o sol na do sensível, mas prescindindo totalmente de qualquer elemento sensível.

A representação gráfica da divisão proporcional (a/b=c/d) esclarece:

A Filosofia põe-se, assim, rigorosamente objetiva e autônoma. O sábio não a constrói, mas apenas se abre para a verdade; ela o conduz e se revela no seu *nous*, ao passo que nas outras ciências, mesmo na matemática, o sábio como que as constrói no encadeamento do seu *logos*.

a.3 A Perspectiva Dikelógica de Platão

Antes de Sócrates, a justiça aparece, na Grécia, como ordem natural ou social a que o homem se deve submeter inexoravelmente. A injustiça é a ruptura dessa ordem e dá-se pela afirmação da subjetividade (consciente em Sócrates) ou da particularidade do indivíduo pura e simplesmente, que decorre da sua pretensão de fazer-se "medida de todas as coisas"

(Protágoras) ao julgar a própria ordem (νόμος e φύσις). Esse juízo introduz a divisão na ordem e nega-a como "medida transcendente" do homem. Se a justiça é exatamente essa medida imposta ao homem, questioná-la é incorrer na desmedida (no orgulho, na ὕβρις) que faz o homem merecer o castigo dos deuses. Daí o destino e, com ele, o trágico. Porque o homem viola a sua medida, ainda que sem o saber, é castigado, pois que, sendo inferior aos deuses, é da sua natureza o mal, na qual está ínsita a sua responsabilidade. É responsável porque é humano; a carência é o fundamento da imputabilidade. O trágico do homem nasce disto: porque é ele carente e não conhece os desígnios dos deuses e os viola. O trágico é a consequência da injustiça que rompe com a ordem e divide o ser: "medida aparente" do particular (*pseudos*) e "medida que o transcende" e "desvela" (*aletheia*) (Bornheim).[180] Sócrates afirma a *subjetividade* conscientemente no ético e faz-se medida do *nomos* da cidade, julgando-o e rompendo a harmonia ou a medida objetiva da ordem da *pólis*. Significa isso abrir caminho para a participação de uma nova ordem, como fez Platão. É preciso ter em mente que a dialética é o movimento das próprias ideias, formando um complexo (*symploké*), que deve "receber sua unidade de um único princípio."[181] É sabido como Platão evoca três princípios, o *pulchum*, o *verum* e *bonum*, privilegiando a ideia de Bem, que, parece, assume as outras duas, e a partir da qual se pode entender a ideia de justiça.

O pensamento platônico sobre a justiça é o ponto de partida de uma correta reflexão sobre a ideia de justiça como igualdade, posta com impropriedade pelos sofistas Cálicles e Trasímaco.

Platão abre duas perspectivas para a concepção da justiça: a justiça como ideia e a justiça como virtude ou como prática individual; isso mostra *A República*, obra em que a tematiza com maior propriedade.

A justiça aparece já nas primeiras obras de Platão como virtude do cidadão ou do filósofo. Com base no mito da caverna e na teoria da reminiscência (ἀνάμνησις) (ver capítulo III, abaixo) conclui Platão (segundo a interpretação de Coing sobre a carta VII, 344 a) que "só conhece a justiça aquele que é justo"[182], que está no trato constante com a justiça. Esse agir com justiça consiste exatamente na superação de toda atitude egoísta, como interpreta Hartmann, no sentido do reconhecimento da igualdade

---

180 BORNHEIM, Gerd Alberto. *O sentido e a máscara*. São Paulo: Perspectiva, 1975.

181 VAZ, H.C. de Lima, *Contemplação e Dialítica nos Diálogos de Platão*, p. 175.

182 COING, H. *Grundzüge der Rechtsphilosophie*, p. 12. Para a exposição sobre Platão e Aristóteles, foi utilizada a edição espanhola Da Aguilar, a portuguesa da Abril S/A Cultural, bem como as edições bilingues (greco-alemã, para Platão e greco-francesa para Aristóteles), da Wissenschaftliche Buchgesellschaft, da "Les Belles Letres" e da Garnier.

de direito do outro contra a reivindicação de tudo para mim, indiferente ao que ocorra com o outro Por colocar o outro na mira do agir humano, a justiça[183] torna-se a maior das virtudes, pois que as demais, a sabedoria, a coragem e a temperança[184] são apenas interiores e ela é precisamente a que atine diretamente ao Estado como um todo. Por isto, porque a tônica está no outro como igual, é que fazer a justiça é melhor que recebê-la, e sofrer a injustiça é melhor que praticá-la, como ensina Sócrates no *Górgias* e em *A República*, ao afirmar que o melhor modo de viver, o viver feliz na sua alma é viver praticando a justiça[185], pois o justo supera todos os demais males[186], porque tem a alma sadia e o equilíbrio necessário para superar as outras dificuldades. Viver justamente não é mais apenas viver conforme as leis da cidade, concepção socrática exposta no *Críton*. No *Górgias*, a justiça não se identifica com a legislação, mas dá-lhe fundamento. Da mesma forma que a medicina precede à ginástica na prescrição alimentar para a saúde do corpo[187], a justiça é a virtude que prepara a alma e a fortifica.

Há uma linha constante observada em toda a obra de Platão sobre o conceito de justiça. No *Críton*, a concepção de justiça é a do próprio Sócrates. A conformidade das nossas ações com a lei é que as torna justas. Só a sentença (aliás, proferida contra Sócrates) ou os atos das autoridades podem ser injustos; não, porém, a lei, que, se qualquer defeito possui, deve ser modificada, mas nunca violada. Isso, porém, não daria a toda lei criada pelo arbítrio do governante a qualidade de lei justa, como queria Trasímaco[188], pois que a ruína da cidade se define pela sujeição da lei ao governante e sua salvação pelo império da lei sobre os governantes "que se fazem a si mesmos de escravos da lei"[189].

Com Sócrates, ainda estava presente, na sua forma ingênua, o mundo ético grego a que se refere Hegel, em que o Estado, a família e o indivíduo formavam um todo harmônico, cuja ruptura começara a se expressar na atitude contestativa do mesmo Sócrates e na obra poética de Sófocles, em que o critério de justiça é reivindicado, ora pela lei natural da família, ora pela positiva do Estado.

---

[183] PLATON, *La República*, 432b *et seq.*

[184] *Id. Ibid.*, 428a, 429a, 430d.

[185] PLATON, *Górgias*, 527e. Aristóteles incorpora na sua ética esse pensamento de Platão: "No ato injusto o menor é sofrer a injustiça; o maior cometê-la". ARISTÓTELES. *Ética a Nicômaco*, 1134a, 1138a, 1338b; *Retórica*, 1366b.

[186] PLATON, *La República*, 440d.

[187] PLATON, *Górgias*, 474.

[188] PLATON, *La República*, 338e.

[189] PLATON, *Las Leyes*, 715.

Em *A República* essa ideia central, que define a justiça como a virtude que consiste na observância da lei permanece, mas num outro plano: não já como dedução empírica da necessidade de observar leis na medida em que essas leis sejam a expressão do costume, da vida ética do povo, mas como ideia da razão que informa o próprio Estado de Platão, num plano filosófico elevado, visto que não mais ligado ao empírico da observação socrática. O Estado ideal é também o Estado de justiça e nele não há diferença entre as leis e a justiça. Suas leis são justas porque editadas por quem pratica a virtude da justiça e, por isso, contempla a ideia de justiça. Surge aí um momento de convergência entre a concepção da justiça como virtude e a de justiça como ideia, que é sua preocupação desde o *Eutifrón*[190], onde indaga se o justo é pela vontade de Deus ou por si mesmo, concluindo que "o bem e o mal, o justo e o injusto são verdades racionais, essências eternas"[191]. Isso permitirá a Platão, pela primeira vez, expressar essa difusa noção em um conceito aparentemente preciso, que atribui a Simônides: dar a cada um o que lhe convém, ao que Simônides chamou *devido*[192], com o objetivo de indagar do próprio conteúdo da definição. A definição do poeta Simônides é aí interpretada no sentido de desfazer a dúvida levantada sobre a sua definição original: "dar a cada um o que lhe é devido".[193] Platão entende o devido (ὀφειλόμενον) como "o que convém".[194] Só não aceita que essa ideia de justiça seja concebida no simples plano das relações entre particulares (justiça comutativa), mas na elevada dimensão da estrutura do seu Estado, na forma de uma igualdade proporcional a negar um "*igualitarismo* abstrato". Além disso, esse algo que convém a cada um no Estado de Platão não é a determinação de qualquer conteúdo, como o tratar o inimigo com o mal e o amigo com o bem, ou o arbítrio do governante, como queria Trasímaco. Entretanto, dar a cada um o que lhe é adequado, explicita-se na estrutura do Estado Platônico, dividido em planos segundo as aptidões de cada um de seus participantes, de modo semelhante ao que ocorre com a alma humana, na sua concepção. O que é devido a cada um, o que lhe pertence por natureza é o posto que corresponde às suas aptidões e a função que cada um, por força dessas mesmas aptidões, pode desempenhar no Estado[195]. Pois bem, as três primeiras virtudes – coordenadas pela justiça (*dikaiosyne*) –,

---

190 PLATON, *Eutifrón*, 10e.

191 WELZEL. *Derecho natural y justicia material*, p.21.

192 PLATON. *La República*, 332c, e, 433a, 433e.

193 Id. *Ibid.*, 331e, 433 a.

194 DEL VECCHIO, em *La Justice* – la verité. Essai de philosophie juridique et morale, p.19, afima que Platão repudia totalmente a definição de Simônides, o que deve ser, entretanto, confrontado com o desenvolvimento do tema e do que assevera Platão, em *A Repúlbica*, 339b.

195 PLATON, *op. cit.*, 433 a.

a sabedoria (*sophia*), a coragem (*andréia*) e a temperança (*sophrosyne*)[196] estão sediadas em cada uma das partes correspondentes da *psyché*, a racional, a irascível e a concupiscível (*logistikon*, *thymoeides* e *epythimetikon*) e vão delinear não só a natureza de cada indivíduo, segundo sobressaia essa ou aquela (todas, porém, concertadas pela justiça), mas também a sua posição no Estado, cujas funções se dividem exatamente segundo aquelas virtudes da alma.

"Das virtudes próprias de cada uma, ou seja, da sabedoria (*sophia*), virtude do *logistikon*, da coragem (*andréia*), virtude do *thymoeides*, da temperança (*sophrosyne*),virtude do *epithymetikon*, resulta a ordem da alma regida pela justiça (*dikaiosyne*) que a todas preside, virtudes essas que foram primeiramente descobertas na ordem da Cidade[197] Opostos a essas virtudes estão os vícios da ignorância (*agnoías*), da intemperança (*akolasían*), da covardia (*deilían*) e da injustiça (*adikían*)[198], que geram uma espécie de enfermidade na alma.

No Estado, portanto, uma classe de indivíduos, que sobressaem pelas aptidões militares, desenvolverá a virtude da coragem e terá a função específica de sua defesa; uma outra, que deverá desenvolver a temperança, cuidará da produção da riqueza e a que promover a sabedoria cuidará de dirigi-lo. A justiça consistirá na virtude pela qual cada um se põe no seu lugar, segundo as suas aptidões, garantindo com isso a saúde do Estado, cujo mal e ruína será a doença da ambição para além das aptidões de cada classe: uma espécie de *ubriç* na estrutura do Estado. A justiça (*dikayosine*) consistirá na harmonia entre as três virtudes da alma e, do ponto de vista do Estado, na harmonia das classes que o compõem, à semelhança da alma, de modo que o guerreiro não se arrogue o governo, os comerciantes e artesãos, a arte militar, e os governantes, as tarefas destinadas àquelas classes, cabendo a uns comandar e a outros submeterem-se ao comando, como na alma, o racional submete o sensível. Por isso, a imagem que melhor explica a justiça é a da música, que se produz pela combinação harmônica dos sons.[199]

A justiça em Platão é concebida, pois, como o elemento em que vive o Estado. Ao Estado cabe realizá-la, e o faz como Estado ideal, que é o Estado governado segundo leis, e não segundo o arbítrio do governante. Sua existência histórica ou empírica pode revestir a forma de um só soberano, a monarquia; de um grupo dos melhores cidadãos, a aristocracia; ou de todos os cidadãos, a democracia. Se essas formas não obedecem ao conceito de

---

[196] PLATON. *La Repúlbica*, VI, 504 a.
[197] PLATON, *Ibidem*, IV, 427 e; 428 a. VAZ, H. C. de Lima. *Escritos de Filosofia*, IV, p. 104.
[198] PLATON, *O Sofista*, 228e.
[199] PLATON, *Ibid.*, 441, 442a, 443d-e.

Estado ideal, de governo segundo leis, mas se conduz segundo o arbítrio do governante, o que se tem é a corrupção do Estado, nas formas de tirania, oligarquia e demagogia.[200] A sua preocupação é a função política da ideia de justiça, cuja igualdade dos membros da comunidade se expressa numa relação geométrica,[201] na medida em que se garante a cada um, no Estado, o papel que, pelas suas aptidões, lhe corresponde[202]. A justiça assume, assim, uma expressão de universalidade[203], pois que harmonia, ordem (*kosmos-universum*). Muito mais do que um receber, é a justiça um dar de si mesmo, um compromisso do cidadão com o Estado, na medida em que devote todas as suas aptidões ao serviço da comunidade e, por força desse dever com a comunidade, receba dela um papel a desempenhar como reconhecimento. Nesse ponto é esclarecedora a concepção de Platão sobre a origem da cidade. Não cogita da origem histórica, mas fenomenológica, tal como na realidade em que vive pode ser observada. Não se trata de um pacto para evitar a extinção recíproca dos indivíduos, mas, antecipando a Hegel, de agrupamento para a satisfação das recíprocas necessidades, segundo uma certa divisão do trabalho, em que cada um produz o para o que tem aptdão, de forma a constituir um sistema das carências ou necessidades satisfeitas pela ação poiética dos indivíduos, sem qualquer vínculo de natureza ética inicialmente. Essa primeira ordem já estruturada com certa racionalidade exige, contudo, uma ordem ética, a do Estado, em que a justiça surge como o elemento nuclear da sua formação[204] O tratado do Estado de Platão é por isso mesmo também um tratado da justiça.

---

[200] REALE, Giovanni, *História da Filosofia Antiga I*, p. 166. Ver GARCÍA MAYNEZ, *Teorías sobre la Justicia en los Diálogos de Platón, III,* p. 59 e segs.

[201] Em *Las Leyes*, 757, assim postula Platão a diferença entre a igualdade numérica e a geométrica: "Efetivamente há duas classes de igualdade que recebem o mesmo nome, mas que na realidade quase se opõe em muitos aspectos; toda cidade e todo legislador intruduzem uma delas nas distinções honoríficas: a que se determina pela medida, pelo peso ou pelo número;... mas a melhor de todas, as igualdades, a mais verdadeira, não se manifesta tão facilmente a todos. Supõe o juízo de Zeus, dando a cada um em proporsão com a sua natureza. Assim, por exemplo, a quem mais mérito possui, concede maiores distinções e honra..."

[202] É preciso compreender Platão dentro da sua filosofia. Não se trata de justificar, com essa ideia de justiça, a existência das classe tais como ocorriam empiricamente na Grécia. As classes a que se refere Platão constituem um estado ideal (como deve ser) formulado segundo princípios por ele considerados absolutamente racionais, sem recurso a qualquer dado empírico. Em Aristóteles, ao contrário, a justiça distributiva desempenhará um papel importante, qual seja o de manter a estrutura social tal como existia em Atenas (como é). Nesse sentido a ideologia platônica era revolucionária, a de Aristóteles era conservadora.

[203] DEL VECCHIO, *op. cit.*, p.18.

[204] "Ora —disse eu — uma cidade tem sua origem, segundo creio, no fato de cada um de nós não ser auto-suficiente, mas sim necessitado de muita coisa ... Assim, portanto, um homem toma outro para uma necessidade, e outro ainda para outra, e, comoprecisam de muita coisa, reúnem numa só habitação companheiros e ajudantes. A essa associação pusemos o nome de cidade."PLATON, *La República*, 369 b-c. A palavra "associação" usada na tradução de Maria Helena da Rocha Pereira não

Essa ideia de justiça expressa, afinal, a própria ideia de Estado para Platão. Não, porém, de um Estado fictício, mas de um Estado real, o Estado grego do seu tempo, refletido no plano filosófico ou no nível do conceito, no dizer de Hegel, já que a filosofia não lida com quimeras, mas está totalmente voltada para e comprometida com a realidade.[205]

A justiça é a virtude central a coordenar as demais virtudes humanas, distribuindo os cargos e encargos sociais em função do mérito de cada um, avaliado a partir da aptidão individual. Representa uma harmonia e um equilíbrio; designa, a partir dessa perspectiva, a virtude que assegura sua função a cada parte da alma, que, segundo a antropologia de Platão, se mostra nos três tipos de dimensões da personalidade humana, a partir de cuja percepção o Estado realiza seu escopo: a) a Sensibilidade: característica que permite ao ser modificar, transformar a natureza — representada pela classe de artesãos e trabalhadores diversos; b) a Emotividade: sentimento de amor à pátria, à cidade e que permite ao ser coragem para lutar por ela, pois ser corajoso é possuir essência do que é temível — representada pela classe dos guerreiros, soldados. c) a Razão: característica em que predomina a sabedoria, o intelecto, cujos representantes (magistrados, filósofos) ficavam, assim, encarregados de dirigir o Estado.[206]

Quando essas três partes humanas agem como um todo é que temos um indivíduo harmônico ou íntegro. Todos os indivíduos reúnem esses três fatores, mas um deles se mostra mais desenvolvido que os demais. E é conforme a manifestação de sua aptidão que deve ser educado o homem. Justo, assim, seria dar-lhe função compatível ao seu mérito.

De certa forma, Platão delineia duas vertentes que se separarão no correr da história: a justiça como ideia norteadora da conduta e definidora do direito e da lei e a justiça como virtude norteada e determinada pela lei. De um lado, a ideia de justiça, do próprio Platão, soberana, não sujeita nem mesmo à vontade da divindade, informadora do seu Estado[207] e, de outro,

---

pode ter sentido jurídico, mas de fato ou de mero local de convívio, conforme o sentido da tradução alemã de Schleiermacher "Zusammenwohnen". A origem da cidade para Platão é institucional, e não por um pacto social ou um contrato, como parece entender Chevalier (CHEVALIER, *op. Cit.*, p. 96).

[205] HEGEL G. W. F. Grundlinien der Philosophie de Rechts. *In: Werke in zwanzig Bänden*. Frankfurt: Suhrkamp Verlag, 1980, p. 16.

[206] Platão se vale de um mito fenício para esclarecer: os governantes são representados pelo ouro, os militares pela prata e os produtores pelo bronze, não se admitindo mistura, sob pena de deterioração da estrutura do Estado. Cfr, RIVAS, Hermán A. Ortiz. *La Especulación jusfilosófica en Grecia Antiga*: desde Homero hasta Platón. Bogotá-Colombia:Editorial Temis, 1990, 196.

[207] "A política é precisamente isto: a justiça em si." (PLATON. *Las leyes*, p.757.). V. Romilly, *La loi em Grèce*, p.180.

a concepção da justiça como o hábito de cumprir o direito, ora entendido como o direito positivo, ora como direito legislado por Deus ou derivado da natureza. A justiça como ideia acentua o lado contemplativo da filosofia grega (βίος θεωρητικός), a justiça como virtude, o ideal de vida ativa (βίος πρακτικός),[208] que são componentes essenciais de toda a filosofia ocidental, a qual recebeu em Kant um dos seus momentos de reflexão mais elevada.

a.4 Síntese Conclusiva

No desenvolvimento da filosofia de Platão encontramos temas que são a chave da compreensão do seu pensamento: a ***Ontologia***, em que Platão procura resolver o problema do uno e do múltiplo, unindo a teoria de Parmênides da necessidade de instalar a ciência na esfera exclusiva do inteligível, e a de Sócrates referente ao conceito dos entes e sua natureza universal; o resultado são as ideias, que se conhecem a partir de postulados, por demonstrações na Matemática (a *diánoia*), ou de princípios, de ideia em ideia, num movimento dialético, sem qualquer recurso ao sensível, até a ideia de Bem; a ***Gnosiologia***, com a qual Platão, também de certa forma a partir de Parmênides, mostrando os graus de conhecimentos, considerado entretanto que o verdadeiro conheciemento é o epistêmico, que se dá somente na esfera do inteligível, a *diánoia* e a *nóesis*, afastando desse conhecimento a esfera do sensível, em que se dão conhecimentos não científicos, falso um ou apenas aparente o outro, a *eikrasia* e a *doxa*; e a ***Dikelogia***, em que a justiça surge como virtude a coordenar as demais virtudes (a temperança, a sabedoria e a coragem), ao mesmo tempo que como ideia, a constituir a própria estrutura do Estado, a que cabe distribuir cargos, encargos e bens, segundo o mérito de cada um, definido em razão da sua aptidão, vale dizer, o Estado é para Platão uma instituição eminentemente ética, pois tem a finalidade de realizar a justiça, na medida em que é dirigido pela razão, o que é garantido pelo governo dos sábios; e o faz por meio da educação do cidadão, preparando-o para assumir as funções que lhes sejam adequadas na estrutura da organização política e social, segundo a virtude que o caracteriza.

Eis a filosofia que muito marcou a reflexão ocidental, tanto pela análise do amor e do desejo quanto pela dialética especulativa. Platão, há mais de vinte e três séculos, desenhou os caminhos que continuam a fascinar toda a nossa civilização e nossa cultura. Nessa via ele leva-nos da opinião – esse tipo de conhecimento inferior, faculdade intermediária que apreende as coisas que flutuam entre o nada e o ser absoluto – até a ciência, conhecimento

[208] GARCÍA MAYNEZ. *Doctrina aristotélica de la justicia*. México: Universidad Auónoma de México – Instituto de Investigaciones Filosóficas, 1973, p.31.

racional que permite atingir a essência da verdade (como bem interpreta Giovanni Reale).

b) Aristóteles

b.1) O pensamento de Aristóteles

Diversamente do que ocorre no livro δ (1, 1003) da *Metafísica*, Aristóteles assenta no livro L a ideia de uma metafísica considerada como teoria do motor imóvel ou teologia. No livro δ, a filosofia primeira, diversamente da Matemática e da Física, tem como objeto o ser enquanto ser, ou, para dizer com mais precisão como fez no livro VII, 1, 1028, é a ciência que investiga o que é o ser, portanto, o que é a substância, o ser por excelência. Aristóteles não acompanha as filosofias anteriores que abstraíram e entificaram o ser de tal maneira que o tornaram uno, um conceito unívoco (Parmênides). O ser se diz, para Aristóteles, de vários modos das coisas, é um conceito analógico. A filosofia primeira tem como objeto o estudo do ser, não particularizado, mas do ser qualquer que seja como tal. Não se deve esqueceer que o realismo aristotélico se caracteriza por implicar um juízo de existência, portanto da experiência e por "dar primazia à substância sobre os acidentes e a primazia do ser-em-ato sobre o ser-em-potência"[209]. É, pois, seu objeto o totalmente universal, porque se refere a todos os seres individuais, incluindo, assim, o motor imóvel, objeto de uma ciência particular, porque não se confunde, nem é abrangente dos seres individuais materiais ou imóveis. Destarte, a metafísica como filosofia primeira é teologia porque trata do primeiro princípio de todas as coisas, o motor imóvel (platonismo) (VI, I, 1026) e é ciência dos primeiros princípios que explicam todas as coisas; ora, se o primeiro motor é a substância considerada como ato puro, no qual não há qualquer potencialidade (como a matéria é potencialidade pura), vê-se que Aristóteles, por via lógica e não experimental, platônica e abstrata, chegou a uma ideia pura (ou pura forma como em Platão), a qual não pode fugir ao tratamento da metafísica como filosofia primeira que considera o ser enquanto ser. Deste modo, se a metafísica fosse apenas a consideração do motor imóvel, estaria derrogada como consideração do ser das coisas que mudam. Sair-se-ia do realismo para voltar ao imobilismo eleático. Portanto, a Filosofia primeira é a ciência do ser enquanto ser, que dá o fundamento de todas as ciências, que tenham como objeto móveis, materiais, imóveis e imóvel e material, portanto, também, de uma possível metafísica do motor imóvel.[210]

---

[209] Cfr. O excelente trabalho de PHILIPPE, Marie-Dominque. *Introdução à Filosofia de Aristóteles*. Trad. de Gabrie Hibon. São Paulo: Paulus, 2002, p. 278.

[210] SALGADO, Joaquim Carlos . *Ancilla Juris*. Revista da Faculdade de Direito (UFMG), Belo Horizonte, v. 34, p. 77-86, 1994.

A noção platônica de aptidão do homem e, em consequência, sua função na sociedade[211], é aproveitada por Aristóteles para desenvolver o ponto central da sua ética eudemônica, *eudaimonia* é uma atividade ou o desenvolvimento das aptidões do ser no sentido de realizar a sua perfeição, o seu *telos*. Desde o início está esse conceito ligado ao de *telos*, que compreende todo um processo e não somente o ponto estático a que se pretende chegar[212]. É a felicidade, na medida em que não se concebe como um estado, mas uma atividade[213], no sentido de realizar ao máximo as aptidões humanas. Como o tocador de uma cítara realiza a sua felicidade ao conseguir a perfeição no tocá-la, o homem alcança-a na medida em que realiza o que há de mais particular nele, que se traduz na atividade da alma de acordo com a razão.[214] É uma atividade que realiza de modo mais perfeito as nossas potências[215] e, em particular, a capacidade intelectual do homem. Esta é o seu bem supremo, já que a inteligência é o divino no homem. Daí dizer Aristóteles que o "*summum bonum* é o cultivo da inteligência" e colocar "sobre os outros ideais o da vida contemplativa"[216]. Com isso, afirma-se o primado das virtudes dianoéticas (ensinadas) sobre as éticas (exercitadas), necessárias, por não ser o homem divino apenas.

O conceito de felicidade norteia toda a ética de Aristóteles; está, porém, muito distante do hedonismo defendido por alguns filósofos gregos (Eudóxio, Epicuro). Se ela se realiza no que há de mais interior da alma (principalmente quando se realiza na sua plenitude, na esfera intelectual), o prazer não tem qualquer função na determinação da ideia de *eudemonia*, visto que exterior[217].

---

211 "A palavra ἔργον, que neste contexto traduzimos por função, significa, igualmente, atividade ou tarefa. Ao referir-se a tal tópico (*Ética a Nicômaco*, 1097b) H. H. Joachim, em seu excelente comentário, afirma que Aristóteles aceita e desenvolve a seu modo a doutrina exposta por Platão, em *A República*. Por função de uma coisa se entende" – explica Joachim – "o que só esta pode fazer, ou o que ela pode fazer melhor que qualquer outra". (GARCÍA MAYNEZ. *Doctrina aristotélica de la justicia*, p.34.). Além da obra de García Maynez sobre a justiça em Aristóteles, ver ainda, FERRAZ JÚNIOR, Tércio Sampaio. Estudos de Filosofia do Direito — Reflexões sobre o Poder, a Liberdade, a Justiça e o Direito. São Paulo: Editora Atlas, 2009, p. 161 e segs. Trabalho de importância para o tema em Aristóteles é o de MAGALHÃES GOMES, Marcella Furtado de . *O homem, a cidade e a lei*. A dialética da virtude e do direito em Aristoteles. 1. ed. Belo Horizonte: Editora Atualizar, 2010. v. 1. Esse livro se complementa com outro da mesma autora, MAGALHÃES GOMES, Marcella Furtado de . Ética e Direito – *Investigações sobre a consciência da virtude na Ética a Nicômacos*. 1. ed. Belo Horizonte: FUNDAC-BH, 2009.

212 Id., *Ibidem*, p.40.

213 Id., *Ibidem*, p.38.

214 ARISTÓTELES. *Ética Nicomaquea*, 1098ª. Consultar ainda GARCÍA MAYNEZ, *op. cit.* p.36.

215 GARCÍA MAYNEZ. *Doctrina aristotélica de la justicia*, p.42.

216 ARISTÓTELES. *Ética a Nicômaco*, 1177b.

217 Id., *Ibidem*. 1104, (o prazer epicurista não é exterior só, é felicidade interna também, como observa Kant).

O conceito de *eudemonia*, em Aristóteles, guarda uma vinculação estreita com a concepção de justiça esboçada pelo Mestre da Academia em *A República*. Ao dizer Platão que é melhor praticar a justiça que a injustiça quer simplesmente dizer que a justiça sendo virtude aperfeiçoa o homem, torna-o melhor interiormente. É o que se compreende no conceito de eudaimonia, a qual significa ao mesmo tempo "agir bem" e "viver bem", como salienta Maclntyre. Não há uma ruptura entre viver bem e atuar corretamente, como quer a ética moderna poskantiana.[218] E mais, Aristóteles absorve, mas com acentuada diferença e originalidade no seu desenvolvimento, a noção segundo a qual a justiça é uma virtude, ao admitir que só nos tornamos justos, realizando atos de justiça, numa clara diferenciação entre a ordem da razão teórica e a da razão prática, já que não compete ao saber prático conhecer os fins humanos, mas atuar com vistas a converter o bem , a realização da perfeição do seu ser humano, no fim de sua ação.[219]

Desde logo se nota a herança platônica e, ao mesmo tempo, um novo rumo traçado por Aristóteles para a ética. O discípulo aceita o ensinamento de Platão sobre a justiça sob um aspecto: a sua conceituação como virtude, ou seja, a justiça é um exercício, principalmente um exercício político, assentando assim a base de uma vinculação entre a ética e a política, já ideada por Platão, pois "os legisladores formam os cidadãos na virtude, habituando-se a ela"[220]. Recusa, porém, conceder-lhe o caráter de uma ideia ontologicamente transcendente, que informa toda a ação virtuosa ou justa.

Já ao investigar o que seja o bem, em cujo conceito se inclui o de justiça, Aristóteles combate a teoria das ideias de Platão, asseverando que, embora ame seus amigos (no caso, Platão), mais ama a verdade, pois "que é dever sagrado preferir a verdade"[221].

---

218 V. MACINTYRE, Alasdair. *Historia de la Ética*. Trad. : Roberto Juan Walton. Barcelona: Ediciones Paidós Ibérica. 1ª. Edição (5ª. Reimpressão), 1994, p.89-90.

219 JÄGER (*Über Ursprung und Kreislauf des philosophischen Lebens Ideals*, citado por GARCÍA MAYNEZ. *Doctrina aristotélica de la justicia*, p.31) afirma "que a história da filosofia grega revela uma espécie de movimento pendular entre dois pólos: o ideal da vida contemplativa e o da vida política". Na verdade, a distinção de Aristóteles é tripartite, pondo-se com isso, mais uma vez, na linha platônica, se bem que em termos empíricos. O *verum*, o *bonum* e o *pulchrum* aparecem como três formas de vida: a especulativa, a moral e a hedonista, entendida esta como o desejável, ligado ao plano da emoção. Braumgarten leva essa terceira forma de vida ao plano de uma reflexão que hoje se denomina estética. Kant fará a crítica da razão no ato do juízo estético, aprofundando filosoficamente as três dimensões em que se manifesta a razão, prenunciadas por ARISTÓTELES, em *Ética a Nicômaco*, 1104, e vividas intensamente pelo grego na filosofia, na política e nas artes.

220 ARISTÓTELES. *Ética a Nicômaco*, 1103a.

221 Id. *Ibid.*, 1096a.

A verdade é que o bem não pode ser apenas um bem em si, ou a ideia do bem:[222]

O bem se expressa na categoria da substância, da qualidade e da relação; em si, porém, a substância é, por natureza, anterior à relação. Esta equivale a algo adventício ou a um acidente do ser. Conclui-se que não é possível dar uma ideia comum a essas diferentes formas de aparição do bem.[223]

O argumento de Aristóteles contra a teoria das ideias aplicada ao bem e, de consequência, à virtude da justiça, continua, procurando mostrar que, fora o bem apenas um, teríamos uma única ciência do bem, o que estão os fatos a negar, pois há um bem estudado na medicina, um na prática, outro na estratégia, etc. Demais, o em si e o particular não se diferenciam em nada. A definição do homem em si coincide com a do homem concreto. De nada vale o argumento de que o homem em si é eterno e o particular é efêmero, visto ser a mesma a brancura de um objeto que dura um dia e a de outro que dura muito tempo. Demais, não é possível, a respeito do bem, identificar as suas diversas categorias: coisa diversa é o conceito de honra, de pensamento, de prazer, etc., "que admitem, enquanto bens, definições diferentes"[224]. A questão não se resolve, portanto, com a imposição de uma ideia de bem, comum a esses conceitos.

A ideia de um bem seria apenas uma forma sem conteúdo. Um tal bem que existisse isolado não poderia realizar-se na relação humana, nem poderia ser alcançado.[225]

Aristóteles desenvolverá a discussão na perspectiva analógica como ocorre com o ser. Com efeito, do bem se diz com tantas significações quantas existem para o "é". Podemos dizer: isto é saudável (*dá* saúde), é bom (*tem* bondade), etc[226]. Do mesmo modo, podemos dizer de um bem supremo, enquanto substância e que se chama inteligência ou Deus; de um bem como qualidade, que se denomina virtude; como quantidade, que se denomina medida, etc[227].

Posta a questão nesses termos, a justiça se coloca dentre os bens que Aristóteles designa virtudes, correspondentes à categoria da qualidade no que respeita à norma do bem como padrão, mas cujo conteúdo externo é quantificado. Matéria (coisas, ato, estado afetivo) e forma (norma, bem) estão sob medida. A virtude é como obra de arte[228].

---

222 Id. *Ibid.*, 1096b.
223 Id. *Ibid.*, 1096a.
224 Id. *Ibid.*, 1096b.
225 Id. *Ibid.*
226 Sobre a analogia do ser, ver ARISTÓTELES. *Metafísica*, 1003b.
227 ARISTÓTELES. *Ética a Nicômaco*, 1096a.
228 Cf. GOMEZ ROBLEDO. *Meditación sobre la justicia*, p.45.

b.1.2) A Ética e a Justiça

b.1.2.1) O Medium da Virtude

Se a justiça é uma virtude, deve-se indagar no que consiste a virtude. Aristóteles demonstra, no livro II da *Ética a Nicômaco*, que a virtude não é algo natural no ser humano, mas um hábito. É algo adquirido e não algo inato no homem. Temos predisposição para adquiri-la, na medida em que a levamos à perfeição. A natureza nos dá tão somente possibilidade e potências que devemos transformar em atos.[229] A capacidade de fazer é-nos dada pela natureza, mas a ação moral, a virtude, não; nem pode ser imposta contra a natureza, nem é imposta pela natureza. É da nossa essência sermos capazes de promovê-la ao máximo através do hábito. Os valores éticos, ao contrário da capacidade natural que nasce conosco, só conseguimos na medida em que agimos. Não é pelo exercício da visão que adquirimos a visão. No caso da virtude, porém, é por exercitá-la que a adquirimos[230], como no caso do arquiteto que aprende a construir, construindo, ou do justo, que aprende a justiça, praticando-a.[231] Toda virtude e toda técnica nascem e se desenvolvem pelo exercício.

Aristóteles distingue o que é racional do que é irracional no homem. Na parte racional e na comandada por ela, distingue as virtudes do racional em si (da inteligência ou dianoéticas – o saber teórico) e as do caráter (ou virtudes éticas – o saber prático)[232]. As virtudes éticas, como virtudes do saber prático, não se destinam ao conhecer, mas à ação. Por isso se adquirem pelo exercício: "Para possuir virtudes morais o conhecimento tem pouca significação ou nenhuma"[233], posição que o distancia definitivamente de Platão. Por sua vez, dentro desse saber prático ou agir humano (racional, portanto) distinguimos o puramente técnico, que envolve um certo conhecimento e a virtude ou a ação moral, que se caracterizam por três aspectos importantes: 1º) na ação moral, não basta a sua conformidade com o que se tem como virtuoso; assim, não basta que o homem pratique a justiça, mas é necessário que ele saiba da justiça do seu ato, ou seja, tenha consciência dessa ação justa; 2º) na ação moral, é preciso que o homem aja por força de uma decisão da vontade, uma decisão que se motiva pela própria ação; 3º) na ação moral, o homem deve agir com firme e inabalável certeza, já que a dúvida quanto à moralidade do ato impede que seja um hábito virtuoso.[234]

---

[229] ARISTÓTELES, *op.cit.* 1103b.
[230] Id. *Ibid.*, 1103b.
[231] Id. *Ibid.*
[232] Id. *Ibid.*, 1103a.
[233] Id. *Ibid.*, 1105b.
[234] Id. *Ibid.*

Assim, a virtude da justiça é praticada na medida em que se realizam esses três elementos.

Uma vez desvinculada do elemento saber, a ética se desvincula também de toda ideia ou dever ser, para atar-se ao real, ao mundo do ser. Mesmo que a virtude seja realizar ao máximo as aptidões humanas e levá-las à sua perfeição, ela só se concebe como gerada pela realidade do homem, como ser racional que cria os próprios hábitos e costumes.

Aristóteles, entretanto, não deixa sem parâmetro o ato virtuoso. Para fixá-lo, procura esclarecer qual é a natureza da virtude, ou dizer o que ela é. Se, como demonstra, as virtudes não são paixões da alma, nem meras possibilidades ou potências, mas disposições ou hábitos da alma, adquiridos e não dados a nós pela natureza[235], que tipos de disposições ou hábitos são esses? Os que têm como finalidade produzir a perfeição, como a "virtude" do olho é a que o exercita para que esse órgão cumpra a sua finalidade com perfeição. Perfeito é o que está disposto conforme a natureza. Dita do homem, a sua virtude é o hábito que se dirige para realizar a função que lhe é característica.[236] Ora, o que é característico no homem é ser racional, o que traz como consequência que a virtude, por excelência, é desenvolver a inteligência do homem, não, porém, como um ser isolado, mas como um ser social. A virtude se traduz, enfim, no realizar o que o homem tem em si de melhor.

De que modo, contudo, realiza o homem o *optimum* do seu ser? Aristóteles já havia respondido a essa questão no capítulo I do Livro II da *Ética a Nicômaco* Agora procura explicar esse modo de consegui-lo, aclarando melhor o que seja a virtude:

Em todo objeto homogêneo e divisível podemos distinguir o mais, o menos e o igual, seja com relação ao mesmo objeto, seja com relação a nós. Por igual entende-se o meio entre o excesso e a carência. Por outra parte, chamo posição intermédia em uma grandeza àquela que se encontra eqüidistante dos extremos, que é o mesmo para todos os homens. Com relação a nós, o meio, entretanto, é o que nem é muito, nem é pouco; não é o único e o mesmo para todos.[237]

O alimento excessivo e o carente para um forte atleta não são os mesmos para um principiante. A virtude é uma espécie de harmonia segundo as circunstâncias ou um termo médio que equilibra os extremos, considerados o momento da ação, o seu fim, a pessoa envolvida e a forma de ação. Define-se como uma disposição voluntária adquirida, que "consiste

---

235 Id. *Ibid.*, 1105b.
236 Id. *Ibid.* 1106 a.
237 Id. *Ibid.*

em um termo médio em relação a nós mesmos, definida pela razão e de conformidade com a conduta de um homem consciente".[238]

Aristóteles, contudo, adverte que esse termo médio não pode ser interpretado de modo arbitrário, mas segundo o critério do razoável. Segundo sua essência (οὐσία) ou segundo o seu *logos* (a sua representação conceptual), a virtude é um termo médio; com relação, porém, ao bem e a perfeição que ela deve realizar, a virtude coloca-se no ponto mais alto, o extremo. Daí a interpretação válida de N. Hartmann:

> Aqui se expressa claramente que a virtude é sempre μεσότης e ἀκρότης ao mesmo tempo, apenas em relação diversa. Em toda virtude se defrontam dois pontos de vista: um ontológico (indicado por οὐσία e τί ἦν εἶναι) que se refere à forma do ser da ação – poder-se-ia dizer, à matéria do valor – e um axiológico que se refere ao próprio caráter do valor (κατὰ το ἄριστου και τό εὖ). No último sentido, a virtude é ἀκρότης, no primeiro, é μεσότης. Isso significa indubitavelmente que, como valor ético, é ela um absoluto, acima do qual nenhum excesso (ὑπερβολή) pode existir. Ela é um termo médio somente segundo a forma do ser.[239]

De qualquer modo, no plano ontológico, como diz N. Hartmann, a ideia de igualdade aparece como elemento constitutivo do ato moral em geral ou da virtude. Como a justiça é uma virtude, vê-se que a estrutura do ato justo revela, desde logo, a ideia de igualdade. Esse médio que expressa uma igualdade comum a todas as virtudes refere-se, contudo, à ação do indivíduo

---

238 Id. *Ibid.*, 1106b.

239 HARTMANN, Nikolai. *Ethik.* 3. Ausgabe. Berlin: Walter de Gruyter, 1949, p.441. Como mostra Hartmann, há um momento valorativo no conceito de justiça de Aristóteles. Não parece ter razão KELSEN, *Was ist Gerechtigkeit?*, p.34-36, ao procurar mostrar na teoria da justiça de Aristóteles uma total carência de valor científico. Aristóteles parte evidentemente (como filósofo com os pés no empírico) da vida ética da sua comunidade e a aceita como válida, no estado da sua positividade, de certo modo. Essa aceitação não é absoluta, a ponto de ter como válida a lei moral positiva (ou jurídica) somente por ser positiva. A análise da virtude como o meio entre dois extremos, que se opõem, mostra um critério de racionalidade para denotar o ato virtuoso. Ao dizer que a virtude está no meio, Aristóteles explicita o que ocorre com a virtude como fato, o que não significa que aceita qualquer fato. Como mostra Hartmann, a virtude é, ao mesmo tempo, o oposto do vício (o que percebe Kelsen: "A justiça é simplesmente o contrário do injusto.") e o meio de dois vícios que são os extremos. Não é virtuoso o ato que está conforme a lei ou costume pelo simples fato de ser lei, mas porque promove a perfeição do ser humano, como acima ficou dito. O certo é que, para concebermos a justiça como meio, não temos de considerar as ações possíveis de uma mesma pessoa, mas o resultado do ato de injustiça de um e do sofrer a injustiça por outro. GOMEZ ROBLEDO (*Meditación sobre la justicia*, p.83) chama a atenção para o fato de Kelsen, ao afirmar que a ética de Aristóteles é uma "glorificação incondicional do direito positivo" de então, não ter levado em consideração um capítulo tão importante como o da eqüidade. Finalmente, o meio que caracteriza a justiça não é o entre dois vícios, mas o meio que caracteriza o igual, isto é, o excesso que um recebeu e a falta que o outro sofreu. Kelsen, ao interpretar Aristóteles, no que se refere à virtude como meio, não considera outros textos, como, por exemplo, a *Grande moral*, 1193b, 1194a e a própria *Ética a Nicômaco,* 1096b, onde Aristóteles fala desse meio objetivo. (Cf. KELSEN. *A justiça e o direito natural,* p.38-39.)

humano enquanto ação, ou seja, enquanto acidente da substância humana. Na ação não deve haver excesso nem carência. Quando essa ação envolve no seu objeto material uma outra substância individual humana, então reaparece a igualdade como elemento definidor de uma virtude específica: a justiça. Aí, o objeto da ação é o outro indivíduo humano que se relaciona com quem age, exercendo uma decisiva influência na avaliação da ação. Neste caso, quando o bem se coloca na perspectiva do outro ser humano[240], a ação moral, então chamada justa, deverá ser determinada pela igualdade das substâncias por ela relacionadas, principalmente a do sujeito que age e a do que sofre a ação.

b.1.2.2 Classificação da Justiça

Aristóteles distingue duas classes importantes de justiça: a universal e a particular.[241]

A justiça em sentido amplo (universal) se define como a conduta de acordo com a lei (νομοσ); em sentido estrito (particular), como o hábito (ἔθος) que realiza a igualdade. No primeiro caso, abrange as demais virtudes, pois que a lei ordena também que se pratique a temperança, a coragem, etc. É a virtude universal no sentido de Platão.

No sentido estrito é que poderíamos dizer da justiça sem privilegiar a lei e até mesmo da possibilidade de retificar a lei pela eqüidade.

Na ética aristotélica temos, pois, as virtudes que o agente pode referir somente a si mesmo e as que se referem ao outro. Quando as virtudes são praticadas na dimensão do outro, chamam-se, quaisquer que sejam, justiça. Se na relação com o outro a virtude é apenas o cumprimento da lei em geral, chama-se virtude universal; se é acentuadamente a observância da igualdade, justiça estrita.[242] Trata-se, neste caso (justiça estrita), de uma virtude dentre as demais, que Aristóteles denomina justiça particular.

A justiça particular ou a justiça enquanto uma virtude ao lado das demais, classifica-se, segundo Aristóteles, em justiça distributiva e justiça

---

240 ARISTÓTELES. *Ética a Nicômaco*, 1130ª.

241 Aristóteles acrescenta à palavra justiça vários qualificativos que demonstram a possibilidade de classificá-la de diferentes modos, segundo o critério que se adota. Assim, fala em justo político, que se refere à comunidade política, e justo doméstico, que se refere à família – *oikία* – (ARISTÓTELES. *Grande moral*, 1194b.); o justo privado, que se refere a um outro indivíduo ou a vários, e o justo diante da comunidade, que se refere ao que a ela é devido (ARISTÓTELES. *Retórica,* 1373.); o justo geral, que impregna todo ato virtuoso, e o estrito, referente à virtude específica da justiça; justo legal, promanado da lei humana, também chamado simplesmente justo, legal (νόμος), político, e o justo original, denominado também eqüitativo e natural – (φύσις) – (ARISTÓTELES. *Grande moral*, 1193b.); finalmente, o justo absoluto, atinente à igualdade proporcional quanto ao mérito, e o justo que diríamos relativo. (ARISTÓTELES. *Política,* 1279a, 1301b.)

242 Cf. GARCÍA MAYNEZ. *Doctrina aristotélica de la justicia*, p.70.

comutativa. Nesta esfera (na justiça particular) é que o conceito de igualdade será explorado com profundidade por Aristóteles, como elemento preponderante da justiça.

b.1.2.3 . Elementos da Justiça

A justiça é uma virtude que só pode ser praticada em relação ao outro[243] de modo consciente, na medida em que essa prática se destina à realização do seu elemento fundamental: a igualdade, ou a conformidade com a lei, cujo objetivo é realizar a felicidade da *pólis* num plano mais alto, ou o bem comum de modo geral. O elemento igualdade possibilitará a classificação da justiça particular em comutativa e distributiva, de que se falará adiante.

Primeiramente será analisado esse conceito de justiça nos seus elementos determinados, isto é, que aparecem como notas definidoras da virtude justiça, mas que se determinam pelo elemento igualdade. Não se quer com isso dizer que tais elementos sejam dispensáveis. Evidentemente que o não são, visto que todos compõem o conceito de justiça no sentido aristotélico, ou seja, a essência dessa virtude. São eles: o outro, a consciência do ato, a conformidade com a lei e o bem comum, além da igualdade.

b.1.2.3.1 O outro

Mais acima já se referiu ao *outro* como elemento constitutivo do conceito de justiça.[244] A justiça é uma virtude que só se torna possível na dimensão do outro, enquanto *igual* ao sujeito que a pratica, vale dizer, na medida em que seja considerado como ser racional, ou "sujeito". Essa alteridade da justiça é o que lhe dá o posto de maior nobreza dentre todas as virtudes e o que a faz uma virtude perfeita, pois "o que a possui pode executá-la em

---

[243] ARISTÓTELES. *Política*, 1282b; ARISTÓTELES. *Gran ética*, 1196ª.

[244] DEL VECCHIO, em *La justice – la verité*, p.30, procura mostrar que a característica da alteridade (πρός ἕτερον) é mais própria à noção de justiça particular. Com efeito, a noção de lei que define o ato de justiça universal, enquanto a ela seja conforme, abrange também a lei moral, o que traz certa dificuldade de interpretação que aqui não cabe discutir. Se Aristóteles, entretanto, insiste, tantas vezes, em pontos diversos da sua obra, sobre a alteridade da justiça, não há dúvida de que, mesmo quando se trate de uma ação prescrita por uma lei moral, será chamada justa, na medida em que quem a pratica, fá-lo como membro de uma comunidade para a qual deve formar-se como bom cidadão. O próprio Del Vecchio cita MOLINA. *De justitia et jure*, e WOLFF. *Ethica sive Philosophia moralis et jus naturae methodo scientifica pertractatum*, como defensores da alteridade também na justiça universal. De qualquer forma, a alteridade aparece na justiça universal de modo pelo menos indireto e, na particular, de modo direto na relação entre as pessoas, malgrado o que diz ARISTÓTELES, na *Gran ética*, 1193b, onde afirma que há uma justiça referente ao trato com o nosso semelhante, diferente da justiça legal. É significativa a seguinte passagem da *Ética a Nicômaco*, depois de mostrar que a justiça é o que a lei prescreve de modo não arbitrário: "A justiça assim entendida é uma virtude completa, não em si, mas pela relação com o outro." (ARISTÓTELES. *Ética a Nicômaco,* 1129b.)

relação com o outro e não só consigo mesmo"[245] . Por isso o "outro" aparece como nota característica da virtude da justiça: "dentre todas as virtudes só a justiça parece ser um bem para o outro".[246] O que faz uma virtude, enquanto hábito (por isso não há um ato de justiça isolado), ser justiça é a existência da "relação com o outro"[247] A alteridade é, inquestionavelmente, elemento essencial ao conceito de justiça em Aristóteles, seja no sentido de justiça universal (respeito à lei ou prática das virtudes enquanto relacionadas com o outro), seja no de justiça particular (que manda observar a igualdade)[248]. Não há justiça de um indivíduo consigo mesmo. "Injusto é o que procede com injustiça, não o mal em geral". Se fosse possível alguém cometer injustiça consigo mesmo, seria possível que obtivesse de seu ato mais do que possui tirado de si mesmo; receberia "a um só tempo mais e menos. Mas isto é impossível". Afinal, "ninguém quer ser vítima de um ato injusto",[249] e, se ninguém o quer, ninguém pode praticar o ato injusto contra si mesmo; é da essência do ato justo ou do injusto o querer.

b.1.2.3.2 A Vontade

Só é possível a prática de um ato justo ou injusto na medida em que alguém o quer. O justo e o injusto são caracterizados pela lei; o ato de justiça, porém, difere do simplesmente justo ou injusto, visto que "só se realiza voluntariamente"[250] Alguém que cause um dano a outrem pode ter causado uma injustiça, mas apenas por acidente; não comete injustiça se não age voluntariamente.

O ato justo e o injusto são, pois, definidos pelo ato voluntário e pelo involuntário. Quando um ato injusto é voluntário, é censurado e, então, é, ao mesmo tempo, ato de injustiça.[251]

Aristóteles procura esclarecer o que é ato voluntário[252], depois de exemplificar que atos poderiam ser chamados involuntários: "O voluntário parece ser aquele cuja origem se acha no agente que conhece todas as circunstâncias da ação".[253]

---

245 ARISTÓTELES. *Ética a Nicômaco*, 1130b.

246 *Ibidem*. 1130 a; ARISTÓTELES. *Política*, 1282b.

247 *Ibidem*. 1130 a; ARISTÓTELES. *Política*, 1282b.

248 *Ibidem*. 1229b. Cf. GOMEZ ROBLEDO. *Meditación sobre la justicia*, p.48.

249 ARISTÓTELES. *Gran ética*, 1196 a.

250 ARISTÓTELES. *Ética Nicomaquea*, 1135 a.

251 Id. *Ibid.*

252 Não se deve aqui levar em consideração que o conceito de ato implica ação voluntária, que só o homem pratica; daí empregar o termo adjetivado "ato voluntário

253 ARISTÓTELES, *op. cit.* 1110 a.

A causa do ato voluntário está no homem mesmo, que só ele tem em si mesmo o princípio de certos atos, o que significa ter a possibilidade de realizá-los ou não[254]. O ato voluntário é, desta forma, um ato interno, ao passo que o involuntário é o externo; é o ato que se pratica com o *conhecimento* pleno das circunstâncias que o envolvem:

"Chamo voluntário, como disse anteriormente, a ação que depende do agente e que este realiza conscientemente, isto é, sem ignorar a pessoa que a ação afeta, os meios empregados e o fim da ação".[255]

E mais: do ponto de vista do agente, a moralidade do seu ato não se mede ainda pela simples voluntariedade da ação, mas pela premeditação ou escolha deliberada. Se não houve essa reflexão prévia para a execução do ato, pode ser o ato injusto, mas não o seu autor, pois que não agiu com perversidade. Em resumo: algumas ações causam danos que não foram previstos (infortúnio); outras prevêem o resultado, porém sem maldade (erro); outras ocorrem com o conhecimento do agente (voluntário), mas sem perversidade; finalmente, outras ações são premeditadas, o que significa que se elegem os meios próprios a alcançar os resultados previamente conhecidos. Nesse caso, não só o ato como o seu autor reputam-se injustos ou justos, conforme causem danos ou bem ao outro.[256]

b.1.2.3.3 A Conformidade com a Lei

Na comunidade ética da *polis*, o justo pouco se diferenciava do legal ou da norma de direito positivo em geral, fosse ela costumeira ou legal, ou, ainda, do padrão de comportamento em geral. Consciente de que direito era a ordem ou a garantia da comunidade ética que se caracterizou na *pólis*, o grego (pelo menos em alguns autores) reverenciava a lei ou o costume como algo de origem divina.[257] A ordem é a lei e o governo da lei é preferível ao de qualquer cidadão, porque a lei é a *razão sem apetites*, dirá Aristóteles na

---

[254] Id. *Ibid.*

[255] ARISTÓTELES. *Ética Nicomaquea*, 1135 a.

[256] ARISTÓTELES. *Ética a Nicômaco*, 1135b.

[257] A palavra *nómoς*, como lembra GARCÍA MAYNEZ em *Doctrina aristotélica de la justicia*, p.63, não significa apenas lei no sentido técnico jurídico moderno, mas normas de modo geral. Abrange, portanto, todo o comportamento humano. Disso nos dão conta os vários textos em que os autores gregos paralelizam *physis* com *nómoς*. A mesma interpretação dá DEL VECCHIO. *La justice – la verité*, p.30: "A lei a que se refere tanto Aristóteles como Santo Tomás, quando falam respectivamente de nomimon divkaion e da 'justitia legalis' não é somente a lei jurídica (muito menos a lei do direito positivo como entende CATHREIN, em *Droit naturel*, 2.ed., Bruxelas, 1912, p.149.) mas, ao mesmo tempo, a lei moral". Também RÜMELIN. *Über die Gerechtichkeit*, p.23 *et seq.*, ao acompanhar as nuanças do conceito de justiça na história, diz que o conceito grego de justiça é ético, ao contrário do romano que é jurídico. Somente mais tarde é que o conceito ético de justiça aparece entre os romanos por influência da educação filosófica grega. A caracterização histórica feita por RÜMELIN em *Über das Rechtsgefühl*, p.12 (justiça teológica, ética, jurídica, metafísica) tem certo interesse.

Política.[258] Onde existe a relação de um ser humano com outro ser humano – relação que é natural por ser o homem social por natureza – existirá a lei para ordenar essas relações, e onde há a ordem legal, surge a possibilidade da justiça e da injustiça.[259]

A lei, contudo, não é o produto do arbítrio do legislador político. Tem o seu critério de validade: a lei natural que expressa a própria natureza da ordem política que é uma ordem natural destinada a realizar a *autárkeia* do homem, que isolado não pode consegui-la. A lei que realiza essa finalidade do Estado, que se destina ao bem comum e não a interesses de particulares (governantes ou grupos de governados) expressa a justiça, e agir em desacordo com o seu preceito é injustiça. Há, portanto, uma lei natural (ou direito natural), que é a lei que revela a natureza da comunidade política, o seu fim, pois que o Estado é uma realidade natural cujo *telos*[260] é a *autárkeia*. Há um parentesco próximo entre razão, lei e igualdade. A razão é o comum a todos os homens, o igual. A lei é razão porque "é a instância impessoal e objetiva" que impede o arbítrio[261] e realiza a igualdade jurídica formal (tal como desenvolvida pelo Estado romano).

A justiça é para Aristóteles, observando, de certa forma, a tradição platônica a que se aludiu acima, a virtude que opera em definitivo a vinculação do político com o ético.[262] A razão de ser dessa virtude é a comunidade, sem a qual não se poderá falar em justiça, porque esta, por sua vez, se destina ao bem da comunidade. Daí que justiça é uma virtude pela qual cada um tem o que lhe pertence, e isto segundo a lei, enquanto que injustiça é o vício pelo qual alguém se apodera do alheio, contrariamente à lei.[263]

Como se vê, a essa altura, Aristóteles diverge, na concepção de justiça, da direção platônica: em vez de investigar a justiça como ideia, para, depois de conhecê-la, definir o direito, isto é, em vez de definir o direito em função da ideia de justiça, que seria o seu objeto, define a justiça em função do direito, que se torna o objeto da justiça, que só "se dá no

---

Pena que o seu próprio conceito de justiça (psicológico) se perde na confusa noção de sentimento do direito, *Rechtsgefühl*, uma espécie de instinto de ordem.

258 ARISTÓTELES. *Política*, 1287 a.

259 ARISTÓTELES. *Ética a Nicômaco*, 1134 a.

260 "Esta *physis*" – diz Welzel ao afirmar a identificação do *telos* com a *physis* – "não é, contudo, só um fim ideal, mas também causa atuante real da formação do Estado, e o é tanto no sentido orgânico-biológico como num sentido teleológico consciente". (WELZEL. *Introducción a la Filosofia del Derecho – Derecho Natural y Justicia Material*, p.26.)

261 GOMEZ ROBLEDO. *Meditación sobre la justicia*, p.61.

262 ARISTÓTELES. *Retórica*, 1362b.

263 Id., *Ibidem*. 1366b.

Estado".[264] A divergência entre o mestre e o discípulo acentua-se ainda na concepção analógica de justiça (a exemplo da sua ontologia pela *analogia entis*), ao contrário do pensamento idealista de Platão, que concebe a justiça como uma ideia essencialmente idêntica, pelo que é a mesma, seja na família ou no Estado.[265]

O ato justo, conforme a lei, de que fala Aristóteles, não é simplesmente e somente o ato conforme à lei positiva convencional. Devemos distinguir, segundo diz, dois tipos de leis: uma particular (escrita ou costumeira) que regula a vida de um Estado e outra comum, não escrita, que é conhecida de todos os povos. Repete, assim, o tema central da *Antígona* de Sófocles.[266] A lei comum é uma lei natural, pois tem validade geral, independente da opinião dos homens, embora não imutável, visto que nem na natureza nada é imutável, apenas entre os deuses.[267] Trata-se, pois, da natureza humana que se destina a viver na sociedade política, não como pessoa a ela transcendente,[268] mas organicamente comprometida com a sua comunidade.

Segundo seja o objeto da virtude justiça realizar a ação conforme uma ou outra lei, poderíamos deduzir o conceito do justo legal ou político e do justo natural ou original. O justo político consiste na igualdade e na paridade. Entretanto, o justo natural é melhor não só do que o justo legal no sentido de convencional, mas superior a toda forma de justiça, o que autoriza concluir ser, também na justiça particular, a conformidade com a lei (natural) o elemento essencial para o conceito de justiça.

b.1.2.3.4 Conformidade com a lei e equidade

Essa conformidade ocorre não só no que diz respeito à justiça particular, mas, também, de modo específico, no que se refere à eqüidade (ἐπιείκεια), que de certo modo se compreende no conceito de justiça particular. É que "o eqüitativo é o justo que vai além da lei escrita",[269] não além da lei natural. E mais: o eqüitativo vai além da lei escrita para informar-se do pensamento do legislador,[270] da razão de ser da lei escrita. O eqüitativo parece, pois, não ser

---

[264] ARISTÓTELES. *Política*, 1253 a. Veremos mais à frente que Santo Tomás colocará o direito como objeto da virtude justiça, em definitivo.

[265] Cf. GARCÍA MAYNEZ em *Doctrina aristotélica de la justicia*, p.184, ao expor a hipótese de Paul Moraux sobre a existência de uma obra de Aristóteles acerca da justiça (perì dikaiosyne), como réplica à *A República* de Platão. Essa obra daria unidade aos temas das *Éticas* e da *Política.*

[266] ARISTÓTELES. *Retórica*, 1368b, 1373b.

[267] ARISTÓTELES. *Ética a Nicômaco*, 1134b, 1135ª; ARISTÓTELES. *Política*, 1373b.

[268] GOMEZ ROBLEDO. *Meditación sobre la justicia*, p.70.

[269] ARISTÓTELES. *Retórica*, 1374 a.

[270] Id., *Ibidem*. 1374b

diferente da lei natural,[271] na medida em que possa ser entendido como um critério de estabelecimento da igualdade ditado pela razão, conforme à lei natural, já que a razão para Aristóteles é uma forma superior da natureza, é a natureza humana. Isto deixa claro Aristóteles não só a respeito da justiça, mas de toda virtude, ao afirmar que o justo meio é "conforme ao que prescreve a reta razão".[272]

De outro lado, a justiça expressa pela lei positiva é uma justiça abstrata, já que a lei tem de prevenir casos futuros, sem consideração das particularidades que envolvem cada fato, podendo, com isso, sua aplicação mecânica não corresponder à justiça. Daí a eqüidade para a correção da aspereza da lei:

> Pois o eqüitativo é melhor que uma espécie de justiça, mas não é melhor que o justo como algo genericamente diverso. O eqüitativo e o justo são, pois, o mesmo e, sendo valiosos ambos, o eqüitativo é, contudo, preferível. O que ocasiona a dificuldade é que o eqüitativo é certamente o justo, mas não segundo a lei, senão como retificação do justo legal. A causa disso reside em que a lei é sempre genérica e em certas ocasiões não é possível dispor corretamente em termos gerais.[273]

O justo não é, frisa Aristóteles, algo diferente da eqüidade. Esta é suscitada pelas circunstâncias particulares do caso. Entretanto, tanto a fonte inspiradora da lei como a do ato de eqüidade que dirime um caso concreto são uma e mesma: a igualdade que deve ser realizada entre os indivíduos, pois quem pratica a eqüidade age como agiria o legislador na mesma situação.[274] Justo é, finalmente, na concepção aristotélica, "o que observa a lei e a igualdade"[275] ou o que é conforme a lei e a eqüidade.[276] Justo é o gênero de que são espécies o justo legal e a eqüidade. Ambos, porém, a eqüidade no momento da aplicação da lei e o justo no da sua elaboração, procuram realizar uma só coisa: a essência da virtude da justiça que é a igualdade. Ambos consultam o ditame da razão, a igualdade: um no momento abstrato da lei, outro no momento concreto da relação de justiça.

O éqüo é o justo enquanto atende ao ditame da lei não escrita, do qual indaga o legislador ao elaborar a lei escrita.

---

271 V. *Summa theologica*, 2-2, q. 58, p.226. *Epiéikeia*: é a justiça legal natural. Em Santo Tomás far-se-á claro que a eqüidade é a justiça legal natural e que está no momento da aplicação como uma elaboração da lei escrita face a sua letra e indaga da intenção do legislador.

272 ARISTÓTELES. *Ética a Nicômaco*, 1138b.

273 ARISTÓTELES. *Ética Nicomaquea*, 1137b.

274 ARISTÓTELES. *Ética a Nicômaco*, 1137b.

275 Id., *Ibidem*. 1129a; ARISTÓTELES. *Gran ética*, 1193b.

276 ARISTÓTELES. *Ética a Nicômaco*, 1129b.

b.1.2.3.5 O Bem Comum

A vinculação do político com o ético a que se tem aludido tem um pressuposto teórico de fundamental importância: "o homem é por natureza destinado à vida em comunidade" (φύσει πολιτικόν ὁ ἄνθροπος).[277]

Esse princípio se repete na *Política*, onde Aristóteles coloca como fim mais alto do homem o viver bem como imperativo da razão, que fundamenta todo ato virtuoso.[278] Esse bem é concebido como autosuficiência (αὐτάρκεια), "o que se basta a si mesmo". Esta auto-suficiência é fim e bem principal, que possibilita alcançar a perfeição humana, e que só a comunidade política, como algo natural, pode realizar, visto que, fora dela, não é possível o ser ou a espécie humana:

> A cidade-estado é algo natural, e o homem, um animal político ou social; e um homem que, por natureza e não meramente por acaso, fosse apolítico ou insociável, ou seria inferior na escala humana, ou estaria superior a ela.[279]

A ética eudemônica de Aristóteles encontra assim seu coroamento e sua perfeição na política. Se todas as ciências têm como finalidade a busca do bem, o bem supremo se dá na arte política que procura a realização do bem político, que é a justiça, na medida em que procura o benefício da comunidade, realizando o justo, na medida em que reconhece que "aos iguais deve corresponder sempre algo igual".[280] Com isso realiza o homem sua felicidade, concebida, no nível da comunidade, como αὐτάρκεια.[281] Procurando destacar o caráter teleológico da sua ética, também no tratamento do tema *justiça*, Aristóteles chega a identificá-la com o bem comum ao dizer que:

> Todas as comunidades são como partes do Estado, se unem com vistas a algum proveito e com o fim de conseguir o necessário para a vida. Com efeito, desde sua origem a comunidade política parece ter-se constituído e perdurar graças ao interesse comum. A isto precisamente se inclinam os legisladores e dizem ser *justo o que beneficia a comunidade*. (Grifo do autor)[282]

---

[277] ARISTÓTELES. *Ética a Nicômaco*, 1097b.

[278] "O virtuoso, ao contrário, faz o que deve fazer, pois todo ser racional escolhe o que é melhor para si, e o virtuoso obedece à razão." (Id.,*Ibidem*. 1169a.)

[279] ARISTÓTELES. *Política*, 1253 a.

[280] Id., Ibidem. 1282b.

[281] A ideia de auto-suficiência (αὐτάρκεια) será retomada por Hegel, no nível da superação da liberdade individual abstrata e do poder absoluto do Estado, como nova concepção de liberdade.

[282] ARISTÓTELES. *Ética Nicomaquea*, 1160ª.

b.1.2.3.6 A Igualdade

A igualdade que dá o sentido próprio de justiça "como princípio fundamental de valoração jurídica"[283] não é uma descoberta de Aristóteles, no entender de Del Vecchio, mas dos pitagóricos.[284] É em Aristóteles, contudo, que o conceito de igualdade é trabalhado com esmero ao definir a justiça, visto que, para ele, sua "essência se identifica com o igual (ἴσον).[285]

O elemento igualdade na justiça, segundo Aristóteles, aparece em três momentos, dois dos quais apontados por ele expressamente:[286] a) na ação considerada em si mesma: a justiça é o termo médio entre o injusto e o justiceiro, a carência e o excesso; b) no objeto da ação; neste caso, a igualdade aparece na atribuição do bem: injusta é a ação que se pratica no sentido de receber mais bem do que o outro. Aqui há uma igualdade quantitativa, matemática:

> O justo com relação ao outro é, para dizê-lo numa palavra, o igual. Pois o injusto é o desigual. Com efeito, quando os homens se atribuem a si mesmos parte maior dos bens e menor dos males, isto é desigual e desta forma pensam que se comete e se sofre injustiça.[287]

Com efeito, o igual é o *medium*, mas o *medium* objetivo de que falará Santo Tomás:

> Ao cometer uma injustiça o homem injusto recebe mais, ao padecer a injustiça, o homem injustiçado recebe menos. O termo médio entre esse mais e esse menos é a justiça.[288]

c) Tudo isso, porém, no pressuposto de uma igualdade fundamental (que não despreza certa desigualdade): o ser humano na justiça universal e o cidadão na justiça particular. A virtude que leva em consideração o outro como o igual e cujas ações se determinam por essa igualdade é a justiça. Em princípio, essa igualdade é exigida pela essência racional do homem, embora Aristóteles leve em consideração, para a prática da ação justa, certas qualidades que possui o ser humano, desigualmente.[289] Somente para a justiça retributiva, depois de definido o cidadão, aceita Aristóteles uma igualdade

---

283 DEL VECCHIO, Giorgio. *La justice – la verité*: essais de philosophie juridique et morale.Paris: Dalloz, 1955, p.25.

284 Id., *Ibidem*. p.36.

285 Id., *Ibidem*. p.22.

286 Anteriormente ARISTÓTELES (*Ética a Nicômaco*, 1096b) já acentuara que o *medium* se dá tanto com relação ao sujeito como com relação ao objeto.

287 ARISTÓTELES. *Gran ética,* 1193b.

288 ARISTÓTELES. *Gran ética,* 1193b.

289 É o caso da escravidão por natureza, admitida em ARISTÓTELES. *Ética a Nicômaco*, 1134b e em *Política*, 1554a.

absoluta entre as pessoas (cidadãos), pois que o dano cometido pelo homem educado não é diferente do causado pelo inculto.[290]

A igualdade aparece, de certo modo, também na justiça situada em sentido universal, como a virtude referida ao outro, qualquer que seja. Também aí preside o conceito de igualdade, de dar a cada um o seu[291] e não reivindicar em excesso o bem, nem suportar com escassez o mal em prejuízo de outrem, embora seja na justiça como uma virtude particular diante das demais que a noção de igualdade mais se faz necessária para conceituá-la. Diz Aristóteles:

> Visto que o injusto peca contra a igualdade e o injusto é o desigual, é claro que existe algum meio no desigual; este é o igual. Pois, em toda ação em que ocorrem o mais e o menos ocorre também o igual. Se, por conseguinte, o injusto é o desigual, o justo será o igual, o que, ainda que sem prova, é evidente a todos. E como o igual é um meio, o justo será, também, uma espécie de meio.[292]

Mais adiante, contudo, dirá Aristóteles que, se os sujeitos relacionados "não são iguais, não receberão coisas iguais". Quer com isso dizer que há uma justiça que manda dar aos iguais coisas iguais e aos desiguais, coisas desiguais. E é exatamente nesse tratamento que ela realiza as formas de igualdade, ora dando a cada um o que lhe corresponde por mérito, ou o que equivale ao seu mérito, ora reparando o dano que uma das partes tenha causado à outra, ou presidindo à troca eqüânime de bens.

Há, pois, duas espécies de justiça, assim classificadas segundo os tipos de igualdade matemática conhecida: a justiça distributiva que expressa uma igualdade proporcional, geométrica, e a justiça comutativa[293] que exprime uma igualdade aritmética. Ambas traduzem a igualdade. Entretanto, a igualdade que

---

290 ARISTÓTELES. *Ética a Nicômaco*, 1132a.

291 ARISTÓTELES. *Retórica*, 1366b.

292 ARISTÓTELES. *Ética Nicomaquea,* 1131a.

293 GARCÍA MAYNEZ, em *Doctrina aristotélica de la justicia (*México: UMA, 1973, p.98, nota 25), explica porque prefere a tradução "justiça retificadora" e não "justiça comutativa", usada pela tradição tomista e que teria origem no destaque dado por Santo Tomás à palavra sunallavgmata (relações interpessoais) e não à palavra diortotikovn. A palavra sunallavgmata, contudo, identifica exatamente a justiça que se opera nas relações intersubjetivas particulares e não a repartição dos bens aos membros da comunidade (o que é admitido por GARCÍA MAYNEZ, *op. cit.* p.75.). Parece mais correta a interpretação tradicional da divisão binária como demonstra DEL VECCHIO. *La justice – la verité*, p.44, 49-50, n. 8 e 9. Entretanto, prefere este autor usar o termo "justiça parificadora" ou "sinalagmática" ou "retificadora", em lugar do termo "justiça comutativa" que seria apenas um dos dois aspectos (ao lado da judiciária), em que aparece a "justiça parificadora". O esquema de Del Vecchio é o correto. Entretanto, conservo o termo tradicional "justiça comutativa" em lugar de "parificadora", o que em nada interfere no significado.

encontramos na justiça retificadora refere-se aos bens, enquanto que a igualdade da justiça distributiva é uma igualdade de relações.[294]

A justiça comutativa tem lugar nas relações interpessoais, quer sejam voluntárias, quer sejam involuntárias, o que não significa que seja possível a existência de injustiça ou justiça involuntárias. As relações intersubjetivas voluntárias são aquelas que nascem com a adesão da vontade das partes, como no contrato, desde que coincida com a lei. As involuntárias resultam de um ato injusto voluntário imposto por uma das partes à outra, que involuntariamente ingressa na relação interpessoal (vítima).

Em ambos os casos, o que se pretende como justo é garantir a igualdade dos bens ou dos males que as partes se atribuíram ou sofreram na relação interpessoal. Se na relação interpessoal voluntária alguém compra ou troca algo por mais do que vale, se esse mais não foi intencionalmente transferido de uma a outra, o ato não é de justiça, cabendo a retificação pelo excesso a favor de uma das partes. Esse tipo de justiça é o que aparece nas relações de intercâmbio que garantem a existência da comunidade e que tem como pressupostos: a) a necessidade do bem a ser trocado; b) a possibilidade de disposição do bem por quem deseja trocá-lo; c) o critério de medida do valor (moeda); e d) o acordo das vontades dos indivíduos envolvidos na transação.[295] Nesse caso, embora se fale de justiça comutativa, há que se observar também a igualdade proporcional, pois que não se há de querer que a obra do construtor valha o mesmo que a do sapateiro. É mais importante o que produz o mais necessário e que exige maior talento. Há uma relação entre o objeto produzido e o seu produtor que define a igualdade que deve existir na relação de troca, pois é "a diferença de talentos e aptidões" que dá origem à divisão do trabalho e possibilita o intercâmbio.[296]

> Nas relações de troca, o justo exige a retribuição, não segundo a igualdade, mas segundo a proporcionalidade. Graças a esse obrar recíproco e proporcional, mantém o Estado a sua coesão.[297]

E mais adiante: "Nada impede, portanto, que o produto de um valha mais que o de outro, pelo que é preciso igualá-los".[298]

Dentro ainda da chamada justiça comutativa (das relações interpessoais) assinala Aristóteles a que deriva de relações involuntárias ou do ilícito. Nestas podemos fazer a seguinte distinção: se o dano se traduz numa reparação à

---

294 GARCÍA MAYNEZ, *op. cit.* p.83.

295 GARCÍA MAYNEZ. *Doctrina aristotélica de la justicia*. México: UMA, 1973, p.91.

296 Id., *Ibidem*.

297 ARISTÓTELES. *Ética Nicomaquea*, 1132b.

298 280 Id., *Ibidem*. 1133ª.

vítima, a justiça se define na igualdade aritmética entre o dano causado e a reparação que o agressor deve fazer. Aqui não há que distinguir as pessoas pelos seus talentos ou méritos.[299] Entretanto, se se trata de uma pena a ser aplicada pela violação da lei, um castigo por conseguinte, a igualdade aritmética entre dano e castigo, como princípio de retribuição taliônica, não realiza a justiça. Há que se recorrer à igualdade de proporções ou geométrica, pois

> se o que ocupa um cargo público golpeou alguém, não se deve por isso golpeá-lo também; mas se um particular golpeia a um funcionário, não só deve ele ser golpeado, mas ainda castigado.[300]

Diferentemente do que ocorre com a justiça comutativa, a justiça distributiva define uma relação, não dos particulares entre si, mas uma relação entre os particulares e a comunidade. Aqui também rege o conceito de igualdade, não, porém, a aritmética, mas a proporcional ou geométrica, visto que se trata de definir a posição de cada indivíduo na comunidade, ou, o que dá no mesmo, de distribuir cargos e encargos na comunidade, vantagens e ônus, honras e também penas e desonras. O pressuposto da justiça distributiva é que todos os homens são iguais, mas também em um certo sentido desiguais, mesmo porque, se não fossem desiguais, seriam idênticos, o que acarretaria o desaparecimento dos iguais como substâncias individuais.

Qual então o critério da distribuição dos bens da coletividade? Aristóteles não tem dúvida em adiantar que é o mérito de cada um, "pois todos reconhecem que, ao repartir, o justo há de determinar-se em função de algum mérito". Entretanto, não foge ao formalismo totalmente. Há que se indagar ainda sobre o que produz o mérito de cada um. E nisto nem todos estão de acordo: "Para os democratas radica na liberdade; para os aristocratas, nas virtudes".[301]

Com efeito, Aristóteles não nega que a justiça se possa realizar plenamente em qualquer das formas de governo, seja monárquica, aristocrática ou republicana, desde que promovam o bem da comunidade, no sentido de atender aos seus interesses e não aos interesses particulares dos governantes, já que "o Estado é uma comunidade de homens livres".[302] Dado positivo, contudo, na avaliação do mérito é encontrado por Aristóteles na *Magna*

---

[299] ARISTÓTELES. *Ética a Nicômaco,* 1132b.

[300] ARISTÓTELES. *Ética Nicomaquea,* 1132b. As passagens da *Ética a Nicômaco* aqui citadas demonstram a justeza do termo empregado por Santo Tomás, justiça comutativa, que se realiza entre as pessoas particulares, ainda que na sua realização apareça também a proporção geométrica atinente ao mérito dos indivíduos envolvidos (no que se refere à pessoa, não aos bens).

[301] Id., *Ibid.* 1131a.

[302] ARISTÓTELES. *Política,* 1279a.

Moralia, onde o mérito se define pelo esforço de cada um: "quem se esforçou muito, receba muito e quem se esforçou pouco, receba pouco".[303]

Malgrado a manifesta simpatia de Aristóteles pela república e pela direção da *pólis* através dos seus próprios membros, como cidadãos livres (cidadão é o que participa do governo), a sua teoria manifesta uma insuperável contradição, gerada talvez pela sua posição ideológica na sociedade escravocrata grega: livre não é o ser humano em geral, dotado da diferença específica, a racionalidade. A divisão da sociedade entre livres e escravos não procede das convenções, mas da própria natureza, visto que o escravo é inferior ao senhor (salvo se se tratar de um grego submetido à escravidão pela guerra): "aquele que sendo um ser humano pertence por natureza não a si mesmo, mas a outros, é por natureza um escravo".[304]

Com isso, o conceito de justiça distributiva de Aristóteles permanece formal e vago, prestando-se a diferentes sistemas de distribuição.[305] Além do mais, impossibilita fixar individualmente, em cada caso, o cânon do justo.[306] Kant introduzirá um elemento fundamental para levantar a contradição entre o cidadão e o homem em geral, atribuindo a todo ser racional a liberdade como dado essencial e *a priori*,[307] que não pôde ser levado às últimas consequências por Aristóteles, por entender a liberdade pelo modelo empírico da sociedade de seu tempo.

---

[303] ARISTÓTELES. *Gran ética*, 1194a.

[304] ARISTÓTELES. *Política*, 1554a.

[305] O igual permanece abstrato e pode justificar tanto a democracia como outro sistema político. (Id., *Ibidem*. 1282b.)

[306] WELZEL. *Introducción a la filosofia del derecho – derecho natural y justicia material*, p.30.

[307] Devem-se ressalvar algumas passagens não consentâneas com o seu sistema e suas posições teóricas (ver *Metafísica dos costumes*), mas que não os invalida.

TERCEIRA PARTE

A CULTURA ROMANA: O ESTADO, O DIREITO E A JUSTIÇA

1. O ESPÍRITO DE ROMA: O ESTADO UNIVERSAL, O DIREITO UNIVERSAL, A RELIGIÃO UNIVERSAL E O SABER UNIVERSAL

A feliz coincidência, no espaço e no tempo, do evento Cristo, a consolidação do Império de Augusto e a institucionalização dos *responsa prudentium* pelo Imperador, além do forte valor simbólico, constituiu o núcleo determinante da cultura ocidental, consolidado no Estado universal, na Religião universal e no Direito universal, as poderosas forças que formam a substância do espírito do Ocidente. Não se faz hipótese do passado histórico, mas é, de qualquer modo, impensável o Cristianismo, seu universalismo e permanêcia histórica, sem as bases sociais, econômicas, culturais e políticas estabelecidas por Augusto. "O imperador romano Augusto, na verdade faz parte da história cristã da salvação, e reconhecer o dedo de Deus e sua Providência nos acontecimentos histórico-políticos não me parece ser anticristão", diz Carl Schmitt.[1]

A descoberta da razão epistêmica pelos gregos é o traço característico da cultura ocidental. E por ser a razão a sede do universal, é essa cultura também definida por seu espírito universal.[2] Em razão disso vamos encontrar o universalismo da ciência entre os gregos e, em Roma, da religião no Cristianismo , do Estado e do direito. O universalismo é nesses povos o traço característico do processo de racionalização da sua cultura, como observa Max Weber.[3]

Metodologicamente, a premissa a partir da qual é desenvolvido este texto é a afirmação de Ihering no seu clássico livro *O Espírito do Direito Romano*:

---

1 SCHMITT, Carl. *Teologia Política.* Belo Horizonte: Del Rey, 2006, p. 118.

2 Cfr. SALGADO, Joaquim Carlos. *A Ideia de Justiça no Mundo Contemporâneo.* Belo Horizonte: Del Rey, 2006, p. 90.

3 SALGADO, *Op. Cit.*, p.42.

"Três vezes Roma ditou leis ao mundo e por três vezes serviu de laço de união entre os povos: pela unidade do *Estado*...; pela unidade da *Igreja*,..., e... pela unidade do *Direito,...*"[4]

No que concerne propriamente ao Estado ocidental é o universalismo de Augusto o marco definitivo de seu nascimento. Se os gregos inauguraram a rica dimensão da cultura ocidental, absorvida pelos romanos, é Roma a única criadora dessa civilização no que se refere à organização política e militar e à ordenação jurídica[5]. "Augusto pretendia construir o mundo de *pax*, e não simplesmente cultivar uma igualdade interna" como era a inspiração do estoicismo. "Pretendia a construção da sociedade justa na terra, a sociedade da paz como se depreende das *Res Gestae Divini Augusti*. Universalidade política na particularidade religiosa de Augusto", vez que sua religião não tinha a pretensão de universalidade, mas trazia em si a dimensão universalizante decorrente da tolerância, e manifestada jurídica e politicamente "no instituto jurídico do tratado", segundo o *ius feciale*.[6] É interessante notar como o universalismo de Augusto se mostra na tolerância religiosa, necessária para a compreensão de outros povos e extensão do Estado imperial. O universalismo da tolerância teria mais tarde de entrar em conflito com o Cristianismo, pois este era monoteísta, de caráter exclusivista, teocrático e separatista[7], ao contrário da religião politeísta romana.

O universalismo do Império de Augusto lançou os fundamentos da unidade da Europa e que Carlos Magno, denominado também Pai da Europa (Vater Europas), recuperou após a queda do Império, mas já com a força da fé cristã a dirigir essa unidade, quando, rei dos francos, em 25 de dezembro de 800, é coroado pelo Papa Leão III como Imperador da Europa, também com a denominação de Augustus[8], como consta dos Anais. Essa unidade é retomada econômica e politicamente no pós-guerra.[9] Que outra pretensão

---

[4] "Trois fois Rome a dicté des lois au monde, trois fois elle a servi de trait d'union entre les peuples: par unité de l'*État*, d'abord, lorsque le peuple romain était encore dans la plénitude de sa puissance; par l'unité de l'*Église*, ensuite, après la chute de l'empire romain, et la troisième fois enfin, par l'unité du *Droit*..." IHERING, Rudolf von. *L'Ésprit du Droit Romain* dans les diverses fases de son développment. Trad. par A. de Meulenaere. Paris: Librairie A Marescq, MDCCCLXXXVI, p. 1.

[5] Cfr. GIGON, Olof. Nachwort. *In*: CICERO, Marcus Tullius. *Gespräche in Tusculum*. München: Heimeran Verlag, Lateinisch-deutsch, 1979, p.415.

[6] SALGADO, *Op. Cit.*, p.43.

[7] Cfr. PLESCIA, Joseph. *The bill of rights and roman law*: a comparative study.Bethesda: Austin/ Winfield,1995, p.47.

[8] Cfr. SCHIEFFER, Rudolf. Der König der Franken wird Augustus. *In*: Id. *Das Reich Karls des Grossen*. Hrsg. v. Marlene P. HILLER. Darmstadt: Wissenschaftliche Buchgesellschaft, 2011, S. 54-55.

[9] Cfir.SCHNEIDMÜLLER, Bernd. Karl der Grosse lebt weiter. *In*: *Das Reich Karls des Grossen*. Hrsg. von Marlene P. HILLER. Darmstadt: Wissenschaftliche Buchgesellschaft, 2011, s. 115 u. folg. O Autor mostra o valor simbólico da Medalha Carlos Magno da Cidade de Aachen (Karlspreis der Stadt Aachen) concedida a várias personalidades internacionais como: o fundador do Movimento

do Imperador Napoleão senão a unidade de origem da Europa, que sempre brota da sua também profunda diversidade, decorrente da vocação livre das suas nações e culturas, unidade e diversidade alimentadas pelas condições históricas, sejam elas materiais ou espirituais?

Com relação ao direito, nem há que se fazer comparações. O incipiente direito grego nem de longe pode ser comparado com o romano. O elevado nível de abstração a que o direito romano chegou deu-lhe o status da universalidade, de forma a cumprir uma missão de permanência no tempo e de extensão mundial, ao contrário do direito grego "preso fortemente às situações dos casos singulares"[10]. Haja vista a técnica sofisticada, a racionalidade, a precisão de conceitos e de categorias, de institutos, da linguagem adequada (pois "da confusão das palavras surge a anarquia do pensamento", segundo Bergbohm, citado por Somló,[11] de redação concisa das regras do Direito das Coisas, como a propriedade e a posse, e seus desdobramentos; do Direito das Obrigações, como o contrato à base do livre arbítrio, e suas espécies, a responsabilidade contratual e a decorrente de ilícito; a divisão entre pessoas e coisas, de modo a enquadrar o escravo entre as coisas; a estruturação do processo, pela *actio*, na fase de competência do pretor (de direito) e do *judex* (de fato),[12] criando os princípios fundamentais do processo, o terceiro neutro e impessoal, a ampla defesa e o contraditório, tudo isso a constituir um passo abissal diante dos rudimentos do processo grego, fundado no júri composto por várias pessoas (cem ou mais), a facilitar as manipulações emotivas e demagógicas, e assim por diante. Tanto na elaboração como na aplicação, o direito em Roma aparece na forma de justiça formal e de justiça material.[13]

1.1 O ESTADO UNIVERSAL

Uma teoria da justiça tem de assumir as duas dimensões, a do dever ser e do ser, do ideal e do real, da norma e da sua eficácia, da liberdade e do poder, enfim de uma teoria do direito e de uma teoria do Estado. E uma teoria do Estado tem de levar em consideração a vocação para o absoluto que a razão no Ocidente aspirou representar na sua religião e ousar conhecer na Teologia e, por definitivo, na Filosofia. Ora, as três grandes contribuições

---

Pan-Europa em 1950, Richard Nikolaus, Conde de Coudenhove-Kalergi, Jean Monnet, Konrad Adenauer, Winston Churchill, Václav Havel, Bill Clinton e o Papa João Paulo II.

10 WESEL, Uve. *Juristische Weltkunde*. Eine Einführung in das Recht. Frankfurt: Suhrkamp, 8., 2.000, p. 52.

11 Cfr. SOMLÓ, Felix. Begriff des Rechts. In: Maihofer, Werner (Hsgr.). Begriff und Wesen des Rechts. Darmstadt:Wissenschafkiche Buchgesellschaft, 1973, S.428.

12 WESEL, *op. cit.*, p. 50 e segs.

13 Ver SALGADO, *A Ideia de Justiça no Mundo Contemporâneo*, p.102 a 251.

de Roma para a formação da Cultura ocidental são o Estado, o Direito e o Cristianismo[14].

Roma dominou, não só pela força militar, de organização ainda não vista na história, mas também pela sabedoria política, pois "os povos dominados não eram feitos escravos, mas cidadãos de Roma" ou "protegidos por lei"[15], o que tornou possível informar a base dos Estados Modernos. A par disso, caracterizou-se o Estado romano por uma rigorosa organização de mérito, pela qual o acesso à magistratura superior era feito pacientemente, em observância ao que se denominava *cursus honorum*[16] "O fim da República foi o começo da era imperial". Entretanto, o Império manteve ou assumiu muitas das tradições e funções públicas da era republicana, dentre as quais, a mais importante, ou seja, a garantia de que todos eram "cidadãos livres."[17] No *Pilar de ferro,* uma biografia de Cícero, romanceada, consta a ideia de que, independentemente de traduzir fato real, é central na convergência da cultura greco-romana. Diz o autor que, ao dialogar Cícero com seu avô, o velho Cícero, teria este pontificado que "Platão ainda pensava na república apenas como cidade-estado". E acrescenta: "Falo de um estado nacional".[18]

Na verdade, o Estado, tal como o Ocidente o construiu ou o conceituou, não nasce no Oriente, nem tão pouco na Grécia. Em um e em outro lugar o que se tinha como Estado desapareceu da existência. Nenhuma continuidade teve e, por isso, não operou o trânsito da história, a qual só começa em

---

14 Um importante trabalho para a compreensão da legitimidade do poder a partir de Roma, sua relação com o Cristianimo, é feito por DINIZ, Marcio A. de V. . *O Princípio de Legitimidade do Poder no Direito Público Romano e sua Efetividade no Direito Público Moderno.* Rio de Janeiro: Renovar, 2006.

15 Ver MATYSZAK, Philip. *Geschichte der Römischen Republik* – Von Romulus bis Augustus. Darmstadt: WBG, 2004, p.9.

16 No começo do *cursus honorum* como seu pressuposto estava o cargo de tribuno militar, segundo o qual os membros da aristocracia tinham de servir o exército durante oito anos, como condição para outro cargo. No segundo degrau estava o cargo de *questor*, que cuidava das finanças de modo geral e que era condição para ser membro do Senado. O tribuno da plebe não pertencia propriamente ao *cursus honorum*, pois não era cargo do Senado, mas do povo, escolhido pelo *concilium plebis*, era cargo de grande importância, pois que podia propor leis e detinha o poder de veto dentro de Roma. O cargo que se segue é o de *edil* que tinha a tarefa de cuidar dos interesses da cidade de Roma, uma espécie de prefeito tal como os de hoje. Em seguida, o cargo de *pretor* a que cabia reger a província, comandar exército e dirigir processo judicial. O cargo de cônsul a que competia propriamente a direção de Roma, podia ser ocupado por patrício ou por plebeu aristocrata, com a função de legislador e general de exército; podia ser também pró-cônsul, isto é, comandar um exército no exterior. O cargo de mais alto grau era o de Censor, exercido sem tempo limitado, com tarefas no exterior, além de cuidar do número de cidadãos e formar a lista de senadores, com poder de veto dos nomes que financeiramente ou moralmente se mostravam sem mérito. Cfr. MATYSZAK, *Op. cit.*, p. 13.

17 Id. *ib.*

18 CALDWELL, Taylor. *Pilar de Ferro*. Um romance sobre a vida fascinante de Cicero e da Roma de seu tempo. Trad. de Ataliba Nogueira. São Paulo: Melhoramentos, 1972, p. 70.

Roma. São formas políticas sem história, por isso sem seqüência da razão. Num, o oriental, tem-se um Estado simplesmente na existência, mas sem essência, pois não se sabe como tal. No outro, a Grécia, tem-se a essência abstrata das teorias, mas sem a existência própria do Estado, pois a pólis nenhuma seqüência histórica deu, quer para incorporar-se ao Estado romano, quer para dele participar. Ambos os modelos de organização social, o Império persa ou a pólis grega, sucumbiram sem deixar vestígios de sua existência como tal.

É Roma o momento de nascimento do Estado tal como o Ocidente o concebeu e realizou. Desde a fundação de Roma, o Estado Romano seguiu um desenvolvimento próprio, autônomo, embora as teorias gregas fossem conhecidas de importantes homens de Estado, como Cícero, que concebeu o Estado na forma do universal existente, da nação, e não mais da particularidade da pólis. Da *civitas* ou *Imperium* tem-se a história de formação do Estado ocidental na sua essência e existência. Ou, de outro modo: no Estado Romano os tenteios que a história fez para gerar o Estado, mas que não se conceberam, são substituídos pelo nascimento do Estado com vida, isto é, na sua essência existente.

Na República e no Império, seu momento conclusivo, o Estado sabe de si como Estado e como tal se dá na existência.

1.1.2 Augustus[19]: a Fundação do Estado Ocidental

Se, em Roma, desde a *Lex Regia* (posteriormente com a *Lex de Imperio*), a consciência da necessidade de legitimar o poder do governante estava presente, ela só se faz plena no doloroso processo de transição da forma republicana para a imperial. A travessia do Rubicão não foi apenas um gesto simbólico, mas real início da reestruturação do Estado romano sem perder de vista a necessidade constante de legitimação do poder. Para isso era necessário um homem da estatura de César, entre cujas qualidades, além de orador, escritor, general, destacava-se a de político apoiado na força do *populus*[20]. O fortalecimento do poder de César, como *dictator* não foi uma inovação da violência, portanto construção meramente do fato, mas passagem de direito, de uma forma de efetivação de instituto de direito público presente

---

19 Uma cuidadosa e bem documentada biografia de Augustus, sua educação através de um erudito escravo grego (p. 25), sua brilhante personalidade e atuação política, relevando o que realmente deve ser realçado, a obra de Augusto (p. 241 e segs.), é apresentada por BRINGMANN, Klaus. *Augustus*. Darmstadt: Wissenschaftliche Buchgesellschaft, 2012.

20 MOMMSEN, Theodor. *Römische Geschichte*. Darmstadt: Wissenschaftliche Buchgesellschaft, B.II, Buch XI, S. 130. (B. III, S. 464 der 6. Auflage -1976). (Sonderausgabe in zwei Bänden auf der Grundlage der vollständigen Ausgabe Von 1976 in acht Bänden).

na constituição romana. O mesmo ocorre com a necessidade de se ter a nova forma de organização do poder, com um executivo destacado ou diferente das duas fontes de poder, o povo e o Senado, na medida em que César antevia a necessidade de permanência dessa nova forma de organização do Estado. Prova disso é o seu testamento, buscando essa continuidade – ainda fato, porque o testamento político era apenas intenção sem gerar direito –, em Augusto. Em Augusto está o ponto mais alto da sabedoria e técnica política de Roma. A construção da ordem política de Roma dirigida por Augusto não atendia às determinações naturais ou biológicas. A família romana era uma família espiritual e não simplesmente natural. Os laços mais importantes da família eram jurídicos e se estabeleciam através do instituto da adoção. Com isso, os líderes políticos podiam buscar na sociedade os mais qualificados homens para assumir posições políticas e administrativas relevantes. A adoção tinha função econômica e, o que era mais importante do ponto de vista da boa condução da coisa pública, política. Assim nasceu o Império, cuja maior expressão foi Otávio Augusto, seu fundador, filho adotivo de César e que teve sequencia em outro filho adotivo, de Augusto, Tibério. A base de formação do Império era espiritual, isto é, cultural, especificamente o direito e não, natural, ou seja, não era de descendência de sangue, que caracteriza a hereditariedade monárquica.

César conclui toda uma etapa do desenvolvimento do Estado romano e abre o processo de formação do Estado ocidental a efetivar-se como Estado de direito após a Revolução Francesa. Essa conclusão e abertura, o Império, realiza-se definitivamente com Augusto, que sabe ser o imperador, o senhor do mundo, que o grego apenas abstratamente concebeu, mesmo assim voltado para o oriente, quando a bússola da história apontava para o Ocidente, a exemplo do que ocorreu com o Cristianismo, quando São Paulo decide partir para a Grécia e não para a Síria. É a partir da Grécia que a história se mostra como curso da razão, mas a realização desse curso dá-se em Roma, fundamentalmente com Augusto, que, embora todo poderoso nas armas, buscava antes de tudo a solução do acordo.

> "Subjugou, pessoalmente ou por intermédio dos seus comandantes, o país dos Cantabros, a Aquitânia, a Panônia, a Dalmácia, com toda a Ilíria e também a Récia, os Vindélicos e aos Salássios, povos dos Alpes. Reprimiu, outrossim, as incursões dos Sácios e desbaratou três dos seus chefes com numerosas tropas. Rechaçou os Germanos para além do Elba. Dentre estes, recebeu a submissão dos Úmbrios e dos Sicâmbros: transportou-os à Gália e os estabeleceu nas terras vizinhas do Reno. Reduziu igualmente à obediência outros povos menos pacíficos. Jamais desencadeou uma guerra sem razão ou necessidade. Tão longe estava do desejo de aumentar, a qualquer preço, seu império e sua glória que forçou certos

príncipes bárbaros a jurarem no templo de Marte vingador, que seriam fiéis à aliança de paz que lhes propusesse."

Suetônio informa, ainda, que era "magnânimo nas punições e gozava da reputação de sábio e prudente, como entre os Citas, que pediram a amizade do povo romano, os Partos, que cederam à sua autoridade, a Armênia, que lhe devolveu os estandartes militares perdidos por Marco Crasso e Marco Antônio e se "submeteram à sua escolha para elegerem um rei"."[21]

César, o pai, ainda que quisesse ser apenas o soberano de Roma (*rex urbis)*, não poderia mais fazer retroceder Roma às condições incipientes daquele Estado, a monarquia antes da República, pois somente poderia ser no seu tempo o soberano do mundo (*imperator orbis*). O Império só poderia nascer nas condições históricas de então com a queda da República, após ter cumprido um longo período do riquíssimo momento de constituição do Estado ocidental. Era, portanto, uma ruptura profunda o novo momento aberto por César, a qual, entretanto, não poderia permanecer como ruptura, pois que não se tratava de extinção do Estado, mas de conclusão de um processo histórico desde Rômulo: tratava-se da formação do Império, no qual a República tinha de ser assumida. Essa recuperação da unidade do Estado era tarefa de Augusto. Desse modo, tanto a interpretação de Mommsen[22], como a de Kienast são verdadeiras no processo dialético que caracteriza a passagem da República para o Império.[23] Não era possível simplesmente eliminar a República e fazer do Senado mero Conselho do Monarca como parecia ter sido a intenção de César. [24] O processo dialético de formação do Estado romano e nascimento do Estado ocidental exigia a assunção da República, como momento necessário no novo período do processo histórico de formação do Estado, o Império. O Império conclui esse processo histórico absorvendo a República, portanto também o Senado, não como conselho de Estado, mas como órgão do Estado, dentro da nova estrutura do poder político de Roma, pois "o principado de César Augusto se manteve na sua legitimação republicana", na dualidade de *Senatus* e *populus*, *auctoritas* e

[21] SUETÔNIO TRANQUILO, Caio. *A Vida dos Doze Cézares*. Tradutor: Sady Garibaldi. São Paulo: Atena Editora, 7 ª Edição,1962, p.75-6. Ver também SILVA, Semíramis Corsi. O Principado Romano sob o Governo de Otávio Augusto e a Política de Conservação dos Costumes. *In*: *Crítica & Debates*. V. 1. n.1. p.1-17. Jul./dez. 2010, p.3.

[22] MOMMSEN, *Op. Cit.*, Livro V, Cap.11, que chega a considerar César como o único Imperador (der einzige Imperator Caesar), cuja obra nenhum outro mortal realizou igual (wie nie ein Sterblicher vor und nach ihm), a viver na memória das nações por milênios (pág. 234).

[23] Cfr. KIENAST, Dietmar. *Augustus – Prinzeps und Monarch*. Darmstadt: Wissenschaftliche Buchgesellschaft, 2009, p. 513.

[24] MOMMSEN, *Op. Cit.*, Buch V, Kap. XI, S. 152 (B.III, S. 487 der 6. Auflage -1875) (Sonderausgabe in zwei Bänden auf der Grundlage der vollständigen Ausgabe von 1976 in acht Bänden . Darmstadt: Wissenschaftliche Buchgesellschaft, 2010, B. II, S.152).

potestas.[25] Tratava-se de uma concepção de uma nova ordem, cuja unidade teve como poderoso instrumento a *Pax Augusta*, com expresso reconhecimento do Senado.[26]

O Império de Augusto é o resultado ou a verdade de todo um processo histórico que se desenvolve desde a fundação de Roma pela articulação dialética dos seus dois momentos opostos e assumidos na unidade do Império (na linguagem de Hegel, o momento *em si e para si* do Estado no seu conceito, que sabe de si como totalidade), a Monarquia (o momento *em si* ou de existência do Estado) e a República (o momento *para si* do Estado, isto é, de conciência de si do Estado). Isso do ponto devista histórico e dialético (lógico). Do ponto de vista da política ou da organização do poder, portanto sistemático e dialético (lógico), é a unidade pela articulação dialética dos órgãos do poder nos seus momentos, a *auctoritas* do *Senatus* e a *potestas* do *populus*, ou seja, *potestas* e *auctoritas* na unidade do *imperium*.

É, portanto, Augusto que conclui o processo de desenvolvimento do Estado romano desde a *Lex Regia* (*Institutas* I, 2, 6), tomada como marco jurídico de legitimação. Desta forma, a grandeza de Augusto não está na descrição histórica do indivíduo – que mereceu elogio do maior defensor da República, Cícero[27] –, nem mesmo das suas ações, mas substancialmente

---

25 SCHMITT, Carl. *Teologia Política*. Trad de Elizete Antoniuk. Belo Horizonte: Ed. Del Rey, 2006, p.102-103.

26 KIENAST, *Op. Cit.*, p. 239.

27 Nas *Filípicas* (*Philippica*, IIIª, 3), assim se expressa Cícero: "*C. Caesar adulescens, paene potius puer, incredibili ac diuina quadam mente atque virtute, cum maxime furor arderet Antoni cumque eius a Brundisio crudelis et pestifer reditus timeretur, nec postulantibus nec cogitantibus, ne[c] optantibus quidem nobis, quia non posse fieri videbatur, firmissimum exercitum ex invicto genere veteranorum militum comparavit patrimoniumque suum effudit.*" CICERO, Marcus Tulius. . Philippica IIIª 3. *In: Discours,* Tome XIX. Ed. bilingüe Latim- Francês. Trad. francesa: André Boulanger et Pierre Wuilleumier. Paris: Les Belles Lettres, 2002, p.17. E mais adiante, decididamente, pede ao Senado seja entregue a República e sua guarda a Otávio, pois já a tinha salvado da destruição: *"Cui quidam hodierno die, patres conscripti – nunc enim primum ita convenimus ut illius beneficio possemus ea quae sentiremus libere dicere – tribuenda est auctoritas, ut rem publicam non modo a se susceptam, sed etiama nobis commendatam possit defendere." (Philippica IIIª, 5, p. 166-167).* Ver, ainda, SCHEID, John. Commentaire. *In*: AUGUSTUS, Caesar. *Res Gestae Divi Augusti*. Éd. latin/français.Trad. de John Sceid.Paris: Les Belles Lettres, 2007, p.27. Cfr. MATYSZAK, Philip. *Geschichte der römischen Republik* – von Romulus bis Augustus. Tradução do inglês por Dirk Oetzmann e Samira Goth. Darmstadt: Wissenschaftliche Buchgesellschaft, 20..., p.229. O autor cita, em alemão, a *Philippica XIV*, 28 de Cícero. O texto original é o seguinte: *"An vero quisquam dubitabit appelare Caesarem imperator? Aetas eius certe ab hac sententia neminem deterrebit, quandoquidem vertute superavit aetatem. Ac mihi semper eo maiora beneficia C. Caesaris visa sunt quo minus erant ab aetate illa postulanda; cui cum imperio dabamus, eodem tempore etiam spem eius nominis deferebamus; quod cum est consecutus, auctoritatem decreti rebus gestis suis comprovavit*". CÍCERO, Marcus Tulius. Philippica XIV. *In: Discours,*Tome XX. Ed. Bilingüe Latim- Francês. Trad.francesa: Pierre Wuilleumier. Paris: Les Belles Lettres, 2002, p.273. Não só nessa passagem citada por Matyszak, mas também em outros pontos das *Filípicas*, Cícero enaltece Augusto,

no efeito das suas ações, que é o nascimento do Estado propriamente dito, tal como se efetivou no Ocidente. Para isso, não era suficiente apenas o talento de general, mas necessária a hábil construção política, pela qual todo fato para Augusto recebia significado político. Suas ações na política tinham caráter rigorosamente técnico, vale dizer, pôs na prática o que mais tarde Maquiavel desenvolveu como teoria política ou do poder: tratar o poder como uma realidade que tem leis próprias[28]. Sem entender essa atitude como qualidade negativa, Augusto era, na política, "frio e calculista e celebrava alianças" que lhe fossem politicamente convenientes.[29]

Com efeito, diante da dificuldade de administrar a vastidão do território de Roma com seus domínios, o Senado, que tão bem dirigiu a República, garantindo à Roma o poder que conquistou sobre outros povos, já então não podia mais sustentá-lo em razão da natural diversidade de que compunha o Império, que surgia da própria estrutura de poder, com comandos entregues a diferentes generais nas diferentes regiões[30]. A República já necessitava de um dirigente forte que lhe desse união, que o Senado já não mais podia efetivar. Já não mais podia ser governado tão vasto e complexo Estado por um colegiado de *príncipes civitatis*, como eram denominados os senadores; exigia um novo órgão com poderes de império, um primeiro, mas único, um *princeps.*[31] Mesmo Tacitus reconheceu essa necessidade [32]. César foi uma exigência das condições históricas de então. Isso foi visto, posteriormente por um dos cidadãos romanos mais importantes no seu tempo, Cícero, ao

---

embora fosse adversário de seu pai, Júlio César e procura mostrar a fidelidade de Augusto à causa da República, para cujo bem superava até a inimizade com Brutus. É de citar a *Phillippica* V, 42 e segs, em que, após comparar Otávio com Pompeu, pede ao Senado que Augusto seja feito senador (além da outorga do *imperium*), com acesso às mais altas magistraturas, sem a necessidade de se ater à exigência da idade mínima (36 anos pela *Lex Villia* de 180; 42 anos desde Sila, segundo o tradutor e editor à p.43, nota n. 4), ou de cumprir a ordem da carreira do *cursus honorum* (nota n.3 da mesma página), pois que Otávio tinha méritos a compensar a sua idade (19 anos): *C. Caesar ineunte aetate docuit ab excellenti eximiaque virtute progressum aetatis exspectari non oportere.* É preciso ter em conta que o fim trágico de Cícero determinado por Antônio, naquelas circunstâncias, mesmo se previsto por Cícero, não o demoveria da sua posição e ação, pelo que se conhece da sua personalidade. Schmitt adverte que a crítica de Santo Agostinho sobre a imprevisão de Cícero só poderia ser feita, como foi, depois que o período da História havia se consumado. Crf. SCHMITT, Carl. *Op. Cit.,* p.124

28 É interessante notar que, mesmo nas condutas que pareciam negativas, como deixar Agripa vencer a batalha da Sicília (que na visão de Antônio parecia fraqueza), o resultado político seria, como foi, necessariamente a seu favor, sem deixar de ser também estratégia militar, independentemente de estar Augusto doente. Cfr. MATYSZA,, p.229.

29 Cfr. MFTYSZAK, *Op. Cit.*,p. 230.

30 *Cf.* KIENAST, Dietmar, *Augustus*, p. 322 a 324. As conquistas de Augusto estendem-se por toda a Europa, inclusive a Germânia, principalmente no que era de interesse do Império. Id., *ibid.*, p.356-357.

31 Cfr. BRINGMANN, *Op. Cit.*, p. 13.

32 Idem, *Ib.*, p. 242

preconizar a conferência de poderes especiais a Augusto para a unidade e salvação da República.[33] Foi nesse sentido o grande teórico a dar as bases conscientes da ação de Augusto na reorganização da República, embora este não tivesse direito a delegação de poderes de *dictator,* mesmo porque não havia mais lugar para a ditadura comissariada.

Cícero estava consciente da diferença entre a doutrina de Platão e uma nova teoria da república, que se não fundasse em uma cidade-estado, com a qual nada tinha a ver a dimensão e complexidade do Estado e sociedade de Roma, cuja salvação estava a exigir a unidade do *consensus universorum*, ideia que Augusto soube aproveitar, sendo certo, contudo, que Cícero – a quem Augusto lera e de quem soube assimilar a orientação teórica – entendia não poder ser esse *rector et gubernator rei publicae* um monarca, mas um "estadista ideal"[34] (*rector orbis terrarum*)[35], um *vindex libertatis* para salvar a República contra a ameaça de Antônio. Portanto, não apenas um garantidor da *libertas civium,* que também um monarca podia garantir, mas da *libertas populi,* característica de um Estado livre ou autônomo em confronto com o déspota e que só um republicano poderia realizar.[36] Para que isso possa ocorrer prega Cícero a necessidade de dar a Augusto poderes (poderes de *imperium*), cuja fonte era o *populus*[37] com que ele possa debelar o perigo que ameaça a República.[38]

Vale notar a grandeza desses dois grandes homens da formação do Estado Ocidental. Cícero, ardoroso defensor da República, busca a sua salvação, pelo menos transitoriamente, no prestígio de um homem que lhe parecia o único em que podia confiar, ao qual se deveriam outorgar poderes especiais para essa tarefa. Confiou no poder da palavra, pronunciando as *Filípicas* contra Antônio, que para ele pretendia instaurar uma ordem política despótica. Logrou consegui-lo, embora tardiamente, pois que os ataques a Antônio, em favor da ética e da liberdade, acabou por favorecer Augusto. Este, como Antônio, sabia que se tratava de uma divisão política profunda da República,

---

[33] Id., *Ibid.*, p. 213-214.

[34] Id., *Ibid.*, p. 213. Cícero expende elogiosa menção a Augusto nas *Filípicas*, ao dizer que suas ações são maiores que sua idade e não duvida de conquistar o título de imperador. Cfr. MATYSZAK, *Op. Cit.*, p. 229, ao citar as *Filípicas*, XIV, 28.

[35] KIENAST, *Op. Cit.*, p. 515.

[36] KIENAST, *Op. Cit.*, p.214, nota n. 37, e p. 218.

[37] Cfr.WUILLEUMIER, Pierre. Notice. *In*: CICERO, Marcus Tullius. *Discours*, T. XX. Paris: Les Belles Lettres, 2002, p. 12.

[38] *Demus igitur imperium Caesari, sine quo res militaris administrari, teneri exercitus, bellum geri non potest: sit pro praetore eo iure quo optimo. Qui honor, quamquam est magnus illiaetati, tamen ad necessitatem rerum gerendarum, nom solum ad dignitatem valet.*CÍCERO, V Philippica. *In*: *Discours,* T. XX. Trad. De Pierre Wuilleumier. Paris: Les Belles Lettres, Ed. Latin/Français, 2002, p. 42/42.

portanto de uma questão de poder e, em consequência, de força, que já não tinha o Senado. A questão política teria de ser resolvida no confronto de forças militares, como realmente foi, e não apenas pela força da palavra no debate no Senado, embora fosse esta necessária, por se tratar de assunto político. Daí, a grande importância das *Filípicas* no desate dos acontecimentos políticos daquele momento, que, porém, acelerou o despotismo de Antônio – apesar da oposição de Augusto aos dois outros membros do triunvirato, Lépido e Antônio – restaurando a proscrição a exemplo de Sila, com a qual se vingou de Cícero, "fazendo calar a voz do povo, pois ninguém defendeu a vida daquele que durante tantos anos tinha defendido na esfera pública o interesse do Estado e na esfera privada o dos cidadãos" (*...tot annos et publicam civitatis et privatam civium defenderat.*)[39]

Já também Augusto, parece que inspirado por Cícero, mas principalmente pela sua argúcia política e de guerreiro, viu o fracasso do império de Alexandre, o qual comandou exército, não o Império, e percebeu a necessidade de empreender uma nova estrutura do Estado romano. Isso começa pela outorga a ele de poder especial, pelo povo e pelo Senado, para reestruturar o próprio Senado, e aumentar o número de seus membros, verdadeiro poder soberano, mas sempre legitimado pelo Senado e pelo povo, segundo a tradição que ele sempre observava, de que recebeu o poder consular por sucessivas nomeações e a *potestas tribunicia*, ambos unidos politicamente na figura do imperador. Efetivamente, pela primeira vez o soberano se mostra e se destaca dos outros órgãos de poder, sem aniquilá-los e sem usurpação, paulatinamente, assumindo competência de administração pública como autêntico poder executivo, mas ao mesmo tempo a representação política como chefe do Estado. Deu, então, como General Imperador, unidade ao Estado, pela composição dos elementos de poder: a força da *potestas tribunicia* e a competência nomotética consular, além de exercer o *imperium consulare*[40], pelo qual comandava as forças armadas na Itália. Com isso harmonizou no Estado o direito e o poder, seus dois elementos essenciais.

O esfacelamento de um elemento essencial de poder, além da norma que o legitima, foi por ele superado ao dar unidade às forças armadas pelo seu poder de *imperium*, criando definitivamente o exército e a marinha permanente e vinculando a ele também todas as outras forças auxiliares. [41]

---

39 PATERCULUS, Velleius. *Histoire de Rome*, II, 66. Trad. de Joseph Hellegouarc'h. Ed. bilíngüe latin/français. Paris: Les Belles Lettres, 1982, p. 74.

40 KIENAST, *Op.Cit.*, p.113. Cabe lembrar também o exercício do *imperium proconsulare maius*, que lhe dava o poder de fazer a guerra e a paz sem consultar o Senado (*Id., Ibid.*,181).

41 *Cf.* KIENAST, Dietmar. *Augustus Princiseps und Monarch*, p.326.

A nova organização das forças armadas é um elemento essencial, o eixo fundamental caracterizador do Estado ocidental nascente, preparado para a guerra e não apenas para a defesa, o que tornou possível a civilização que hoje se conhece. Os três exércitos existentes no triunvirato, após a vitória de *Actium* passam a formar apenas um, com vinte e quatro legiões (120.000 homens)[42],formando um todo compacto e ordenado com rigor hierárquico, em cujo alto comando estava o Imperador. O poderio militar, com soldados profissionais, rigorosíssima disciplina e permanente treinamento, armas variadas fabricadas no Império, estratégia e táticas de ataques estudadas cuidadosamente com competência jamais conhecida, moral sempre elevado das tropas por se sentirem honrados em serem incorporados à legião, sabendo que, ao final, seriam recompensadas com terras ou com prêmios em dinheiro, além de outras virtudes e novidades introduzidas por Augusto, fez existir esse poderio armado, com "sua organização, a sua eficácia e capacidade", que "só conhecerão paralelo no século XVII da nossa era."[43] As legiões romanas tornaram-se uma "formidável máquina de guerra capaz de influenciar a mente de extraordinários generais mais próximos de nós, como Napoleão ou Rommel."[44] Esse poder excepcional decorria da racionalidade da sua organização e ação, das armas que construíam e principalmente dos homens que compunham as forças armadas, cuja disciplina e preparo eram virtudes implantadas pelo exemplo da têmpera de Mário.[45]As forças armadas eram preparadas para abrir o mundo e levar a civilização e não simplesmente para a defesa de Roma. Daí porque não apenas a guerra, mas também a negociação abriam essas portas. Eram também a garantia da dignidade de Roma e de cada soldado. Eis o porquê da calma política com que resolveu a questão da perda das legiões de Varo (ainda que psicologicamente se irritasse). Nenhuma força existia que pudesse vencer aquelas legiões na região do Elba, na Germânia. Entretanto, o seu comando caiu numa cilada, aparentemente por ingenuidade não aceitável diante do preparo dos generais, cuja consequência foi a prisão e matança dos soldados romanos pelo líder das

---

42 Cfr. VARANDAS, José (Legiões em Marcha no Tempo de Ovídio. In: Pimentel, Maria Cristina de Souza e Rodrigues, Nuno Simões. *Sociedade, Poder e Cultura no Tempo de Ovídio.* Coimbra: Centro de Estudos Humanísticos da Universidade de Coimbra, 2010, págs.221/240), p. 225, assim descreve: "Augusto opta por transformar o exército romano numa estrutura profissional. Assim, e porque também passará a funcionar a expensas do Estado, a quantidade de unidades mobilizadas deve ser finita. O número de legiões é drasticamente reduzido. Esta mudança para um sistema profissional tem muitas vantagens."

43 VARANDAS, *op. cit.*, p. 223.

44 Id., *Ibid.*, p. 232.

45 "...cedo ele aprendeu o que mais tarde ainda praticou como general a suportar fome e sede, sol ardente e gelado inverno, e a dormir no chão duro."MOMMSEN, Theodor. *Römische Geschichte.* Darmstadt: Wissenschaftliche Buchgesellschaft, 2010, B. III, S. 199.

tribos germânicas, Armindo, que mandou espalhar as cabeças por vários pontos do território. Na verdade, as circunstancias indicavam não se tratar de ingenuidade, mas de atitude de um comandante das forças civilizadas, portanto de expressão superior de racionalidade, pois como cidadão romano foi educado numa ética e direito racionais, segundo os princípios básicos dos *mores* romanos, deduzidos por Cicero em *De Officiis:* a *fides* como o fundamento último de todo o ético, a qual se desdobra nos dois princípios superiores: a) a veracidade, pela qual uma a palavra corresponde à intensão, o caríssimo princípio da boa fé para os romanos, os verdadeiros inventores do direito, portanto da justiça; e b) o cumprimento da promessa feita referente ao princípio *pacta sunt servanda,* também levantado por Cícero.[46] Aquelas circunstâncias, a reunião com o comandante das forças romanas muito superiores mostram a existência de um pacto entre os dois lados, o qual para o romano civilizado era de cumprimento irrecusável, mas que para um bárbaro que não entendia a necessidade de assumir a razão civilizadora, nenhum valor possuía a não ser o de instrumento tático de uma cilada, com que, somente, pudesse vencer. A decaptação dos soldados, inclusive o envio da cabeça do comandante a um dos chefes das tribos germanas, mostrou não só o estado de barbárie, mas também de selvagem, de "expressão selvagem" ("der wilde Ausduck", segundo Mommsen)[47], cujo objetivo principal foi satisfazer paixões e desejos irracionais ou ódio, que excluem a razão da formulação do fim da ação e põem-na como servil instrumento da anti-razão.

Pareceu desnecessário a Augusto recompor as legiões. Nem era, desde o começo, de seu interesse político ou econômico anexar aquela região, a qual permaneceu em certo atraso com relação às demais regiões do Império.[48] O exército por ele construído, porém, continuava vital para a estrutura do

---

46 CICERO, Marcus Tullius. *De Officiis/ Des Devoirs.* Ed. Bilingüe. Trad. Charles Appuhn. Paris:Librairies Garnier Frères, p. 188-189. Ver SALGADO, J. C. *A Ideia de Justiça no Mundo Contemporâneo.* Belo Horizonte: Del Rey, 2006, p. 164 e segs.

47 MOMMSEN, *Römische Geschichte,* B.6,S.62.

48 Basta verificar que nos anos 800 as tribos ou pequenos reinos lá existentes, como os saxões, continuavam arredios à penetração de uma maior racionalidade nas suas organizações políticas, culturais, econômicas e sociais, que permaneciam bastante rústicas e bárbaras. Carlos Magno empreendeu contra eles uma luta por trinta anos. Vencia-os e eles tornavam a rebelar-se. Foram contra a civilização romana e, então, contra a maior expressão da cultura ocidental, o Cristianismo; atacavam os cristãos, incendiavam, assaltavam convento e igrejas; não cumpriam os acordos e não mereciam confiança (das treulose und wortbrüchige Volk) (S.34). Numa decisão definitiva, Carlos Magno impôs-lhes severa derrota, de que resultou a execução de cerca de 4.500 revoltosos. (Cfr. BECHER, Matthias. Zwischen Krieg und Diplomantie – Die Aussenpolitik Karls des Grossen. In: *Das Reich Karls des Grossen.* Darmstadt: Wissenschaftliche Buchgesellschaft, 2011, S. 36-37). Com isso pode expandir-se o Cristianismo, elemento cultural fundamental do Império, procedente de Roma, objetivo primeiro do Imperador, tal como era missão de Augusto levar a civilização para todo o mundo conhecido.

Império e tão forte quanto necessário.[49] Enviou outras legiões posteriormente, sob o comando altamente competente de Tibério, que foi substituído por Germânico, em razão de tornar-se imperador como sucessor de Augusto. Germânico resgatou a honra dos soldados, parece que sem resistência considerável, e deu-lhes sepultura. As tribos germânicas se dividiram, e essa era a intenção política de Tibério, que procurou tratá-las separadamente. Desfez-se a unidade acidental das tribos sob o comando de Armínio. A vitória de Armínio tornou-se derrota, como observa Mommsen, pois não se tratava de uma luta entre duas potências de igual peso político, mas de "uma luta de um poderoso Estado organizado e civilizado contra uma corajosa nação, mas política e militarmente bárbara".[50]

> "Era possível a este, portanto, dar atenção à fronteira setentrional, ou, em outras palavras, às relações entre Roma e as tribos germânicas. Não é provável que ele tenha pensado jamais em incluir todos os germanos no Estado romano – a maioria deles vivia de forma bárbara, fora da civilização greco-romana, e transformar suas florestas em província romana era coisa em que nem se pensava"

A unidade do Estado exigia a unidade da cultura e civilização romana, razão pela qual Augusto incorporou ao "Império tôdas as tribos trácias e celtas ao sul do Danúbio e tôdas as tribos germânicas a oeste do Elba,"[51] que já haviam assimilado a cultura do Império.

Estado altamente desenvolvido e organizado segundo princípios de avançada racionalidade e, de outro lado, nação ou nações bárbaras. A história conduziu-se em obediência ao vetor traçado pela razão e fez dos bárbaros germanos, fieis sucessores da civilização romana.

A tática política de Tibério salvou os germanos do isolamento da civilização e permanência na barbárie. Com efeito, a resistência dos germanos à civilização romana era resistência ao curso da história segundo um vetor que a razão lhe impõe. A irônica autodenominação dada às tribos germânicas de "germanos livres" significava exatamente permanecer na escravidão da barbárie, pois essa liberdade natural de bárbaros, como liberdade das florestas, que os animais também possuem (porque a vida é a razão no seu momento mais rudimentar), não tem a racionalidade da civilização, que é uma ordem de racionalidade efetiva e que por isso mesmo é um estágio superior do processo histórico de acensão da liberdade ou do Espírito , rumo à sua plenitude no Estado de Direito. A história deve lembrar-se de Tibério e de Germânico

---

49 Cfr. VARANDAS, *OP. Cit.*, p. 221 e p, 225.

50 Mommsen, *Römische Geschichte,* B. VI, S. 53.

51 ROSTOVTZEFF, M. *História de Roma.*Trad. de Waltensir Dutra. Rio de Janeiro:Zahar Editores, 2ª Edição, 1967, p. 179.

como os que estabeleceram as condições para a grandeza da Alemanha através a mesma história, que soube acolher e assimilar a grandeza da civilização e cultura greco-romana que o Império lhe legou.

É de lembrar que Augusto realizou a construção do Estado com o respeito necessário à cultura romana, quer na expressão dos costumes, quer na da religião, sem a qual não poderia dar unidade ao Estado. De tal modo vislumbrou essa necessidade da religião que se esforçou por, e alcançou, ser o primeiro na dimensão religiosa, ao ser aclamado *Augustus*. E o foi por reconhecimento de seus méritos, não só por ser grande estrategista, na guerra e na política, mas por realizar as virtudes que raramente um único homem as concentrava: a coragem, com que enfrentava os problemas políticos e os conflitos militares; a *clementia*, com que indultava seus vencidos; a *justitia* com que punia, legalmente, os infratores da lei; a *pietas* no cumprimento do dever para com os deuses e antepassados[52].

É de salientar que a esse poder executivo e de Chefe de Estado, Augusto garantiu continuidade legitimada, não por uma monarquia de descendência natural, mas por um Império lastreado nos três pilares sociais que o sustentaram, o *populus*, o *Senatus* e, economicamente, a ordem dos eqüestres, bem como quanto à legitimidade na sucessão espiritual, em sentido hegeliano, vez que essa se dava por parentesco genuinamente jurídico, e não biológico, cujo instituto base era a adoção no direito de família romano, com destinação política.

Augusto pode, como se vê da sua obra e de seu talento, ser considerado, para usar um conceito hegeliano, o primeiro Espírito do universo, secundado por Carlos Magno e explicitado no seu conceito pleno em Napoleão. Mommsen realça essa qualidade de natureza universal no gênio de Júlio César, como estadista.[53]

É assim o fundador do Estado ocidental, segundo a estrutura universal que o caracteriza, cujo suporte teórico, embora não plenamente revelado, foi dado por Cícero.

Como Estado universal, só poderia ter sido construído segundo uma ordenação (jurídica) e organização (política) racionais, vale dizer, a ordenação do direito que assumiu sua forma definitivamente racional com os *responsa prudentium* e um novo direito público, com a organização do poder de modo racional e por isso com força universal. É importante ressaltar que com os

[52] Exemplos são suas decisões de levar a julgamento os assassinos de seu pai, e sua filha, Júlia, por infringência a lei e aos costumes (AUGUSTUS. *Res gestae*. *In*: *Res Gestae divi Augusti*: Hauts faits du divin Auguste. Ed. bilíngüe (latin/français). Trad. John Scheid . Paris: Les Belle Lettres, 2007, § 34.

[53] Cfr. MOMMSEN, *Op. Cit.*, B. 5, p. 131.

responsa prudentium o direito chega ao seu mais alto momento de elaboração, depois de passar pela Lei das Doze Tábuas e pelas *Legis Actiones*, e pelo direito pretoriano. Trata-se de um direito doutrinário, posto no seu momento de maior reflexão e abstração e do qual se desenvolveram as duas grandes escolas, a dos proculeanos, que privilegiavam a *ratio civilis* na aplicação da norma jurídica, e a dos sabinianos, que preferiam recorrer à *ratio naturalis* na sua aplicação.[54]

No tempo de Augusto, como acima se mencionou, ocorre um acontecimento determinante da cultura ocidental, o evento Cristo.

O Cristianismo representa a presentificação do infinito e a despresentificação do finito; como essência, o infinito assume a existência do finito, e o finito, como existência, assume a essência do infinito. Esse movimento é a efetivação do absoluto cristão, garantida pela infraestrutura do Império e pela política de tolerância de Augusto. (Uma religião nacional somente com Juliano foi posta, então como religião de Estado).[55]

Não se trata aqui de fazer teologia; apenas tomar a representação simbólica da religião cristã e mostrar como esse absoluto entra no plano do Espírito objetivo ou do Estado.

Com efeito, a instituição do Estado une a diversidade na unidade e ganha efetividade no soberano. Assim, o Estado é tão só, no primeiro momento, a abstrata essência do absoluto e só se efetiva na unidade singular do soberano, o imperador. Também aí, o infinito abstrato presentifica-se no finito, e este como real existência, mas também como pura existência finita, portanto abstrata porque separada do infinito, ganha a essência do infinito e a sua efetivação na existência. Só assim surgiu o Estado ocidental; e a pessoa que encarna ou dá existência ao Estado é Augusto, o imperador.

A República não realiza a unidade do Estado, nem quanto à essência, nem quanto à existência. César rompe esse círculo, mas ainda não constrói uma nova ordem política em que se dá a efetivação do Estado. Não deu existência ao soberano, o *imperator*, que efetiva a existência da essência do absoluto na forma do poder, o Estado.

No Estado hebreu a unidade da essência infinita e da existência finita não se consumou, pois o infinito permaneceu transcendente, o soberano a dirigir seu povo do além.

No Estado romano, a exemplo do que realiza o espírito do Ocidente na representação religiosa de Cristo, o infinito se faz carne, ou seja, o infinito

---

54 V. SALGADO, *A Ideia de Justiça no Mundo Contemporâneo*, p. 95 e segs.

55 Cfr. BLANCO, José García. Introducción. In: JULIANO. *Discursos*. Madrid: Editorial Credos,1979, p.74).

que guarda a *essência* do absoluto, realiza-se plenamente na *existência* do soberano que assume a unidade de poder político. Esse soberano é agora *imperator*, Augusto. Nele está a força total, pela unidade de comando de um exército e marinha permanentes, está a ordenação na forma nomotética concedida pelas fontes produtoras do direito, o povo e o senado, e nele está a organização do poder e da administração na convergência que lhe dá a unidade, o soberano ou o *imperator*. *Imperator*, que era a aclamação feita pelos soldados ao general vencedor, passa a designar o poder político maior e, por isso, em vez de designar apenas o general com a expressão *Cesar imperator*, um adjetivo, passa, com Augusto, a designar o chefe de Estado, com a expressão, por ele mesmo usada, *Imperator Cesar,* como substantivo. [56]A gênese da palavra império acompanha a própria gênese da instituição política. Num determinado momento da evolução do poder político romano surge algo totalmente novo, que não é o reino, nem a república, mas uma unidade das formas pretéritas de organização do poder político romano. Num dado momento, em que Augusto não era apenas o chefe das forças militares procedentes do *populus*, nem também o cônsul escolhido pelo Senado, mas ambas as dimensões do poder, pôde ele designar-se Imperador, e todos os povos ou regiões submeteram-se ao seu poder, dando origem ao império. Quem diz qual a forma do poder que exerce é quem detém o poder político. Portanto, aquela realidade política, cujo poder estava concentrado no Imperador, "uma Monarquia Universal"[57] (Dante Alighieri), mas como unidade na pluralidade, é o Império Romano. Como se trata de uma realidade criada pelo homem, uma instituição, tem ela de observar o processo do seu próprio desenvolvimento ou mudança no tempo, pois é historicamente determinada. Por isso, podem aparecer impérios posteriormente ao romano e que não sejam idênticos a ele, mas que guardam as suas características essenciais. Assim foi o germânico de Bismarck, que, embora não abrangesse culturas ou povos etnicamente diversos, configurava essas características, pois estendia um poder central a reinos diferentes. Também foi verdadeiro

---

[56] Cfr. MATYSZAK, *Op. cit.*, p. 231. Não cabe aqui discutir o conceito de império como "uma unidade orgânica" em que os membros vivem segundo um sentido comum de uma ordenação superior (Cfr. KIENAST, *Op. Cit.*, p. 511-512, nota nº 236) e se o império de Augusto realizou exatamente esse conceito ou outro que se queira dar ao termo império. Interessa aqui a concentração do poder a dar unidade ao novo Estado que surge. Essa realidade é que foi denominada império, repita-se. As outras que surgiram posteriormente, se se quer chamá-las impérios, devem efetivar os elementos definidores daquela primeira.

[57] Cfr.POLELTTI, Ronaldo Rebello de Britto. *Elementos para um Conceito Jurídico de Império*. Tese de Doutorado apresentada à Faculdade de Direito da Universidade de Brasília. Orientadora: Profª Drª Loussia Penha Mussa Felix, 2007, p.55. O autor desenvolve um trabalho detalhado sobre o conceito de império. V. especialmente a Introdução e a Parte I: Conceito de Império. Da Monarquia até a República. De Otaviano Augusto a Justiniano. Império e Religião.(Divulgado na Internet). Cfr. BRINGMANN, *Op. Cit.*, p. 13-14.

império o de Carlos Magno, próximo ao romano, o de Napoleão, embora com tempo coincidente com o do Imperador, e o britânico, que parece ter bem assimilado a técnica romana. Não se pode projetar sobre o Império Romano uma concepção eleita, para dizer se ele era ou não império. O romano é o império. O que se assemelha a ele em determinadas situações históricas é também império, se realiza as características essenciais do modelo. Império é, assim, o que o romano construiu como conclusão do processo histórico que vai da monarquia até a República, e que assume esses dois momentos, constitutivos dessa nova realidade política de Roma. Tal como se mostra na realidade é um poder central que se estende a outros povos, nações ou reinos, numa relação de subordinação jurídica, militar ou política, na forma de parceiros, colônias, províncias etc. É forma de poder encarnado na pessoa do Imperador, soberano no sentido de Schmitt (o que decide no estado de exceção), o qual dá unidade à pluralidade ou diversidade de povos a ele submetidos. Cabe ao teórico do Estado descrevê-lo; não invetá-lo. Aquela organização do poder político criada por Augusto e por ele denominada império, é a realidade Império. Trata-se de um conceito dialético da formação do Estado ocidental, cuja realidade já está no momento do Império Romano, que assume todo um processo anterior de sua formação, nos momentos da monarquia e da República, e abre um novo percurso histórico a revelar a sua plenitude no Estado moderno e contemporâneo. Não pode ser captado abstratamente ou separadamente, sem acompanhar todo o processo histórico da sua formação e conclusão. Por isso é melhor dizer que o Estado moderno não elimina, mas assume a sua origem, o Império Romano.[58] Isso porque se se entende que o homem assume o que ele produz, não é um ser estranho à cultura, e esta é o que ele faz de si no tempo, isto é, na história, pois ele é o sujeito que se faz no tempo da história, fácil é entender que as suas instituições obedecem a esse mesmo processo, e sua verdade não pode ser separada do sujeito que a produz, nem se dá imediatamente, mas no final de um processo, vez que o verdadeiro é o todo, e o todo é a "essência que se completa através do seu próprio desenvolvimento".[59] A esse conceito, império, está atada definitivamente a noção de soberania. Com certeza, embora *imperium* devesse significar a extensão do Estado e a unidade dos diferentes povos dentro dele[60], o que importa é a unidade do poder ou da organização política que ele criou. É verdade que o senado e o imperador interpenetravam-se no poder. Entretanto, não há nem fusão, nem separação rígida[61],

---

58 Cfr. POLETI, *Op. Cit.*, Resumo.

59 HEGEL, Georg Willhelm Fridlich. *Phänomenologie des Geistes*. Hrsg.v.Johannes Hoffmeister.Hamburg:Verlag Felix Meiner,Der Plilosophische Bibliothek, B. 114, 6te. Auflage, p. 20 e 21, 26 e 27.

60 *Cf.*,KIENAST, *Augustus*, p. 511-512

61 KEINAST, *Op. Cit.*, p. 513.

pois as competências se harmonizavam na constante legitimação do poder de Augusto pelo Senado e na ação do imperador sobre o Senado a ponto de atuar substancial e decididamente na própria composição do Senado, como por exemplo, estabelecer o limite de 600 senadores.[62] Realiza-se desse modo o elemento essencial do Estado, a soberania, tal como Carl Schmitt procurou caracterizar: como o poder de decidir na exceção. Deve-se ter em conta, porém, que esse poder superior necessariamente tem uma origem ou suporte que o legitimam, seja democráticos ou autocráticos, inclusive teocráticos. Essa origem é uma vontade que põe a primeira norma positiva, ainda que implícita no ato de vontade que aceita explícita ou implicitamente (não se trata de reconhecimento, pois este, a rigor, não pode ser implícito) a vontade do poder que põe a norma, como, por exemplo, a *Lex Regia* no caso de Roma. Se alguém pela força se impõe como soberano e não há resistência impeditiva, então há uma aceitação tácita de acordo com o princípio *coactus volui, sed volui*. Assim, a soberania exige um elemento formal, uma norma positiva, ainda que implícita, e a força insuperável. Não pode decidir na exceção quem não tem força suficiente para fazê-lo, isto é, para tornar eficaz a decisão, já advertia semelhantemente Kant com relação ao poder de criar normas. Não há precedência quer histórica, quer lógica de um ou de outro desses momentos, norma e força, porque são momentos dialeticamente articulados.

A força permanente exigiu um líder permanente. E o soberano, que na República ocorria eventualmente, a ditadura comissária, passa a existir definitiva e permanentemente no imperador. Vale dizer, a soberania, elemento essencial do Estado, surge na sua plenitude e com ela, portanto, o Estado. E isso se fez por legítima interferência ou outorga de poder pelo Senado, sem condição revogatória ou resolutiva. O regime de Augusto é, pois, uma re-elaboração consciente das instituições políticas romanas, inclusive as republicanas, que experimentaram um vetor plenamente original desde o seu nascimento com a fundação de Roma.[63]

Esses são os elementos de inauguração do Estado ocidental como fato histórico em que começa a caminhar no mundo o absoluto, ou seja, "o Estado é o caminhar de Deus no mundo" (Der Staat ist der Gang Gottes in der Welt) para usar uma figura usada por Hegel. Com efeito a aclamação de Otaviano como augusto ou divino não é uma alienação do poder ou da essência humana de Otaviano, mas a compreensão de que o primeiro momento do Espírito do Universo (ainda Hegel), Augusto, não como um deus, mas

62 KIENAST, *Op. Cit.*, p, 161, 156, 154, sobre a redução do número de Senadores.

63 Cfr. CORASSIN, Maria Luiza, no seu artigo, Comentários sobre as Res Gestae Divi Augusti, *in*: *Revista de História* 151 (2º – 2004), 181-199 Op. Cit., p.198.

simplesmente divino, o que vive em comunidade com os deuses pelo cultivo e guarda da *pietas* e o que realiza o absoluto na terra, na forma definitiva do Estado soberano, por ele organizado racionalmente e definitivamente posto na existência. Enfim, o que tem a razão legisladora elevada até os limites do deus legislador, Júpiter (Cícero). A excelência do espírito do Imperador, que o faz semelhante a um deus, torna-o divino, tal como também Platão usou o conceito, referindo-se ao filósofo.[64].Na verdade, tratava-se de um ambiente adequado ao desenvolvimento do Cristianismo, no qual o Deus cristão se humanizou e o homem se divinizou, como, por exemplo, na liturgia da eucaristia e comunhão, que faz ressonância com a voz de S. Paulo (Gal 2, 20).

Esse fenômeno da aparição do Estado no Ocidente, a partir de Augusto, dá realidade à cisão que a reflexão filosófica de subida para o transcendente ou absoluto, e a representação religiosa explicitada nas categorias teológicas (Carl Schmitt) de descida do transcendente ou absoluto para a contingência do tempo e do espaço. O ambiente da Roma augustana é o ambiente propício ao desenvolvimento do Cristianismo, a religião que traz como novidade ou evangelho (εὐαγγέλιον, εὐαγγελία) a encarnação do Absoluto, ou o Absoluto situado. Na verdade, o Cristianismo não teria passado de efêmero mito supersticioso não tivesse se organizado no tempo e assumido os benefícios daquela rica civilização, a organização administrativa e a cultura ética de então. [65]

> "É bastante conhecido o processo organizativo das instituições eclesiásticas, particularmente das dioceses, sobre as bases das estruturas administrativas do império romano, mas o fenômeno não é apenas externo e envolve toda a estrutura interna da Igreja na linguagem, nas expressões linguísticas e litúrgicas, nas idéias: é sobretudo o pensamento estóico – de Cícero e Sêneca – sobre a ética, sobre a *virtus* e sobre a *fides* como pressupostos da juridicidade que marcou desde o início o pensamento cristão".[66]

Augusto realizou, nesse sentido, a figura do político absoluto, pois além do *honestum*, do *justum* e do *decorum* (Thomasius), que na modernidade se

---

[64] Ver PLATON. .Σοφιστης/Der Sophist, 216 b. Übersetzung Von Friedrich Schleiermacher. *In*: *Werke*. VI Band. Hrsg. Von Gunther Eigler. Darmstadt: Wissenschaftliche Buchgesellschaft, 1970-90. [Griechischer Text: Société d'Édition "Les Belles Lettres", Paris, 1955 et 1960.

[65] "Os romanos estenderam a linearidade e homogeneidade [da linguagem] pelas esferas civis e militares e pelo mundo do arco e do espaço visual, ou fechado...Estenderam a linearidade por todo um império e a homogeneização para o processamento-em-massa de cidadãos, da estatutária e dos livros. Hoje os romanos sentir-se-iam bem à vontade nos Estados Unidos e os gregos, em comparação, prefeririam as culturas 'atrasadas' e orais de nosso mundo, tais como a Irlanda e o Velho Sul da América do Norte". PRODI, Paolo. *Uma História da Justiça*. São Paulo: Martins Fontes, 2005, p. 24.

[66] PRODI, Paolo. *Uma História da Justiça*. São Paulo: Martins Fontes, 2005, p. 24.

pensaram como as vertentes da *praxis* romana como a coragem (*virtus*), a *clementia*, a *justitia* e a *pietas* com que recebeu o nome de divino, não era um Deus individual como em outros povos, mas o homem que assumiu a virtude do divino por encarnar, a partir de então, o absoluto, o Estado. Essa espécie de simbiose do absoluto ou transcendente com o situado, do divino com o humano, do finito com o infinito, é a chave de compreensão do Estado no Ocidente e de sua soberania. E isso se dá nos dois eixos da cultura ocidental: o Estado e a religião. Com efeito, na representação religiosa, o Deus encarnado dos cristãos é a unidade perfeita desses momentos, o absoluto na imanência do tempo e do espaço, o infinito no finito. Esse absoluto não já na representação, mas na esfera do conceito, esse absoluto na história é o Estado ocidental e se realiza conclusivamente, depois de um longo percurso, no Império de Augusto. Não o realizaram os gregos, em razão da dispersão e aventura de Alexandre, só o concebendo abstratamente, mesmo assim na circunscrição da *polis*. No oriente os hebreus o representaram, mas como absoluto transcendente, separado no nós, da sociedade que ele domina, portanto como senhor absoluto ou como um eu que concentra em si todo o poder, abstratamente, pois a ele toda a essência política do povo está alienada. Há uma inconsciente e passiva submissão do homem à guisa de ovelha sob o cajado do pastor, pois não o escolhe, mas a ele é submetido. Por isso não há um pacto para a criação do Estado, mas uma escolha unilateral de um povo por Javet,[67] que a esse povo se impõe pelo temor, como seu senhor absoluto; e o temor do senhor é, nesse caso, o começo da sabedoria. Trata-se de sujeição imposta por uma vontade. Na sujeição não há pacto, mas fato produzido unilateralmente. Nesse sentido, não pode haver um *pactum subjectionis* como pretendeu Hobbes. Pacto é sempre bilateral e de seres livres, que, como livres sequer por hipótese aceitam a sujeição. Somente depois de submetidos é que sua vontade aparecerá legitimando a sujeição, por tolerância ou mesmo por reconhecimento (*coactus volui, sed volui)*. Em Hobbes, contudo, o absoluto é já imanente. A essa submissão incondicional e involuntária na origem de um Estado hebreu sobrou apenas a liberdade, não de romper o pacto, porque não pactuou, mas de romper a submissão, infringindo as leis do Senhor absoluto. Daí, ser o ato de rebeldia do homem no Éden um ato radical de liberdade, portanto de tentativa de constituir o absoluto, o Estado, na história. Contudo, o Estado permanece aí como o absoluto transcendente, portanto representado na religião, não como o real encarnado.

Esse simbolismo da unidade do finito e do infinito, ou do finito que se infinitiza como divino no poder, tal como o infinito se finitiza na religião,

---

[67] (Cfr. ALBERTONI,Ettore A.. Pacto. *In: Enciclopédia Eunaudi*. Tradução Fernanda Barão. Lisbboa: Iprensa Nacional. Casa da Moeda, 1989, vol. 14, p. 14-16.)

deu a Augusto a tarefa de realizar essa unidade também na sua ação política, pois, além de levar avante a herança de César, concebeu o Império como uma unidade e "não apenas como um conglomerado de províncias, das quais se extraem tributos e para as quais anualmente *nollens vollens* se enviavam administradores e tropas"[68] Essa política de unidade começa pela sua preocupação na busca da adesão da Grécia, talvez por considerar a mais importante conquista do Império, tomando uma série de medidas que vão desde a devolução de seus ícones religiosos ou de suas obras de arte recolhidas por Antonio, até construção e reconstrução de várias expressões da cultura grega, como templos etc., mostrando com isso o respeito pela sua religião e demonstrando a virtude que o fez Augustus, a pietas.[69] Para Augusto, o que deveria antes de tudo realizar era a unidade do Estado, sem a qual não haveria Estado. E essa unidade deveria alcançar todas as dimensões da realidade social: a religião, a tradição dos costumes, o direito, a política, as forças armadas[70], a economia, a arte, a lingua e a cultura em geral, que alcançaram grande explendor no seu império.[71] Essa unidade, base do Estado na concepção de Cícero e de Augusto, era ainda reforçada por um hábil sistema de divulgação ou propaganda, pela primeira vez usado na história, politicamente, com eficiência, como as solenidades, as construções de monumentos, as celebrações religiosas e a cunhagem e circulação de moedas para comemorar grandes feitos.

A literatura contemporânea sobre o Estado está a demonstrar essa trajetória da concepção de Estado. No plano teórico, se se segue a direção do pensamento ocidental, desde Platão, a civilização ocidental está marcada pelo signo da teologia, ou das categorias que pensam o absoluto.

O elemento mais expressivo na retratação das categorias teológicas, na visão de Hegel, Carl Schmitt e Lima Vaz, é o Estado. Com efeito, o Estado é o absoluto (ou o transcendente imanentizado) na visão de Hegel, o *locus* de manifestação das categorias amigo/inimigo, correspondentes às categorias fiéis/infiéis, para Carl Schmitt, ou a expressão das categorias postas em claro na teologia medieval, para Lima Vaz, como a liberdade ou livre arbítrio diante de Deus (do Estado), da encarnação do absoluto na história ou do

---

[68] KIENAST, *Augustus*, p. 453.

[69] Cfr. KIENAST, *Augustus*, p. 457; ver especificamente o capítulo da mesma obra com o título, Política Econômica e Política de Construção (Wirtschafs- und Baupolitik) de Augusto. A política de construções de Augusto, bem como a de emissão de moedas, além das solenidades tinham sempre uma dimensão enaltecedora do Estado, representado na figura do Imperador, como mostra KIENAST nesse Capítulo e em outras passagens.

[70] KIENAST, *Ibid.*, p. 322.

[71] Além de grandes nomes, como Virgílio e Orácio, vários nomes em todas as vertentes das artes e das ciências estavam ligados a Augusto (v. KIENAST, *OP. CIT.*,P. 312 E SEGS.).

infinito no finito. Enfim, "o Estado se cobre com os reflexos da majestade divina e encarna um direito que lança suas raízes em Deus"[72], questões medievais para Lima Vaz, mas cuja resposta é posta em existência na figura do Império de Augusto, a marcarem definitivamente o caráter da própria modernidade da civilização ocidental, cuja expressão mais alta de vida são as instituições do Estado e do Direito.

Esse trajeto torna possível entender que o Estado Ocidental é o sujeito absoluto da história e realiza no seu movimento dialético o homem ocidental, pessoa e cidadão como sujeito do próprio poder, ou seja, do Estado. Eis porque uma civilização que substituísse de si a estrutura gramatical grega, da divisão entre sujeito e predicado[73] poderia substituir Deus ou Estado como sujeitos infinitos, mas teria como consequência a implantação de uma civilização robótica, poiética, de funções inconscientes. Substituir o sujeito absoluto pelo super-homem? Que super-homem? Um super-homem a dominar sub-humanos ou super-homens estranhos entre si, a pulularem errantes no planeta ou a praticarem entre si o terror, em que cada um é senhor sem limite, do que a história já deu exemplo, analogamente na fase aguda da *Revolução*.

O Estado contemporâneo na sua essência começa no Império romano, que tem no seu centro, como seu fundador, tal como ele é e conhecemos, Augusto. O poder de Augusto, já entendido como supremo ou soberano, não vem dos deuses, nem das idéias filosóficas ou da prática política grega, mas experimentou um desenvolvimento autônomo através da unidade da *potestas* e da *auctoritas*, do *populus* e do *senatus*, cuja força a lhe dar efetividade era a cavalaria ou a ordem dos eqüestres. Nasce da *voluntas* política real e não de um concepção teórica tida como modelo do que é bom para a sociedade. A *auctoritas* se funda na *dignitas* e não procede dos deuses, isto é, não se legitima pela divindade, nem por uma ideia transcendente como em Platão *(Arendt)*. Tem *auctoritas* o *senatus* que se remete aos *majores*, os ancestrais que fundaram e construíram no tempo, Roma. O seu lastro é, pois, a tradição.

A *potestas,* que é a força do povo e dá os componenetes do exército e origem ao *imperium* sustenta e legitima o poder do imperador. O imperador encarna, personaliza e dá unidade ao *populus* e ao *senatus*, portanto, ao Estado. O Estado é essa unidade, mas que só se torna real na pessoa de um chefe supremo, o Imperador. Os impérios ou reinos existentes no Oriente não permaneceram nem evoluíram para um Estado universal. Os próprios Estados existentes no Oriente são,estruturas adaptadas ao modelo do Estado ocidental, cuja evolução começa no período clássico, com o Império

---

72 LIMA VAZ, Henrique Cláudio de. Teologia medieval e cultura moderna. *In*: *Síntese*, número 17, 1979, p. 14.

73 *Cf.* LIMA VAZ. *Op cit.*, pág 16.

Romano, e encontra seu momento de efetividade no Estado Democrático de Direito contemporâneo.

A *Filosofia do Direito* de Hegel pode ser compreendida a partir da rigorosa dicotomia kantiana, que expressa a nitidez da criação romana das bases da Ciência do Direito, ao distinguir, o romano, moral e direito, pondo na prática da aplicação, na legislação e na doutrina a autonomia formal do direito. Kant distingue com rigor teórico a legalidade do direito (*Gesetzlichkeit*) da moralidade (*Moralität*) da moral.

Entretanto, não só. A política é o terceiro tema da filosofia prática de Kant, pela qual o direito e a moral culminaram na proposta de uma paz perpétua. Contudo, os temas são tratados analiticamente como não poderia ser diferente em Kant.

Hegel retoma os tema nas suas respectivas autonomias, dadas por Kant e trata-os dialeticamente, procurando mostrar que formam uma unidade na filosofia prática, considerando a legalidade, não como explicação abstrata do direito, porém como momento de um todo articulado nas suas partes organicamente, denominando esses articulados de momentos e não mais partes que apenas *compõem* o todo, de direito abstrato, para distinguir o direito como momento da legalidade do direito como momento de totalidade do Espírito objetivo, principial ou em si e universal abstrato; a moralidade, momento do reconhecimento da consciência moral na pura subjetividade do indivíduo dotado de vontade autônoma, pensamento e corporeidade; e o terceiro momento englobante, dos dois primeiros, o da política por ele denominado eticidade, palavra com que pretende dar unidade à substância ética do Espírito objetivo.

Hegel reconhece a força espiritual do direito romano, mas tão só como direito privado. E o núcleo essencial do direito privado é o direito de propriedade. Entretanto, deve-se observar que o direito de propriedade é a pura manifestação da vontade livre, no momento da exterioridade, vale dizer, no momento mais importante da vontade livre, por ser o momento em que é posta como exteriorização da vontade livre, mas realiza ao mesmo tempo a vontade livre interior, não só como saber dessa liberdade, mas como agir livre, no reconhecimento do outro também como titular do direito de propriedade[74]na medida em que a propriedade somente é propriedade, pelo reconhecimento social do direito de propriedade, que, por ser direito da pessoa (sujeito de direito), do indivíduo, só pode existir completamente no último

[74] V. SALGADO, J. C. *A Ideia de Justiça no Mundo Contemporâneo*, p. 81.

uso da propriedade, no consumo ou na sua alienação, portanto, no confronto que é ao mesmo tempo encontro de vontades livres: o contrato. O contrato é, pois, o modo de reconhecimento efetivo e concreto da vontade livre, portanto, da pessoa reciprocamente. A questão que se põe é se esse direito que realiza a efetividade da pessoa (vontade livre), que se conhece como tal e é como tal reconhecida precisa de uma instância superior com sua superação, o Estado. Como efeito, em Roma o Estado se concebe como ético, portanto, no elemento da eticidade plena, não porque a pessoa deve ser superada pelo cidadão, mas porque o Estado deve estar a serviço do direito. Essa é a mensagem de Augusto ao reconhecer nos *responsa prudentium* a validade normativa autônoma do direito. E, por serem os *responsa prudentium* obra erudita dos jurisconsultos, é também momento do saber pleno da liberdade. O Estado de Augusto é o elemento pleno da liberdade, não porque a vontade do cidadão particular ou da pessoa individual, apenas, faz o direito, mas porque a vontade livre age segundo a livre ou racional construção do direito. Já em Roma, o saber da liberdade no direito e o agir livre no mesmo direito ganha seu foro de legítimo.

O que resta a fazer é garantir esse direito de propriedade, que torna possível a liberdade na sua mais concreta manifestação, em normas que se ponham acima do próprio poder, ou seja, numa constituição que declare direitos subjetivos, e imponha limites ao poder. Isso é feito após a Revolução Francesa, no Estado Constitucional, de direito.

Esse Estado que sabe de si como Estado é revelado na crítica de Augusto a Alexandre, ao opor à aventura de Alexandre, a estrutura de poder da organização política do Império. O Estado é, então, uma organização permanente e seu dirigente, no comando dessa organização estática, não tem que governá-lo fora dele ou mostrar o poder externamente ou fora dele. Não é o imperador que vai à guerra, em aventura, embora o faça ocasionalmente por necessidade, mas a organização estatal que se estende para além de qualquer limite, sem perder a sua unidade. Na vastidão do Império, Augusto tinha as condições de uma civilização avançada para que o Império pudesse ter sede, e da sede governá-lo, ou seja, fazer-se presente em todos os lugares onde deveria estar, nas Gálias, Espanha, Síria , Grécia etc., através da palavra escrita, as cartas e os meios do sistema de comunicação, as estradas. Usou dessa estrutura de comunicação universal para dar unidade ao Império e manter a sua universalidade.

Como ponto alto da expressão do *verbum* romano na organização do poder as *Res Gestae* de Augusto é a própria voz do Estado encarnado na pessoa do primeiro cônsul, pois Augusto não fala como particular, mas como homem de Estado. E é com essa interpretação que se deve compreender o texto das *Res Gestae.*[75] Sem projetar valores contemporâneos, que já são o resultado de todo o processo histórico de sua formação, que começa no período clássico, podem-se citar aqui três momentos do seu texto que marcam a presença definitiva do Estado na história do Ocidente, no significado dos seus atos, que não são apenas louros cantados a si próprio, mas registro de ações do Estado.

O primeiro é o ato que parece apenas desprendimento de Augusto. Ao devolver o poder que tinha recebido do Senado para debelar uma perturbação da ordem e recusar a magistratura do Ditador e poderes extraordinários, ao arrepio das tradições (§6°)[76], o que se deve compreender com isso é o reconhecimento das instituições políticas de Roma. Por esse ato, o Estado mostra estar consciente de sua existência na pessoa de seu dirigente, vale dizer, o Estado sabe de si como Estado. (§5°)[77]

O segundo elemento necessário para que o Estado romano possa mostrar-se como Estado no momento da existência e ao mesmo tempo da essência é o da estrutura definitiva dada por Augusto, ou seja, o elemento formal necessário à constituição do Estado, a tessitura normativa do direito. Com efeito, o Estado só se constitui como existência e essência no seu conceito, ou seja, enquanto uma organização de poder no elemento do direito, numa ordem normativa. Organização de poder (da força) e ordenação de normas são os elementos, material o primeiro, e formal o segundo, que dão a existência e a essência constituinte do Estado, ou seja, sua efetividade. É isso que está presente no Estado romano no tempo de Augusto, pois com Augusto conclui-se todo o processo de desenvolvimento do direito: o momento da legislação, o momento do direito pretoriano na atividade de aplicação e o momento da doutrina, aberto por Augusto ao nomear os sábios do direito como criadores de normas jurídicas através de seus *responsa* (pareceres). Graças a essa consciência da necessidade do direito como elemento formal e essencial do Estado, que lhe dá unidade e permanência, pode ele, Augusto,

---

[75] A veracidade do texto de Augusto está demonstrada não só na sua objetividade, mas também no ato de sua publicidade. Não se trata de texto feito com a intenção de promover-se, mas de relatar publicamente o que foi feito por ele. Objetividade e publicidade demonstram a sua verdade. V. a respeito, o comentário de CORASSIN, Maria Luiza, no seu artigo, Comentários sobre as Res Gestae Divi Augusti, in: *Revista de História* 151 (2° – 2004), 181-199, à página 185, em que a autora supõe poder haver exagero no texto. Deve-se ter ainda em conta que não havia mais interesse de Augusto em fazer propaganda, além do que se tratava de fatos materializados externamente.

[76] AUGUSTUS. *Res Gestae,* §6°

[77] Id., *Ibid.*, § 5°.

dizer ter dado, isto é, o Estado ter dado ao que tirou a vida a seu pai, juízo justo, legal ou dentro do direito (*iudiciis legitimis*)[78](§2º), segundo o dever que a *pietas*[79] lhe impunha.

Esse explendor do direito com Augusto, que torna possível o aparecimento do Estado, tal como o Ocidente o concebeu e desenvolveu, é a própria expressão do direito na forma do conceito ou no terceiro momento de sua evolução, *Jurisprudentia* ou forma doutrinária do direito. Então o direito, e não mais uma abstrata teoria política, embora importante como desenvolvida na Grécia, dá a forma conceptual do Estado e o faz por isso mesmo um Estado ético na sua substancia e não apenas na subjetividade moral do governante que o dirige. Isso ocorre pelo avanço da consciência jurídica romana como superação da consciência pura e simplesmente moral, ao dar unidade ao empírico com o ideal, ou seja, da experiência com a consciência ou razão. Com efeito, a jurística romana opera a unidade da "experiência jurídica (como vida do direito) e da consciência jurídica (como razão do direito) na síntese superior da razão jurídica, em que a vida e a sua medida, a razão, expressam-se na razão prudencial do jurista, na medida em que se mostra como consciência jurídica erudita de uma sociedade, na criação dos institutos jurídicos e da legislação jurídica. A consciência jurídica, nesse ponto, é uma consciência erudita numa sociedade de cultura avançada e de complexa civilização. Antes disso, ela mais não é do que consciência moral, religiosa, etc., ou consciência jurídica na sua pura imediatidade."[80]

É com o Imperador Augusto que o direito é elevado ao seu momento de maior efetividade, após percorrer do costume para a lei, das *legis actiones* e da Lei das XII Tábuas para o direito pretoriano, e deste para o direito no plano do conceito ou da idealidade que assume a longa experiência jurídica de um povo, os *responsa prudentium*, na expressão maior do direito, como doutrina normativa ou saber do direito, a *Jurisprudentia*. Com esse conhecimento do direito instala-se definitivamente a doutrina do direito e, com isso, o desenvolvimento da Ciência do Direito, com o surgimento dos grandes jurisconsultos e das escolas doutrinárias, os proculeanos e os sabinianos.[81]

O Estado de Augusto, ao realizar o *prius* lógico do direito, mostrou-se no elemento da cultura, desdobrada nas suas dimensões fundamentais: a

---

78 Id., *Ibid.*, § 2º. Não só deu julgamento justo, mas preveniu contra o esfacelamento político dos que seguiam César, garantindo o rumo da República para a unidade do Império. (Cfr. a respeito, BRINGMANN, *Op. Cit.*, p. 60.

79 Cfr. KIENAST, *Op. Cit.*, p. 9.

80 SALGADO, *A ideia de justiça no mundo contemporâneo*, p.99.

81 Sobre essas Escolas, dos proculeanos e dos sabinianos, v. SALGADO, *Op. Cit.*, p. 95 e segs.

religião, pela qual a pessoa pela fé interioriza o absoluto e se concilia com o Estado que o realiza no mundo; a moeda definitivamente institucionalizada, pela qual um povo universaliza e dá independência e unidade à sua economia; e a língua, em Roma definitivamente estruturada na gramática e na estilística e, como tal, tornada língua efetiva do povo, realizando na exterioridade a universalidade abstrata da estrutura do pensar que se conhece na Ciência da Lógica de Aristóteles.

No Império de Augusto, a consciência moral, teorizada pelos gregos, teorizada e realizada pelos romanos, se eleva a consciência jurídica, através uma efetiva consciência política. Essa consciência política, que se dirige à realização da justiça, tem uma dimensão externa que para Augusto era missão irrecusável: a de levar a civilização romana a todos os povos, cumprindo o que a razão estética lhe propõe na exuberante épica de Virgílio, o Príncipe dos Poetas, segundo Vieira[82]: "*...tu regere imperio populos, Romane, memento (hae tibi erunt artes), pacisque imponere morem, parcere subjectis et debellare superbos*." ("lembra-te, porém, Romano, que a tua missão é a de governar os povos com o império. Suas artes são as de editar leis da paz entre as nações, poupar os vencidos e debelar os soberbos").[83] A clemência e a justiça, virtudes cultivadas pelo poder de Roma, conduz as suas conquistas.[84] Com efeito, a épica de Virgílio tem como verdadeiro herói o povo romano, vale dizer, Roma. Diferentemente da épica de Homero, a lidar com o imaginário no objetivo de escriturar e exaltar a mitologia grega e descrever as aventuras de um herói individual, a de Virgílio faz os deuses entrarem na realidade de Roma como sua alma; seu herói é um indivíduo, mas que encarna o espírito de todo um povo no destino histórico por ele traçado para construir uma cidade e, com ela, a história de uma civilização. Não são aventuras, mas uma fenomenologia do espírito de Roma a mostrar através da emoção estética, no belo literário que tão fortemente expressou na sua verve poética, a gênese e formação de um grande povo ou do Ocidente. Em Homero a ação é aventura do herói e a matéria, o repositório riquíssimo da mitologia grega; na *Eneida* de Virgílio a ação é plano do herói

---

[82] VIERA, Pe. Antônio. Lágrimas de Heráclito contra o Riso de Demócrito. *In*: *Sermões*. Lisboa: Lello & Irmão – Editores, 1951, vol. 15, p.444.

[83] VIRGILE. Énéide. Trad. française de André Bellessort. Paris: " Les Belles Lettres", édition bilíngüe français/latin, Livre VI, 850, 1974, p. 19.

[84] O talento de Virgílio conduz à sua inspiração poética as dimensões em que capta a imagem do o homem na sua intuição poética: "...il est parti de l'homme lui-même em quête de ce qu'il est, ce sont des *Bucoliques*; les *Géorgiques* introduisent l´homme au travail sur lês choses, sur la terre qu'il modele; l'Énéide evoque l'homme historique, *l'homo historicus*, celui qui s'engage em amitié et en lutte avec d'autres hommes pour faire une cité". (BELLESSORT, André. Introduccion. In: VIRGILE (Publius Virgilius Maro). Énéide, Livres I-VI. Paris: Société d'Édition "Les Belles Lettres", 1974, p. XXII).

e a matéria é a história, a memória de um povo. Em Homero a guerra está na essência da ação e da alma do herói, cuja razão de ser é a glória da vitória; é bela porque não se mistura com o real. Em Virgílio, a guerra não é, nem desejada, nem buscada, *bella, horrida bella.* (VI, 86).[85] Ela impõe-se como inevitável, necessária com seus horrores, e é assumida no cântico, não para coroar a aventura de um herói, mas cantar Roma na porfiada busca da paz, rediviva após a sangrenta luta entre irmãos: *horrentia Martis arma virumque cano* (I, 4*-1).[86] O que se canta nas armas com Virgílio é a formação de um povo glorioso. A guerra se põe no caminho de Enéias a somar-se com os grandes obstáculos à tarefa de construir um grande Estado, como ocorreu nas guerras púnicas e, principalmente, na guerra civil: *Tantae molis erat Romanam condere gentem* (I, 33), ou seja, grande e penoso esforço custou a formação da romana gente. Mas não é apenas a *Romanam gentem*, é o próprio Espírito do Ocidente o objeto da intuição poética de Virgílio, vaticinado num dos versos mais densos em significação do pensamento ocidental e que foi citado por Hegel na sua última aula de História da Filosofia como suma de todo esse pensamento, desde Thales de Mileto, num período 2.500 anos (hoje, cerca de 2.700 anos).[87] É o seguinte o primoroso e profundo verso de Virgílio, interpretado por Hegel: *Tantae molis erat, se ipsam cognoscere mentem*, grande e penoso foi o esforso do Espírito ou do pensar (*mentem*) para conhecer a si mesmo. Nenhum texto para Hegel intuiu o absoluto na história com tanta perfeição e precisão como esse.

Na simbologia poética está a chegada, o Império de Augusto, o Enéias historicamente situado, a representar o Império, que na verdade não é chegada como fim, mas como começo, pois que cominada ao povo romano a missão de dominar o mundo para instaurar a paz e a civilização. Esta é a verdade da épica de Virgílio: a épica da paz universal, embora fosse necessário o heroísmo das armas. Enéias é o herói que se forma, portanto que se muda no processo histórico dessa formação e aponta para o futuro, diferentemente da épica grega.[88] "Virgílio nos conduz do mundo de Homero ao de Augusto... Seu personagem principal é Roma considerada *sub specie aeternitatis*". E assim condensa o autor citado a essência ou o sentido universal dessa obra

---

85 Cfr. BELLESSORT, *Op. Cit.*, p. XXV.

86 O épico da língua portuguesa, ao homenagear Virgílio com verso semelhante, também não pôde deixar de cantar as armas: "*As armas e os barões assinalados.... em perigos e guerras esforçados...*" CAMÕES, Luis de. Os Lusíadas. I, 1. Edição comentada por Professor Otoniel Mota. São Paulo: Edições Melhoramentos, 13ª edição, s/d.

87 HEGEL, G. W. F. Vorlesungen über die Geschichte der Philosophie III. *In: Werke in zwanzig Bänden*, B.20. Frankfurt: Suhrkamp Verlag, 1980,S.455.

88 BELLESSORT, André. Introduccion. In: VIRGILE. Énéide, Livres I-VI. Paris: Société d'Édition "*Les Belles Lettres*", 1974, p. XIII.

prima da humanidade: "*A Eneida* é o poema de Roma antes de seu nascimento e, ao mesmo tempo, o poema do Império romano sob Augusto".[89] (Idem, *Ib*., p. XI).

O poema de Virgílio opera, na intuição poética desse absoluto, a unidade do imaginário do passado no real do presente e no possível do futuro, que se tornou certo como vertente do Estado ocidental. A impotância maior de Augustus é, além de ter criado o Império Romano, que viveu por séculos[90], ter também criado, nele, o Estado ocidental, que permaneceu até nossos dias.

1.2 A Religião Univesal

A passagem citada por Hegel sobre David[91], pedindo a Deus lhe fizesse um coração puro e um espírito sábio (gewissen Geist), mostra a diferença entre as duas grandes culturas, a oriental e a ocidental, esta na sua expressão acabada, dada por Roma. Na oriental, o absoluto como espírito está na transcendência. O senhor é transcendente. Não pertence à comunidade. Comanda-a do além, numa relação de senhor absoluto com seus súditos na qualidade de fiéis. Na cultura romana, o senhor é o soberano, pertencente à comunidade, a unidade do Império encarnada, em que o Estado encontra sua forma simbólica e, ao mesmo tempo, de unidade material e espiritual de um povo. Augusto é o universal real, o senhor enquanto símbolo que dá a unidade ao Estado e, por isso, o absoluto ou o divino, e de tal modo assim concebido que nele está a dimensão simbólica e real ou material do universal. A submissão do cidadão ao Imperador é a sua integração no universal, o Império, cuja aspiração era o universal em todos os sentidos, que se põe na existência empiricamente na expansão territorial, que é ao mesmo tempo expansão do espírito, pois que expansão da cultura e civilização ocidental. A vocação para o universal dá ao romano a virtude de fazer da guerra uma ação eminentemente espiritual, e conscientemente, como se pode ver nos escritos do próprio Augusto, que é levar para além das fronteiras de Roma a cultura e civilização greco-romana. Daí a dimensão ética da inserção do cidadão na unidade do Estado, o universal concreto, sem perder a sua autonomia como pessoa de direito. No Império, o indivíduo se integra na unidade do Estado, mas preserva a sua personalidade jurídica, forma imediata de realização da liberdade. O Espírito sai da sua clausura em que se conservava no estado incipiente da pólis. Trata-se de um momento *extra*-ordinário

---

89 *Idem*, Ib., p. XI.

90 Crf. BRINGMANN, *Op. Cit.*, p. 244.

91 HEGEL, G.W.F. Philosophie der Geschichte. *In: Werke in zwanzig Bänden*. Frankfurt: Suhrkamp, 1980, S. 389)

do Espírito, em que sai do ordinário, da ordem comum. É de notar que o Espírito não se mostra a não ser na realidade da matéria, ou seja, no mundo simbólico da cultura. Isso se dá desde o seu despojamento da abstração, o pensamento puro, através da matéria do som, a palavra, ou pela expressão luminosa na visão, a escrita, até o mais rústico do fazer humano, cujo produto continua sendo matéria na forma de sinal que lhe dá existência ou efetividade. O Império é esta mais autêntica realização do Espírito como unidade material e simbólica de si mesmo, que na consciência livre do estóico se apresenta na sua mais pura e débil existência, o sinal da palavra, ainda que em monólogo interno ou no puro pensar do filósofo, o que já é um diálogo interno, no dizer de Platão, já citado (*Teeteto*, 189d). Eis porque na cultura greco-romana, com o surgimento do Estado ocidental no momento do Império, o verbo se fez carne ou o Espírito se fez vida, se fez existente. É interessante observar que, ao dizer *logos* ou *verbum*, mostrando, como um sábio grego, a divisão entre o *verbum* (que é pensar já em movimento para o exterior, para a existência no tempo e no espaço, portanto na matéria) e a *caro* (a matéria que se engendra e contém o *verbum*), já pôs o Evangelista o absoluto no *Verbum*, não como o que é puro, sem materia, mas como o que já traz em si o elemento de exteriorização ou de existência, o sinal, pois *verbum* ou logos é palavra em cuja essência está o sinal, o exterior que o mostra, ou seja, o logos que se movimenta para o exterior e que – então não mais para criar – como infinito se realiza na unidade com o finito, *caro factum est*. Não é o caso aqui de qualquer interpretação teológica, mas de encontrar os traços filosóficos da religião cristã, com apoio em categorias já desenvolvidas por Hegel. Esse entregar-se do infinito no finito decorre, na concepção cristã, de algo totalmente novo a dar união à trindade de Deus: o amor. E é Hegel, ainda, que anota o princípio fundamental dessa religião pondo-a na relação com as outras que acorreram na formação da cultura ocidental. Ele aponta a diferença substancial dessa religião revelada e que a põe no vértice da história de todas as religiões: a religião judaica, segundo Hegel, caracteriza-se como religião do temor; a religião pagã, como religião do belo; a religião cristã é a religião do amor. Com efeito, se a lei mosaica impõe deveres, impõe o temor, pois à transgressão dos deveres sobrevém a sanção. Por sua vez, a religião greco-romana se realiza na exprssão do belo, cuja origem é a poética de Homero. Texto claro de São Paulo, mais de uma vez expresso, está a legitimar a compreensão de Hegel: "Pois os preceitos: *Não cometerás adultério, não matarás, não furtarás, não cobiçarás*, e ainda outros mandamentos que existam, se resumem nestas palavras:

Amarás o teu próximo como a ti mesmo. O amor não prejudica ao próximo. O amor é o pleno cumprimento da Lei."[92]

Essa é a boa nova de Cristo. São Paulo repete o ensinamento de Cristo, que é o Mestre do Amor, ensina o amor. É oportuno notar como o texto recebe a forma de um imperativo categórico. É possível ordenar que se ame? A doutrina cristã é toda centrada nesse conceito: amor, como ágape (᾿αγάπη), caritas, doação. O ato da criação é já doação, amor. A unidade de Deus na Trindade é amor. A encarnação é o mais alto grau do amor, é doação do infinito ao finito, no que está incluída a história dessa doação: nascimento, paixão, morte, mas também a suprassunção do infinito na ressurreição, na qual o absoluto se mostra como o universal concreto. Há, contudo, uma diferença de essência entre o imperativo e a doutrina cristã do amor. Aquele é formal, norma do dever por dever, sem qualquer referência a determinado conteúdo. Nessa, o amor é conteúdo. No caso do amor humano não se pode desprezar o sentimento; então é convergência do sentimento e da razão. Não é também outro modo de expressão da regra de ouro, "não faças aos outros o que não queres que te façam a ti". Esta é regra ética, impõe dever de proibição; mas o amor é convite, nada impõe, é gratuidade. O texto paulino trata do amor humano, não do amor do homem a Deus; este é adoração, *latreia*, como observa Santo Agostinho. Também não se confunde com a justiça, no seu sentido próprio (quando se diz que o cristão deve ser justo, justo quer aí dizer santo), pois justiça é valor jurídico, portanto correlação de dever e direito, ao passo que amor é ação gratuita, que se pratica independentemente de dever. É dar mais do que o devido. O amor a que se refere São Paulo é total espontaneidade. Para ser amor cristão ter-se-ia de crer, objetaria alguém. Nesse caso dependeria da graça; mas para o cristão a graça é Cristo. Entretanto, mesmo que se duvide do fato histórico, aí está o ensinamento, a doutrina que foi ensinada por uma pessoa, no caso, testemunhada ou referida por São Paulo. O amor é então virtude que se aprende, mas que depende da espontaneidade, portanto da decisão, por isso da liberdade. É virtude ensinada e que pressupõe uma decisão, portanto um ato de total liberdade. É virtude ensinada e depende da decisão livre para aceitá-la e praticá-la como virtude que é. Desse modo, parece não ser o ensinamento de Cristo um imperativo categórico, pois depende da aceitação e decisão. Esse, porém, o paradoxo do imperativo categórico presente também na dialética do imperativo categórico de Kant. Um imperativo só pode existir para um ser que é

---

[92] PAULO, Santo. Epístola aos Romanos, 13,8. *In: Bíblia Sagrada.* Tradução do hebraico, aramaico e grego, mediante a versão francesa dos Monges Beneditinos de Maredsous (Bélgica), pelo Centro Bíblico Católico de São Paulo. São Paulo: Editora "Ave Maria" Ltda, 3ª Edição, 1960, p. 1484-1485.

livre e ao mesmo tempo dotado de sensibilidade ou determinações sensíveis contrárias. O amor cristão funda-se na liberdade, do mesmo modo que o imperativo moral de Kant. Este, porém, é formal; aquele é de conteúdo, como acima de observou. É princípio primeiro; depois é que surge a moral cristã, a norma, o dever. Enfim, é ato e prática de liberdade; é virtude e pode ser ensinada, isto é, é ato de formação, *Paidéia*.

É interessante notar como o Evangelista, São João, une a representação religiosa judáica de um Deus transcendente, mas de um povo, com a representação religiosa cristã de um Deus imanente, de "todos os povos". Na religião judaica a expressão "E disse Deus" na criação do mundo mostra a exteriorização do absoluto através da palavra. "E disse Deus" põe o absoluto na particularidade, pois a linguagem por si só particulariza na relação com o outro, seja o outro um semelhante, seja a luz que se faz. Trata-se de pôr na linguagem ou forma de expressão do entendimento, o pensamento. A linguagem é própria de um ser que, tendo um *logos*, necessita de comunicar o que pensa ao exterior da sua estrutura biológica. No caso, ela antropomorfiza o absoluto. Tira-o da abstrata particularização da Transcendência e particulariza-o na empiria do exterior. A linguagem precisa dos sinais materiais para serem usados como veículos do pensamento. Faz o que é espiritual, o pensamento, de natureza diversa desses elementos materiais, por eles transitar. O dizer de Deus não é dizer, se for para si, pois o diálogo do absoluto consigo mesmo não é *dia*, não é por meio de; o pensar de Deus é já o dizer de Deus para si mesmo. Quando Deus pensa a luz como existente é já ela criada imediatamente, sem o "disse". Ela surge no pensar de Deus imediatamente como exterior, que não é o próprio Deus. O Logos pensou algo que, sendo ele, pois nada há fora dele, não é ele mais. Ora, não pode deixar de ser ele mesmo; então, o *logos* não pode sair de si. Não pode pensar algo diverso dele. Só pode pensar a si mesmo; pensamento do pensamento. Pôr-se como objeto de si mesmo é, porém, exteriorizar-se. Se o *logos* quer ser absoluto, como advertiu Parmênides com relação ao ser, não pode mover-se na sua interioridade, nem mesmo nela. O seu pensar de si não pode movimentar-se para ganhar um conteúdo externo. Desse modo, ao explicitar a ideia de Deus pela ideia de Ser de Parmênides, introduz-se um paradoxo inevitável. Como é possível a criação, se ela implica em por-se o ser fora de si, portanto no não-ser? A filosofia terá de caminhar na história e desdobrar o absoluto pensado por Parmênides em novas formas até a uma visão especulativa do absoluto encarnado na história, ou seja, na unidade do finito e do infinito. Deverá pensar esse ser ou *logos* na sua estrutura dialética. Eis o problema que só se resolve a partir da representação religiosa da encarnação ou na verdade do conceito pela dialética do absoluto imanente no tempo histórico.

"A transposição teológico-filosófica da teoria da Ideia no pensamento cristão é a doutrina do *Logos* (*Verbum*), que constitui um caso priviligiado, provavelmente o mais significativo, da recepção de um *topos* filosófivo grego, sem dúvida o mais célebre na nascente teologia cristã."[93] Na expressão de São João há a unidade de um Deus único do Cristianismo com o universalismo da cultura epistêmica da razão descoberta pelos gregos Veja-se: "*en arché en ò lógos*", *in principio erat verbum* (no princípio era o Verbo). Então, diz: "O Verbo estava em Deus". E para não deixar qualquer dúvida sobre a absoluta identidade de Deus, do pensamento e da palavra, acrescenta: "O Verbo era Deus". Esse transcendente infinito faz-se absoluto imanente: "*Et verbum caro factum est*" (E o Verbo se fez carne). Eis o absoluto na História, na imanência do tempo e do espaço. Daí, também uma religião histórica, progressiva, que caminha para o melhor, do mesmo modo que o trabalho humano se realiza em progresso, para o melhor, e não permanece na homogeneidade da natureza, como a construção do castor. Não se trata mais de uma religião fundada na imaginação poética ou numa estória, forma em que o mito é narrado, mas positivada no tempo e no espaço. O Cristianismo é, antes de ser doutrina, moral etc., acontecimento histórico. Seu Deus é histórico, imanente , nasce, vive e o que é absurdo para o mundo racionalista de então, morre. E o que é ainda maior escândalo para essa cultura – como mostrou a recusa dos filósofos gregos à pregação de São Paulo no Areópago –: ressuscita.[94] Além disso, instaura uma também escandalosa contradição com tudo que havia sido conquistado nessa vertente cultural racionalista na busca da verdade e criação da ciência: propõe uma verdade revelada e, não, demonstrada.

Santo Agostinho pode ser considerado a consciência desses dois modos de manifestação do absoluto na cultura ocidental: a religião cristã e o Estado romano. Mostra uma cisão profunda desse absoluto imanente nas categorias histórico-filosóficas da Cidade de Deus e Cidade dos Homens, o Estado. Ambas na busca da paz: a paz de Cristo na Cidade de Deus e a paz de Augusto na Cidade dos Homens. Daí em diante, a Cidade de Deus,

---

93 VAZ, Henrique Cláudio de Lima . *Escritos de Filosofia VII.* Raízes da Modernidade. São Paulo: Edições Loyola, 2002, p. 229.É magistral a doutrina de Lima Vaz sobre esse tema nuclear da teologia e filosofia cristã, exposta nas páginas 225 a 237 desse livro.

94 O fato de a cultura grega aceitar a interação dos deuses com os homens, como se registra com relação aos filhos de deuses, heróis, e mesmo divinos como Pitágoras (ou, ainda, o filósofo, para Platão), pode ter dado uma abertura para a aceitação da doutrina cristã da encarnação, mas em nada se assemelha à história ou evento Cristo do fazer-se carne, padecer e morrer para depois ressucitar. Cfr MATTÉI, Jean- François. *Pitágoras e os Pitagóricos*. Trad. de Constança Marcondes César. São Paulo: Ed. Paulus, 2000, p. 24. O autor cita Isidore LÉVY *(La legende de Pythagore de Grèce em Palestine*, Paris:Champion, 1927, p.343): "Isidore Lévy explicará paralelamente 'o fato enigmático do triunfo do Cristianismo' pelo 'modelo' grego do 'Homem-Deus de Janos, filho de Menesarco e de Partenis, manifestação terrestre de Apolo"

a Igreja católica, isto é, universal, é que terá para ele o poder de realizá-la, uma vez que o Estado se mostrou sempre como o senhor da guerra.[95] Essa universalidade e unidade da práxis e da teoria, na doutrina, teve o ambiente propício da infraestrutura assentada pela civilização romana, de que sabiamente se aproveitou São Paulo, de cujo uso Augusto havia dado exemplo na administração do Império –, o sistema de comunicação, pelas estradas em todo o Império e pelo uso da escrita à distância, a epístola, pela qual o pregador, São Paulo, podia, como fazia Augusto, sem ter de se deslocar, estar presente em vários pontos da vastidão do Império e cumprir na práxis a ordem de "pregar a todos os povos"; a *pax romana,* dando estabilidade para o deslocar das pessoas pelo Mediterrâneo, fundada na doutrina romana do *mare nostrum*; a existência de cidades importantes interligadas pela unidade dada pelo Império etc..

Ao lado da religião universal, que se instala na unidade do Estado universal, essa representação do universal na relligião e a efetividade do universal no Estado surge uma outra dimensão do universal que os une, o saber universal, a filosofia, cujo tema ou objetǫ é o próprio universal. Com efeito, essa religião universal, o Cristianismo, é já, dede o início, a religião que procura unir a representação do absoluto com o seu conceito dado na filosofia, ou seja, o Cristianismo recepciona a cultura grega no que ela tem de mais importante, o saber filosófico. E isso se dá com o conceito mais elevado da filosofia, o ser, o absolutamente universal. É que a tradução grega da Bíblia, na sua passagem mais significativa, a resposta de Javé a Moisés, "Eu sou o que sou", recebe no grego um significado filosófico pelo qual um deus nominado pelos hebreus como seu deus, mas que, com Cristo se tornou Deus universal, de todos os povos, é conceituado como "aquele que é" ou "Sou o ser", tal como concebido por Parmênides, na simplicidade do universal, que se singulariza no seu Filho, cujo nome é Jesus. "O nome bíblico de Deus identifica-se, nessa tradução, com o conceito filosófico", como expõe um dos mais importantes teólogos da contemporaneidade, Ratzinger, ao comentar os artigos de fé do Catolicismo, num texto que se tornou clássico na Teologia cristã, *Introdução ao Cristianismo.*[96] Ele simplesmente é. Nesse é está o absoluto, universal, o ser parmenidiano. Não se situa no tempo ou no espaço. E sendo simplesmente o ser é também simplesmente o *logos*, o

---

[95] Carl SCHMITT (*Teologia Política*, Belo Horizonte: Del Rey, 2006, p. 125) assim se expressa sobre a paz preconizada por Santo Agostinho: "A paz agostiniana da Civitas Dei conseguira? O milênio de papas e imperadores cristãos e de uma teologia da paz agostiniana reconhecida por ambos foi, da mesma forma, um milênio de guerras e de lutas civis".

[96] Cfr. RATZINGER, Joseph. *Introdução ao Cristianismo.* Trad. de Alfred J. Keller. São Paulo: Ed. Loyola, 4ª edição, 2011, p. 89; ver também pgs. 88 e 90. Santo Tomás explicita esse "é" do absoluto diante do "é" contingente, assumindo a doutrina aristotélica do ser como conceito analógico.

Verbum a que se refere São João. A tradução da Biblia para o grego dá à verdade revelada a luminosidade das categorias epistêmicas, a filosofia. O absoluto, abstratamente interiorizado na fé, na forma da representação, é então levado ao saber de si, ainda também na forma abstrata, mas já no processo do conceito, cujo momento de chegada, depois da faina no tempo da história, será o Estado de Direito.

O absoluto como representação religiosa no Cristianismo, como realidade política na história e como saber de si na filosofia mostra-se em unidade como Espírito do Ocidente.

1.3 O Saber Universal: A Igualdade e o Estoicismo

O primeiro momento de uma indução histórica da ideia de justiça é a filosofia clássica e o valor que dá sentido a essa ideia é a igualdade, como se viu acima. O tema da igualdade está na base da filosofia estóica, a qual alimenta a refexão sobre a justiça na jurística romana.

O Estoicismo[97] surgiu na Grécia, mas foi em Roma onde exerceu grande influência, facilitada pela austera psicologia do cidadão romano que constituíra o império.

Hegel descreve na Fenomenologia do Espírito[98] dissolução do "mundo ético" grego, que concentrava a essência da comunidade em sua imediatidade e o aparecimento do "Estado de direito" romano. O Estado, após a destruição da pólis, não é mais a comunidade ética em que o indivíduo aparece integrado como cidadão. Os indivíduos aparecem diante do Estado universal abstrato como essências punctiformes, isolados na vastidão do Império Romano. Como indivíduos que reivindicam a essência ética, são todos iguais, mas iguais perante a lei, sem qualquer vinculação orgânica. Trata-se de uma igualdade abstrata que resultará numa liberdade individual desordenada, pois que o concreto revela como livre a posse, cuja forma jurídica é a propriedade, em que o eu livre, – tido como livre somente porque não está no outro – mas solipsista (porque reivindica toda a essência), passa a ser um meu.

Essa multidão punctiforme, contudo, não pode manter em si mesma a essência ética, pois como individualismo desarticulado e caótico, acabará

---

[97] Sobre o estoicismo, ver o livro elaborado com cuidado científico, de MATOS, Andityas Soares de Moura Costa. *O Estoicismo Imperial como Momento da Ideia de Justiça*: Universalismo, Liberdade e Igualdade no Discurso da Stoá em Roma. Rio: Lumen Juris Editora, 2009.

[98] HEGEL, G. W. F. Phänomenologie des Geistes. *In*: *Werke in zwanzig Bänden*. Frankfurt: Suhrkamp Verlag, 1980, 355 e segs. Ver SALGADO, J. C. *A Ideia de Justiça em Hegel*. São Paulo: Ed. Loyola,1996, p. 279 e segs.

por alienar a sua essência num indivíduo que manifesta a sua unidade, o imperador, senhor do mundo.[99]

Não é de admirar que a ética estoicista consista na inserção na ordem cósmica e na resignação com sua lei universal, que é a expressão da razão universal, da qual a nossa é apenas o local da sua aparição. A lei universal ou a ordem é um destino inexorável que os bons "seguem voluntariamente, incluindo-se harmonicamente no acontecer histórico", numa espécie de determinismo teleológico.[100]

O logos de Heráclito é, para os estóicos, um critério de ação virtuosa. "É preciso seguir o universal", isto é, a razão (*λόγος*), pois esta é o universal, e não viver como muitos, como se tivessem um pensamento só para si.[101] Entretanto somente "se respiramos o logos divino, tornamo-nos seres dotados de razão".[102] Essa apoteose do logos (ou da razão), que não é somente uma faculdade do ser humano, mas a ordem que penetra toda a realidade, é a fonte inspiradora do estoicismo.

O formalismo estóico não tem, de outro lado, um critério do verdadeiro ou do bom[103] a não ser no pensamento abstrato, sem conteúdo: se não posso ser livre concretamente, posso no pensamento; e isso basta. Por isso "a liberdade da consciência de si é indiferente com relação ao ser natural existente". É apenas liberdade no pensamento, conceito abstrato de liberdade e não liberdade viva, razão pela qual a sua atividade própria é, segundo Hegel, de "ser livre no trono ou nas correntes, no interior de toda dependência quanto à sua existência singular". Parece, contudo, ter propiciado ao direito romano uma definição mais lúcida da escravidão, negando-a como algo natural.[104]

Essa liberdade abstrata que aparece nos indivíduos torna-os conseqüentemente iguais também abstratamente, como pessoas do direito, ou seja, como iguais perante a lei. A justiça consistirá numa fórmula abstrata de a lei tratar a todos igualmente. De outro lado, justo é inserir-se na ordem, ou submeter-se à lei natural ou à reta razão (*recta ratio*), isto é, à razão

---

[99] Ver SALGADO. O Aparecimento do Estado na *Fenomenologia do Espírito* de Hegel. *In*: *Revista da Faculdade de Direito da UFMG*, n.19, p.178-193. Além da bibliografia citada, foi utilizado também, para a exposição do pensamento de Hegel, o excelente comentário às suas obras principais, elaborado por VAZ, ainda inédito. Ver também Salgado, J. C. *A Ideia de Justiça em Hegel*. São Paulo: Ed. Loyola,1996, 269,279 e segs. e segs.

[100] WELZEL, Hans. *Introducción a la filosofia del derecho* – derecho natural y justicia material. Trad. de Filipe Gonzales Vicén. Madrid: Aguilar, 1979, p.35.

[101] HERAKLIT. *Fragmente*, B2.

[102] Id., *Ibidem*. A16.

[103] Ver SALGADO, Joaquim Carlos. A Ideia de Justiça em Hegel. São Paulo: Edições Loyola, 1996, 269 e segs.

[104] *Servitus autem est constitutio juris gentium, qua quis dominio alieno contra naturam subiicitur*. *Inst.* 1, 3, 2.

"concorde com a natureza, difundida em todos os homens, constante e eterna".[105] Esta lei natural é a vontade de Deus ou razão de Deus, *ordinem naturalem conservari iubens, pertubari vetans.* [106] A vontade de Deus do estoicismo, contudo, é a de um deus impessoal, que não coincide com o demiurgo platônico que "ordena o mundo segundo as idéias que lhe estão supra-ordenadas", nem com a do Deus pessoal do Cristianismo que domina suas criaturas de modo absoluto.[107] O Deus do estoicismo é um princípio que anima a matéria como o *logos* de Heráclito. Deus é a causa intrínseca e imanente do universo, ou seja, a razão que forma também a essência da alma humana, pois o homem também pertence à ordem cósmica que se rege por princípios necessários.[108] Com isso desaparece o dualismo grego nomos — *physis*, ou do dever ser e do ser. A razão como princípio igualitário põe fim às diferenças.[109]

O Estoicismo traz uma visão significativa do desenvolvimento do pensamento ocidental, do ponto de vista de duas concepções importantes que se efetivarão na concepção de Justiça no período moderno, a igualdade e a liberdade, entendida a liberdade do ponto de vista puramente interno, pois a dissolução da pólis retirou o cidadão do cenário político, determinando a perda dos direitos de participação na criação da legislação da Cidade-Estado. O Estado aparece como poder político, e o comando desse poder se concentra nas mãos do imperador. Os indivíduos estão espalhados por todo o império, e, portanto, são iguais do ponto de vista de sua situação. Esse é o ambiente no qual se espandiu o Estoicismo.

No Império Romano, o estoicismo encontrou o seu habitat natural, pois a cultura filosófica ganhou a dimensão da práxis, da necessidade de estar na vida política do cidadão, sem perda da atuação do *populus* e do *Senatus* na vida política, embora um outro órgão do Estado surgisse para exercer o seu comando supremo ou soberano. Os dois maiores expoentes dessa corrente filosófica em Roma, exemplares pensadores do direito, são Cícero e Ulpiano, cuja definição de justiça ainda é aceita pelos juristas em geral.

Com o surgimento do Império, os indivíduos perderam sua função política, e isso fez com que surgisse uma nova concepção do homem. Uma das mais importantes concepções estóicas era a de totalidade, ou seja, a consideração da totalidade do universo penetrado pelo lógos a dar-lhe unidade.

---

[105] CÍCERO. *Da República*, III, 33.

[106] AGOSTINHO, Sto. *Contra Faustum*, XXIII, 27, citado por SORIA. Introducción a la questión 93, p.77.

[107] GOMEZ ROBLEDO. Meditación sobre la justicia, p.94.

[108] FASSÒ, G. *Storia della filosofia del diritto.* Bologna: Il Mulino, 1968, v.1, p.107.

[109] V. SALGADO, *A Ideia de Justiça no Mundo Contemporâneo*, p. 149/151.

Uma outra concepção decorrente da de totalidade do universo é a de harmonia, implícita no conceito de universo ou cosmos. O universo não era o caos, mas, antes de tudo, uma ordem, pois penetrado pela razão ou *logos*. E o mesmo se dá na ordem política, pela visão do indivíduo inserto num todo, então o Estado representado no imperador que exerce o supremo poder. De outro lado, o indivíduo, pessoa de direito, é também um microcosmos, pois que a razão se realiza nele como uma centelha do cosmos, o que faz, em virtude de nele habitar a razão, serem todos iguais e livres.

Se todo homem é racional, todos então são iguais. Essa concepção estóica traz um novo conceito para a evolução do pensamento ocidental, que é a ideia de liberdade. O Cristianismo procura, com Santo Agostinho, dar um fundamento de origem dessa igualdade e liberdade, pela doutrina segundo a qual todos são iquais porque todos são filhos de Deus, pois criados a sua imagem e semelhança

Como animal, o homem não é livre, pois encontra-se limitado, determinado por suas condições biológicas; somente é livre como ser racional, pois então pode ter autonomia interior, no sentido socrático. Essa racionalidade é o que garante o poder de dirigir a sua vida, ainda que somente no seu interior, isto é, ser livre. O estóico sabe da sua liberdade, mas a sua liberdade não se realiza. O estóico permitiu ao homem ter consciência de sua liberdade, mas por não exteriorizá-la, ele não a realiza plenamente, portanto, o homem estóico é parcialmente livre, pois a liberdade estóica é uma liberdade puramente interior. O querer livre, o pensar livre, é o que o estóico considera liberdade. A liberdade interior é inatingível por quaisquer instrumentos, armas ou ameaças, ao contrário do que ocorre com a liberdade exterior.

Epiteto, sábio grego, fora escravizado pelos romanos. "Com Epiteto, o Pórtico demonstra concretamente que um escravo pode ser filósofo e pode ser mais livre do que o são os livres no sentido comum do termo, ou seja, livre no espírito."[110] Radicaliza a liberdade como um interior inviolável, citando Diógenes, o Cínico, que podia sentir-se totalmente livre e à vontade mesmo diante o rei dos persas ou diante do rei dos lacedemônios, Aquidamos, sem temê-los (ainda que fosse ameaçado no seu corpo), nem precisar bajulá-los.[111] É a liberdade interna, interpretada como a mesma, no trono ou nas correntes, no imperador Marco Aurélio, que o admirava, ou no escravo. . Referia-se à sua liberdade interna, que ninguém possuía o poder de tirar. O estóico sabia que era livre, no interior, ainda que do ponto de vista da ação exterior não pudesse agir livremente. Essa liberdade interna possibilitou que

110 REALE, Giovanni. *História da Filosofia Antiga, IV*. As escolas da era imperial. Trad. de Marcelo Perine e Henrique C. de Lima Vaz. São Paulo: Edições Loyola, 1994, p. 91.

111 Cfr. REALE, G., *Op. Cit.*, p. 95.

a doutrina convivesse com a situação de escravo. Na verdade, a escravidão não era nem justa, nem injusta. Era um fato histórico e a história não é nem justa, nem injusta. Como fato histórico a escravidão se punha necessariamente numa sociedade, cuja cultura e economia complexas, como as romanas, a exigiam. É o caso dos vencidos de guerra. Também o Cristianismo aceitou o fato e buscou, semelhantemente ao estoicismo, compreendê-lo. Santo Agostinho tem-no mesmo como justo, pois se trata de expiação pelo pecado da guerra.

No Estoicismo, portanto, a liberdade do homem era interna e não se realizava exteriormente. A liberdade interior, porém, não era suficiente para que o homem a tivesse efetivamente; não bastava o saber da liberdade, era necessária uma ação externa livre, o agir livre.

A liberdade externa só surge com o conceito de pessoa de direito que a jurística romana desenvolveu, mas só foi possível seu surgimento com o entendimento estóico de liberdade interna, embora abstrata. A liberdade é no sentido em que se desenvolveu no seu conceito ocidental, tanto o saber da liberdade como o seu exercer externamente, isto é, o agir livre. E este só é possível numa ordem jurídica. Não é livre quem não pode dispor do corpo próprio (que é uma extensão da liberdade)[112] para deslocá-lo para onde lhe aprouver. Não é livre quem não pode ir e vir por sua própria determinação, que não tem o uso externo da liberdade na propriedade ou no exercício do livre arbítrio na assinatura de um contrato. Isso só é possível se há uma ordem jurídica, portanto com poder coativo irresistível, que lha garanta. É a grande invenção do romano e uma das mais importantes do mundo ocidental, o direito de ir e vir, garantido por uma verdadeira actio

O direito de ir e vir, o uso da propriedade, a celebração do contrato caracterizavam o verdadeiro exercício da liberdade externa. Para os romanos o importante era o direito de ação, pôr a força aparelhada do Estado a serviço do indivíduo para fazer valer-lhe a liberdade externa. A liberdade como momento interno ou saber da liberdade na filosofia e liberdade como momento externo ou agir livre no direito são momentos que vão encontrar sua unidade, após um longo percurso de lutas históricas, na declaração de direitos das constiruições modernas, a partir da Revolução Francesa, quando são também positivados como direitos esses valores, a liberdade e a igualdade.

Um grande passo para a concepção de justiça como critério formal de tratamento igual de todos, perante a lei, foi dado pelas novas condições de vida do Império Romano, cuja expressão filosófica mais própria apareceu no estoicismo.

---

112 Cfr. LIMA VAZ, *Antropologia Filosófica*, p.175 e segs.

O estóico perde a liberdade como autonomia política, tal como existia na Grécia; por já ter experimentado essa autonomia, não a perde como autonomia interior e encontra-a na *ataraxia*, a superação do sensível pelo mergulho na razão, que é para ele a verdadeira liberdade. Com o estoicismo a liberdade externa do *eleuteros* da pólis passa à liberdade interior, que todo homem, mesmo sendo escravo, possui.

Essa consciência da liberdade interior, posta como a substância espiritual no estoicismo é um grande passo para a busca da liberdade no seu conceito ou efetiva, pois é o saber pleno da liberdade, embora na cisão profunda da verdadeira substância espiritual, em liberdade interna e liberdade externa.

O processo histórico mostrará a superação das cisões da liberdade: o livre arbítrio do direito romano exteriorizado no contrato, que dá unidade à liberdade interna do estoicismo como saber da liberdade e à liberdade externa como agir livre do direito romano; a autonomia política no Estado democrático pós-revolucionário, como superação da cisão entre poder e liberdade individual; e a superação da cisão entre liberdade e determinismo na forma do domínio da natureza (ou da realidade objetiva) a que se referiu Hegel.

Aprofundando a liberdade no momento do saber da liberdade interior, o estoicismo deu decisiva contribuição para o encontro da liberdade efetiva ou na sua verdade, vale dizer, o saber da liberdade do estóico e o agir livre do direito em Roma, vez que só é livre aquele que, sabendo da liberdade, age livremente; ou, de outro modo, não é livre quem sabe da liberdade, mas não age livremente; nem quem, agindo externamente de modo livre, não sabe da sua liberdade.

A consciência jurídica romana faz a síntese, pela experiência jurídica, desses dois momentos da liberdade, a interior da filosofia e exterior do direito. A liberdade no direito romano recebe uma garantia jurídica pela criação do habeas corpus[113], levado para a Inglaterra no séc. XIII e incorporado no direito contemporâneo. Trata-se do interdictum de *homine libero exhibendi* (interdito de exibição do homem livre), que se impetrava perante o pretor, o qual expedia uma ordem para que fosse a ele apresentada a pessoa que estivesse cerceada no seu primeiro e principal exercício da liberdade, o de locomover o seu corpo próprio para onde quisesse, ou seja, de ir e vir. Á base, porém, desse direito de ir e vir, estava a liberdade interna, o poder de escolha e de decisão, a liberdade como livre arbítrio. O livre arbítrio surge assim com seus momentos de exteriorização: o ir e vir, a propriedade e a autonomia privada, realizada no contrato, que caracterizam a pessoa de direito.

---

[113] Cfr.LAGES, Afonso Teixeira. *Aspectos do direito honorário*. Belo Horizonte: Imprensa Oficial, 1999, p. 51.

Do mesmo modo que resguardou a propriedade, que é um dos modos de realização exterior da liberdade, através dos interditos possessórios, protegeu a liberdade diretamente com um instrumento judicial rápido e eficiente, pois a lesão à liberdade é lesão à essência humana, a um bem fundamental, inestimável (inaestimabilis), ou seja, não avaliável economicamente ou por qualquer outro valor mensurável [de medida], porque sem a liberdade para o romano não poderia haver o direito, e portanto não poderia haver a pessoa de direito.

1.4 O DIREITO UNIVERSAL

Quando a sociedade se desenvolve, cria certos valores universais que podem ser encontrados na Revolução Francesa. O valor da liberdade e da igualdade que marcaram os ideais da Revolução Francesa são valores concebidos como valores pertencentes a todos os indivíduos, mas ainda não são direitos. Os revolucionários não entendiam que esses valores pudessem ser atribuídos apenas a um grupo de indivíduos e não a todos. Esse conceito da universalidade das classes de valores é que vai dar origem a universalidade material do Direito.

Não há nenhum indivíduo que não entenda que possa ser também titular de direitos fundamentais. A igualdade e a liberdade são valores que são atribuídos a todos os indivíduos porque são direitos racionalmente postos na Constituiçãoe efetivados política e juridicamente.[114]

Surge agora um terceiro momento que é o da realização desses direitos. Desde então, há um percurso do sujeito de direitos que aparece em Roma, como sujeito de direito universal até chegar ao momento em que ele é sujeito de direito universal porque ele tem uma ação para reivindicar os direitos declarados na Constituição do Estado Democrático de Direito.[115]

Há, portanto, um trajeto histórico que vai desde o momento em que o romano separa coisa e pessoa, e depois formará o conceito de pessoa, de

---

[114] Sobre a outorga imediata dos direitos fundamentais, inclusive os sociais, ver SALGADO, Joaquim Carlos. Princípios Hermenêuticos dos Direitos Fundamentais. *In: Revista do Tribunal* – Tribunal de Contas de Minas Gerais, Belo Horizonte, v. 20, n. 3, jul./set. 1996; HORTA, José Luis Borges. *Direito Constitucional da Educação*. Belo Horizonte: Decálogo Editora, 2007, especialmente o Capítulo 5, Educação e Cidadania, em que o Autor apresenta o direito à educação como cláusula pétrea, essencialmente vinculado ao direito à liberdade, portanto de execução imediata. Ver também do mesmo Autor, Borges HORTA, sobre o Estado de Direito, seu trabalho, de todo recomendável, Hegel e o Estado de Direito, in: HORTA e SALGADO (Coordenadores); *Hegel, Liberdade e Estado*;Belo Horizonte: Ed. Forum, 2010, p.247-264.

[115] Sobre a formação do Estado de Direito e dos direitos fundamentais consultar o erudito trabalho de J.L. B. Horta: HORTA, José Luis Borges. História do Estado de Direito. São Paulo: Alameda Casa Editorial, 2011, sendo de realçar, para esse tópico, o Capítulo IV – O Estado Democrático.

evolução, em primeiro lugar como pessoa de direito privado, pessoa como sujeito de direitos de ação e pessoa como sujeito de direitos universais, como o Direito Romano.

Hegel representou com felicidade a relação entre o direito e a liberdade: a liberdade é o chão do direito (das Boden des Rechts). A palavra chão (*planum*, plano) significa também o que dá a sustentação da morada; está dentro da morada. Para Hegel, Boden significa aí fundamento (*fundus*). Na sua Ciência da Lógica, após descrever a passagem do ser na existência, prepara o movimento da existência para a essência. A existência é como o ser aparece, é a aparência. Como aparência não se sustém; deve soçobrar, ir para o fundo (zu Grunde gehen) sucumbir em busca do seu fundamento, ou seja, da essência. Ora, o direito é a existência da liberdade, é o modo pelo qual a liberdade aparece como real. Ela é a essência, o fundamento do direito e o direito, o seu modo de existir. Existência sem a essência é abstrata, essência sem existência também é abstrata. Liberdade sem o direito que lhe dá existência é abstrata, como também direito sem a sua essência, a liberdade, é sem sentido, desprovido da sua substância, da razão. Pode-se então dizer: o direito guarda o seu mais profundo interior, a sua essência, a liberdade. O real desse fenômeno ou desse movimento entre direito e liberdade é a sua unidade, que lhe dá o seu conceito, a que denominamos justiça. É Roma que dá realidade a esse conceito, na forma do universal da lei, do particular na sua aplicação com a equidade (*ratio vitae*, como entende Cícero)[116] e na forma do saber científico do direito. O direito é, então, a intervenção da razão nas relações da vida humana, a impor limite às pulsões naturais dessa vida, pela disciplina dos sentimentos, das emoções, das paixões, enfim do arbítrio e da violência, para a realização do sentido do justo, que é a sua substância espiritual ou racional

1.4.1 A Jurística Romana: o Ius Suum

A formação jurídica do homem ocidental tem seu início reservado à jurística romana, pois aí é criada a ciência do direito, a Jurisprudentia, e é dado um conceito especificamente jurídico à justiça na forma definida por Ulpiano, como também se deve à cultura romana a criação do Estado, tal como se desenvolveu e se conhece hoje, principalmente com a estrutura do império de Augusto, sua burocracia e seu poder, já com a característica de soberania.[117]

---

[116] V. SALGADO, *Op. Cit.*,p.218; LAGES, Afonso Teixeira. *Aspectos do Direito Honorário*. Belo Horizonte: Imprensa Oficial, 1999, p. 25.

[117] Ver a respeito dessa atitude originária da cultura ocidental a tese de Nuno Manuel Morgadinho dos Santos Coelho. *Direito, Filosofia e a Humanidade como Tarefa.*Tese de Livre Docência, defendida

Uma exposição mais completa sobre o direito em Roma e a jurística romana é desenvolvida no meu livro, A Ideia de Justiça no Mundo Contemporâneo – Fundamentação e Aplicação do Direito como Maximum Ético.[118] Nesse livro são expostos os grandes temas que se incorporaram no direito ocidental, como a Consciencia Jurídica em Roma; as categorias de existência (pessoa, coisa e actio), de essência (a bilateralidade, a exigibilidade, a irresistibilidade e a universalidade); A pessoa de direito, fonte do conceito de pessoa edo sujeito de direito universal; o livre arbítrio e a autonomia, a liberdade interna (estóica) e a liberdade externa (jurídica: *habeas corpus*) e a expressão erudita da justiça na forma dos responsa prudentium, em que se desenvolveram as grandes escolas, os proculeanos e os sabinianos, sob Augusto, bem como a Justiça Formal: a) na elaboração – a segurança jurídica; e b) na aplicação – a certeza jurídica ou o processo que se define com os elementos: o terceiro neutro, a igualdade das partes, o contraditório; a Justiça Material: a) na elaboração: a doutrina (Cícero e Ulpiano); e b) na aplicação: a *interpretatio*, na qual são realçados os cânones da civilística romana, segundo Betti: a autonomia, a coerência e totalidade, a atualidade, hoje estudados por Ricardo H. C. Salgado, como categorias *a priori*, juntamente com as condições *a priori* da sensibilidade, encontradas em Gadamer, a historicidade e a linguagem, no sentido kantiano, tratados como fundamentos filosóficos de uma ciência hermenêitica[119]. Ao lado da *interpretatio*, a *aequitas* na busca da justiça para o caso concreto, a analogia no procedimento *ad similia* e a *utilitas* no sentido de ordem social justa são também modelos de realização da justiça material na jurística romana.[120]

Vale ainda deixar claro o rigor metodológico no tratamento do direito, pela primeira vez, quer na separação entre direito, moral, religião e política, quer intra-sistematicamente, entre Ciência do Direito (*Juris Prudentia*

---

e aprovada na Faculdade de Direito da USP, em 2009. Trata-se de trabalho bem fundamentado, cujo objetivo é demonstrar que a justiça é o elemento iniciador e formador da cultura ocidental. Sua tese insere-se no pensamento denominado jurisprudecialismo, doutrina ligada a Castanheira Neves, e que não se pode confundir com judicialismo ou judiciarismo, entendidos como formas de ativismo judiciário, pois a palavra jurisprudência, nesse caso, significa ciência do direito e não aplicação da norma jurídica pelos tribunais.

118 SALGADO, J. C. *A Ideia de Justiça no Mundo Contemporâneo* – a aplicação do direito como *maximum* ético. Belo Horizonte: Ed. Dell Rey, 2006,

119 Trata-se de temas desenvolvidos por SALGADO, Ricardo Henrique Carvalho, em *A Fundamentação da Ciência Hermenêutica em Kant*, Belo Horizonte: Decálogo – Editora, 2008. Ver também do mesmo Autor, *Hermenêutica Filosófica e Aplicação do Direito*, Belo Horizonte: Ed. Del Rey, 2006. Esses livros, dado o cuidado científico e a criatividade com que foram tratados os temas aqui referidos, merecem uma leitura atenta.

120 Esses temas da jurística romana , dentre outros, são tratados em cerca de 200 páginas. Apenas para contextualizar faz-se aqui um pequeno resumo de alguns temas, exceto para Cícero, cujo texto é complementar.

est...iusti atque iniusti scientia)[121] e Técnica Jurídica (*ars boni et aequi*[122], devendo-se observar a exigência de sempre realizar o valor da justiça. Os jurisconsultos, Ulpiano e Celso (citado por Ulpiano) realçam os dois momentos de consideração e de realização do direito: a técnica (*ars*), tanto na elaboração do direito-norma em que o éqüo deve ser contemplado, quanto na aplicação em que a *aequitas* necessariamente deve ser realizada. O mesmo ocorre no trato científico do direito, na construção dos institutos, dos princípios, conceitos e categorias, em que deverão sempre estar presentes, correlatamente, o injusto e o justo (*iusti atque iniusti*). Quer isso dizer: tanto ao ser elevado o fato concreto, do qual nasce o direito (ius ex facto oritur), a pressuposto abstrato da norma legal (momento da elaboração), quanto ao fazer incidir esse fato abstrato no fato concreto, ou subsumir o fato concreto no fato abstrato da norma (momento da aplicação), a equidade deverá sempre estar presente.[123]

1.4.1.1 A Actio e o Deslocamento da Ideia de Justiça da Moral para o Direito

O que caracteriza a jurística romana como momento decisivo da formação do direito ocidental e como teoria do direito suportada em bases filosóficas e´o deslocamento da ideia de justiça do homem moral da ética grega para a pessoa de direito (já em si mesma sujeito de direito), que constituiu o fundamento para o riquíssimo desenvolvimento do direito em Roma. É da concepção da justiça como um assunto eminentemente jurídico, e não simplesmente moral, que se desdobram princípios do direito romano, que são também os do direito ocidental, bem como as suas categorias, institutos e técnicas com que se construiu o monumental sistema de direito que atravessou os séculos até nossos dias.[124] Com efeito, a justiça tão bem estudada pelos gregos como virtude moral do indivíduo, cujo dever é de ser cumprido pelo portador do dever espontaneamente, pois trata-se de dever unilateral que se esgota na pessoa do devedor, é, para os romanos, pensada ou teorizada e praticada pelo deslocamento do polo passivo do devedor para o destinatário do ato de justiça, o qual não espera passivamente o cumprimento espontâneo do dever moral , mas exige-o por receber do direito-lei o direito-faculdade correlato do dever

---

[121] *D.*1.1.10.

[122] *D.* 1.1.1.

[123] V. SALGADO, *A Ideia de Justiça no Mundo Contemporâneo*, p.214 e segs,

[124] A demonstração dessa proposição está no livro de minha autoria, *A Ideia de Justiça no Mundo Contemporâneo*, citado acima. Uma síntese bem elaboradal do Direito Romano é apresentada por COELHO, Saulo de Oliveira Pinto. *Introdução ao Direito Romano* – Constituição, Categorização e Concreção do Direito em Roma. Belo Horizonte: Ed. Atualizar, 2009.

do polo passivo da relação, tornando portanto esse dever exigível. Em vez de simplesmente definir a justiça como dar a cada um o seu, perdendo-se a compreensão dessa ideia na indeterminação, acrescentou o romano simplesmente a palavra ius na definição. O que se dá ao outro é o direito sobre o bem, não algo indeterminado. Disso decorrem as categorias originais e fundamentais ou de existência do direito, como pessoa de direito e coisa, e o que comanda todo o direito e dá substância ao conceito de justiça, a *actio,* na qual se sustentam também as categorias de essência, a universalidade formal, a universalidade material (costumes e valores), a bilateralidade, a exigibilidade, a irresistibilidade.

É da *actio* que se desdobram conceitos e técnicas genuinamente jurídicos, como a justiça formal, que tem como *a*) requisitos: 1) a segurança jurídica – entendida como a previsibilidade das consequências de direito, garantida por lei escrita e vinculação do julgador; 2) a certeza jurídica – entendida como a imutabilidade das consequências de direito, do ato jurídico e da coisa julgada; *b*) como estrutura da mesma justiça formal, a forma do processo, cujos elementos essenciais são o terceiro neutro, a igualdade das partes (perante a lei e na lei) e o contraditório. Do mesmo modo é da actio que a justiça material também se mostra, quer no que tange ao conteúdo da lei, mesmo na fase de sua elaboração, bem como na da aplicação pelas técnicas hermenêuticas, por força da necessidade de assumir o fato concreto no pressuposto da norma aplicanda, segundo os cânones da civilística romana (o cânone da autonomia da lei, o cânone da totalidade e coerência e o cânone da atualidade da norma), tal como Betti os expõe. São proposições já demonstradas no livro *A Ideia de Justiça no Mundo Contemporâneo*, citado.

Depois de dadas algumas indicações sobre a ciência ou a religião universal ou da base filosófica na qual se desenvolve o Direito Romano, e feito o resumo acima, pode-se entender melhor a jurística romana, pois é nela que se desenvolve o conceito definitivo de justiça, do ponto de vista do direito, uma vez que o direito é o resultado de todo o processo ético, considerado nas suas instâncias, a moral, o político (o momento operacional da vontade e da razão), e o jurídico. Com efeito, o moral compreende uma instância do interior do sujeito, o político a ação exteriorizante que dá passagem para o todo social, pois o outro a que se presta a justiça é considerado na perspectiva do social e não do indivíduo que pratica o ato de justiça; é portando a perspectiva da negação do particular ou individual, cujo momento de superação dessa negação do individual é o direito, que assume o social ou universal e o individual ou particular. Nos momentos de passagem da cultura grega para a cultura romana, surgiu a ideia de justiça como realização da igualdade, na sua dimensão jurídica. Mesmo o conceito de justiça de

Aristóteles na sua formulação mais acabada é ainda um conceito limitado, é uma concepção ética, ainda que em sentido amplo, pois não há ainda uma separação entre a ética e o Direito. Ética e direito são tratados juntamente e só o político se destaca na consideração teórica de Aristóteles, para quem o político é o momento de chegada ou de realização plena do ético, e não o direito, o que motivou também Hegel na sua *Filosofia do Direito.*

A ética no sentido estrito ou moral, diferentemente do direito é exatamente aquela ordem normativa que, diferentemente da ordem normativa jurídica, regula a conduta do indivíduo do ponto de vista interior, enquanto o Direito é sempre considerado uma ordem normativa que considera o indivíduo em suas relações bilaterais, no sentido técnico-jurídico, com o outro, com a garantia de força invencível.

Essa ordem normativa jurídica não tinha uma definição, um contexto jurídico na vida do grego. Pois na cultura grega, tanto a política quanto a moral, quanto o Direito, formam uma unidade que o grego entendia como ética, que, por sua vez, é o conjunto de comportamentos que devemos ter. Os gregos não faziam uma distinção nítida entre Direito, Moral e Política; são aspectos de uma mesma totalidade, compreendendo todos esses conceitos.

É em Roma, que se encontra uma técnica de distinção acabada entre Direito, Religião, Política e Moral. Claro que a ética não é desprezada para a compreensão do Direito. A ética continua sendo conteúdo do Direito. Mas o romano desenvolve a técnica pela qual o direito passa a ser considerado de forma independente da ética.

Para o grego, portanto, o conceito de justiça era um conceito ético, não jurídico propriamente; só era jurídico porque o direito estava dentro da ética, não havia uma concepção jurídica bem definida. Por isso a justiça era essencialmente virtude daquele que pratica o ato de justiça. Virtude é uma disposição ética stricto sensu; não entra nas categorias do direito. O que cumpre o dever de justiça o faz espontaneamente, unilateralmente, pois trata-se de dever moral, portanto que se cumpre sem qualquer exigência do destinatário do ato de justiça. Em Roma a justiça encontra o seu habitat deôntico, o direito, pois justiça é valor específico do direito.

A justiça não é um conceito da ética, da moral, é um conceito eminentemente jurídico, se se considera o direito como um momento do processo ético como um todo e como momento de chegada de todo esse processo. Para Aristóteles a ética avança para a relação com o outro, e por isso torna possível o político, mas é colocada dentro do estudo da ética, como virtude, portanto do indivíduo, virtude daquele que deve praticar o ato de justiça.

A justiça entre os gregos não era, pois, um conceito, mas um tema tratado na ética. Portanto, justiça é uma virtude praticada do ponto de vista da moral, praticada espontaneamente, porque a virtude é algo que indica o interior do ato de justiça e não tem nada a ver com o outro, em si mesma considerada. O outro é apenas o destinatário do ato de justiça e que faz com que essa virtude da justiça seja o que possibilita ao homem orientar-se eticamente e organizar-se politicamente.

Em Roma o elemento central do conceito de justiça, esse valor eminentemente jurídico, desloca-se para o outro polo da relação, para o destinatário, para o qual passa o comando da realização da prestação do ato de justiça, o sujeito de direito, que pode exigir o cumprimento do dever, então exigível, porque jurídico, isto é, munido de força aparelhada do Estado, vez que se trata do sujeito de direito universal, por ser ao mesmo tempo a pessoa de direito com interesse particular, mas também a própria sociedade que nele se encarna ou se apresenta para fazer cumprir o seu direito, as suas normas. O conceito jurídico de justiça desenvolvido em Roma é um conceito que contempla a bilateralidade do direito, isto é, o direito impõe um dever a uma pessoa e ao mesmo tempo outorga a faculdade de exigir o cumprimento desse dever ao destinatário do ato de justiça; de um lado a pessoa, sujeito portador do dever jurídico, de outro, a pessoa, sujeito de direito, que pode exigir o cumprimento do dever. O dever jurídico é exigível por quem tem o direito subjetivo. Em vez de definir a justiça como dar a cada um o seu, ainda que devido moralmente, o romano acrescentou a palavra direito, *ius*, à definição: dar a cada um o seu direito (*ius suum*)

O Direito Romano não começa no Período do Império e sim com o povo romano, em toda a sua história como momentos de organização racional da sociedade e dos fatos sociais que nela se desenvolvem. Por isso é possível distinguir três momentos dessa organização no seu percurso histórico: o da formação do direito pela lei, o período da sua formação pela jurisprudência do direito pretoriano e o período de sua formação pela doutrina (ou Jurisprudentia, no sentido de ciência do direito), cujos maiores expoentes, segundo uma constitutio de Teodósio II, foram Papiniano, Paulo, Ulpiano, Gaio e Modestino, a formar um Tribunal de última decisão para dar unidade à Jurisprudentia[125], usando-se aqui a terminologia atual para indicar os três modos de estudo do direito.[126]

Esse processo, pelo qual o direito vai ganhando racionalidade historicamente, do costume para a lei, da lei abstrata para sua compreensão e extensão do direito nas relações sociais mais complexas com a sua re-elaboração

---

[125] Cfr. SALGADO, J. C. *A Ideia de Justiça no Mundo Contemporâneo*, p.98

[126] Trechos desde texto têm sido disponibilizado em blogs que não informam a autoria e foram retiradas de notas de aulas de Filosofia do Direito, que ministrei por vários anos, em diferentes Escolas de Direito.

com o pretor, dessa extensão do direito para o aprofundamento racional da doutrina, mostra o trajeto da formação da consciência jurídica romana, em que se dá a unidade da razão e da experiência jurídica.

1.4.1.2 A justiça formal na elaboração: a segurança jurídica da lei

Um dos marcos mais importantes da história do Direito é a Lei das XII Tábuas.

A Lei das XII Tábuas é um momento de grande significação para a consciência jurídica, porque considera o Direito como padrão de comportamento independente da Moral, da Política e da Religião, e é um marco decisivo na realização da justiça formal, sem a qual é impossível pensar em uma justiça plenamente realizada. Nenhum direito , por mais justa que seja sua atribuição por uma norma substantiva, está garantido se entregue à força das partes ou ao arbítrio do julgador.

A lei é um momento superior de formação de todo o direito, que passa pelo costume e se revela, em sua plenitude e luminosidade total, na forma de direito escrito, refletido e conceptual. Mas qual é o elemento da consciência jurídica romana, que fez surgir a Lei das XII Tábuas? É exatamente a preocupação com a segurança jurídica. A preocupação do romano em dar a segurança jurídica, traz como consequência, a criação de um Direito exemplar, que torna possível a previsibilidade das consequências jurídicas da conduta que são direito subjetivo, dever jurídico e sanção. Essa finalidade da Lei das XII Tábuas de dar segurança á pessoa de direito, está clara por surgir pelo movimento dos plebeus exigindo a lei para que pudessem orientar juridicamente as suas condutas. A lei traz, portanto – e essa é uma das mais importantes contribuições do romano – o que há de mais significativo na vida do cidadão e que se denomina, no mundo do direito, a segurança jurídica, isto é, com a lei pode a pessoa prever o resultado da sua conduta e saber que todo arbítrio, violência, parcialidade estão prevenidos, portanto possibilidade de prevenir a conduta e prever o seu resultado em um tribunal justo.

Além da segurança jurídica o romano criou outro instituto importante na formação do direito ocidental, a certeza jurídica, que consiste na imutabilidade dos efeitos jurídicos da norma jurídica aplicada, o instituto da coisa julgada, hoje desenvolvido também na forma do direito adquirido e do ato jurídico perfeito.

A segurança jurídica está ligada a outro conceito importante, que é o conceito do terceiro neutro, da vinculação do aplicador à norma jurídica escrita chamada lei. O juiz é obrigado, por juramento e porque a sua competência e autoridade é dada pela mesma lei, a aplicar a lei.

Para que haja essa vinculação do aplicador da lei à lei, é necessário que se desenvolva um novo conceito de Direito, o conceito de Justiça formal. Na primeira fase de formação do Direito através da lei escrita se desenvolve, a lei passa a ser a forma de expressão mais importante do Direito, mas ainda não é suficiente.

A Justiça Formal e o chamado devido processo legal. O assim denominado devido processo legal é apenas uma redundância verbalista do que é simplesmente o processo desenvolvido pelo romano. E o processo nada mais é do que a forma por que se realiza em movimento a ação. Se de um lado a lei dá a igualdade a todos perante ela (igualdade perante a lei ou universalidade formal do direito), que é um outro aspecto da justiça formal, de outro a lei realiza a igualdade nela, fechando assim o círculo da justiça (igualdade perante a lei e igualdade na lei), tal como o romano preconizou para a elaboração e para a aplicação da lei: na aplicação pelo processo e na elaboração pela sua conformidade com a recta ratio, que a faz sempre uma lei justa, segundo Cícero.

Antes de falar da aplicação da lei é necessário explicitar o que é a lei para o romano. Lex est commune precaeptum. A lei é um preceito universal formal e materialmente, neste caso se é conforme à razão. É universal formal se vale para todos, e vale para todos se é posta por todos formalmente. É posta universalmente, se posta pela autoridade que tem competência para tal, que representa toda a comunidade, o Estado ou, no caso, no momento mais expressivo do poder estatal em Roma, o Império. No Império pode-se observar os momentos em que se forma a lei, como a concebida contemporaneamente. Quanto à forma, a lei é a voluntas da comunidade manifestada na autoridade que a representa. Ora, o ato de por a lei na existência é um ato de vontade do Imperador, da autoridade. A vontade da autoridade põe-na na existência, mas não dá o seu conteúdo de justiça; apenas sua validade formal e sua existência. O conteúdo da lei, e toda lei é justa na concepção do romano, tem sede na razão e não na vontade. Então só pode ser dado por uma consciência prudencial, pelo jurisconsulto, o sábio na matéria do direito, através os responsa prudentium. Essa estrutura da lei, voluntas da autoridade e ratio do jurisconsulto, começa com Augusto, que introduz os responsa prudentium, e encontra sua forma explícita a partir de Adriano, que exige, para que a norma tenha forma acabada e força, a expressa aprovação do seu quero. Assim, forma e existência dadas pelo quero do Imperador, racionalidade e justiça elaboradas pelo jurisconsulto compõem a lei em Roma; justa quanto à forma porque contém a racionalidade formal (a voluntas é universal, e o que dá a universalidade é a razão), e justa quanto ao conteúdo porque contém a racionalidade (também universalidade) material.

A lei desse modo concebida é a forma mais elevada de realização do direito, mas não é ainda o direito ou a justiça (que são para o romano a mesma coisa) na sua plena efetividade, o que só se dá na sua aplicação. O conteúdo de justiça da lei não teria efetividade sem a estrutura formal do aparelho do Estado capaz de aplicá-la corretamente, se não satisfeito o direito da pessoa. É o que se denomina justiça formal, dada pela processualidade da actio e pela estrutura de um tribunal. A justiça formal é o próprio processo, concebido pelo romano como um conjunto de institutos essenciais à realização da justiça: o terceiro neutro, a igualdade das partes e o contraditório. Qualquer pessoa tem o direito a um processo regular para a aplicação da lei perante um terceiro neutro, que na simbologia romana é o fiel da balança da justiça, atrvés do qual os pratos se colocam em igual peso e igual nível. A igualdade das partes, a ampla defesa, a possibilidade de uma parte contraditar a outra através o diálogo e do debate, a decisão neutra do terceiro, porque é ou representa o Estado, imparcial com relação aos envolvidos no conflito de interesses e distante da criação da solução jurídica, a lei, é o que constitui a justiça formal. A imparcialidade e neutralidade do julgador com relação às partes e o distanciamento com relação à elaboração da lei a ser aplicada significam não concentrar o juiz, em si, ao mesmo tempo, a figura do aplicador e do elaborador da lei. Um é o que a elabora, outro o que a aplica.

A segunda fase do desenvolvimento do Direito é a do Direito Pretoriano. A importância desse Direito foi o desenvolvimento de uma série de institutos jurídicos que não estavam definidos na Lei das XII Tábuas. Para o romano em todos os casos de aplicação da lei tem-se de recorrer sempre à eqüidade. A eqüidade é a justiça concreta no momento da aplicação da lei.

Não existe justiça do ponto de vista só abstrato, a lei é o modo pelo qual se concede o que é justo do ponto de vista conceitual com relação às outras formas de manifestação do direito, mas é ainda, do ponto de vista da realização ou efetivação da justiça, da realidade em que essa lei está sendo aplicada, abstrata. A lei tem de ser justa enquanto é uma formulação abstrata de como fazer justiça. Contudo, o direito é, na sua realidade, um processo que se desenvolve desde o momento mais abstrato e imediato da mera intuição do justo e do injusto no fato social, até a satisfação do direito do sujeito que esse processo gera. A lei é já um momento de expressão conceptual mais avançado do que o costume e é o ponto de chegada no processo de elaboração do direito escrito. O direito, porém, no seu processo de aplicação, encontra sua efetividade ou seu momento concreto ou conceito, na fruição do direito e cumprimento do dever previstos na lei. Assim, com relação ao costume ou com relação ao momento da pura consciência jurídica que capta o valor jurídico ou do justo no fato social, a lei é o momento do direito no seu conceito. Contudo, tomado o direito na sua realidade total, o direito encontra sua efetividade ou momento concreto no qual são assumidos todos os momentos anteriores, desde o mais abstrato, o da mera consciência do justo no fato social. Quer isso dizer que o direito na sua efetividade ou no seu conceito pleno se encontra sua verdade na aplicação. A razão jurídica valora o fato como justo ou injusto por uma ponderação ou equilíbrio que outra coisa não é senão a igualdade.

A aplicação da lei é aqui entendida tanto como o cumprimento espontâneo da lei como o cumprimento coercitivo da lei. Na aplicação cumpre-se o telos do direito, pois o indivíduo é o destinatário final do ato de justiça. Não há justiça totalmente abstrata, a lei é justa, mas pode não ser aplicada, quer por desconhecimento, por distorção na sua interpretação ou mesmo por negligência. A justiça tem de ser a entrega do direito ao seu titular, a pessoa de direito, então como sujeito de direito, ou o cumprimento do dever jurídico pelo seu portador.

Mas a aplicação da lei pode resultar em consequências, segundo o romano, injustas; daí a necessidade da equidade e da justiça concreta, sempre na aplicação da lei. Essa concepção faz com que a lei seja interpretada segundo o momento da aplicação e não somente no momento de sua elaboração.

Com isso, o Direito se impõe de forma irresistível em virtude da sua universalidade formal da norma jurídica. Não há outro órgão que possa desfazer as consequências do direito. É o próprio Direito que estabelece como ele gera consequências e como ele vai desfazê-las. Só se pode desfazer uma consequência do Direito através de uma justificação jurídica. O Direito não aceita outra justificação e é isso que caracteriza a segunda categoria, a da irresistibilidade que é o momento da universalidade natural.

Tão bem entendeu o romano essa insuperabilidade do direito por algo a ele externo que estabeleceu regras técnicas para o próprio interior da organização estatal, o instituto da competência.

1.4.1.3 A Pessoa de Direito e a Justiça Material

O conceito de pessoa desenvolvido no Direito Romano é a chave da compreensão do que hoje se pode designar como sujeito de direito universal. A genial classificação de tudo que existe para os efeitos de estudo e de efetivação do direito, feita pelo romano é o ponto de partida. O direito romano, para que possa ser realizado, diz que os seres existentes podem ser considerados como pessoas, coisas e ação. Daí, a famosa distinção entre três esferas do direito: *ius ad personam, ad rem* e *ius ad actiones*, segundo a classificação de Gaio. A primeira observação que se faz é que o existente ou é sujeito do direito (na concepção romana, pessoa de direito) ou é objeto do direito. Para que o sujeito ou a pessoa de direito possa fruí-lo ou exercê-lo tem ele de agir na exterioridade com certa força e, quando não puder fazê-lo individualmente , poder recorrer á força da sociedade organizada em poder irresistível, o Estado. Essas categorias de existência do direito exigem a passagem para as categorias de essência para que haja uma justiça especificamente jurídica; a irresistibilidade da actio, a universalidade do sujeito no sentido de que não é apenas determinado indivíduo particular, mas na medida em que encarna toda a sociedade, cuja vontade universal é a lei, a bilateralidade característica do direito, e a exigibilidade, pela qual o titular do direito torna o dever do outro dever jurídico e não apenas dever moral fundado na espontaneidade do seu cumprimento.

Há, portanto, um trajeto histórico que vai desde o momento em que o romano separa coisa e pessoa, princípio da ciência do direito, pessoa de direito privado e pessoa como sujeito de direitos de ação, para, com o Cristianismo, formar o conceito de pessoa moral, fim em si mesmo em Kant, e alcançar a estatura maior de sujeito de direito universal no Estado Constitucionas de Direito.

O conceito de pessoa torna possível compreender a Jurística Romana, em que a Justiça é definida como dar a cada um o seu direito, *ius suum,* no sentido de direito subjetivo.

O deslocamento da ideia de justiça do devedor moral para o destinatário do ato de justiça moral, transforma o destinatário desse ato em pessoa de direito, que, munido da actio se mostra como titular ou sujeito de direito. A ideia de justiça é então definida pela outorga da actio à pessoa de direito. A justiça é um valor próprio do direito sem deixar de ser também uma virtude na esfera da moral.

O sujeito de direito é o detentor da *actio*, ou seja, do direito de ação, o direito de mover todo o aparelho do Estado, representando toda a sociedade para fazer valer seu direito material privado. Na sua realização encontra-se a um só tempo, na mesma pessoa, o particular, o titular do direito privado, e o universal, o poder do Estado e a representação da sociedade, na qual se criou a ordem jurídica. Por isso, é sujeito de direito universal. Não é, pois, somente o juiz o que representa a sociedade.

Essa figura jurídica chamada direito de ação desenvolvida pelo romano constitui uma das grandezas da cultura jurídica ocidental, que se fez presente em toda cultura civilizada que sofreu, direta ou indiretamente, a influência do Direito Romano.

O sujeito de direito, ao ser munido da actio, tem não somente a faculdade de exercer seu direito perante o devedor, mas torna essa faculdade, esse direito, exigível. Mostram-se na sua plena existência a característica essencial do direito, a exigibilidade e, dela decorrente, a bilateralidade, que fazem do direito uma ordem normativa inconfundível com qualquer outra ordem normativa. O direito é, por isso, o que restaura a dignidade humana, como entende Kant. Por ele a pessoa não tem de esperar a bondade, a caridade, enfim da virtude do outro para receber o ato de justiça que lhe é devida, como ocorre na moral, ou pode ocorrer no convencionalismo social, no costume; o direito prescinde totalmente da espontaneidade do outro e arma o sujeito de direito do poder de exigir a prestação justa. E porque esse poder que garante a efetivação do direito é a força aparelhada do Estado, e porque não há outra forma de suplantar o direito senão o próprio direito, o direito se mostra com irresistibilidade ou força irresistível.

Desse modo, o romano elaborou seu direito através de séculos, dotando-o das suas categorias de existência (pessoa de direito, coisa e *actio*) e de essência ou fundamentais: a universalidade, a exigibilidade, a bilateralidade e a irresistibilidade.[127]

A passagem do conceito de justiça grego para o romano constitui um momento importante do pensamento jurídico ocidental, e caracteriza-se pela criação desse poderoso instrumento pelo qual a pessoa exige o seu direito e não espera apenas a espontaneidade do dever moral a ser cumprido pelo devedor. Disso decorre uma concepção própria, ou uma teoria jurídica da justiça. É necessário não se esquecer que para o romano o direito assume o conteúdo da ética, embora o separe dela tecnicamente em razão das suas características próprias, principalmente porque arma a realização da justiça com o poder universal, o poder de toda a sociedade representada na estrutura do tribunal.

Essa imagem do sujeito de direito é importante porque, em que pese aparecer no Direito Romano como de pessoa de direito, sujeito direito privado, universal por representar toda a sociedade quando detentor do direito subjetivo que a ordem jurídica lhe outorga, percorre toda a história numa processualidade constante até realizar, na declaração de 1789, o sujeito de direito universal, aquele que não só tem a ação, não só representa a sociedade quando reivindica o seu direito decorrente da lei, mas aquele que tem direitos substancialmente universais, atribuídos a todos igualmente, em razão da dignidade da pessoa humana,[128] que se traduz na singularidade e excelência por força de ser livre[129]. Pode-se então falar em sujeito universal

---

[127] SALGADO, *A Ideia de Justiça no Mundo Contemporâneo*, p. 67 e segs.

[128] Sobre a declaração de direitos e a dignidade do pessoa humana, ver MATA-MACHADO, Edgar de Godoi, em *Contribuição ao Personalismo Jurídico*.

[129] Cfr. SALGADO, Karine. *Filosofia da Dignidade Humana*. A contribuição do alto medievo. Belo Horizonte: Editora Mandamentos, 2009, especialmente o Capítulo 2, A Liberdade. Ver, ainda, seu

de direitos universais, pois não só munido da actio da justiça formal, como também de uma justiça material ou substancial, os direitos fundamentais consagrados nas constituições.

Na gênese do sujeito de direitos universais, o *citoyen* ou o individuo livre do Estado de Direito está o conceito de pessoa de direito construído pelo romano. O próprio Hegel, que às vezes é por demais severo no seu julgamento do direito em Roma, em razão dos objetivos de sua filosofia, reconhece o valor superior do direito romano na cultura ocidental e "conclui que o Estado de direito romano trouxe de positivo o reconhecimento do homem como pessoa"[130], conceito evidentemente não encontrado pelos gregos. Com efeito, é de reconhecer que não era possível dar um passo adiante, no sentido do Estado de Direito contemporâneo e a efetivação da liberdade, sem o instituto fundamental da propriedade, pois é aí que a liberdade aparece na sua mais indispensável realização, como interioridade ou *animus* e, fundamentalmente, como manifestação exterior. É a partir desse instituto que o direito romano realiza "a igualdade dos indivíduos como pessoa."[131]

A importância desse Direito foi o desenvolvimento de uma série de institutos jurídicos que não estavam definidos na Lei das XII Tábuas. Para o romano em todos os casos de aplicação da lei têm-se de recorrer sempre à eqüidade. A eqüidade (*aequitas*) é a justiça concreta no momento da aplicação da lei.

Não existe justiça do ponto de vista só abstrato, a lei é o modo pelo qual se concede o que é justo do ponto de vista conceitual. Não do ponto de vista da realidade a que essa lei está sendo aplicada. A lei tem de ser justa enquanto ela é uma formulação abstrata de como fazer justiça. Mas na sua aplicação pode ela, embora justa, produzir consequencias injustas. A correção dá-se nos efeitos produzidos pela lei, não nela mesma. Tratase de compreender a lei no momento em que ela se insere ou incide no fato empiricamente observado na sua reconstituição no processo, pelas provas. Essa compreensão é a revelação do seu interior, através da sua ratio. Isso dá-se por meio da interpretatio, pela qual se busca o seu verdadeiro sentido no momento concreto da sua aplicação. Para isso os romanos desenvoveram as principais técnicas ou cânones hermenêuticos, acolhidos como princípios hermenêuticos no direito contemporâneo, através da teoria

livro, em seqüência, *Filosofia da Dignidade Humana*.. Por que a Essência não chegou ao Conceito? Belo Horizonte: Editora Mandamentos, 2011. A Autora faz, nesses livros, uma profunda investigação sobre o que seja a dignidade humana, num cuidadoso percurso pela Idade Média, pela Modernidade, para assegurar a sua presença no mundo contemporâneo como fonte primeira do direito.

130 SALGADO, *A Ideia de Justiça no Mundo Contemporâneo,* p.285.

131 Id. *Ibid.*, p. 284

hermenêutica de Betti.[132] Esse é um o outro modo de realizar a justiça materialmente. São eles na revelação de Betti: o cânone da autonomia do objeto ou sua independência com relação ao autor da obra; o cânon da totalidade e coerência, pelo qual não se aplica a lei fragmentariamente; o cânon da atualidade, pelo qual a aplicação da lei deve ser feita com vista ao momento da sua aplicação.[133]

A aplicação da lei é entendida como o cumprimento espontâneo da lei e o indivíduo é o destinatário final do ato de justiça. Não há justiça totalmente abstrata, a lei é justa, mas pode não ser aplicada. A justiça tem que ser a entrega do direito ao indivíduo.

Mas a aplicação da lei pode resultar em consequências, segundo o romano, injustas, daí a necessidade da equidade e da justiça concreta sempre na aplicação da lei. Essa concepção faz com que essa aplicação seja interpretada, ou seja, a norma passa a ser interpretada segundo o momento da aplicação e não somente no momento de sua elaboração.

Quando a sociedade se desenvolve, cria certos valores universais que podem ser encontrados na Revolução Francesa. O valor da liberdade e da igualdade que marcaram os ideais da Revolução Francesa são valores concebidos como valores pertencentes a todos os indivíduos, mas ainda não são direitos. Os revolucionários não entendiam que esses valores pudessem ser atribuídos apenas a um grupo de indivíduos e não a todos. Esse conceito da universalidade das classes de valores é que vai dar origem a universalidade material do Direito.

Não há nenhum indivíduo que não entenda que possa ser também titular de direitos fundamentais. A igualdade e a liberdade são valores que são atribuídos a todos os indivíduos porque são direitos racionalmente postos na Constituição.

Surge agora um terceiro momento que é o da realização desses direitos. Desde então, há um percurso do sujeito de direitos que aparece em Roma, como sujeito de direito universal até chegar ao momento em que ele é sujeito de direito universal porque ele tem uma ação para reivindicar os direitos declarados na Constituição.

Há, portanto, um trajeto histórico que vai desde o momento em que o romano separa coisa e pessoa, e depois formará o conceito de pessoa, de

---

132 BETTI, Emilio. *Interpretación de las leyes y de los actos jurídicos*. Trad. de José Luís de los Mozos, Madrid: Ed. Aux de Direito Privado [s/d].p. 37. Cfr. SALGADO, Ricardo Henrique Carvalho, *Hermenêutica Filosófica e Aplicação do Direito*. Belo Horizonte: Ed. D'ell-Rey, 2006 p. 110 e segs.; SALGADO, Joaquim Carlos, *A Ideia de Justiça no Mundo Contemporâneo*, p.195 e segs.

133 Além do livro citado na nota acima, v. a respeito deste importante tema SALGADO, Ricardo Henrique Carvalho. *A Fundamentação da Ciência Hermenêutica em Kant*. Belo Horizonte: Decálogo Editora, 2008.

evolução, em primeiro lugar como pessoa de direito privado, pessoa como sujeito de direitos de ação e pessoa como sujeito de direitos universais, como o Direito Romano.

1.4.1.4 A Doutrina: a Justiça no seu Conceito

Como se acentou acima, é a partir do conceito de pessoa, no sentido de pessoa de direito, que se pode compreender o direito romano. É exatamente no conceito de pessoa (sujeito) de direitos, que se encontra a definição de justiça como o direito atribuído a cada um. E isso a partir das duas grandes categorias nas quais o romano dividiu toda a realidade, distinguindo criteriosamente entre pessoa e coisa: pessoa é o sujeito de direitos, e coisa é objeto de direito, como acima se referiu.

1.4.1.4.1 Ulpiano: A Definição jurídica da Justiça

Uma das consequências importantes do Estoicismo é exatamente a preocupação com o Direito Natural. Ulpiano tem uma concepção do Direito Natural diferente da de Cícero.

É evidente que na concepção de direito natural está o elemento racional, mas o racional não se restringe somente ao homem, mas na ordem natural das coisas. Então, Ulpiano busca a definição de Direito Natural, em primeiro lugar, na natureza, ou seja, em tudo aquilo que rege o mundo animal.

As leis da Física pouco interessam para o Direito, mas as leis biológicas interessam-lhe, pois estas afetam diretamente o homem, portanto lhe interessam imediatamente. O homem pertence ao gênero animal. Não se pode nunca criar uma lei jurídica que possa afrontar as leis biológicas, as leis do mundo animal no qual o homem se insere.

Diferentemente do direito natural na concepção de Gaio, para quem o Direito Natural é aquele que os costumes dos povos têm em comum, ou o que ocorre em todos os povos, Ulpiano entendia que na própria natureza animal do homem se encontram aquelas leis que devem ser observadas e não podem ser alteradas pelas leis humanas. Se há uma lei natural, a lei humana tem de observar essa lei, que por sua vez rege todos os animais.

Mas o que é então Justiça para Ulpiano?

No estoicismo, o natural, como universal, funde-se totalmente no racional, como puro pensar abstrato.[134] Essa concepção permitirá a um jurista de

[134] WELZEL (*Introducción a la filosofia del derecho – derecho natural y justicia material*, p.40) distingue três fases do estoicismo: uma referente ao instinto de conservação, às coisas físicas; outra, que situa a natureza do homem só na razão; e outra que procura recuperar a natureza física admitindo que o homem pode aspirar os bens a ela referentes e antes combatidos.

grande conhecimento do direito, como Ulpiano, incluir também os animais na definição do direito natural (*ius naturale est quod natura omnia animalia docuit*).[135]

Vê-se que o período do império, por influência do estoicismo que considera igual todo ser humano, por ser cada um uma centelha da razão cósmica, propicia uma concepção do direito natural diversa da do período mais primitivo do direito romano, quando o direito natural se confundia com o próprio costume (o que ocorreu também na Grécia), considerado como uma comunidade ética que integrava o indivíduo e a família. Aí, distinguia-se não o direito positivo de um direito transcendente, mas o direito escrito do não escrito. Essa naturalidade do costume gerou inclusive uma concepção paralela do direito natural, diversa da de Ulpiano, a de Gaio. A busca do justo para além da lei e do costume tem sua origem em Sócrates, o conceituador da consciência moral. Para o romano, porém, o justo se consilia com o costume e com a lei.

A definição de justiça dada por Ulpiano no *Corpus Iuris Civilis* (*constans et perpetua voluntas, ius suum cuique tribuendi)*[136] reflete essa necessidade de sujeição do homem à lei, que se manifesta na esfera do divino, na da natureza e na humana (*lex aeterna, lex naturalis* e *lex humana*), trilogia já existente de forma embrionária no pensamento estóico e desenvolvida por Santo Agostinho e Santo Tomás.[137] O *ius suum cuique tribuere* equivale ao "devido" de que fala Platão, de certo modo, ou o que convém a cada um na linguagem do mesmo Platão. Platão, contudo, não pôs o direito como exigível, numa relação de bilateralidade, como objeto da justiça, ou como conceito especificamente jurídico. Dar a cada um o seu direito é atribuir-lhe o que lhe é devido. O devido, porém, não é o que decorre da ideia de justiça como em Platão, mas o que define o direito, ou seja, a lei, positiva ou natural. O acréscimo da palavra ius introduz uma diferença radical no conceito de justiça, então definitivamente jurídico e não mais simplesmente moral em que o devido confunde o moral com o jurídico. O pólo definidor da justiça passa do dever moral para o direito da pessoa.

A linha seguida, neste particular, é a de Aristóteles. Ulpiano incorpora na sua definição o elemento "vontade constante e perpétua", que, ao lado do seu objeto "dar a cada um o seu direito", indica uma tendência definitiva na concepção de justiça como virtude que busca o seu objeto na lei natural.

---

135 *D.*, I, 1, 3.

136 *D.*, I, 1, 10. Na edição de Monsen-Krüger está *tribuens*; na de Vignali, *tribuendi*.

137 Cf. WELZEL, *Introducción a la filosofia del derecho – derecho natural y justicia material*, p.35. Leibniz, de outra parte, já havia interpretado a expressão *honeste vivere*, como a justiça que existe na relação entre o homem e Deus; a expressão *neminem laedere*, como a que existe na relação do homem com a humanidade, e a expressão *ius suum cuique tribuere*, como a justiça entre o homem e o Estado. (Ver DEL VECCHIO. *La justice – la verité*, p.23.)

O devido ou o *suum*,[138] como o que deve ser atribuído, reflete, no plano de execução da conduta, o caráter imperativo-atributivo da norma jurídica de que fala Del Vecchio.[139] Atribuo ao outro o que eu lhe devo, por força do império de uma lei, que cria o dever (e o direito subjetivo), o qual se torna exigível no âmbito do direito.[140] Isto é o que dá a nota jurídica à definição de Ulpiano. Essa bilateralidade que se expressa no *ius suum* é o terceiro elemento essencial integrante do conceito jurídico de justiça, ao lado da igualdade e da alteridade, segundo Del Vecchio.[141]

A definição de Ulpiano, contudo, permanece formal[142] e expressa tão só a vontade constante e perpétua de servir ao direito, em suma, o dever de cumprir a lei: justo será cumprir a lei, que cria o *suum*. Disso decorre que o conteúdo da justiça será plúrimo, quando dado pelo direito positivo. Daí a necessidade de recorrer à lei natural, com o objetivo de conseguir um conteúdo constante e universal. Neste caso, a justiça desempenha um papel ancilar diante do direito natural que lhe dá conteúdo, que é o seu objeto.[143] A lei natural prescreve à conduta humana o *aequum* (igual).

De outro lado, Ulpiano declina os deveres principais decorrentes da definição rigorosamente por ele formulada como que a dar um conteúdo ético à sua definição e superar a aparência de formalismo: *honeste vivere, neminen laedere, suum cuique tribuere.* Viver honestamente é dever comum ao direito e à moral, pois no direito a boa-fé é substrato de toda conduta jurídica. Quanto aos demais deveres não é necessário dizer de pertencerem a ambas ordens normativas.

1.4.1.4.2 Cícero: O Humanismo e a Unidade da Filosofia e da Vida (Política e Jurídica)[144]

Pai da Advocacia, sem a qual não se pode falar em justiça no direito, o grande teórico e prático do direito e da política, da retórica, da ética, das

138 DEL VECCHIO. *La justice – la verité*, p.47 e CASTAN TOBEÑAS. *La idea de justicia*, p.50, atribuem a Cícero o mérito de ter ligado ao *suum* o *ius*.

139 DEL VECCHIO. *Filosofia del derecho*, p.282, passim.

140 RADBRUCH. *Rechtsphilosophie*, p.130.

141 DEL VECCHIO. *La justice – la verité*, p.47.

142 KELSEN (*Was ist Gerechtigkeit?*, p.23) procura demonstrar esse formalismo e até "esterilidade" da fórmula, ao dizer que "ela pode servir para justificar qualquer ordem social que se queira, seja ela uma ordem capitalista ou socialista, autocrática ou democrática".

143 CASTAN TOBEÑAS (*La idea de justicia*, p.50-51) demonstra o triunfo dessa concepção derivada da ideia de justiça, própria da filosofia clássica. Deve ser ressalvada, contudo, a posição de Platão, sobre a qual se discorreu no § 5º.

144 Sobre Cícero ver mais informações, com as quais se complementam as aque desenvolvidas, em SALGADO, Joaquim Carlos. *A Ideia de Justiça no Mundo Contemporâneo – fundamentação e aplicação do direito como maximum ético*. Belo Horizonte: DelRey, 2006, p. 149 a 186.

teorias políticas, da filosofia, o criador do humanismo e tanto mais[145], constituindo mesmo a sua Ética (De *Finibus bonorum et malorum* e *De Officiis*), juntamente com a Ética de Aristóteles os maiores monumentos da ética do Ocidente, pelo teor e influência exercida[146]: É Marcus Tulius Cicero[147], que se tornou valoroso e culto graças ao seu próprio talento e esforço, "tão ilustre por suas ações como eminente por seu gênio".[148]

Este texto sobre esse gênio da cultura ocidental complementa-se com outro sobre ele escrito no meu livro, *A Ideia de Justiça no Mundo Contemporâneo*, como se informa na nota n. 1.

a. A Força da Práxis da Justiça

Aquilo que ele disse de Sócrates, que teria feito descer do céu à terra a ética (*philosophiam devocavit e caelo et in urbibus conlocavit*)[149], fez ele mesmo com a filosofia grega: fez a teoria grega incorporar-se na efetividade da vida real, o mundo humano, precisamente a sociedade romana. Traduziu as abstratas e às vezes nebulosas expressões filosóficas gregas para, reelaborando-as, expressá-las na precisão e clareza do latim.[150]

---

145 Cfr.ACHARD, Guy. Introduction. *In*: CÍCERO, Marcus Tullius. *De Inventione/De l'Invention*. Trad franc. de Guy Achard. Paris: Les Belles Lettres, 2002, p.11. O autor da Introduction cita Cícero, que dizia ter, de certa forma, adotado o método do pintor Zeuxis, o qual, para pintar a beleza de Helena, selecionou os traços mais belos das mais belas virgens de Crotona. O ponto de partida para Cícero era o que havia de melhor sobre o tema a escrever nos melhores autores

146 Segundo Frederico, o Grande: "Das beste Buch über Moral" (O melhor livro sobre moral). Cfr. GUNERMANN, Heinz. *In*: Marcus Tullius Cicero. *De Officiis/Vom pflichtgemässen Handeln* (Lateinsch/Deutsch). Stuttgart: Philipp Reclam,1999, quarta capa.

147 Cícero teve dois grandes mestres na sua formação como tribuno e como jurista. Philon de Larissa (160/59 a. C. a ca. 80), que dirigiu a Academia no período helenístico, ensinou-lhe o instrumento da oratória ou a retórica, além de Crassus (140-91 a C.) e Marcus Antonius (143-87 a C); e Quintus Mucius Scaevola (170 a ca. 84 a. C.), grande e famoso jurisconsulto, cônsul, *pontifex maximus*, que lhe ensinou as matérias para as quais usou com destreza e correção a oratória, o direito e a política. Cfr. MERKLIN, Harald. Einleitung. *In*: CÍCERO, Marcus Tulius. *De Oratore/Über den Redner* (Lateinisch/Deutsch). *Übersetzt und herausgegeben von Harald Merklin. Stuttgart: Philipp Reclam, 1997,* p.19..

148 PATERCULUS, Velleius. *Histoire de Rome*, II, 36. Trad. de Joseph Hellegouarch. Ed. bilíngüe latin/français. Paris: Les Belles Lettres, 1982, p. 42.

149 CICERO, Marcus Tulius. *Tusculanae Meditationes/Gespräche in Tusculum*, V, 10. Übersetzt und herausgegebe v. Olof Gigon. München: Heimeran Verlag, 1979, S. 324.

150 HEIDEGGER,Martin (*Introdução à Metafísica*.Trad. de Emmanuel Carneiro Leão. Rio: Tempo Brasileiro, 1966), ao comentar a famosíssima frase de um dos mais ricos pensadores ocidentais, Parmênides, *To gar noein te kai einai* (o mesmo é o ser e o pensar) (p. 207), procura explicar os termos da proposição, a começar da palavra *einai* que, para ele significa a própria *physis*, que deve ser entendida como "o vigor dominante (Walten) daquilo que brota e permanece" (p. 52), e critica as várias traduções latinas, que, segundo ele, não deram o sentido próprio que as palavras têm em grego. Interessante é que o próprio Heidegger traduz a correspondente latina, *natura*, de *nascor*, nascer, brotar. Não há como não reconhecer a força imperante também em nascer, ou seja, na vida, que eclode no nascer. Afinal, o latim como língua da civilização, acabou por imperar na própria filosofia,

O mundo do direito tem a contribuição de Cícero em todas as dimensões da sua atividade, teórica, prática e técnica. Enfrenta questões de conceito no direito, na ética, na filosofia e na política; exerce e pratica sob os ângulos mais amplos e mais elevados os vários cargos da República romana (questor em 75, edil em 69, pretor em 66) até a magistratura mais alta, o consulado[151]; e enfrenta situações de crise, sempre na cumeada dos acontecimentos, usando, como mestre insuperável, do valioso instrumento da retórica. Por isso, na estrutura jurídica criada pela cultura romana e legada a todos os povos, formados na consciência jurídica romana, que ensinou também o modo específico do pensar e raciocinar jurídico, é o criador do instituto mais importante do processo judicial e da vida de um povo civilizado, juntamente com o terceiro neutro, nos Estados em que a liberdade é efetivada: a defesa técnica e especializada, a advocacia, sempre cuidadoso na questão de fato com a produção das provas, e cioso na questão de direito na busca de produzir uma decisão justa, consentânea com sua vida de homem justo, digno e responsável na atividade privada e pública[152].

Um dos grandes valores de Cícero está em recriar, e a partir disso criar, o grande acervo espiritual da filosofia grega, fazendo com que a cultura grega se incorporasse na civilização romana (uma espécie de cobrança aos gregos pela civilização que os romanos lhes levaram). Com efeito, percebeu que ao formularem os gregos as suas refinadas teorias a partir da realidade empírica, mesmo em Platão, algo se perdeu na subida do sensível para o inteligível, do empírico para o conceito, da vida para a teoria. Era preciso fazer encontrar o conceito abstrato dos gregos com a vida empírica do homem e, mais concretamente, da sociedade romana.

Fazer a realidade da vida subir à inteligibilidade da teoria, e esta descer àquela, na qual se situava Cícero e que se tornou o advento da sociedade ocidental e, nessa ida e vinda, fazer esses dois momentos encontrarem-se, unir pensamento e ação; enfim, fazer a filosofia servir ao homem, aos romanos e aos estadistas ou homens de Estado (*philosophiam nobis pro rei publicae*) [153]. Para isso estudou profundamente as mais importantes escolas do seu tempo, os acadêmicos, os peripatéticos e suas matrizes, bem como os epicureus e os estóicos. Fê-lo criticamente, de forma a poder preencher as lacunas que deixaram na explicação da realidade, principalmente a complexa sociedade romana. Nisso teve de desenvolver elementos teóricos adequados

---

como Santo Agostinho confirma (*Confissões*, 13. Trad. De J. Oliveira Santos e A Ambrósio de Pina, S. J. Porto:Editora Nova Cultura, 1996,p. 51).

151 Cfr. MERKLIN, *Op. Cit.*, p.18.

152 MERKLIN, Harald. Einleitung. *In*: CÍCERO, Macus Tulius. *De finibus bonorum et malorum/Über das höchste Gut und das grösste Übel* (Lateinsch/Deutsch).Stuttgart: Philipp Reclam, 2000, p. 23.

153 Cfr. MERKLIN, *Op. Cit.*,p.19 e nota n. 9.

à vida romana, que se tornou a matriz das grandes instituições ocidentais, a família, o Estado, o direito e a religião, para o que é grande a contribuição dos seus escritos, como, por exemplo: para a família, a sociedade e a ética em geral, contribuiu com *De Officiis, De Finibus Bonorum et Malorum*; para o Estado, a política e a advocacia, com *De Oratore* (como poderoso instrumento), *De Republica*, os célebres discursos como *As Catilinárias*, *Contra Verres*, bem como as famosas orações perante César; para o direito com *De Legibus, De Republica, De Inventione* (com ricos exemplos)[154] e vários discursos perante os tribunais ou o Senado, como *Pro Archia, Pro Milone, Pro Caelio*, não se podendo esquecer que o direito está em todas as suas obras; para o sentimento religioso, com *De Natura Deorum*, os textos sobre ética, devendo-se notar a importância dos seus escritos no desenvolvimento do Cristianismo, a partir de Santo Agostinho pela Idade Média em fora, até o advento do humanismo da Renascença, pela relevância dada por Petrarca ao conceito de dignidade da pessoa humana, concebida por Cícero, até a ilustração, como o deísmo inglês, com *De Natura Deorum*, e os grandes representantes da ilustração como Grotius, Spinoza, Locke, Rousseau e Voltaire, com as obras, *De Finibus* e *De Officiis*.[155] Merklin faz severa crítica aos historiadores Drumann e Mommsen por não darem o justo valor ao pensamento romano, principalmente, a Cícero, mesmo com os dados positivos da Idade Média, da Renascença e da Ilustração, e aponta a recuperação do seu valor e prestígio após a experiência dos totalitarismos, quando então o conceito de dignidade humana e de autodeterminação humana, na forma preconizada por Cícero, voltou a ocupar os filósofos.[156] Exemplo disso na contemporaneidade está também em Lima Vaz ao afirmar como " pais do humanismo latino: Cícero, Horácio,Virgílio, Sêneca, para só lembrar os maiores." E lembra, ainda, a noção fundamental de *humanitas* com que Cícero designou o gênero, bem como a ciceroniana *de studia humanitatis*, "que passou a designar, na tradição do humanismo, os estudos que contribuíram para formar no jovem as qualidades próprias da humanitas."[157] E se é da essência do Cristianismo o humanismo, valem as palavras de Santo Agostinho:

"Seguindo o programa do curso, cheguei ao livro de Cícero, cuja linguagem, mais do que o coração, quase todos louvam. Esse livro contém uma exortação ao estudo da filosofia. Chama-se Hortênsio. Ele mudou o alvo das

---

154 CÍCERO, Marcus Tullius. *De Inventione/De l'Invention*. Trad franc. de Guy Achard. Paris: Les Belles Lettres, 2002, p. 95, 192, 206, 207, por exemplo, et passim.

155 Cfr. MERKLIN, *Op. Cit.*. 50-51.

156 Cfr. MERKLIN, *Op. Cit.*, p.43 e segs.

157 VAZ, Henrique Cláudio de Lima. *Humanismo hoje: tradição e missão.* Belo Horizonte: Instituto Jacques Maritain, 2001, p.13-14

minhas afeições e encaminhou para Vós, Senhor, as minhas preces, transformando as minhas aspirações e desejos."[158]

Obra desse porte não é "secundarizar" a cultura grega, a toda evidência, nem mesmo a filosofia que é apenas um filão da cultura. Demais, no que se refere à cultura, nenhuma existe que não tenha provindo ou sofrido influência de outra, principalmente no Mediterrâneo. Todas recepcionaram elementos de outras. Todos os povos, contudo, conservam sua substância espiritual. Basta observar nos símbolos bélicos desses dois grandes povos: Atena com a coruja para os gregos, Júpiter com a águia para os romanos. As culturas mais competentes, como a romana, recepcionaram os elementos positivos, traçaram os rumos e assentaram as bases de uma civilização. No caso da civilização ocidental, a responsável foi Roma. Mommsen realça a influência grega sobre a literatura romana,[159] mas ressalva a pureza estilística do clássico latim de Cícero[160], bem como seu valor na ciência do direito;[161] não contempla, põem, a importância de Cícero na Filosofia,[162] e não percebe ser ele o instaurador do humanismo no Ocidente.

Cícero é o fundador da advocacia, da oratória política e judiciária, desenvolvendo de modo genial o que seu mestre, Scaevola, lhe ensinou. Seu poderoso instrumento, com que atuou na sua vida intelectual, mostra-se na sua excelente obra, *De Oratore*, que se tornou um dos mais completos textos de retórica, onde discute as grandes vertentes dessa ciência e arte de seu tempo (estóicos, epicureus, acadêmicos e peripatéticos), apresentando sua própria concepção, depois de fazer a crítica de cada uma dessas correntes, inclusive a posição aristotélica. Uniu nessa obra a teoria grega e a prática romana, dando-lhes unidade e desenvolvendo-as com pessoal criatividade, teórica e praticamente, conforme atesta Merklin no texto citado acima. Como acusador, sua primeira, densa, substanciosa e aguda acusação contra Verres, por atrocidades cometidas, desvio de cerca de quarenta milhões de sestércios na administração da Sicília, coligiu provas por testemunhas, por documentos públicos e privados, não deixando alternativa a Verres senão exilar-se antecipadamente.

Cícero mostra numa série de discursos de rigorosa, elegante e primorosa oratória, não só a técnica dessa arte, mas também a da precisa demonstração das alegações feitas, através de provas irrefutáveis e competente fundamentação

---

[158] AGOSTINHO, Santo. *Confissões*,II, 4. Trad. de J. Oliveira Santos, S. J., e A. Ambrósio de Pina, S. J..São Paulo: Editora Nova Cultural, 1996, p. 83

[159] Cfr. MOMMSEN, Theodor. *Römische Geschichte,* II. Darmstadt: Wissenschaftliche Buchgesellsclhaft, 2010, p. 252 e segs

[160] ID., *Ibid.*, II, p.244-245.

[161] ID., *Ibid.*, I, p. 472-473.

[162] ID., *Ibid.*, I, p. 472.

jurídica, com que garantiu a procedência da acusação. O texto final do seu primeiro discurso mostra esse rigor técnico com que conduziu a acusação, dividindo-a em duas partes: 1) a afirmação da existência dos crimes cometidos por Verres, quanto ao fato e ao direito, portanto dos atos contra a lei por ele perpetrados: "...cometeu não só muitos atos arbitrários, muitos atos cruéis contra cidadãos romanos e contra sócios, praticou muitos atos nefastos contra os deuses e os homens, como também, além disso, extorquiu quarenta milhões de sestércios à Sicília"; 2) os meios de provas com que demonstra a procedência da acusação: "Isso provar-vos-emos por testemunhas, por registros privados e por documentos públicos, de modo tão claro ....que não seria necessário alongar o discurso."[163] " Tal foi sua atuação que os sicilianos ofereceram-lhe vários presentes. Não os usou, solicitando apenas a diminuição no preço dos cereais[164], que eram de consumo dos romanos. Com esse processo alcançaria Cícero a fama de melhor orador de Roma.[165]

Ainda como acusador, desta feita, não em razão de um crime comum de prevaricação, mas de subversão da ordem pública ou crime de lesa-pátria, contra Catilina, exibe seu talento de oratória e de técnica de acusação judicial. Mais de uma vez, em cinco discursos perante o Senado e diante do povo em comício, os dois órgãos máximos da República, debela a conjuração de Catilina, exibindo provas seguras e mostrando como a técnica da oratória tem de estar a serviço da objetividade, isto é, da prova, portanto da verdade, porque para ele a oratória serve à ética.

Observe-se como o inventor da advocacia e um dos maiores tribunos de todos os tempos usou da persuasão da retórica e da demonstração convincente da Lógica. Refere-se aqui a um dos mais conhecidos e exemplares casos da literatura oratória ocidental: As *Catilinárias*. Cícero começa por preparar emocional e funcionalmente o austero Senado da República, pois tratava-se de acusação contra um senador e de questão política grave, não de delito comum. Começa Cícero com uma proposição vocativa de impacto, como se todos os senadores já estivessem sabendo das tramas de Catilina e como se já estivessem favoráveis a Cícero: *Quo usque tandem abutere, Catilina, pacientia nostra*? [166] Para se ter uma representação de como foram pronunciadas as várias interrogações desse exórdio, ter-se-ia de imaginar o

---

[163] CÍCERO, Marcus Tulius. *Reden gegen Verres I*. Übersetzt und heraugegeben von Gerhard Krüger (Lateinisch/Deutsch). Stuttgart: Philipp Reclam, 1998, S. 102/103.

[164] PLUTARCO. *Vida dos Homens Ilustres*. Demóstenes e Cícero. Trad. Sady Garibaldi. São Paulo: Atena Editora, 1956, p. 50

[165] KRÜGER, Gerhard. *In:* CÍCERO, *Reden gegen Verres*, quarta capa.

[166] "Até quando, Catilina, abusarás da nossa paciência?" CÍCERO, Marcus Tulius. *In Catilina Orationes quatuor*/Vier Reden gegen Catilina(Lateinisch/Deutsch). Übersetzt und herausgegeben von Dietrich Klose. Stuttgart: Philipp Reclam,1998, S.4.

impossível: a força e exuberância da eloqüência de Cícero. Esse primeiro libelo, gravíssimo e de contundência estupefaciente deixou Catilina perplexo e calado, diante da surpreendente e ousada verberação de Cícero.

Cícero, porém, não se fiou no silêncio inicial de Catilina, que, se mantido, valeria como prova contra ele, segundo o direito processual romano. Cícero levanta e produz (no sentido mais forte da palavra) provas irrefutáveis, garantindo assim a consistência da acusação oferecida e sua juridicidade, buscando elementos fortes no direito positivo, da natureza de precedentes.

Apresentou Catilina, contudo, sua defesa, mostrando conhecer a retórica e o direito, mas limitou-se a ironizar a acusação de Cícero e a negar o fato, relevando a tradição dos Cipiões, de que descendia, deslocando o ônus da prova para a responsabilidade da acusação de Cícero.

Prova inconteste, porém, produziu-a Cícero, mostrando que não se tratava de desavença entre senadores, mas de séria rebelião com a participação de ajuda externa. Conseguiu-a com emissários dos reus, que dariam apoio a Catilina, os alógobres, da Gália Narbonense, que levavam cartas de líderes de Catilina[167], Léntulo, Statílio, Cássio e Cetego, interrogou os implicados, apreendeu os documentos e, diante da inquirição e da prova material, convenceu o Senado a condenar os réus. Reconhecido o fato ilícito e a autoria pelo Senado, pôs-se a questão da consequência jurídica imputável ao fato, isto é, da sanção penal aplicável aos acusados.

Uma vez decidida a culpabilidade, qual a pena a aplicar? Nesse ponto surgem os mais interessantes debates do ponto de vista jurídico.

Com poderes de *dictator* concedidos pelo Senado, como primeiro cônsul, para reprimir o levante dos desfiladeiros de Etrúria, pois que se tratava de uma pernícia contra a República, Cícero pede a pena de morte para os réus. É interessante notar, nesse passo, a finura jurídica da questão por ele proposta. César, no Senado, entretanto, levanta a questão jurídica da competência para a punição com pena de morte, privativa do povo em comício, e não do Senado, em virtude do instituto jurídico denominado *ius provocationis*, vigente na ordem jurídica romana. Cicero, contudo, entende tratar-se de crime contra a República (*perduellium*) e não de crime comum, ou contra o cidadão (*parricidium*), razão por que era competente o Senado e não o povo.

César, de outro lado, ponderando com argumentos firmes e válidos, invoca a tradição dos antepassados no cuidado em aplicar penas capitais até mesmo a estrangeiros, e insiste na necessidade de um processo regular em que se garantisse o direito de apelação para o povo (*ius provocationis*), única

---

167 Cfr. CARLETTI, Amilcar. Os grandes oradores da antiguidade. Cícero – *As Catilinárias*. São Paulo: Livraria e Editora Universitaria de Direito, 2000,p. 69-70.

instância competente para punir com pena de morte e propõe, em substituição à pena de morte, a pena de prisão perpétua. Do lado contrário, Júnio Silano põe-se favorável à pena de morte. Catão, da respeitabilíssima linhagem dos Cato, com "palavra áspera e fera"[168] põe-se a favor de Cícero. Cícero profere a Quarta Catilinária. Traz à colação precedentes judiciais pelos quais crimes políticos (ou, como no caso, de lesa-pátria), contra a República, foram julgados e punidos com a pena de morte sem o *ius provocationis*. Descaracterizado o tipo de crime comum, cuja competência para julgar seria do *populus*, o Senado acatou as ponderações de Cícero, reconhecendo-se competente por força dos precedentes coligidos por Cícero e, em razão da inexistência de norma jurídica específica a disciplinar a matéria, condenou os réus, chefes do levante, por crime contra a República, aplicando-lhes a pena de morte. Contra Catilina, a ação passou a ser militar, pois que se mantinha acantonado para a luta armada, o que confirmou a correção da capitulação do crime por Cícero como crime contra a República e não crime comum. Morto Catilina por ação militar, terminou a rebelião dos "desfiladeiros de Etrúria".

As defesas perante os tribunais foram várias, produzidas por Cícero com esmerada habilidade retórica e grande eloqüência. Aqui se destacam as exemplares, apresentadas perante César, então vencedor e todo poderoso *dictator*, após a guerra civil.

Tal era a força da consciência jurídica de Roma, que César não mandou simplesmente executar os vencidos, segundo o princípio por ele mesmo adotado contra os bárbaros, *vae victi*. Tratava-se, porém, de guerra civil, entre romanos, cujo vencido era Pompeu. Era necessário, portanto, que qualquer condenação, ainda que por tribunal de guerra, fosse juridicamente válida. Daí, o tribunal e o direito de defesa. Se o julgamento era político, decorrente da guerra civil, não havia norma jurídica regulando o caso, razão pela qual Cícero se vale também de argumento político, e põe como ponto central da sua defesa o bem da República, que naquele momento era a unidade do povo romano, única forma de César ser lembrado como justo e defensor da causa de Roma, pela qual empunhou as armas contra os próprios concidadãos. E diz, dentre textos política e judiciariamente antológicos:

"Maravilhar-se-iam certamente os pósteros (*Obstupescent posteri certa*), quando lessem e ouvissem sobre teus comandos, sobre tuas províncias, sobre o Reno, sobre o Nilo, sobre tuas inumeráveis batalhas e indizíveis

[168] CARLETTI, Amílcar. Introdução. In: CÍCERO, Marco Túlio. *As Catilinárias*. São Paulo: Livraria Editora Universitária de Direito, 2000, p.78.

vitórias, sobre os monumentos, os tesouros dos teus triunfos[169]. Se, porém, esta Cidade não encontrar um julgamento firme nas tuas decisões e ordenações, então teu nome vagueará sem rumo...(*vagabitur modo tuum nomen longe atque late*),"[170] vale dizer, não repousará na memória da Pátria. E em continuação interpela César, pois uns o louvariam por aqueles feitos, mas outros entenderiam muito mais importante que César apagasse a chama da guerra civil para a salvação da Pátria, e pusesse fim a sua cisão através do sentimento de justiça do vencedor, *exstinta aequitate victoris*, justiça na forma de equidade, vez que se tratava de julgamento político da guerra civil, sem norma positiva incindível.[171]

Vale aqui realçar a habilidade retórica de Cícero para conseguir um resultado justo. Não disse que todos os feitos de César seriam esquecidos. Isso não teria consistência, nem credibilidade, pois César, vencedor, sabia do seu valor e de quanto tinha realizado por Roma durante toda a sua vida , toda dedicada à Pátria. Cícero faz uma hábil concessão. Dá como incontestes os feitos de César que alguns cantarão. Isso tiraria o exagero retórico da sua defesa, se negasse qualquer glória inconteste a César, e garantiria a verdade da outra afirmação: mas outros entenderiam que era dever de César realizar a unidade da Pátria, pela qual se empenhou na luta. Ora, para César não poderia ficar lacuna na sua obra, nem mácula na sua glória.

A defesa de Cícero convenceu César, mas o resultado do julgamento é historicamente obscuros. Parece que César, por habilidade política, pelo menos imediatamente, não absolve, mas também não condena, ou seja, suspende o processo. Com isso, os réus ficariam nas mãos de César, neutralizados politicamente, mas não condenados juridicamente.

Um texto de Plutarco mostra com que dignidade exercia Cícero as suas missões políticas: "O colégio dos sacerdotes, a que os romanos chamam áugures, recebeu-o, em substituição a Crasso, o jovem, que fora morto pelos Partos." Deveria administrar a Cilícia, com um exército de 12000 homens de infantaria e de 2.600 de cavalaria, "com a missão de reconciliar os capadócios com o rei Ariobarzano e de reconduzi-los à obediência". Conseguiu fazê-lo "sem recorrer às armas", conteve pela brandura de seu governo as revoltas e recusou os presentes que pelo seu desempenho eram oferecidos pelos reis; "repunha aos cofres da província as despesas" que fazia, recebendo, à própria custa, pessoas cuja convivência lhe era agradável". Era gentil com todos que iam saudá-lo. A ninguém mandava açoitar ou humilhar ou

---

169 CICERO, Marcus Tullius. *Pro Marcelo Oratio/Rede für Marcelus (Lateinsch/Deutsch)*. Übersetzt und herausgegeben von Harald Merklin. Stuttgart: Philipp Reclam Jun., 19..., S. 28.

170 Id., *Ibid.*, S. 29

171 Id., *Ibid*, S. 32

aplicar multa injuriosa, e "não pronunciava, mesmo em estado de cólera, uma palavra ofensiva". Recuperou os fundos públicos, recobrando-os aos que os dilapidaram. Fez guerra expulsando os bandidos que "habitavam o Amanus" e recebeu, por essa vitória, dos seus soldados, o título de *imperator*, usual para grandes feitos de guerra.[172]

b. A Lucidez e Originalidade da Teoria da Justiça, do Direito e do Estado.

Para Cícero, na medida em que o homem é um ser racional, e todos os seres humanos são racionais, não há nenhuma distinção entre a razão divina e a razão humana. Em verdade a mesma é a virtude no homem e em deus, a qual não existe em nenhem outro *ser (Iam vero virtus eadem in homine ac deo, neque alio ullo in genere praeterea;De Legibus,* I,25*)*. Ora, essa virtude é a razão perfeita (*est enim virtus boni alicuius perfecta ratio*, I, 45). Por isso o homem é semelhante a deus (*est igitur homini cum deo similitudo*, I, 25) O homem pode criar leis tão justas quanto as leis divinas.[173] Essa posição de Cícero marca seu humanismo na sua concepção de justiça. Justa é a lei editada conforme a razão, portanto, conforme o Direito. A razão superior (ratio summa) que ordena o justo e proíbe o injusto é lei (*De legibus* ,I, 6).

O Direito é exatamente aquele princípio de racionalidade que nós encontramos, na medida em que vamos atribuir determinados bens às pessoas, na elaboração refletida do jurisprudente, o sábio do Direito. E esse princípio de racionalidade é a igualdade. A medida dessa igualdade é a justiça: dar a cada um o seu direito (*tribuere id cuique quod sit quoque dignum*).[174]

Segundo Cícero, não é qualquer pessoa que pode impor, que pode elaborar lei. A lei é um ato de elaboração dos sábios, dos prudentes, dos peritos do Direito.

Para Cícero, a justiça está ligada ao poder. É preciso que haja uma organização de poder conforme ao direito (*justa imperium*), para que a igualdade da justiça se realize, vez não se tratar apenas de virtude moral, mas de prestação jurídica, institucionalizada portanto. Em primeiro lugar, a igualdade é considerada como um critério de equilíbrio entre os três poderes tradicionais*: magistratus, populus* e *senatus*. No Império, essa trilogia aparece

---

172 PLUTARCO. *Vida dos Homens Ilustres* – Demóstenes e Cícero. Trad. de Sady-Garibaldi. São Paulo: Atena Editora, 1956, p. 80-81.

173 Ver Salgado, J. C. A Presença do Estoicismo (Prefácio). *In:* MATOS, Andityas Soares de Moura Costa. *O Estoicismo Imperial como Momento da Ideia de Justiça*: Universalismo, Liberdade e Igualdade no Discurso da Stoá em Roma. Rio: Lumen Juris Editora, 2009, p. xiii. Cfr. MATOS, *op. cit*, p. 252 e segs.

174 CÍCERO, Marcus Tullius. *De Repulbica/Vom Gemeinwesen*,. III, 11. Lateinisch/Deutsch. Übersetzt und Herausgegeben von Karl Büchber. Stuttgart: Philipp Reclam, 1999. S. 266/267 .

do ponto de vista das forças sociais, a aristocracia e o povo, cujo momento de unidade se dá na pessoa do Imperador.[175] Ao considerar que cada forma de governo tem suas virtudes e inconvenientes, opta por aquela que possa eliminar os vícios e, ao mesmo tempo, somar as virtudes da monarquia, com as da aristocracia e as da democracia, de modo que a força de um dos poderes fiscalize e contribua para a virtude dos demais. Essa tríade atua harmonicamente:[176] o *magistratus* nos vários cargos exerce a *auctoritas* por representação; o *senatus*, ordem, reúne os magistrados e possui a autoridade (*auctoritas*) criadora do *ius*; e o *populus* que possui o poder (*potestas*) criador da *lex*, mais tarde, no império, por representação.[177]

Adequada à república de Cícero está a classificação das leis que ele concebe. Cícero entende que a lei é um saber escolher (inclusive etimologicamente), o que se faz através da reta razão, para determinar o verdadeiro e o justo[178]. A razão é o que há "de mais divino" "não só no homem, mas também em todo o céu e em toda a terra" e que faz com que o homem seja semelhante à divindade, pois ela é comum a ambos. Ora, diz Cícero, a "Lei é uma reta razão", que escolhe o certo, devendo por isso serem os homens considerados partícipes da divindade "também no que se refere à lei, portanto, partícipes de uma lei comum".[179]

Cícero distingue as leis, dentro da sua visão humanista, desta forma: a lei que procede da *recta ratio* do supremo Júpiter e a lei que procede da *recta ratio* do sábio. Trata-se de uma distinção em razão da fonte e não propriamente em razão da natureza, pois, em ambos os casos, a razão é a mesma, porque também no homem há uma razão perfeita *(in homine est perfecta ratio... perfecta in mente sapientis)*[180]. Essa é a lei natural de que fala Cícero, que define o que é justo e dá o critério supremo da lei humana positiva, visto que deve estar na "essência de toda lei saber escolher entre

---

175 Cfr. MATYSZAK, Philip. *Geschichte der Römischen Republik_* – von Romulus bis Augustus. Darmstadt: Wissenschaftlishe Buchgesellschaft, 2004, S.9. Crf. MATOS, Andityas Soares de Moura Costa. *O Estoicismo Imperial como Momento da Ideia de Justiça*: Universalismo, Liberdade e Igualdade no Discurso da Stoá em Roma. Rio: Lumen Juris Editora, 2009.

176 CICERO, Marcus Tullius. *Da República*, I, 45 e II, 39. Trad. de Amador Cisneiros. São Paulo: Abril Cultural, 1973(Os Pensadores, v. 4).

177 CICERO, Marcus Tullius. *Las Leyes/De Legibus*, III, 12. Madrid: Instituto de Estudos Políticos, 1970. Nesse tópico de *De legibus*, Cícero expõe a sua doutrina sobre a República, que coincide com a estrutura e função da Republica Romana. Ver, ainda, SALGADO, J. C., *A Ideia de Justiça no Mundo Contemporâneo*, p. 111-112; DE MARTINO, Francesco. *Storia della Costituzione Romana.* Napoli: Casa Editrice Dott, 1972, v. III, p. 66.

178 Cfr. D'ORS, Álvaro. Introducción. *In*: CICERO, Marcus Tullius. *Las Leyes/De Legibus*, Madrid: Instituto de Estudos Políticos, 1970. p.18.

179 CÍCERO. *Las Leyes/De Legibus,* I, 7.

180 Id., *Ibid.*, II, 5.

o verdadeiro e o justo"[181]; e se revela, essa lei natural, como a reta razão, conforme a natureza, "gravada em todos os corações, imutável, eterna", válida para todos os povos e em todos os tempos, que determina o objeto da justiça, que, também para Cícero, manda "dar a cada um o seu"[182] direito ou, ainda , enquanto se trata da virtude que por excelência se dirige ao outro na conservação da sociedade *(in hominum societate tuenda tribuendoque suum cuique et rerum contractarum fide)*, dar a cada um o seu direito na fidelidade do que se estipulou nos contratos.[183] O contrato é, aí, posto como o princípio a basilar a ideia de justiça, porque se trava entre pessoas dotadas de livre arbítrio, no sentido de preservar a sociedade. Com isso, Cícero põe em evidencia um princípio que norteia a ação no direito ocidental: *Pacta et promissa semperne servanda sint*; e continua frisando o seu fundamento na liberdade: *QUAE NEC VI NEC DOLO MALO, ut praetores solent, FACTA SINT* (realce de Cícero). A justiça é, assim, o máximo esplendor da virtude (*virtutis splendor est maximus*) porque se refere ao indivíduo e á sociedade, e seu primeiro momento é não fazer mal a ninguém, a não ser para defender-se de uma injúria, injúria (a justiça nas relações privadas: *res privata*), "usar o que é comum como comum e o que é privado como seu" (a justiça nas relações com o Estado: *res publica*)[184].

De um lado, a lei natural procede da vida (*omnia animalia*, dirá Ulpiano), de outro, da razão (*recta ratio*, pondera Cícero). Ora, o homem é a unidade da vida e da razão (*zoon logikon*, diz Aristóteles) e por isso social (*zoon politikon,* acrescenta). Ser social é um fato social natural; é desse fato social natural que nasce o direito como ordem jurídica, e é do fato social que também nasce o direito enquanto subjetivo: *ius ex facto oritur*, diz o jurista.

O direito positivo nasce do facto, vale dizer, do encontro do direito natural da vida e do direito natural da razão. Cabe ao jurista encontrar o conteúdo de inteligibilidade ou de racionalidade jurídica do fato social. Essa inteligibilidade ou racionalidade do fato social é o valor do justo. Prepondera o valor do justo; por isso era correto para Cícero proceder também por analogia na perquirição do justo: *quae paribus in causis paria iura desiderat.*[185]

---

[181] Id., *Ibid.*, II, 5.

[182] CÍCERO, *Da República*, III, 17.

[183] CÍCERO, *De Officiis/Vom pfichtgemässen Handeln*,I,5. Lateinesch/Deutsch. Übersetzt, kommentiert u. herausgegeben von Heinz Gunermann. Stuttgart: Philipp Reclam,1999, p.16.

[184] Id., *Ibid.*, I, 7

[185] Cfr. SALGADO J. C., *A Ideia de Justiça no Mundo Contemporâneo*, p. 238. CICERO, Marcus Tullius. Les Topiques IV-23. In: NISARD, M. (Éd.). *Oeuvres Completes de Ciceceron*. Paris: J. J. Dubochet et Compagne, 1840, t.I, p. 492).

Esse direito, contudo, que nasce, enquanto matéria, do fato, e, enquanto forma, da razão, necessita de uma estrutura de poder que o ponha na existência ou lhe dê validade formal adequada, de modo que o ato de sua positivação, decorrente da vontade do poder, e de sua ordenação, construída pela razão do sábio, encontrem uma unidade ética. Trata-se da organização política da sociedade. Sabia Cícero que somente um Estado livre poderia garantir uma ordem jurídica da liberdade, portanto uma ordem jurídica justa, não mais de forma simbólica (como se vê na peça, *Suplicantes*, de Eurípedes)[186], mas em construção teórica. E pondera: "Toda república é tal qual a essência e a vontade daquele que a governa" (... *et talis est quaeque res publica, qualis eius aut natura aut voluntas qui illam regit*). Continua Cícero pelo personagem Cipião a dizer que em "nenhum Estado, a não ser naquele em que o povo detenha o poder supremo, pode a liberdade estar em sua casa" (*ullum domicilium libertas habet*), e realça a igualdade e a liberdade de palavra e de escolha ou eleição para cargos públicos[187]. Na síntese da vida do grande político, advogado, jurista, filósofo, homem de teoria e da ação[188],tanto na oratória judiciária e na ação política (a oratória é já ação da palavra), Cícero estava sempre atento aos *mores* dos *majores* e ao direito. No próprio fato de Catilina, justificou a correção jurídica do julgamento, buscando decisões precedentes do Senado para distinguir as competências do Senado e do povo na aplicação da pena de morte, acusando o senador de frente, ao qual foi garantido o direito de ampla defesa, por ele exercido oportunamente.

É necessário trazer, ainda, à reflexão sobre Cícero, uma das mais importantes intervenções suas na ação política, contida nas *Filípicas*, a demonstrar a sua paixão pela liberdade e pela República. Atacou a Marco Antônio com tal virulência e contundência, com tanto desassombro e coragem que atraiu sobre si um fim trágico e heróico. A força das *Filípicas* se conjuga com a correção da linguagem, com a beleza do estilo inconfundível de Cícero, "pela pureza do vocabulário, a justeza dos termos, a variedade das figuras, a densidade das expressões, o vigor das frases, a vivacidade das questões e dos diálogos fictos, a abundância dos parênteses, a rapidez do

186 Ao perguntar o tebano quem era o tirano de Atenas, obteve a resposta, que Atenas não tinha um tirano, tinha rei, Teseu, que respeitava a democracia; porisso Atenas era livre. (Cfr. ROMILLY, Jacqueline. *La pensé grecque: dès origines à Aristotes*. Paris: Les Belles Lettres, 1971, p. 55).

187 CICERO, Marcus Tullius. *De Repulbica/Vom Gemeinwesen*, I, 37. Lateinisch/Deutsch. Übersetzt und Herausgegeben von Karl Büchber. Stuttgart: Philipp Reclam, 1999, S. 140/141.

188 BÜCHNER, Karl von. Einleitung. *In*: CÍCERO, Marcus Tullius. *De Repulblica/Vom Gemeinwesen*. Lateinisch/Deutsch Übersetzt und Herausgegeben von Karl Büchber. Stuttgart: Philipp Reclam, 1999, S.28-29.

ritmo, o martelar das cláusulas, em que se traduzem a paixão do homem e o ardor da luta."[189]

Cícero sempre confiou na autoridade do Senado e na força da palavra e do direito para a solução dos problemas políticos: *Cedant arma togae* (Cedam as armas à toga). Naquele momento, porém, sabia da necessidade da força das armas para salvar a República, pois Antônio pretendia inverter aquele princípio basilar da República e fazer com que o Senado fosse submetido às armas: *At postea tuis armis cessit toga.*[190] Daí, a sua decidida posição contra Antônio e a favor de Augusto.

Mesmo diante do risco de possuir apenas a palavra, não abriu mão de sua posição doutrinária sobre a República, que queria salvar, exposta em *De Republica* e em *De Legibus*: "Haverá dois magistrados com poder régio com título de pretor, porque vai à frente; de juízes, porque julgam, e cônsules, porque consultam. Terão autoridade máxima no exército e a ninguém estarão subordinados. Sua lei suprema será a salvação do povo (*Salus populi suprema lex esto*)".[191] Não o arbítrio, mas a lei; não o déspota, mas o povo, na forma da República.

A Repúlica de Cícero é, potanto, a República Romana elevada ao plano do conceito ou da ideia. Contudo, diferentemente de Platão, a república como ideia em Cícero enriquece-se com a contribuição dos peripatéticos[192] preocupados com a realidade empírica, mas deles de difere profundamente e, pode-se dizer – antecipando Hegel no conceito de ideia –, inspirando-se em Catão, a ideia de República de Cícero é a razão, a *ratio*, que se desenvolveu na história de Roma, de Romulus aos decênviros e deles até o seu presente. Cícero introduz a história no conceito de Estado ou na ideia de Estado de Platão, por este elevada ao plano mais alto de inteligibilidade, mas ainda abstrata por não contemplar a história. Não é um, ou não são alguns homens que escrevem ou elaboram a constituição, mas o povo romano no seu tempo histórico.

Cícero, em razão da própria realidade política de Roma e suas instituições, faz uma diferença importante na formação do homem político ocidental, como já anotado acima: distingue entre *libertas civium* (liberdade do cidadão) e *libertas populi* (liberdade do povo). A *libertas civium* é equivalente à

---

189 WUILLEUMIER, Introduction. *In*: CÍCERO, Marco Túlio. *Discours*. Paris: Les Belles Lettres, 2002, tome XIX, p. 27.

190 CÍCERO, Marco Túlio. Philippica II, 20. *In*: *Discours*, Tome XIX, p.99.

191 CÍCERO, Marco Túlio. *De Legibus*, III, 2-5 (2-12)/*Las Leyes*, p.197-209. . Nesse tópico, expõe a sua doutrina sobre a República, coincidente com a estrutura e as funções dos órgãos da República Romana. Cfr, SALGADO, *Op. Cit.*, p. 160.

192 Cfr. BÜCHNER, *Op. Cit.*, p. 30.

liberdade das pessoas ou dos indivíduos (liberdades civis) após a Revolução-Francesa, no liberalismo, a qual era compatível com a monarquia. E aqui cabe esclararecer a concepção romana de liberdade, que também era a de Cícero. Não se trata simplesmente da liberdade da filosofia estóica, puramente interior, no trono ou nas correntes como dizia Epiteto, mas da liberdade jurídica, externa, criada pelos romanos no seu direito, por meio de três fundamentais institutos jurídicos do direito ocidental, que são: o direito de propriedade privada, pelo qual a liberdade se exerce no poder da vontade sobre a coisa, *erga omnes*; no livre arbítrio, pelo qual a pessoa de direito exerce a liberdade na decisão e celebração de um contrato; e um dos mais importantes institutos do direito penal moderno, o *habeas corpus*, cuja origem é o *interdictum de homine libero exhibendi*,[193] pelo qual o pretor determinava a exibição do homem livre que estivesse cerceado na sua liberdade, garantindo-lhe deslocar livremente o seu corpo.[194] A *libertas populi* (equivalente à autonomia democrática na acepção de Rousseau), para Cícero só possível na República, por se tratar da liberdade de todo o povo, era a liberdade de o povo de dirigir-se e de criar as suas próprias leis. Essa distinção marca a grande diferença com relação aos gregos, que concebiam apenas a *libertas populi,*[195] portanto sem considerar a *liberta*s *civium,* pois se tratava da liberdade da *pólis*, que, se governada por um tirano, caracterizava um povo sem liberdade.

Qualquer ataque a qualquer direito do cidadão individualmente considerado era considerado por Cícero uma ofensa à liberdade, (a *libertas civium*). Com incomum lucidez mostra como isso ocorre até no aparentemente inofensivo uso da palavra, na poesia, no teatro ou em qualquer outra forma de publicidade no sentido de denegrir o nome ou a imagem de um cidadão. Critica a permissividade desse uso entre os gregos, que não poupou até mesmo Péricles, que tanto fez por sua pátria. Em Roma, ao contrário, continua Cícero, a Lei das Doze Tábuas pune com a pena de morte quem em público, ainda que com a arte da poesia, pudesse acarretar a outrem a infâmia" (*quod infamiam faceret flagitiumve alteri*). E realça o direito ao processo no sistema judiciário romano, em que os direitos e a vida do cidadão só podem submeter-se às legítimas decisões dos juízes e dos magistrados, bem como salienta o direito de resposta e defesa judicial contra qualquer censura que se lhe faça (*ut respondere liceat et judicio defendere)*.[196]

---

193 LAGES, Afonso Teixeira. *Aspectos do direito honorário*. Belo Horizonte: Imprensa Oficial, 1999, p. 51.

194 V. SALGADO, *Op. cit., p.65-66.*

195 KIENAST, Dietmar. *Augustus* – Prinzeps und Monarch. Darmstadt: Wissenschaftliche Buchgesellschaft, 2009, S. 214, Anm. N. 37.

196 CÍCERO, Marcus Tullius. *De Repulbica/Vom Gemeinwesen*, IV,10 . Lateinisch/Deutsch. Übersetzt und Herausgegeben von Karl Büchber. Stuttgart: Philipp Reclam, 1999, S. 312/313.

Finalmente, um resumo do pensamento de Cícero, a partir das suas obras, que expõem os seus princípios políticos e morais (*De Republlica, De Legibus, Laelius, Paradoxes e De Officiis*), feito por Wuilleumier, do qual se extraem aqui os pontos mais importantes, diz não só do seu pensamento, mas também da sua personalidade: "É preciso seguir a tradição dos antepassados e manter as leis, da vontade nacional", ou do povo, segundo o princípio por Cícero fomulado, *servi legum summus ut possimus esse liberi* (somos servos da lei para que possamos ser livres), restaurar a *auctoritas* do senado e a *dignitas* ou a *potestas* do povo, "vencedor de todas as nações". Urge superar a decadência da aristocracia pela "regeneração dos homens e das instituições" e que os "espíritos de elite unam seu destino ao do Estado", banindo "a inveja rasteira" e a "luta dos partidos". Eles dirigirão a *Civitas* com a força da sua "própria virtude" e da "opinião pública," por meio de um principado – que "nada tem de comum com um regime" de exceção – a exigir a sabedoria, a coragem, o conhecimento e a estrita observância do direito natural inspirado pelos deuses", sem ameaças, mas na busca da glória, da afeição dos cidadãos e "da prosperidade da pátria." "É preciso assegurar antes de tudo a liberdade, privada e pública, condição necessária da paz civil." "O povo romano é ardentemente tomado de liberdade e prefere a morte nobre, que constitui, com a liberdade, o privilégio da raça romana." "Esse ideal ético e político exige uma austeridade rígida e uma intransigência absoluta , sem clemência nem compromisso com adversários que encarnam o mal", e mesmo a amizade deve ser sacrificada pelo valor mais alto, a liberdade. "Para o verdadeiro sábio, as dores morais são mais fortes que os sofrimentos físicos". Esses preceitos aplicam-se a todos, na política e na religião, aos magistrados e aos áugures.[197]

c. Conclusão

Pode-se dizer, em conclusão, que em Cícero, como de resto em tudo o que se fazia institucionalmente em Roma, tratava-se de por em ação a ideia de justiça como o justo na teoria e na realidade, ou seja, o justo real, a efetivar a igualdade, cujo núcleo já envolvia, para Cícero, a liberdade nas suas duas dimensões: a *libertas civium*, igual para todos os cidadãos, individualmente, e a *libertas populi*, pela qual um povo é livre e, por ser livre, constitui-se em Estado – **já concebido como ideia, ou seja, razão na história** –, a conjurar, como República, qualquer tipo de despotismo.

---

[197] WUILLEUMIER .Introduction. *In*: Cícero, Marco Túlio. *Discours*. T. XIX. Paris: Les Belles Lettres, 2002, p. 8. O original francês foi aqui traduzido apenas para a citação.

QUARTA PARTE

A CULTURA CRISTÃ: A RELIGIÃO UNIVERSAL

Como se pode entender dos capítulos acima desenvolvidos, Roma ofereceu as bases materiais e espirituais para a implantação e desenvolvimento do Cristianismo, que se tornou religião de Roma e, com isso, do Ocidente. A infraestrutura civilizacional, com milhares de quilômetros de estradas cobrindo todo o Império, vale dizer, o mundo de então, com facilidade de trânsito, de comunicação, de recepção das mais diferentes ideias em razão do elevadíssimo nível de cultura de Roma aliada às concepções filosóficas universalistas do estoicismo formaram um campo fértil para a pregação da primeira religião que tinha declarada vocação universal, pois se destinava a toda a humanidade por serem todos iguais. A coincidência de ter o grande pregador do Cristianismo, São Paulo, nascido na mesma região do fenício, Zenão de Citium, marca uma outra coincidência, a da natureza das suas respectivas doutrinas: ambas não usavam a fria argumentação da *episteme* grega, mas argumentação retórica, uma vez que partiam de princípios indemonstráveis, fundados não na razão pura e simplesmente, mas na fé.[1] Evidentemente, o estoicismo já havia evoluído, de Crisipo até a versão romana, mas essa coincidência de origem dos pregadores parece estar presente, como fundo, nas suas ideias.

Afinal, Roma estabeleceu os fundamentos filosóficos do Cristianismo, unindo razão e fé com Santo Agostinho e preparou o espaço europeu para a sua expansão, a ser cumprida por Clóvis e consolidada, definitivamente, por Carlos Magno.

1. SANTO AGOSTINHO: POTENTIA DEI ABSOLUTA

A maior figura da Patrística foi Santo Agostinho (354-430). Pelo gênio multiforme e pela profunda vivência pessoal da condição humana, é um

---

[1] Cfr. BEVAN, Edwyn. Stoïciens et sceptyques. Trad de Laure BAUDELOT. Paris: Société D'Édition "Les Belles Lettres", 1927, p. 12. O Autor lembra, ainda, que, no tempo em que São Paulo viveu em Tarso, essa cidade era um dos centros do estoicismo (p. 3).

"contemporâneo de todos os homens, em todos os tempos". Gênio teológico, gênio filosófico, gênio literário, realizou a obra gigantesca de harmonizar Platão com o Cristianismo – o batismo de Platão. Agostinho, platônico, e Santo Tomás de Aquino, aristotélico, são as duas grandes linhas do pensamento cristão até o presente.

Todo problema desde o começo da Igreja, do qual se ocupou Santo Agostinho, é o problema da conciliação da cultura e ciência greco-romanas, pagãs, com a crença cristã, ou seja, da verdade da ciência com a verdade da revelação, da razão e da fé . Desde então tem sido esse um tema constante dos teólogos cristãos, através das encíclicas , por força da constância da verdade revelada e do progressivo avanço da verdade da razão das ciências. Santo Agostinho empreende esse esforço gigantesco de conciliação da fé cristã com a razão greco-romana, com todas as verdades científicas por eles aprendidas e desenvolvidas, ou seja, em primeiro lugar, as verdades da nova religião, reveladas pelo evento Cristo, que na visão pagã representava um escândalo, – algo fora totalmente do aceitável numa divindade, sua morte e ressurreição –, e as verdades que a ciência grega desenvolveu, banindo dessas verdades as crenças e os mitos que sustentavam essas crenças e, em lugar desses mitos, reassumir o Velho Testamento e conciliá-lo com o Novo,— pois ambos testemunhavam o mesmo Deus, – cujos textos exigiam a reflexão hermenêutica para a conciliação das suas oposições e, em seguida, conciliar tudo isso que se refere à fé, com a ciência desenvolvida em Roma e na Grécia. Portanto, ao mesmo tempo, conciliar essa cultura, depois de conciliada com a fé cristã, – portanto, com o Cristianismo que envolve como conteúdo da sua doutrina toda a cultura pagã e a fé da novidade cristã, – com o Velho Testamento, ou seja, com o Judaísmo. O Cristianismo, então, não é uma religião qualquer, mas uma religião rica de conteúdo científico, que tem todo um acervo da cultura antiga. Conciliá-Ia com uma cultura oriental, de civilização não tão desenvolvida como a romana, mas que traz o Velho Testamento, considerado, do ponto de vista da fé e da religião, algo a complementar a fé cristã, não é, sem dúvida, uma das tarefas mais fáceis. É claro que esta foi uma tarefa árdua para Santo Agostinho, porque Cristo, tal como ele é entendido pelos Gregos e Romanos, ficou inconciliável com o Velho Testamento. Este documentava uma religião do temor, da figura de um deus nacional, totalmente diferente da figura de Cristo, que pregou a religião do amor, universal. A hebraica não tinha vocação universal; o Velho Testamento fala de um povo eleito, conceito discriminatório do ponto de vista de toda a humanidade, o que o tornava aparentemente inconciliável com a religião da humanidade eleita, já que para Cristo o povo de Deus é toda a humanidade.

Daí, então, a necessidade de Santo Agostinho desenvolver uma hermenêutica, cujos cânones fundamentais se encontram no Direito Romano. A hermenêutica (exposta principalmente em *De Trinitate* e em *De Doctrina Chistiana*) é, portanto, um instrumento importante para a conciliação, para a compreensão da cultura greco-romana pagã com a fé cristã, gerando assim a essência doutrinária do Cristianismo. A tarefa de fundo que se propôs, portanto, foi conciliar razão e fé, a revelação com a ciência pagã e, dentro da própria fé, o Velho com o Novo Testamento. Parte de uma convicção de que a razão não conflita com a fé. Ela encaminha para a fé, depois explica-a e, ao mesmo tempo, nela se garante, isto é, a razão encaminha para a fé e, após justificar a aceitação da fé, explica as suas verdades (Brunelli). Santo Agostinho compreende a necessidade de um saber que alcance o absluto. A razão por si só não pode fazê-lo; necessita da fé. Esta coroa a razão. Elas de complementam, no sentido de compreensão, de unidade do saber, do connhecer da filosofia e do saber da revelação: *intellige ut credas, crede ut intelligas* (Sermão 43, apud Gilson, E. *A Filosofia da Idade Média*), isto é, "entende para creres, crê para entenderes". Essa verdade é comunicada pelos textos sagrados, escritos por quem Deus escolheu. Deus prega. Por isso é necessário ater-se aos textos na sua literalidade e entendê-los como normas para a salvação, para a prática das virtudes: da ordem, da paz e da justiça. Nesse sentido, as alegorias do Novo Testamento são o ensinamento de Cristo diretamente, por normas contidas nas parábolas, em um caso concreto, as quais são como modelos. As escrituras são normas para a ação e expressam a *voluntas Dei*, razão pela qual têm uma finalidade prática (são normas do agir) e uma pragmática (da fala), pois são regras para pregar. São expressas numa linguagem escrita em que os signos representam a fala, na qual está o pensamento de Deus.

Santo Agostinho, porém, tem outro trabalho: na busca de salvar tudo aquilo que foi construído pela cultura greco-romana, salvar também, dentro dela, uma das estruturas fundamentais, por ela construída e sedimentada, que é a estrutura do Estado. Quando ocorre a queda do Império Romano, que, para ele, um romano de convicção inabalável, era eterno, e de repente os bárbaros, povos incivis, pré-Ietrados e incultos, invadem Roma e destroem a parte física da cidade, Santo Agostinho é tomado de profunda decepção e verifica que todos mergulham numa insegurança total e que o Estado, a cidade dos homens, não pode mais garantir essa segurança, nem a felicidade do homem.

Convertido ao Cristianismo, verifica haver uma outra organização do homem, a organização pela fé e a do direito pura e simplesmente. Com sua doutrina contribui para que a Igreja assuma a estrutura temporal do Estado

Romano e passe a substituí-lo naquilo que o Império não podia mais dar, a unidade de que um determinado povo necessita e a autoridade para reger esse povo. A estrutura da Igreja é, portanto, uma espécie de estrutura do Império Romano transplantada para a comunidade de cristãos. A cidade de Deus, porém, é a comunidade dos cristãos e prevalece sobre a cidade dos homens, o Estado.

É necessário o Estado, porque o homem está situado na Terra, mas o que interessa, o que é fundamental, é a salvação, portanto, a Cidade de Deus. A comunidade do homem na Terra é uma comunidade que o prepara para Deus. A cidade do homens era assim um instrumento de Deus para o preparo do homem para a salvação. O Estado deveria estar subjugado ao poder divino, já que todo o poder vem de Deus; nenhum poder existe a não ser o emanado de Deus. Destarte, o poder do Estado deve ser outorgado através do representante de Deus na Terra que, no caso, era o pontífice máximo, o Papa. Então surge uma nova concepção de Estado dentro desse modelo de Santo Agostinho, que vai dominar por toda a Idade Média até Napoleão. Essa teoria de Santo Agostinho, de submissão do poder temporal ao poder espiritual, ou seja, do rei ao Papa, encontra seu ponto de maior manifestação na coroação de Carlos Magno, imperador de toda a Europa, pelo Papa Leão III, em 25 de dezembro do ano 800. E essa concepção, que vai até praticamente Napoleão, de que o Estado despótico tem aquela estrutura do Estado Romano, mas que ainda tem ligação com a religião cristã muito acentuada, só será rompida com Napoleão. É ele que, simbolicamente, quebra a autoridade papal , no momento em que se declara imperador da Europa e tem de ser coroado por alguém; mas como não há outro rei para coroá-Io, caberia ao papa fazê-Io. Napoleão, porém, não reconhece nenhuma autoridade acima dele; ele é então o poder soberano, pois, para ele a autoridade do Estado está acima da autoridade da Igreja, razão por que, durante a solenidade de sua sagração como Imperador, Napoleão toma a coroa e põe-na em sua cabeça: "Eu sou o poder que me coroou". O valor simbólico desse gesto e o significado dessa frase é o fim da legitimidade do poder no transcendente, segundo a doutrina agostiniana de que "todo poder emana de Deus (*omnis potestas a Deo*) e o seu assentamento no princípio "todo poder emana do povo". Aí, termina a subordinação do Estado à Igreja.

Santo Agostinho estabeleceu doutrinariamente as bases que vão fundamentar a organização política durante toda a Idade Média, segundo o princípio de que todo o poder emana de Deus. O que se vê a partir de Napoleão expressando as conquistas da Revolução Francesa, é o deslocamento da fonte do poder para o povo, ou seja, de que todo poder emana do povo. Estabelece-se, assim, definitivamente, o conceito de soberania popular.

A premissa básica de Santo Agostinho é que o poder de Deus é absoluto *(Potentia Dei absoluta),* todo o poder que existe, existe em Deus. Disso decorre uma consequência prática muito importante que percorre toda a Idade Média, a Igreja não poderia ser apenas um aspecto particular de fé interior do ser humano, mas também um modo de estruturar a sociedade, segundo o qual essa fé poderia firmar-se e desenvolver-se. Era necessária a positivização da religião, ou seja, não apenas algo íntimo a ser cultivado, mas sua organização em um poder. Estruturar-se como uma comunidade organizada na forma de um poder foi uma opção fundamental do Cristianismo, sem a qual não poderia sobreviver.

Esta é a base teórico-filosófica, na qual está inserida a teoria da justiça de Santo Agostinho que vai balizar o pensamento cristão: adequação absoluta do agir divino, da vontade divina (*voluntas Dei*) com a razão divina. Aqui, consolida-se a concepção de um Deus Pessoal, uma vez desenvolvido o conceito de pessoa moral a partir do da construção jurídica desse conceito, a pessoa de direito em Roma. Para Santo Agostinho não há nenhuma divergência entre a vontade de Deus e a razão de Deus e, em virtude disso, Santo Agostinho privilegia a *voluntas Dei,* justamente por ser vontade absoluta. Todo poder está na vontade de Deus, o que Ele quer é santo, é justo. Essa vontade de Deus se manifesta, ou na forma da Lei Natural ou na forma da Lei Divina. Quando Deus cria o universo e a humanidade, Ele impõe a sua vontade de Deus Pessoal, e impõe as leis do Universo; essas leis naturais são, portanto, manifestação de Sua vontade.

Manifesta Sua vontade diretamente a esse ser privilegiado que é o homem, criado à imagem e semelhança de Deus, logo, dotado de razão e de vontade, através das sagradas escrituras, e fundamentalmente através das palavras de Cristo, um Deus que prega e se dirige à humanidade diretamente. É a lei divina.

Tanto a Lei Divina, quanto a Lei Natural são vontade de Deus. Esta última, comunicada ao homem através da natureza que Ele criou; e aquela, comunicada diretamente. As leis dos homens, portanto, devem estar de acordo com a Lei Natural e a Lei Divina, de forma absolutamente obediente a elas. Justa é a lei do homem que com elas estiver em conformidade.

Santo Agostinho elabora um conceito de ordenação formada por Deus e o homem. Deus só se ordena a si mesmo; sendo assim, não há nada devido por Deus ao homem, não existindo com isso uma relação de justiça estabelecida entre ambos. Deus não deve nada ao homem, ele apenas concede graças, com base na Justiça Divina. Deus não é ordenado a fazer nada pelo homem. Ele pode sim, por livre escolha, dar a graça. Santo Agostinho pensava assim, pois era a única forma de justificar a sua própria salvação, já que havia sido um homem de tantos pecados, e ainda assim não fora punido; ao contrário, convertido. A graça de Deus é doação total, absoluta espontaneidade de Deus.

Já o homem, consoante a antropologia de Santo Agostinho, este, sim, é ordenado. Ordenação da alma a Deus, ou seja, adoração e entrega total a Deus, do que Lhe é justo. O homem não tem outra liberdade senão ser servo de Deus, e é assim que ele ingressa no bem supremo, na absoluta liberdade, já que a liberdade é o bem maior; quem pratica o bem é livre, quem pratica o mal dele é escravo.

Essa liberdade é, porém, autodisciplina.

A segunda ordenação é a do corpo à alma e depois a das paixões à razão. Observa-se uma harmonia preconizada por Santo Agostinho, na medida em que a alma se ordena a Deus, em que o corpo se ordena à alma e as paixões se ordenam à razão. Isso em virtude da vontade do homem; não há determinismo, nenhum tipo de determinação externa que o condicione a agir. Essa cadeia de ordenações tem de nascer dentro do próprio homem, portanto o agir do homem aparece como livre arbítrio, como poder de querer. Se quer o bem é livre, se quer o mal é escravo. O livre arbítrio é justamente essa vontade pela qual se escolhe entre o bem ou o mal, entre continuar a ser livre, enquanto vontade boa, ou ser escravo do mal. O livre arbítrio é a liberdade verdadeira, pois, na relação com Deus, apesar de Deus já saber de antemão o que o homem vai escolher, não é Ele que determina essa vontade.

A boa vontade busca os bens superiores que são a honestidade e a sabedoria, sendo a primeira uma virtude ética, e a segunda uma virtude dianoética. O homem adquire esses bens superiores através das virtudes: a prudência, que é o modo pelo qual o homem pesa o fim da ação; é a capacidade que homem tem de se determinar por aquilo que é bom e não simplesmente escolher o que já está determinado como bom; a fortaleza, que é a forma pela qual o homem vence, supera as adversidades; a temperança, que é a imposição da razão para estabelecer o equilíbrio e o domínio das paixões; e por ultimo, a **justiça,** a ordenar e harmonizar todas as ações do homem.

A justiça na concepção de Santo Agostinho ordena também a trilogia da lei: *lex divina, lex naturalis, lex humana*. Na *lex divina*, está a lei de ordem natural, a submissão ao criador como Deus pessoal. É uma ordenação natural, já que o homem é naturalmente ordenado a Deus. Na *lex naturalis* encontra-se a ordem natural que harmoniza o homem consigo mesmo, com a natureza e com o sobrenatural, dando, assim, equilíbrio ao próprio homem. A lei natural está submetida à lei divina. E por último, a *lex humana* que estabelece a ordenação para os bens: vida, liberdade, família, pátria, honras e patrimônio. Tudo é ordenado a Deus, mas, na Terra, a lei humana ordena os bens da Terra em relação ao homem.

Ao estabelecer a lei justa, surgem, ainda, as relações de justiça do homem com Deus que são: adoração do homem a Deus; a justiça divina de Deus para com o homem, no sentido de retribuição do bem ou do mal; e a graça, que corresponde no homem ao perdão. Nas relações do homem com o homem, o essencial à justiça é a igualdade, esta sim é justa. E o que caracteriza a injustiça é a desigualdade. A graça em Santo Agostinho é uma espécie de privilégio dado por Deus para dele se servir na pregação do Cristianismo.

Santo Agostinho tinha convicção dessa intuição originária do justo e do injusto, que é o ponto de partida de todo o Direito. O Direito é a justiça, mas esta só se concebe diante da injustiça. O Direito é exatamente o lugar do justo. É da essência da humanidade, já que essa sociedade humana é formada de homens imperfeitos. Para o ser perfeito não tem de haver o Direito. É ele que garante essa igualdade entre os homens pregada por Santo Agostinho, porém é a fé que justifica essa igualdade, já que somos todos filhos de Deus. A desigualdade surge em virtude do pecado. E o maior pecado entre os homens é a guerra, por ser ela que, exatamente, implanta essa desigualdade através da escravidão e da dominação do vencido.

Por que caiu o Estado Romano? Santo Agostinho, em *A Cidade de Deus*, dedicou-se à meditação dessa hecatombe. E dá uma razão teológica para esse fato político. A queda de Roma ocorreu porque Roma não viveu sob o primeiro imperativo da Justiça, pois, não deu a Deus o que é de Deus. O Estado, cujas leis respeitam a Lei Eterna, trilha o caminho que leva à Cidade de Deus. Os Estados, que não a observam, constroem a Cidade Terrena, da corrupção, do mal. Só sobrevivem as sociedades fundadas na justiça, que traz a ordem e a paz, e a primeira justiça que se deve realizar é dar a Deus o que é de Deus, o que não praticou o Estado Romano. Trata-se de uma forma de defesa segundo a crença no castigo divino, diante da constatação pagã dos romanos de que o Cristianismo tirou do povo romano a sua energia e vitalidade, permanentemente exercitadas e testadas na guerra, cuja prática decorria da natureza do povo romano.

Santo Agostinho formou-se intelectualmente na cultura greco-romana. Recebeu de Platão e do estoicismo a sua base filosófica e, do lado de Roma, a sua pátria sempre cultuada, a formação jurídica e política, principalmente através o pensamento de Cícero. A força do pensamento de Platão, entretanto, não era suficiente para atender suas preocupações intelectuais. Uma filosofia dirigida apenas à essência deixa vazia a existência. A fé cristã fala-lhe da existência, que para ele é a projeção da essência para fora, para o exterior (ex-sistere, projetar-se para fora, tornar-se livre), sob pena de não poder o ser comunicar-se. Ora, Platão deu o caminho da compreensão de Deus, como essência. O seu interesse maior era a contemplação e encontrar as categorias de explicação do cosmos, uma vez que a história cíclica não oferecia elemento para a contemplação. Em Deus, porém, não é possível pensar somente a essência, porque, sendo perfeito, necessariamente tem existência. A criação mostra esse por-se de Deus na existência. Entretanto, é o evento Cristo que dá essa unidade da essência e da existência de Deus , a que os filósofos gregos não chegaram. Evento, não ciclo, é a categoria própria da história. Cristo é um fato histórico, comprovado em documentos, como, por exemplo, os relatos registrados por Pilatos. Assim, dois fatos tinha diante de si Santo Agostinho: o fato histórico de Cristo e o evento da encarnação de Deus; aquele provado por tradição e documento; este, a encarnação, pela fé que habita o interior do homem por graça de Deus. O fato decisivo é, pois, o da fé, o evento pelo qual Deus se expõe no tempo e no espaço. A concepção dos gregos sobre a história não podia servir para a sua compreesão do mundo, porque se tratava de história circular, repetível. Ora, o evento abre um curso histórico irrepetível. Santo Agostinho já tinha aprendido com os romanos essa concepção de historicidade, de irrepetibilidade, com a própria história de Roma, que teve uma fundação e uma sequência progressiva no tempo (monarquia, república e império), por mais de mil anos. Para os romanos a história ensina, mas não se repete.

Uma outra noção, decorrente da noção de existência, que recebeu dos romanos e que afasta seu pensamento da vertente grega, essencialista, é a de liberdade. Em Roma os deuses não traçavam o destino do homem; estavam a serviço de Roma, divina e existente, mas não deusa. É no direito romano que surge pela primeira vez a experimência da liberdade, como livre arbítrio, que será tema central do pensamento agostiniano. É também no direito romano que os cristãos encontram o conceito de pessoa, como pessoa de direito, ser humano individual irrepetível, dotado de liberdade, isto é, de livre arbitrio, capaz de decidir com responsabilidade ao contrair obrigações e por-se como titular de direitos através de um contrato, ou de um ato como na culpa aquiliana, ou ainda exercer sua liberdade externa de ir e vir pelo *habeas corpus*, bem como pelo exercício das faculdades que lhe conferem o direito de propriedade.

Santo Agostinho absorve a teoria estoica, através de Cícero, no que diz respeito ao direito e à concepção de lei. Contudo, a trilogia legal reveste-se agora de um dado fundamental para a nova concepção de justiça: a ideia de um Deus pessoal, cuja vontade criou tudo o que existe. A justiça divina está em que os homens – o homem é a mais importante criatura, porque lhe é semelhante – são criados em iguais condições: todos são filhos de Deus.

E porque todos são iguais, a justiça consistirá, daí por diante, num tratamento desigual, ao modo da justiça distributiva de Aristóteles, porque os premiados serão os que maior mérito alcançarem e os que alcançam o maior mérito são os que observam a lei de Deus, a lei natural e, depois, a humana, que se colocam numa estrutura escalonada.

A igualdade de todos perante a lei, contudo, é um princípio de justiça que preside ao ato de criação, mas não explica totalmente essa justiça, que se substitui por um valor mais alto denominado graça e que para Santo Agostinho é a justiça divina que o homem não compreende (uma consequência da doutrina da iluminação).

O dar a cada um o seu, em Santo Agostinho, assume uma significação ética ampla. Santo Agostinho desenvolve a concepção estóica da existência de uma lei natural universal e escalona as ordens legais divididas por ele em *lex aeterna* (*ou divina*), *lex naturalis* e *lex humana*. Aplica a essas diferentes ordens o dar a cada um o seu, de que falaram Cícero e Ulpiano. Significa isso que também a Deus se aplica a fórmula da justiça, na medida em que dar a Deus o seu, o que lhe é devido, é dar-lhe amor incondicionado, é adorá-lo (*latréia*), reconhecendo-se seu servo.[2]

A primeira justiça, a suma justiça é, pois, a que se põe como predicado de Deus, como adequação infalível do seu agir com a sua vontade, que se refere a si mesmo. Deus não se ordena senão a si mesmo, razão pela qual não há algo devido por ele ao homem, que só pode invocar diante d'Ele a graça, uma gratuidade.[3] O ato de justiça supremo do homem é, portanto, a submissão absoluta a Deus, reconhecendo-o como senhor de tudo. A alma deve submeter-se a Deus seu criador, como o corpo à alma, que o governa.

Dar a Deus o que é de Deus e a César o que é de César é um princípio que fundamenta a doutrina da diferença entre o inteligível e o sensível, a cidade de Deus e a cidade dos homens em Santo Agostinho. A igualdade dos homens entre si é posta por Santo Agostinho como absoluta, mas somente na esfera da cidade de Deus. Neste caso, o homem só é servo diante de Deus, só se submete a Deus, seu Criador.

Ocorre de modo diverso se se trata de aferir essa igualdade entre os homens na sua cidade. Aí, a estrutura hierárquica é justificada pela só existência das duas cidades. A cidade dos homens, que objetiva a paz temporária, tem de ordenar-se à cidade de Deus, que realiza para o homem a paz eterna, em Deus. A sua finalidade subordina-se, diz Santo Agostinho, à finalidade última do homem: Deus. O Estado que não observa essa ordem comete

---

[2] AGOSTINHO, Santo. *A cidade de Deus*, Livro XII, cap. XVIII, p.177.

[3] Cf. GIORGIANNI. *Il concetto del diritto e dello Stato in S. Agostino*, p.75.

injustiça, não pode ser chamado uma república justa. Suma injustiça comete quando se furta à submissão ao seu Criador.[4] Ora, se é dever ordenar os homens com vista ao seu fim último, é dever combater o mal e, por isso, castigar e dominar os maus, visto que diante de suas ações a piedade é injustiça.[5] Daí a necessidade de certos homens submeterem-se a outros como servos e da justiça do castigo infligido aos maus, para que neles não se incentive a maldade.

Para Santo Agostinho não há servidão por natureza. Servo é aquele que recebeu a vida do seu vencedor na guerra e que por isso pode ou não conservá-la.[6] A servidão nasce do pecado maior, a guerra, que, mesmo justa, tem origem na guerra injusta da outra parte. O servo passa a servir em troca de sua vida.[7] "A causa primeira da servidão é, pois, o pecado que submete um homem ao outro pelo vínculo da posição social".[8]

A servidão, de outro lado, passa a ser compreendida como um modo de expiação dos pecados e, como relação humana, passa a segundo plano diante da relação religiosa, ou seja, a servidão do pecado. Como expiação, o homem escravo não deve romper com a ordem social costumeira, embora, "por natureza, tal como Deus no princípio criou o homem, ninguém é escravo do homem, nem do pecado".[9]

A justiça consiste, também para Santo Agostinho, em dar a cada um o seu,[10] que por sua vez é ditado pela ordem natural e justa criada por Deus, isto é, a submissão do corpo à alma, da alma a Deus e das paixões à razão.439[11] A justiça perfeita, como igualdade de todos, só se opera plenamente na cidade de Deus, em que os homens que observam essa hierarquia são iguais. Se a justiça consiste em dar a cada um o que lhe é devido, o primeiro ato de justiça que o homem deve praticar é o que é devido a Deus. Ora, o que é devido a Deus é submissão absoluta, adoração incondicional (*latreia*). Deus, porém, nada deve ao homem, e o que Ele dá ao homem de bom, inclusive a salvação, pode-se dizer, é por absoluta espontaneidade, por graça Sua.

Na relação consigo mesmo, o homem deve observar rigorosa hierarquia: a submissão do corpo à alma, das paixões à razão, o que se desenvolve pelas virtudes: a prudência, a fortaleza e a temperança, cuja harmonia é dada pela virtude da justiça.

---

4 AGOSTINHO, Santo. *A cidade de Deus*, cap.XXII, p.181.
5 Id., *Ibidem*. p.181-182.
6 Hegel desenvolverá esse tema na dialética do senhor e do escravo na *Fenomenologia do espírito*.
7 AGOSTINHO, Santo. *A Cidade de Deus*, cap.XV, p.173.
8 *Ibidem*. p. 174.
9 *Ibidem*. p. 174.
10 *Ibidem*. cap. IV, p.153; cap. XXI, p.181.
11 *Ibidem*. p.182.

Se na ordem sobrenatural a *lex aeterna* liga todo o criado a Deus, constituindo a justiça na submissão da criatura ao criador, na ordem natural a *lex naturalis* prescreve a harmonia do homem consigo mesmo, com a natureza e com o sobrenatural. Nesse sentido, a justiça será reconhecer à alma humana o que ela tem de mais valioso: ser imagem de Deus, ao contrário da carne que é limo da terra.[12] E quem ama a carne mais que a alma, inverte a ordem de valores posta por Deus, pois que avilta sua imagem, colocando acima dela o limo da terra. O que deve ser dado à alma é o reconhecimento da sua dignidade como semelhança de Deus e isto constitui um equilíbrio, que revela o elemento igualdade subjacente na concepção de justiça de Santo Agostinho.

O mesmo princípio de ordenação preside à lei humana. Esta deve ter como fonte de referência a lei natural – sob pena de perder o seu caráter vinculante – os princípios imutáveis da lei eterna, que não é algo impessoal e independente de Deus, como entre os gregos e romanos, mas a razão e vontade de Deus,[13] motivo por que rege a tudo o que foi criado como princípio harmonizador universal.

O homem, demais, não se submete ao regime das relações necessárias tão somente, pois que dotado de razão. Na ordem humana, a lei eterna se mostra como "um conjunto de essências racionais" e a "participação racional do homem na lei eterna é o que se chama lei natural",[14] está inserta no coração de todo ser racional, cristão ou não, como já havia dito São Paulo.[15] E o princípio de justiça natural é um princípio de "equilíbrio entre o que se dá e o que é devido como *suum*".[16] Esse equilíbrio é o que prescreve ao homem a *lex naturalis*.

2. SANTO TOMÁS DE AQUINO

O ponto de partida de Santo Tomás é o mesmo princípio de Santo Agostinho: o homem é imagem e semelhança de Deus. É sua tarefa desenvolver essa imagem ao nível supremo de sua perfeição, com vistas ao criador, seu fim último. Entretanto, não pode o homem promover essa perfeição isolado ou por si mesmo; somente pelo uso das coisas exteriores que são colocadas pelo criador para seu uso, razão pela qual lhe é lícito e até dever trabalhá-las, modificá-las e delas apossar-se. E mais: o homem não se encontra só no

---

12 GIORGIANNI. *Il concetto del diritto e del Stato in S. Agostino*, p.84

13 GIORGIANNI. *Il concetto del diritto e del Stato in S. Agostino*, p.59.

14 *Ibidem*. p.63.

15 Cf. PAULO, Santo. *Epístola aos romanos* II, 14-15.

16 GIORGIANNI, *op. cit.* p.98.

mundo e nem pode realizar o trabalho sobre ele sem a cooperação dos outros seres humanos. Daí ter de recorrer aos outros e ao mesmo tempo promover o seu fim individual em função do bem comum, que é o fim último temporal.[17] O fim aparece como a razão de ser do direito e se desdobra: a) na perfeição da pessoa humana; b) no bem comum que a possibilita; c) na orientação última para Deus como fim transcendente e suma felicidade[18] da pessoa, visto que, embora com relação a Deus não se possa falar em compensação equivalente ao que lhe é devido – por isso não é a lei divina propriamente direito – "a justiça tende a que o homem, tanto quanto possível, satisfaça a Deus, submetendo-lhe totalmente o seu espírito".[19]

O fim de todo o ato do homem é o bem, que é apetecido pelo apetite racional da vontade;[20] este, o bem, na tradição teleológica de Aristóteles é a perfeição, que se opera quando se realiza na sua plenitude a essência (a natureza) do ser, ao passo que o mal é uma "privação relativa".[21] Por isso, o bem deve ser feito e o mal evitado.[22]

De início é possível vislumbrar os dois elementos da justiça, ou pelo menos do seu objeto, o direito, como dirá Santo Tomás: a *alteridade*, por força de ter o homem de atender à sua vocação para o criador juntamente com os outros que também a procuram realizar, e a *igualdade*, como ponto de partida para a consideração da possibilidade do direito manifestada na expressão de sagrada significação para Santo Tomás: imagem de Deus. Com base nesse dado de fé que consagra o homem como imagem de Deus, os tomistas puderam concluir que o fundamento imediato e absoluto do direito é a pessoa humana, seu fundamento relativo, a comunidade humana e o seu fundamento último, como autor da natureza humana e de toda ordem moral – portanto, também do direito – Deus. Essa concepção pela qual o fundamento do direito, imediato, é a pessoa humana concebida como o ser subsistente por si mesmo (indivíduo), dotado de natureza racional,[23] levou alguns seguidores de Santo Tomás a afirmar que o conceito de direito adotado na *Summa Theologica* é de direito subjetivo, traduzido na exigência da pessoa

---

17 Cf. AQUINO *Summa theologica*, 1-2 q. 20 a 2. Ver sobre a atualidade de Santo Tomás, Lima Vaz, Presença de Tomás de Aquino no Horizonte Filosófico do Século XXI, *Síntese*, p. 19-42.

18 AQUINO. *Summa de veritate fidei catolicae contra gentiles*, cap. 37.

19 AQUINO. *Summa theologica*, 2-2 q. 57 a I.

20 *Ibidem*. 1-2 q. 8 a I.

21 *Ibidem*. 1-2 q. 18 a 5.

22 *Ibidem*. 1-2 q. 94 a 2.

23 A definição de Boécio – *persona est rationalis naturae individua substantia* – é aceita sem reservas por Santo Tomás (1. q 29 a 1). 451 A definição de Boécio – *persona est rationalis naturae individua substantia* – é aceita sem reservas por Santo Tomás (1. q 29 a 1).

humana, diante de uma coisa ou de uma ação de outrem para a realização da sua perfeição como pessoa.[24]

Penso, contudo, poder dispensar, aqui, as discussões entre as correntes tomistas que interpretam diversamente a concepção de Santo Tomás sobre o direito.

A fonte principal da teoria tomista da justiça como virtude específica é a *Ética a Nicômaco* de Aristóteles, no seu livro V, onde a justiça se define como o "hábito com o qual se fazem coisas justas".[25] Hábito (de *habere* para Santo Tomás) é uma qualidade determinada e adventícia (não uma disposição natural), que implica uma ordenação ao ato;[26] hábito operativo e bom, que é exatamente o que se denomina virtude.[27] A virtude da justiça, contudo, diferentemente do que ocorre com as demais virtudes morais, tem sede na faculdade da alma denominada vontade ou apetite racional, o que juntamente com seu objeto material – segundo o qual o homem se relaciona aos outros conforme dissera Aristóteles, na *Ética a Nicômaco*, 1366b – a torna mais próxima da razão e, por isso, a principal virtude moral.[28]

A justiça contém, pois, os três elementos essenciais de toda virtude (o hábito, o agir e o bem) mais a sua nota específica: o bem é a igualdade para o outro.

Santo Tomás aceita a definição de Ulpiano: a justiça é uma "vontade constante e perpétua de dar a cada um o seu direito". Como vontade constante e perpétua, aparece ela como um hábito, algo próprio do sujeito que age, pois que, na definição, ato é tomado como hábito[29] A vontade não surge como algo contingente, mas constante e perpétuo. Vontade perpétua implica o propósito de agir com justiça sempre e em qualquer circunstância; vontade constante indica "a firmeza subjetiva ou a perseverança firme no propósito".[30] Citando Aristóteles, dirá que na ação virtuosa se deve agir com consciência do que se faz, com eleição de um fim legítimo e de modo invariável.[31] A vontade (apetite racional) desempenha o papel central dentre os elementos do ato justo, porque no caso de ignorância não haveria ato

---

24 URDAÑOZ. Introducción a la cuestión 57, p.196. Urdañoz responsabiliza o voluntarismo de Suarez por dar nascimento a essa corrente com sua definição de direito como direito faculdade. Diz SUAREZ, em *Tratactus de legibus ac Deo legislatore*, Livro I, cap. 2, n. 5: *Et juxta posteriorem, et strictam iuris significationem solet proprie ius vocari facultas quaedam moralis, quam unusquisque habet, vel circa rem suam, vel ad rem sibi debitam.*

25 ARISTÓTELES. *Ética a Nicômaco*, 1120ª.

26 AQUINO. *Summa theologica*, 1-2 q. 49 a 1.

27 *Ibidem*. 1-2 q. 55 a 1, 2 e 3.

28 *Ibidem*. 2-2 q. 66 a 4.

29 *Ibidem*. 1-2 q. 55 a 1.

30 URDAÑOZ. Introducción a la cuestión 58, AQUINO. *Summa theologica*, p.246.

31 *Ibidem*. 2-2, q. 58, a 1.

voluntário. É, pois, a vontade, com o acréscimo de constância e perpetuidade para demonstrar a firmeza do ato, que torna a definição completa: *et ideo predicta definitio est completa definitio iustitiae.*[32]Se é a justiça uma vontade constante e perpétua ou uma virtude segundo Aristóteles, é necessário indagar do seu objeto, pois que toda virtude tem um objeto. É exatamente o seu objeto que lhe dará a sua diferença específica com relação às outras virtudes.

O objeto da justiça é o direito. Da análise do que significa o direito para Santo Tomás, portanto, é quc se terá a nítida noção da justiça.

O direito aparece na segunda parte da definição de Ulpiano por ele adotada: *ius suum.* O *ius suum*, por sua vez, é o mesmo *suum* de que fala Aristóteles, Cícero ou Santo Agostinho,[33]esclarecido por Ulpiano pela palavra *ius*, o que evita que se conceba como justo o *suum* de fato (como no caso da posse injusta). O *suum* deve decorrer de uma lei ou norma em geral, para que não tenha origem apenas no fato ou na força, observado, contudo, o princípio hierárquico da lei natural sobre a positiva.[34] O critério supremo do *suum* é a igualdade de proporção, que tem seu fundamento na lei natural.[35]

O *ius suum*, de outro lado, é entendido como o devido.[36] Do ponto de vista daquele que pratica a justiça, o seu objeto é um *debitum*, o que é devido ao outro. Do lado do destinatário do ato justo, o *debitum* aparece como o *ius suum.* O devido distingue-se, na justiça, do devido enquanto objeto das outras virtudes, exatamente por essa possibilidade de passagem dialética do *debitum* no *ius* do outro, ou seja, o devido na justiça é o que pode exigir, como seu, o beneficiário do ato justo. Daí poder dizer Santo Tomás que a palavra justiça importa igualdade – *nomen institiae aequalitatem importet*[37] O que é devido é exatamente o a que tem direito o outro, o que lhe é adequado, nem mais, nem menos. Isso possibilita dizer que a justiça é a virtude que realiza a igualdade (a sua fórmula geral) e, ao mesmo tempo, a virtude que só pode existir na direção do outro. É da sua essência a alteridade, porque, sendo a realização da igualdade enquanto *medium rei*, não pode existir a não

---

32 *Ibidem.*

33 URDAÑOZ, Introducción a la cuestión 58, p.246. Vários são os autores que se referem ao *suum* como objeto da justiça; Platão (*A República*), Aristóteles (*Retórica* e *Grande ética*), Cícero (*De finibus e De legibus*), Ulpiano (*Digesto*), bem como Justiniano, reproduzindo Ulpiano (*Instituitiones*), Santo Ambrósio (*De officiis*, apud Santo Tomás) e Santo Agostinho (*De libre arbitrio*, apud Santo Tomás e *De civitate Dei*) e, finalmente, Santo Tomás, na *Summa theologica*, 2-2 q. 57, 58, 61.

34 AQUINO. *Summa theologica*, 2-2 q. 60 a 5.

35 *Ibidem.* 2-2 q. 58 a 11.

36 AQUINO. *Summa theologica*, 2-2 q. 58 a 11.

37 *Ibidem.* 2-2 q. 52 a 2.

ser para o outro, pois "nada é igual a si mesmo, senão a outro."[38] É a igualdade que faz do devido o elemento especificador da justiça.[39] Se não há igualdade entre o *ius suum* e o *debitum*, não ocorre a virtude da justiça, mas outra.

O direito é, portanto, algo objetivo que a virtude da justiça realiza e que aparece para Santo Tomás como o justo (coisas justas, divkaion) de que falava Aristóteles e que se revela como o *ius suum* de um lado e como *debitum* de outro, que Santo Tomás considerará como um *medium rei* (um meio real, objetivo), já que a igualdade deve dar-se no que é devido ao outro, externamente, trate-se de coisa ou de ação, segundo uma regra de quantidade (aritmética) ou de proporcionalidade (geométrica). Diferente, pois, do *medium rationis* das outras virtudes puramente morais, que consideram a igualdade tendo em vista as condições subjetivas do autor da ação.[40] Essa objetividade na avaliação da igualdade proporcional, a ser realizada pela justiça, é que autoriza Santo Tomás a admitir que se possa punir com pena maior a injúria ao príncipe que a praticada contra o particular.[41]

O direito, objeto da justiça, é algo objetivo, mas não se confunde com a lei. Esta não é o direito mesmo, propriamente falando, mas certa razão do direito (*Et ideo lex non est ipsum ius, proprie loquendo, sed aliqualis ratio iuris*).[42] O direito como o justo (o *devido* ou o *suum*) surge antes por uma regra da razão que determina o justo. Esta regra da prudência[43] pode manifestar-se sob a forma escrita, caso em que se chama lei. É neste sentido principalmente que lei não se confunde com o direito, o qual, porém, tem sua origem sempre na lei. Entretanto, a lei natural é o próprio direito que se manifesta como regra criadora do *ius suum*, embora, como regra, possa estar somente na razão, à guisa de ideia reguladora do ato justo.

De qualquer forma, a lei escrita (humana) determina o justo quando está ela conforme com a lei natural (ou não a contraria) que, por sua vez, é a lei própria do ser racional e que participa da *lex aeterna*, que se dá como vontade do criador nas criaturas.[44]

---

38 *Ibidem*. 2-2 q. 58 a 2.

39 OLGIATI. *Il concetto di giuridicitá in San Tomaso D'Aquino*, p.97.

40 *Et ideo medium talium virtutum non acciptur secundum proportionem unius rei ad alteram, sed solum secundum comparationem ad ipsum virtuosum. Et propter hoc in ipsis est medium solum secundum rationem quoad nos. Sed materia iustitiae est exterior operatio secundum quod ipsa, vel res cuius est usus, debitam proportionem habet ad aliam personam... Unde iustitia habet medium rei*. (AQUINO. *Summa theologica*, 2-2 q. 58 a 10.)

41 AQUINO. *Summa theologica*, 2-2 q. 58 a 10.

42 *Ibidem*. 2-2 q. 57 a 1.

43 *Ibidem*.

44 *Et talis participatio legis aeternae in rationali creatura lex naturalis dicitur.* (Id., *Ibidem*. 1-2 q. 91 a 2 e a 4.)

Ora, a lei segundo Santo Tomás não é um ditame do arbítrio (nem mesmo procede da vontade), mas da razão como medida dos atos humanos;[45] nem é um preceito destinado ao bem particular, mas ao bem comum como fim último temporal do homem (que é o mais perfeito).[46] Estes os dois elementos essenciais que compõem o conceito de lei em Santo Tomás: razão e bem comum.

Justo será, pois, o ato que realiza a igualdade segundo a lei natural ou segundo a lei positiva humana na medida em que esta esteja conforme à lei natural, "pois que a força da lei depende do nível de sua justiça". Ora, a justiça nas coisas humanas existe na medida em que elas se conformam com a norma da razão. Por conseguinte, *omnis lex humanitus posita intantum habet de ratione legis, inquantum a lege naturae derivatur. Si vero in aliquo a lege naturali discordet, iam non erit lex sed legis corruptio.*[47]

Santo Tomás define, portanto, o direito enquanto objeto da justiça em todos os seus momentos objetivos, quer como o devido (não simples-mente como dever subjetivo), quer como o *suum* (não como mera potência ou faculdade subjetiva), quer como norma ou lei que é a *ratio iuris* ou norma do justo.[48]

Justo é, em suma, o igual ou adequado ao outro. Nele aparecem esses elementos essenciais: o igual e o outro exigido pelo igual, o qual se revela sob a forma do *ius suum* ou o devido ao outro. Esse devido como expressão da igualdade, isto é, adequado ao outro dirige a divisão da justiça, segundo o outro, posto como termo da relação, seja a comunidade ou os particulares.[49]

Em linguagem técnica contemporânea a lei é para Santo Tomás a fonte do direito. Não é propriamente o direito, que para ele é o justo que se manifesta como o *ius suum* ou o *debitum* nas relações entre as pessoas. Entretanto, a lei que cria o direito, se humana, tem como critério de validade (para que possa, portanto, criar o direito) a lei natural e, em escala ainda superior, a lei eterna, supremo critério de validade de todas as leis. Como se elaboram as leis positivas que se conformam ou não colidem com as leis naturais,[50] a razão é que definirá, pois ela é o elemento natural específico do homem.

---

45 Id., *Ibidem*. 1-2 q. 90 a 2.

46 "A razão pode, sem dúvida, ser movida pela vontade como se disse, pois do mesmo modo que a vontade apetece o fim, a razão opera com relação aos meios que conduzem a ele. Para que a vontade, porém, ao apetecer esses meios, tenha força de lei é necessário que ela mesma seja regulada pela razão. Desse modo é que se entende que a vontade do príncipe tem força de lei, de outro modo a vontade do príncipe seria antes uma iniqüidade, do que lei." (Id., *Ibidem*. 1-2 q. 90 a 1.)

47 AQUINO. *Summa theologica*, 1-2 q. 95 a 2; 2-2 q. 60 a 5.

48 Id., *Ibidem*. 2-2 q. 57 a 4

49 Id., *Ibidem*. 2-2 q. 57 a 3.

50 Id., *Ibidem*. 2-2 q. 58 a 1.

A razão, entretanto, determina o que é justo num determinado ato, segundo uma regra de prudência "preexistente no entendimento".[51] Exatamente por isso, a arte de legislar é parte da virtude chamada prudência.[52] É agindo conforme essa regra da prudência que se pode encontrar o justo. O ato justo se determina, pois, pela razão através dessa regra da prudência que é uma ideia da razão.[53]

Santo Tomás deixa transparecer, na tradição de Santo Agostinho, uma concepção de vontade que se assemelha à desenvolvida por Kant. Uma lei promulgada por uma vontade pura será sempre uma lei justa, conforme a lei natural. Somente se a lei decorre de uma vontade deturpada é que poderá colidir com a lei natural. Tanto assim que a lei divina (na questão 58, lei é igual a direito) sempre determina o justo, visto que a vontade divina é pura. "Na lei divina há coisas que são boas porque preceituadas e más porque proibidas". Há também coisas que são boas por si mesmas e por isso são ordenadas e coisas más que são proibidas.[54] A vontade que não esteja afetada por corrupção dirige-se ao bem como ao seu objeto,[55] nunca ao mal. De outro lado, muito distante se coloca o ponto de vista aquiniano da vontade com relação ao de Kant, se observarmos que Santo Tomás afirma a existência de coisas, externas à vontade, que são boas em si e, por isso, a determinam.

Tomando a segunda parte da definição de justiça de Ulpiano (*ius suum cuique tribuendi*) incorporada ao pensamento jurídico de Santo Tomás, Olgiati[56] faz uma análise interpretativa dos conceitos que aparecem na descrição do objeto da justiça à luz da filosofia de Santo Tomás.

O termo *tribuendi* designa o elemento material da justiça e se traduz na atividade exterior de quem pratica o ato justo, observado, entretanto, que esse ato, sendo externo, não é um *facere* que se dirige à coisa, mas um *agere* concreto que se orienta para o outro (ser racional).[57]

O termo *cuique* denota a ação exterior ordenada ao outro, que dá o primeiro elemento formal da justiça, a alteridade (πρός ἕτερον) e que implica duas noções fundamentais: a pessoa e a sociedade, realidades inconcebíveis, se isoladas. Esses conceitos são colocados em relações por força da lei fundamental do ser: a finalidade. O fim intrínseco do ente dá o fundamento dessa relação.[58]

---

51 Id., *Ibidem*. 2-2 q. 57 a 2.

52 AQUINO. *Summa theologica*, 2-2 q. 57 a 2.

53 Id., *Ibidem*.

54 *Sunt enim in lege divina quaedam praecepta quia bona, et phoibita quia mala: quaedamvero bona quia praecepta, et mala quia prohibita* (Id., *Ibidem*...).

55 Id., *Ibidem*. 1-2 q. 8 a 1.

56 OLGIATI. *Il concetto di giuridicitá in San Tomaso D'Aquino*, p.78 et seq.

57 Id., *Ibidem*. p.83.

58 OLGIATI. *Il concetto di giuridicitá in San Tomaso D'Aquino*, p.94-95.

Já o termo *ius suum* corresponde ao segundo elemento formal, sem o qual não é possível a virtude da justiça: a igualdade, a *forma generalis justitiae*.[59]

Os elementos formais da justiça orientam a sua divisão segundo os três tipos de relações em que se envolvem pessoa e sociedade, nas quais ocorre a igualdade quer como *proportio rei ad rem* (igualdade aritmética), quer como *proportio rei ad personam* (igualdade geométrica):[60] a relação indivíduo-sociedade, que caracteriza a justiça legal ou universal; a relação sociedade-indivíduo e a relação indivíduo-indivíduo, que ocorrem na justiça particular e que correspondem respectivamente à justiça distributiva e à justiça comutativa.

Esclarecido que o objeto da justiça é o devido ao outro, o direito do outro, procura Santo Tomás – sempre acompanhando e ao mesmo tempo explicitando e completando o pensamento de Aristóteles – definir as espécies de justiça segundo o sujeito do direito a que se dirige o ato da justiça, seja o outro particular ou o outro enquanto comunidade, (*uno modo ad alium singulariter considerandum. Alio modo ad alium in communi).*[61] Demonstra que não se trata de uma diferença apenas quantitativa, mas formal. E com razão, pois, se o fosse do ponto de vista apenas quantitativo, não haveria que se cuidar de fazer tal distinção; a comunidade não é apenas o plural dos indivíduos, mas uma nova realidade, com essência diversa, pois que (citando Aristóteles na *Política*, 1252 a) a cidade e a casa não se diferem "só pela sua quantidade, mas por sua espécie."[62] Ora, esse outro diverso caracteriza os fins diversos das virtudes que são por esses fins determinadas. Esses fins diversos são o bem comum e o bem particular do outro. A justiça, que cuida de realizar imediatamente o bem comum como o que é devido à comunidade e indiretamente o do particular, é a justiça legal, ao passo que à particular cabe promover o bem do particular, enquanto lhe dá o que lhe é devido, diretamente e, indiretamente, promove o bem comum.

Desde logo, vê-se que a justiça legal tem uma posição preeminente com relação à justiça particular, do mesmo modo que a justiça é preeminente às outras virtudes morais. É o que se infere do problema número 3 e 4, do artigo 6, da questão 58 da *Summa theologica*: o bem comum *praeeminet bono unius singularis personae*, que a ele se ordena, o que vem confirmado na solução dada ao problema número 3, do artigo 9, da mesma questão, onde "o bem comum é o fim das pessoas singulares que vivem em comunidade".

---

59 AQUINO. *Summa theologica*, 2-2 q. 61 a 2.

60 OLGIATI, *op.cit.* p.99.

61 AQUINO, *op.cit.* 2-2 q. 58 a 5.

62 Id., *Ibidem*. 2-2 q. 58 a 7.

O bem particular que se destina a realizar a justiça particular expressa a igualdade de dois modos: aritmético, que é o *medium rei* da justiça comutativa, e geométrico, que é o *medium rei* da justiça distributiva.[63]

Como se vê, na doutrina de Santo Tomás, a justiça é concebida como uma virtude, cujo objeto é o direito. O direito por sua vez é que define aquela virtude e lhe dá conteúdo. Esse direito mostra-se como o igual ou o adequado ao outro, numa tríplice relação em que esse igual se apresenta de modo diverso, segundo sejam os termos da relação os seguintes: o social diante do outro, como particular (justiça particular distributiva – S: P); o particular diante do outro como particular (justiça particular comutativa – P: P); o particular diante do social (justiça legal ou social – P: S).[64]

O "outro" define, pois, a igualdade na medida em que lhe é devido o que lhe é adequado. Mas o que lhe é adequado é determinado pela lei,[65] que em última instância é a vontade ou razão de Deus.

Embora as coisas boas existam independentemente de serem preceituadas, a igualdade que constitui a ideia de justiça, que tem justificação transcendente, não se propõe realizar-se total e concretamente no mundo humano, em que a servidão é justificável,[66] apesar de já superada de certa forma a posição aristotélica a respeito da escravidão, pelos romano.[67]

---

[63] AQUINO. *Summa theologica*, 2-2 q. 58 a 10.

[64] MATA MACHADO, Edgar de Godói da. *Elementos de teoria geral do direito*. Belo Horizonte, Veja, 1981, p.32 et seq.

[65] AQUINO, *op.cit.* 2-2 q. 60 a 5.

[66] Santo Tomás de AQUINO, na *Summa theologica*, 2-2 q. 57 a 3, porém, procura atenuar a concepção aristotélica da escravidão como justo natural ou adequada a outro por natureza. Para isso, usa o conceito do direito natural de Gaio: o que se dá comumente entre os homens (*jus gentium*). Somente no sentido de ser útil aos homens, em todos os lugares, é que a servidão pode ser chamada natural. Natural, aí, corresponde a costumeiro. É evidente, pois, que houve uma acentuada evolução do pensamento de Santo Tomás com relação ao por ele exposto na *Summa contra gentiles*, cap. 81. Demais, mesmo tendo citado a justificação aristotélica da escravidão (ARISTÓTELES. *Política*, 1554a) é de admitir que o contexto não comporta uma aceitação ao pé da letra do texto de Aristóteles, pois Santo Tomás, ao modo de Platão, quer que o governo e a ordem entre os homens obi qualquer modo, ainda que lhe fosse exigível uma melhor posição (WELZEL. *Introducción a la filosofía del derecho – derecho natural y justicia material*, p.65), e ainda que se conceba a justificação da servidão como uma incongruência no pensamento de Santo Tomás, não se deve negar que esses deslizes ocorrem comumente com os grandes pensadores que se adiantam ao seu tempo, mas não resistem à tentação de justificar a sociedade em que vivem, quanto a situações empíricas relevantes. Ocorreu com Aristóteles ao justificar a escravidão; com Ulpiano ao admitir a igualdade dos que nascem e, ao mesmo tempo, regulamentar a escravidão; a Kant, ao negar à mulher e a certas pessoas, segundo suas atividades, direitos políticos; e a Hegel ao justificar o Estado prussiano. Essa dificuldade de conciliação das suas vidas, enquanto produzidas numa determinada classe, não relevam diante da grandiosidade dos seus sistemas e do que nos legaram.

[67] *Inst.* I, 3, 2.

O trajeto da Metafísica do Objeto, desde Thales, enriqueceu o saber filosófico, ao assumir, na clareira aberta pelo logos na obscuridade dos sentidos, o escândalo de um evento jamais imaginado pela cultura greco-romana, o evento Cristo, ou o Deus-Homem, que nasce, morre e ressuscita, a exigir, de modo claro, uma nova verdade, agora pressuposta, a da fé, a partilhar com a razão a fonte de toda verdade.

Santo Tomás opera essa genial unidade; é o ponto de chegada da Metafísica do Objeto, tal como aqui foi concebida, a qual conclui a sua paciente tarefa, por cerca de 1.700 anos.

QUINTA PARTE

A PASSAGEM PARA A FILOSOFIA DO SUJEITO

1. O "TOUR" CARTESIANO:

A Metafísica do Objeto, que termina sua faina na esplendorosa Metafísica tomásica, cede a uma inflexão do sujeito cognoscente para dentro de si mesmo, a fim de, sem pressupostos, desconfiar da verdade exibida pelo objeto do conhecimento, de aparente evidência, e buscar uma evidência radical e inquestionável, o *eu penso*, prescindindo do sensível e instalando-se totalmente na razão. Se se pergunta qual a disposição da natureza mais bem distribuída entre os seres humanos, por certo ter-se-ia como resposta o bom senso, essa espécie de interior profundo que esses seres trazem em si, pelo qual Descartes resgata, através de uma análise profunda e exaustiva, a única evidência inconteste, o *cogito* e, por inferência imediata, o *sum*. O princípio ontológico é agora o eu, mas como o que pensa livremente, portanto se põe como *causa sui,* ou seja, sujeito. Trata-se da mais radical e mais profunda mudança na Filosofia. O eu (*ego*) é posto como primeira substância a dar fundamento a tudo o que existe, pois nele se assenta a essência, o cogito (ou a razão), e a existência, o sum. É posto como subjectum da essência e da existência.

Assim se expressa Descartes num dos mais famosos textos da Filosofia: "O bom senso é a coisa mais bem repartida deste mundo: porquanto, cada qual pensa ser dele tão bem provido que aqueles mesmos que mais custam a se contentar a respeito de qualquer outra coisa não costumam desejar mais do que têm....". E continua: "...a faculdade de julgar com acerto e de discernir o verdadeiro do falso, que é propriamente o que se chama o bom senso ou a razão, é naturalmente igual em todos os homens;" Se a razão é igual para todos, o modo de usá-la não é. Eis a necessidade do método, pois "não basta ter o espírito bom, o principal é aplicá-lo bem".[1] E dá o exemplo:

[1] DESCARTES, René. *Discurso sobre o Método*. Trad. de Miguel Lemos. Rio: Forense, 1968, p. 9.

é preciso em primeiro lugar nada ter como verdade a não ser o que absolutamente se dá como evidente para a nossa mente. A metafísica até então se portou ingenuamente, aceitando como verdades as coisas tais como se dão aos sentidos ou que se pode confiar no conhecimento sem se verificar as faculdades de conhecimento. É preciso então duvidar de todo conhecimento, para buscar evidências ou idéias claras e distintas, não obscuras e bem definidas. Trata-se de uma dúvida metódica para se chegar a um conhecimento rigorosamente verdadeiro. A primeira certeza é a dúvida. Mas o que duvida é o pensamento. Assim, a única coisa de que não se pode duvidar é do "penso". A certeza inquestionável ou o absolutamente evidente é que, diz Descartes, "penso, logo existo". A primeira substância que se pode afirmar como existente é a substância pensante, a *res cogitans*. Passa Descartes a examinar se há algo tão evidente como a res cogitans, no mundo exterior, o corpo por exemplo, sempre segundo um modelo de evidência matemática. Ora, só o que é evidente no mundo exterior, segundo o mesmo modelo, é a extensão, a substância extensa ou a res extensa, inquestionavelmente verdadeira em razão de suas propriedades geométricas.

Para entender esse mundo moderno (esse novo modus de ver a realidade) que se abre com Descartes, é útil lembrar o conceito de experimentação que surge com Galileu e, com isso, o de experiência, importante também no direito, e que é uma das notas essenciais para entender o pensamento moderno. Nessa "plaque tounante" do pensamento filosófico encontram-se três grandes nomes que inauguram essa nova experiência: na Filosofia com Descarte, responsável pela mudança radical da Filosofia do Objeto para a Filosofia do Sujeito;, na Física com o seu criador, Galileu, e no Direito com Grotius, todos operando um processo de matematização dessas regiões do conhecimento, levado de tal forma à radicalização que Descartes chega a entender a filosofia como uma mathesis universalis, diante da qual toda moral se mostra como moral provisória, a evoluir até alcançar a estrutura de uma moral geométrica (mores geometricae).

Heidegger lembra que Platão, no *Ménon*, 85, d4, foi o primeiro a expor o princípio da mathesis (*μαθεσις*) como o "conhecimento que se extrai e se eleva por cima de outro a partir dele mesmo.[2] Evidentemente que a postura filosófica de Descartes é totalmente outra que a de Platão. Com razão, no sentido de que a filosofia de Platão é uma reflexão a partir da ciência ou conhecimento com status de episteme, de seu tempo, a matemática. Heidegger mostra ainda como esse princípio volta a Descartes e a Galileu, no primeiro para significar a experiência ontológica e no segundo para significar a

2 HEIDEGGER, Martin. *Que é uma Coisa?* Trad. de Carlos Morujão. São Paulo: Editora 70, 1987, p.95.

experiência da *physis*. Com efeito, a experiência galileana não ocorre como observação simplesmente, mas como experimentação, ou seja, com a reprodução adequada do fenômeno, que deixa de ser simplesmente coisa natural, para tornar-se cultural, fato científico produzido ou controlado pelo labor do cientista. É a coisa por ele trabalhada ou feita de tal modo que se presta à análise e conclusões científicas válidas. Entretanto, o preparo da coisa natural (do fenômeno) para tornar-se fato científico observa um comando, um projeto, que não vem somente da coisa na sua materialidade, mas da mente de Galileu, "concebo mentalmente", diz nos "Discorsi" ou "imagino"(na tradução de Heidegger da expressão **mente concipio**). Esse planejar ou traçar a estrutura do fato a partir da mente, ou da razão pura, mostra que a experiência na Física parte de um *a priori* sem o que não é possível a simplificação do fato (o movimento, no caso) para efeito de nele estabelecer uma lei válida. A estrutura de validade é toda dada pela mente, a razão, no caso, a razão matemática, que procede por *axiomata*, por princípios por ela tomados como tais, valores de verdade postos na coisa externa (Heidegger traduz *axion* como "tomar por", "apreciar."[3] Não apenas na Física Galileu usou a Matemática e a experimentação, mas também na Astronomia, pois ele mesmo construiu o seu telescópio de modo a ter alcance e precisão necessários à operação científica. Usando o mesmo método da experimentação e da aplicação da Matemática na natureza, tanto na Fisica como na Astronomia, pôde estabelecer as leis universais da mecânica.[4] Importante aqui é realçar a introjeção da Matemática na natureza (o que não fez Platão), ou seja, um perfil específico da própria razão. O grego aplicou a razão na natureza, mas não a Matemática como estrutura do conhecimento científico. Com Galileu, o fato é convertido em expressão matemática. É-lhe dada uma densidade e uma estrutura matemáticas, o que torna a verdade científica em verdade matemática, pois nem sempre se pode fazer a experiência dessas verdades. Galileu deu ênfase á expressão matemática da lei da Física, conjugando-a com a experiência, ao passo que Newton dava preponderância ao experimento. O método de Galileu parte de uma intuição, passa por uma resolução, que é a conversão dos elementos em expressões matemáticas, demonstra e testa se a hipótese e a demonstração matemática ocorrem no experimento.

---

3 Idem, *Ibidem*, p. 6.

4 É evidente que o criador da Física moderna e da Astronomia como ciências definitivas não poderia adotar a teoria aristotélica de uma e outra ciência, uma para o ceu e outra para a terra, e não adotou como mostram seus escritos e o conjunto dos seus trabalhos (por exemplo, *Dialogo sobre los Sistemas Máximos*, Buenos Aires, Aguilar, 1977, 3 v.; *Consideraciones y Demonstraciones matemáticas sobre dos nuevas Ciencias*, Madrid: Editora Nacional, 1981 .Veja, em sentido contrário, a posição de Jochen BÜTTNER, no artigo intitulado Assim na Terra como no Ceu, *in*: *Scientific American*. Portugal: Ediouro, Segmento-Duetto Editorial Ltda, p.55 e segs. O próprio texto do autor permite interpretação divergente.

Com isso, a Matemática penetra a natureza e surge a lei. Os passos são os seguintes: "estabelece em termos de matemática um movimento possível", como o movimento uniformemente acelerado; formula a hipótese de o mesmo ocorrer na queda livre na natureza; estabelece as condições que tornam possível aplicar as construções ou hipóteses matemáticas, ou seja, cria o fato em laboratório e testa-as.

Não somente a matemática, como conhecimento introduzido na natureza para explicá-la, dar-lhe fundamento, mas acima de tudo, o comportamento matemático por axiomas, ou princípios, que a própria razão estabelece.

A experiência no mundo moderno não pode ser pensada senão a partir de um *a priori* da razão pura, sem o que não há conhecimento válido, ou seja, leis universais, como procurou demonstrar Kant.

A questão ontológica posta por Descartes avança para além da pura experiência e explicação empírica da natureza, na busca da radical fundamentação do real enquanto tal. Ao colocar entre parênteses todo o real aparente e proceder à redução do pensar a sua pura forma, Descartes repõe a questão originária do ser, iniciada nos pré-socráticos. O *cogito ergo sum* põe como substituto de todo o real, o real evidente, axiomático, o *ego*. Esse *subjectum* sobre o qual todo conhecimento se assenta, substrato não só do conhecer, mas das próprias coisas enquanto dadas ao homem, passa a ser o sentido de todo ente , ou seja o ser por excelência. Como Hegel lembrou, o *cogito ergo sum* não expressa um silogismo, portanto um discurso mediatizado, mas, pode-se concluir, uma intuição radical, um captar imediato que o sujeito faz de si mesmo nesta experiência interior do *cogito* e do *sum*, de modo a concebê-los sem qualquer separação, razão por que poderia inverter a proposição e expressá-la: *sum ergo cogito.* Isto porque o *sum*, na medida que é posto pelo *ego* (e *ego* só o ser pensante como tal possui, enquanto substrato de todo o real) é *sum cogitatum-cogitantis,* isto é, pensado-pensante, de modo que o *sum* é *cogito* e o *cogito* é *sum*, o pensar é o ser e o ser é o pensar, ou seja, o ser do ente *ego* é *sum-cogito*, ou *cogito-sum.* O *ergo* é posto para mostrar que o *sum* está dentro do *cogito*, não que procede dele para o exterior, e que o *cogito* é *sum*, não que o gera ou dele procede. O *ego* é assim a substancia, o *subjectum* do pensar e do ser, do *cogito* e do *sum*. Eis, então, o passo da Filosofia do Sujeito.

Essa experiência ontológica em que se põe o princípio da subjetividade como fundamento de uma nova filosofia e não de uma teoria do conhecimento (Heidegger), que é também uma crítica à ingenuidade da metafísica do objeto, constitui o fundamento principial, o axioma da filosofia moderna e posterior, seu princípio.

A visão latina traz outra dimensão importante do princípio: o que é captado ou tomado pela mente imediatamente, ou por primeiro. Há aqui uma proximidade com o *axion*, traduzido por Heidegger como "tomar por". Tomar algo por outro é tomá-lo como substituto, ou como igual; vale igual ao outro, equi-vale ao outro. O outro não ingressa no *logos*, não se mostra plenamente, daí ter de ser tomado por algo que vale por ele, mas que pertence ao logos. São os *axiomata*. Nesse sentido todas as proposições matemáticas são *axiomata* da natureza. O número 2 é um *axiomata* da realidade natural. Por exemplo, é tomado em lugar destas duas cerejas que estão aqui e agora. E tudo o mais que possa ser quantificado. A matemática é então um conjunto de *axiomata* da natureza. Foi a grande descoberta de Galileu.

O segundo passo gigantesco dado por Galileu foi tomar esses *axiomata* por princípios. Desse modo toda proposição ou conceito matemático é um princípio. Por isso a precisa referência de Heidegger[5]ao princípio de inércia descoberto por Galileu, como projeto, independentemente de proceder a qualquer observação empírica: *Mobile super planum horizontale projectum mente concipio omni recluso impedimento*...("concebo mentalmente um corpo projetado num plano horizontal e livre de qualquer obstáculo...". Não se trata de observar um corpo em movimento sem qualquer obstáculo, mas de conceber o fato no puro pensar, e de pô-lo como regente de todo movimento mecânico.

Num certo sentido, tudo poderia ser tomado como princípio no plano da mente. Poder-se-ia pensar ou supor que qualquer verdade matemática poderia ser tomada por princípio, mesmo dentro da mesma matemática. No plano filosófico, contudo, isso traria como consequência certa relatividade da hierarquia dos valores, pois se qualquer valor pudesse estar na cumeada não haveria mais hierarquia.

Como os *axiomata* da matemática são formais, não haveria dificuldade em aceitá-los no direito como princípios tal como procedeu Grotius.

O que está no eixo desse "tour" cartesiano é uma nova categoria filosófica, a subjetividade. Ora, no centro do direito está a subjetividade e nela a experiência jurídica como experiência da consciência (do eu, que está à base do *cogito* e do *sum*) na sua pura transcendentalidade, como captadora do fato jurídico e, ao mesmo tempo, dele construtora, através da sua estruturação segundo um projeto da razão pura prática. O fato constituído segundo a razão e a consequência estatuída pela mesma razão é a especificidade da consciência jurídica, que, ao construir a norma, estabelece o equilíbrio

---

[5] HEIDEGGER, *op. cit.*, p. 95.

(igual peso) entre o fato e a consequência, como exigência da razão prática para dar à norma o sentido do justo.

A transcendentalidade tal como aqui entendida não conflita com a compreensão da razão historicamente revelada, como parece ter ficado claro na Introdução deste trabalho.

Razão e vida são os elementos que transitam no processo da consciência jurídica como sua experiência até a sua expressão como consciência jurídica, portanto dentro da razão pura prática. O direito é então vivido e construído como experiência, mas segundo um modelo *a priori* e, a partir desse momento filosófico, segundo um postulado da razão pura prática: a liberdade.

Embora seja o pensamento filosófico que se desenvolve até o advento da filosofia do sujeito, com Descartes, de inegável relevância, do ponto de vista do método aqui adotado importa considerar alguns pensadores do direito, que, poder-se-ia dizer, prepararam o caminho para o surgimento do mais vigoroso movimento filosófico do Ocidente, juntamente com o legado da Grécia, o Idealismo Alemão, em que a ideia de justiça aparece com seu novo valor, agora de conteúdo, a liberdade, cujo filósofo privilegiado é Kant. Como a liberdade é o tema central do pensamento de dois dos maiores filósofos desse grande movimento, Kant e Hegel, e como a matriz da liberdade é a razão, o leito em que corre todo esse processo é a corrente filosófica do racionalismo aberto por Descartes, esse gênio do Ocidente, ao pôr como princípio de todo conhecimento o *cogito,* para o qual se volta a preocupação filosófica, a inaugurar a filosofia do sujeito. Com efeito, não era suficiente para Descartes a informação dos sentidos de que as coisas estão fora de nós para serem conhecidas, e por isso são objetos de conhecimento verdadeiro. Era preciso que o sujeito cognoscente se voltasse para si mesmo e indagasse das suas possibilidades de conhecer. Como o *cogito* é a própria razão na evidência de si mesma, a primeira ciência do mundo exterior, que se desenvolve a partir do desdobramento da própria razão e que garante verdade incontestável, é a Matemática. É válido supor que a Matemática exigiu de Descartes buscar a Metafísica, vale dizer, o *cogito.* O eu, o sujeito do cogito e do sum, deve avançar como consciência de si até alcançar o momento da razão, na expressão de Hegel, já então no momento do Espírito como sujeito de um cogitamus, em que pensar e ser(*cogito* e *sum*) se assumem numa unidade.

Para isso, terá de passar pela crítica kantiana à própria estrutura do sujeito cognoscente, o eu cartesiano. O eu cartesiano está no plano metafísico, é substância, *res cogitans*, ao passo que para Kant é pura forma *a priori*, portanto transcenental, que dá unidade às várias experiências feitas por esse eu transcenental, em razão da qual essas experiências são referidas a esse único sujeito cognoscente.

A fé na razão como produtora de conhecimento verdadeiro se impunha a todo o real cognoscível e encontrava sua confirmação ao estendê-la Galileu à natureza, e Grotius ao direito. Desse modo, todo o real tornava-se garantido da verdade do conhecimento racional, tanto na área de conhecimento matemático, como da natureza e, no âmbito que nos é afeto, do direito, portanto do homem. A forma em que a razão se mostra no direito é o direito natural, cuja expressão é dada pelo jusnaturalismo clássico, no qual surge toda poderosa com a pretensão de garantir a justiça na forma da ideia, mas abstratamente.

2. O RACIONALISMO NO DIREITO

O pensamento agostiniano-tomista sobre o direito e a justiça não atuou diretamente nos juristas alemães, quer no aspecto prático, quer no teórico,[6] dos quais poucos, entretanto, foram os que sobressaíram antes da abertura da Renascença: Ludold von Bebenberg e Eike von Repgow. Este, que viveu à época de Santo Tomás, estava impregnado das mesmas ideias religiosas que direcionaram o pensamento medieval, principalmente quanto ao fundamento do direito natural: a vontade de Deus, que criou o homem segundo sua imagem, do que concluiu que todos são iguais em liberdade.[7]

2.1 Grotius

Em Grotius a igualdade em que consiste a noção de justiça liga-se à noção de *appetitus societatis*. A justiça só se realiza numa vida natural e racional da comunidade.[8] Não se justifica a igualdade somente como igualdade perante Deus, ou perante a lei. Por força do direito natural é ela um sentimento comum dos membros da comunidade. "O homem age", segundo Grotius, "de acordo com a sua natureza, se pratica a justiça como efetiva *virtus socialis*".[9] Direito não significa para ele outra coisa senão o que é justo, e justo é o que realiza e conserva a sociedade, visto que "injusto é o que repugna à essência da sociedade dos que gozam da razão".[10] A justiça é, pois, entendida a partir do conceito central do seu pensamento,

---

6 WOLF. *Die Grosse Rechtsdenker*, p.71. OLDENDORF, em *Was billig und recht ist*, p.13 et seq., repete alguns dos pensamentos importantes de Santo Tomás como: o que Deus quer é justo; o que promove o bem comum é justo. Entretanto, não o cita.

7 WOLF. *Die Grosse Rechtsdenker*, p.11.

8 Id., *Ibidem*.

9 GROTIUS. *Del derecho de la guerra y de la paz*, Livro I, cap. III, § 3.1.

10 Essa visão liberal do Estado com base no *appetitus socialis* é confrontada pela visão autoritária de Hobbes, para o qual o contrato é um pacto de sujeição, cuja finalidade é não a ajuda mútua concebida por Grotius na tradição aristotélica, mas a segurança de cada um diante da realidade do princípio,

o *appetitus societatis,* que, ao contrário de Hobbes, fundamenta a sua visão liberal do Estado, na medida em que o pacto de união que sobre ele se assenta visa à recíproca ajuda dos cidadãos.[11] Grotius liga o direito natural à vontade de Deus, autor da natureza;[12] contudo, ele se torna tão imutável, que se independentiza daquela vontade, como ocorre com as equações matemáticas,[13] já que é um ditame da reta razão que mostra a justiça ou não de um ato, "segundo seja este conforme ou não a mesma razão natural do homem".[14]

2.2 Pufendorf

Como nomes importantes na formação da concepção da justiça e do direito em Kant estão os de Samuel Pufendorf e Wilhelm Gotlieb Leibniz.

Pufendorf coloca-se como precursor de Kant[15] Caracterizando o seu sistema do direito natural sem privilégios para esta ou aquela esfera (criação, histórica e razão), relaciona igreja, direito, moral, sociedade e particulares, de modo que o seu sistema do direito natural é uma unidade de todos os conteúdos espirituais da vida ordenada.[16]

"A regra fundamental do direito natural", diz Pufendorf, "é esta: todos têm o dever de preservar a comunidade e de servir ao todo social, tão bem quanto possível".[17] Esse imperativo fundamental se desdobra em três grupos de deveres, que indicam como o homem, segundo a *recta ratio* se conduza perante Deus, perante si mesmo e perante os outros. A relação com Deus é fundamental para a existência da comunidade. Sem o sentimento religioso o homem não seria sociável.[18] De outro lado, também o dever do homem para consigo mesmo tem fundamento tanto na religião quanto na vida social.

Interessa, contudo, o grupo dos deveres do homem para com os outros e, dentre esses deveres, o segundo, observada a ordem dada por Pufendorf. Três são esses deveres: 1º) não prejudicar o outro; 2º) considerar o outro como igual em direito; 3º) ser útil aos outros, tanto quanto possível.

---

homo lupus hominis. (V. BLOCH,Ernst. *Naturrecht und menschliche Würde.*Frankfurt: Suhrkamp, 1972, p.337.)

11 GROTIUS, *op.cit.* I, cap. I, § X.I.

12 Id., *Ibidem.* II, cap. I, § X.5.

13 Id., *Ibidem.* I, cap. X.

14 WOLF. *Die Grosse Rechtsdenker*, p.340. BURG (*Kant und die Französische Revolution*) citando a Ilting questiona uma influência direta de Pufendorf sobre Kant, por ser pouco citado por Kant.

15 WOLF, *op. cit.* p.340.

16 PUFENDORF. *De officio hominis et civis*, p.17.

17 Id., *Ibidem.* p.19.

18 Id., *Ibidem.* p.27; Cf. ainda PUFENDORF. *De jure naturae et gentium*, p.314.

Em virtude do segundo imperativo, o outro deve ser considerado como portador de iguais direitos, de tal modo que o uso de qualquer vantagem que não decorra do princípio fundamental do direito natural (conservar a comunidade e servi-la) será considerado violência, não direito, porque o dever de conservar a sociedade é de todos; o que vale como direito para todos deve cada um ter como válido para si mesmo: "O que cada um pode esperar ou exigir de todos os outros, deve ser permitido a todos, com fundamento na eqüidade, exigir de cada um".[19] A igualdade de todos aparece aqui como núcleo da justiça (que Pufendorf chama eqüidade). É uma igualdade de direito que, por sua vez, decorre da reta razão ou dos princípios do direito natural; Pufendorf retoma a concepção igualitária do estoicismo.[20]

2.3 Leibniz

Também Leibniz agrupa os deveres naturais do homem em três classes, retomando a célebre proposição de Ulpiano sobre os preceitos do direito: *Honeste vivere, alterum non laedere, suum cuique tribuere.*[21] Com fundamento nessa trilogia, Leibniz divide a justiça em: justiça universal, que corresponde à fórmula de Ulpiano (*honeste vivere*); justiça comutativa, que designa o direito puro ou estrito (*alterum non laedere*) e justiça distributiva (*suum cuique tribuere*), que designa o direito amplo.[22] A justiça universal é o degrau supremo da justiça, porque compreende também uma relação com Deus.[23] É que viver honestamente implica no cultivo de todas as virtudes interiores, o que agrada a Deus e se traduz na piedade ou amor a Deus. Esse conceito de justiça universal desarticula-se da tradição greco-romana, absorvida por Santo Tomás, na qual não se cogita, na justiça propriamente dita, universal ou particular, de uma relação com Deus.

De outro lado, ela opera novamente a fusão do ético (em sentido estrito) com o direito,[24] demonstrando a base comum existente entre as duas ordens, "porque ambos exprimem uma exigência de ordem deontológica".[25] Essa base comum será retomada por Kant em outra dimensão, já com vistas à separação pensada por Thomasius.

---

19 512 Gusdorf afirma essa continuidade do princípio da igualdade de todos, entre o estoicismo e Pufendorf, interrompida pela concepção teocrática da Idade Média. A igualdade aparece, na época do jusnaturalismo, também em termos políticos: a cidadania se define em função da igualdade. (GUSDORF. *Les sciences humaines et la pensée occidentale – la conscience revolucionaire, les ideologies*. Paris: Payot, 1978, v.3, p.110.

20 *D*. I, I, 10, I.

21 DEL VECCHIO. *La justice – la verité*, p.24.

22 GRUA. *La justice humaine selon Leibniz*, p.125.

23 DEL VECCHIO, op.cit. p.24.

24 DEL VECCHIO. *La justice – la verité*, p.25.

25 THOMASIUS. *Fundamenta juris naturae et gentium.*

2.4 Thomasius

Seguidor de Pufendorf, Christianus Thomasius (*Fundamenta Juris Naturae et Gentium*, escrito em 1705) embora diferentemente de Pufendorf, limita a ética a uma ética individual.[26] De qualquer forma, é apontado como o primeiro a estabelecer um critério teórico de distinção entre a moral, o direito e a política, no que foi seguido posteriormente por Kant e Fichte.[27] O juiz do direito natural é a vida feliz do homem, que só é atingida através da paz (*tranquilitas vitae*), individual ou social. Para alcançar a felicidade que consiste em observar e prolongar a vida e que é o fundamento da sua ética em sentido amplo, Thomasius aponta três regras fundamentais: a primeira, "que fundamenta a moralidade pessoal e social",[28] tem sede no caráter. Trata-se da regra da moral (*honestum*), cuja sanção se reduz ao foro íntimo da consciência moral (incoercitiva, portanto) e cuja finalidade é operar a *tranquilitatem vitae* interna, isto é, a paz interna e individual com que se alcança a felicidade.

A segunda regra fundamenta a conveniência da vida; tem sede no entendimento e se expressa na regra de ouro positiva.[29] É a regra da política (*decor*), cuja sanção é externa e tem origem convencional; sua finalidade é produzir a paz externa.

A terceira regra de ouro é negativa; fundamenta a juridicidade e tem sede na vontade. Como garantia da exigência desse "mínimo ético"[30] está a sanção externa da lei, ou seja, um justo coercitivo.[31] Dela trata o direito, cujo objeto é o *iustum,* que tem como fruto a paz externa individual. Assim formula Thomasius essas três regras:

> § XL – *Primum itaque principium honesti hoc est: Quod vis ut alii sibi faciant, tu te tibi facies..*
>
> §XLI – *Decori: Quod vis ut alii tibi faciant, tu ipsis facies.*
>
> § XLII – *Justi: Quod tibi non vis fieri, alteri ne faceris.*[32]

Essa separação teoricamente desenvolvida por Thomasius, entretanto, não isola essas esferas éticas em compartimentos estanques. Ao contrário, elas se

---

[26] WOLF. *Die Grosse Rechtsdenker*, p.406.

[27] *Ibidem*. Ver, ainda, METZGER. *Gesellschaft, Recht und Staat in der Ethik des Deutschen Idealismus*, p.151.

[28] THOMASIUS. *Fundamenta juris naturae et gentium*, p.404.

[29] *Ibidem*. p.405.

[30] THOMASIUS. *Fundamenta juris naturae et gentium*, p.405.

[31] BLOCH. *Naturrecht und menschliche Würde*, p.334.

[32] THOMASIUS, *op. cit.* p.177.

mostram numa relação dialética compondo o todo a que denomina ética em sentido amplo.[33] Se à paz perpétua se ordena todo o projeto ético, como quer Kant, há de se encontrar um denominador comum para a ordem ética em todas as suas esferas: moral, política e direito. Esse é o pensamento orientador da filosofia prática de Kant que se desenvolverá sob a influência teórica de Rousseau e prática (no sentido de empírica) da Revolução Francesa.[34]

2.5 Locke

A importância de Locke e de Hobbes no pensamento político de Kant é inquestionável. Nesses dois autores aparece o elemento igualdade como pressuposto de toda ordem normativa, de direito natural e de direito positivo. Em um e outro a igualdade é condição do próprio direito natural que, para Hobbes, é a vida e, para Locke, além da vida, a propriedade.

Locke descreve o estado de natureza como um estado de liberdade e de igualdade:

Estado também de igualdade, no qual é recíproco qualquer poder ou jurisdição, ninguém tendo mais do que qualquer outro; nada havendo de mais evidente que criaturas da mesma espécie e da mesma ordem, terão de ser também iguais umas às outras sem subordinação ou sujeição.[35]

A razão natural nos diz que os homens têm direito à sua preservação. Para isso, o homem tem como primeiro e inalienável direito natural o de propriedade, que não é dado por Deus (que a todos sem distinção deu a terra), mas conseguida "com o trabalho do seu corpo e obra das suas mãos", que são propriamente dele e por meio dos quais lhe é garantida a propriedade daquilo que tirou da natureza.[36] Isso significa que o direito de propriedade não deriva do Estado – é "anterior a toda Constituição" política – mas somente do trabalho.[37]

O outro conceito fundamental pelo qual é possível a aquisição e garantia da propriedade é o de liberdade. Locke define-a sob dois aspectos: a liberdade natural, segundo a qual o homem está livre de qualquer "poder superior na terra", submetendo-se tão só "à lei da natureza como regra" e a liberdade

33 WOLF. *Die Grosse Rechtsdenker*, p.406.

34 MATA MACHADO. *Elementos de teoria geral do direito*, p.81. No propósito que dirige este trabalho importa mais a contribuição acima apontada, bem como o modelo da regra de ouro que contribuirá, de certo modo, para o imperativo categórico. Não, porém, o estudo da coerção na concepção do direito positivo de Kant que é outra herança de Kant com relação a Thomasius, como salienta Mata Machado.

35 LOCKE. *Segundo tratado sobre o Governo*, p.41.

36 Id.,*Ibidem*. p.51.

37 BOBBIO. *Diritto e Stato nel pensiero di Emanuele Kant*, p.56.

na sociedade, que não pode ficar sujeita a algum poder legislativo "senão o que se estabelece por consentimento da comunidade", devendo ser resguardada contra qualquer vontade inconstante e arbitrária do homem, sob pena de comprometer-se a preservação e a vida do próprio homem.[38]

Esse direito à liberdade é, sob todos aspectos, irrenunciável e se conserva ainda que se celebre o pacto social para a constituição do Estado, caracterizando o liberalismo burguês.[39]

A propriedade existe, portanto, antes mesmo que exista o Estado, isto é, antes do pacto que o criou. Por isso, é o critério superior do justo e do injusto. O objetivo principal pelo qual os homens constituem um Estado e se "colocam sob um governo", renunciando serem juiz em causa própria é "a preservação da propriedade". Onde não há propriedade, não há nem justiça no sentido de um aparelho dirimidor de disputa, nem justiça ou injustiça das ações dos indivíduos.[40] Injusto é o ato que viola a propriedade.

A insubsistência dessa doutrina aparece, quando, como diz Bobbio, a comparamos com a de Hobbes, para quem "onde não há leis nem pactos, não há justiça".[41]

2.6 Hobbes

O ponto de partida de Hobbes é, da mesma forma, a igualdade, tanto do ponto de vista físico, como do espiritual.

A natureza fez os homens tão iguais, quanto às faculdades do corpo e do espírito que, embora por vezes se encontre um homem manifestamente mais forte de corpo ou de espírito mais vivo do que outro, mesmo assim, quando se considera tudo isso em conjunto, a diferença entre um e outro homem não é suficientemente considerável para que qualquer um possa com base nela reclamar qualquer benefício a que outro não possa também aspirar, tal como ele.[42]

No que se refere à igualdade física, entende Hobbes que ela ocorre também entre o forte e o fraco, visto que este "tem força suficiente para matar o mais forte", pela imaginação ou pela associação com outros; no que se refere às faculdades do espírito, a igualdade é ainda maior.[43] Só a vaidade da própria sabedoria nega essa igualdade, como é o caso de Aristóteles que, diz

---

38 LOCKE, *op.cit.* p.49.
39 BOBBIO, *op. cit.* p.56.
40 BOBBIO. *Diritto e Stato nel pensiero di Emanuele Kant*, p.88.
41 BOBBIO. *Locke e il Diritto Naturale*, p.57.
42 HOBBES. *Leviatã*, p.78.
43 Id., *Ibidem.*

Hobbes, incluindo-se dentre os sábios, acabou por considerar naturalmente inferiores aqueles que se qualificam apenas pela sua força física e que, por isso mesmo, se destinam a servir. Entretanto, todos os homens são iguais na sua condição natural; a desigualdade só aparece com "as leis civis".[44] É uma lei natural "que cada homem reconheça os outros como seres iguais por natureza"[45]

Embora Hobbes parta dessa concepção sobre a igualdade originária (natural) dos homens, o seu conceito de justiça não se estriba nela, porque o estado de natureza é um estado de desprazer pelo convívio com os outros seres humanos,[46] esse estado é um ambiente de guerra de todos contra todos; o homem sai dele através de um pacto, pelo qual renuncia a toda sua liberdade para instituir o poder soberano e com isso prover a sua conservação e uma vida mais feliz, já que a lei natural por si só (como ditame da razão) impropriamente chamada lei, [47]não garante a vida em sociedade, onde o apetite pessoal é "a medida do bem e do mal".[48] Essa passagem necessária se faz através de um pacto que cria esse poder soberano, sem o qual o pacto nenhuma eficácia possuirá: "pactos sem espada não passam de palavras".[49]

Se por esse pacto estão autorizados todos os atos do soberano, todos os direitos e faculdades lhe são conferidos, devendo os súditos reconhecer tais atos como seus, considerando bom o que ele "considerar bom".[50]

Ora, no estado de natureza, onde impera a guerra de todos contra todos, "nada pode ser injusto". Nesse estado não há "poder comum", nem lei, e "onde não há lei, não há injustiça", nem propriedade (o meu e o seu), pois só pertence a cada homem aquilo que ele é capaz de conseguir e conservar.[51] "Justo", diz Hobbes, "é aquele que obedece à lei". Para obedecer à lei natural basta que se esforce por isso.[52] Justiça está aí empregada num sentido impróprio, pois que a lei da natureza não é eficaz quanto ao seu cumprimento. Somente quando há lei em sentido próprio, que é a "palavra daquele que tem direito de mando sobre os outros", é que podemos falar de justiça propriamente dita.[53] É que justiça só existe na medida em que haja um

---

[44] HOBBES. *Leviatã*, p.95.
[45] Id., *Ibidem*. p.96.
[46] Id., *Ibidem*. p.79.
[47] Id., *Ibidem*. p.99.
[48] Id., *Ibidem*. p.98.
[49] Id., *Ibidem*. p.107.
[50] Id., *Ibidem*. p.111.
[51] Id., *Ibidem*. p.81.
[52] Id., *Ibidem*. p.98.
[53] HOBBES. *Leviatã*, p.99.

pacto anterior; só se comete injustiça contra a pessoa com a qual se celebrou algum pacto.[54] Hobbes refere-se ao princípio *pacta sunt servanda*:

> Nesta lei de natureza reside a fonte e a origem da *justiça*. Porque sem um pacto anterior não há transferência de direito, e todo homem tem direito a todas as coisas, conseqüentemente nenhuma ação pode ser injusta. Mas depois de celebrado um pacto, rompê-lo é *injusto*. E a definição de injustiça não é outra senão o *não cumprimento de um pacto*.[55]

Não se trata, contudo, de um pacto qualquer, mas de um pacto garantido por um poder coercitivo capaz de obrigar a todos ao seu cumprimento. Só então é possível falar em dar a cada um o seu, porque só então surgem a propriedade[56] e os demais direitos.

Ora, uma vez celebrado o pacto da instituição do poder soberano, concedendo-lhe "autorização" para exercer o mando sobre os demais membros da sociedade – o que é feito através de leis – é injusto o ato contrário à lei do Estado.

A consequência é que, diversamente do que se conclui da teoria de Locke, o Estado despótico concebido por Hobbes em virtude da renúncia sem reserva da liberdade natural[57] dos indivíduos para a sua instituição, não comete injustiça, do que decorre também não ser possível opor-lhe qualquer direito de resistência.

CONCLUSÃO

A partir de Descartes, o racionalismo por ele inaugurado assume o controle do pensar ocidental. A fé na razão manifesta-se em formas cada vez mais aprimoradas, das quais as mais significativas são o iluminismo e, na sua consequência, o enciclopedismo, em cujo elemento vicejou a Revolução Francesa e, com ela, o marco mais importante da história do direito, juntamente com a Lei das Doze Tábuas: a Declaração de Direitos de 1789. Como a divisa principal da Revolução – a igualdade e a liberdade – foi também posta como direito fundamental na Declaração de 1789, era necessário também que um grande pensador empreendesse uma nova e profunda reflexão sobre esses dois valores, então feitos direitos de todas as pessoas.

---

54 Id., *Ibidem*. p.94.

55 Id., *Ibidem*. p.90.

56 Id., *Ibidem*.

57 Liberdade é a faculdade de se fazer o que se quer, segundo Hobbes, e se confunde com o direito natural (impropriamente chamado direito) que é a liberdade que cada um tem de usar seu próprio poder para a preservação da sua vida. É concebida como o que sobra do quadro das ações obrigatórias por lei. (Id., *Ibidem*. p.82.)

Esse pensador da ideia de justiça como igualdade e liberdade é Kant. É o tema do livro seguinte, *A Ideia de Justiça em Kant,* a concluir o percurso da Filosofia do Sujeito – aberto por Descartes –, o segundo momento do processo de formação da justiça como Ideia no tempo histórico do Ocidente. O momento de conclusão da ideia de justiça na filosofia do sujeito, portanto, é Kant, cuja doutrina é exposta no meu livro, *A Ideia de Justiça em Kant* – seu fundamento na liberdade e na igualdade.[58]

[58] Ver SALGADO, Joaquim Carlos. *A Ideia de Justiça em Kant* – seu fundamento na liberdade e na igualdade. 3ª Edição. Belo Horizonte: DelRey, 2012.

BIBLIOGRAFIA

ACHARD, Guy. Introduction. *In*: CÍCERO, Marcus Tullius. *De Inventione/De l'Invention*. Trad franc. de Guy Achard. Paris: "Les Belles Lettres", 2002

AGAMBEN, Giorgio. *Estado de Exceção como Paradigma de Governo*. Trad. de Iraci D. Polaeati. São Paulo: Editorial Bomtempo, 2004.

AGAMBEN, Giorgio. Stato di Eccezione. Entrevista. Trad. Silvino José Assman. *In*: *Interthesis-Revista Interdisciplinar*. Florianópolis, v.2, n.2, jul/dez., 2005, 11pp, p. 5.(Original. Entrevistador: Gianluca Sacco. Rivista online, Scuola superiore dell'economia e delle finanze, anno1, n.67, Giugno-Luglio, 2004, 7pp.).

AGOSTINHO, Santo. *Confissões*. Trad. De J. Oliveira Santos e A Ambrósio de Pina, S. J. Porto:Editora Nova Cultura, 1996.

AGOSTINHO, Aurélio. (Santo). *A Cidade de Deus*. Trad. de Oscar Paes Leme. São Paulo: Editora das Américas, 1961. (*De civitas Dei*).

ALBERTONI, Ettore A.. Pacto. *In*: *Enciclopédia Eunaudi*. Tradução Fernanda Barão. Lisboa: Imprensa Nacional. Casa da Moeda, 1989, vol. 14, p. 14-16

AQUINO, Tomás de (Santo). Suma Teológica/Summa Theologica. Tradución y anotaciones por una comissión presidida por Fr. Francisco Barbado Viejo. Madrid: La Editorial Católica, 1953-60.(Edição bilíngüe).

AQUINO Tomás de (Santo). *Summa de veritate fidei catolicae contra gentiles / Suma contra gentiles*. Madrid: La Editorial Católica, 1953-60. (Edição bilíngüe).

ARISTÓTELES. *Obras*. Trad. de Francisco de P. Saramanch. Madrid: Aguilar, s/d.

ARISTÓTELES. *Poética*. Ed. trilingue (grego/latim/espanhol) por Valentín García Yebra. Madrid: Editorial Gredos, 1992.

ARISTÓTELES. *Physique*, I-IV, t. premier. Texte établi et traduit par Henri Carteron (éd. Bilíngüe, français/grec). Paris: Société D'Édition "Les Belles Lettres", 1973.

ARISTÓTELES. *Physique*, V-VIII, t. premier. Texte établi et traduit par Henri Carteron. Paris: Société D'Édition "Les Belles Lettres", 1969.

AUGUSTUS. Res gestae. *In*: *Res Gestae divi Augusti*: Hauts faits du divin Auguste. Ed. bilíngüe (latin/français). Trad. John Scheid. Paris: "Les Belle Lettres", 2007.

BAUM, Manfred. Wahrheit bei Kant und Hegel. *In*: Dierter Henrich (Hrsg.). *Kant oder Hegel?* Über Formen und Begründung in der Philosophie. Stuttgart: Klett-Cota, 1983.

BECHER, Matthias. Zwischen Krieg und Diplomantie – Die Aussenpolitik Karls des Grossen. *In*: *Das Reich Karls des Grossen*. Darmstadt: Wissenschaftliche Buchgesellschaft, 2011

BELLESSORT, André. Introduccion. *In*: VIRGILE (Publius Virgilius Maro). Énéide, Livres I-VI. Paris: Société d'Édition "Les Belles Lettres", 1974.

BERNARD, José. *Galileu Galilei à Luz da História e da Astronomia*. Petrópoles: Editora Vozes, 1957.

BERTI, Enrico. *As Razões de Aristóteles*. Trad. de Dion Davi Macedi. São Paulo: Loyola, 1998.

BETTI, Emilio. *Interpretación de las leyes y de los actos jurídicos*. Trad. de José Luís de los Mozos. Madrid: Ed. Aux de Direito Privado [s/d].

BEVAN, Edwyn. *Stoïciens et sceptyques*. Trad de Laure BAUDELOT. Paris: Société D'Édition "Les Belles Lettres", 1927.

BLACKBURN, Simon. *Wahrheit*. Ein Wegweiser für Skeptiker. Übersetzt aus dem Englischen von Andreas Hetzel. Darmstadt: Wissenschaftliche Buchgesellschaft, 2005.

BLANCO, José García. Introducción. *In*: JULIANO. *Discursos*. Madrid: Editorial Credos, 1979.

BLOCH, Ernst. *Naturrecht und menschliche Würde*. Frankfurt: Suhrkamp, 1972.

BOBBIO. *Diritto e Stato nel pensiero di Emanuele Kant*. Torino: Giappichelli, 1969.

BOBBIO. *Locke e il Diritto Naturale*. Torino: Giappichelli, 1963.

BORNHEIM, Gerd Alberto. *O sentido e a máscara*. São Paulo: Perspectiva, 1975.

BRÉHIER, Émile. *História da filosofia*. Trad. de Eduardo Guerra Filho. São Paulo: Mestre Jou, 1977.

BRINGMANN, Klaus. *Augustus*. Darmstadt: Wissenschaftliche Buchgesellschaft, 2012.

BROCHADO Ferreira, Mariah Aparecida. Por que *Paidéia* Jurídica? *In*: Mariá Brochado et *alii* (Organizadores). *Educação para direitos humanos*: diálogos possíveis entre a pedagogia eo direito. Belo Horizonte: PROEX/UFMG, 2010.

BÜTTNER, Jochen. Assim na Terra como no Ceu. *In*: *Scientific American*. Portugal: Ediouro, Segmento-Duetto Editorial Ltda, nº 33 (Edição Especial), s/d.

BÜCHNER, Karl von. Einleitung. *In*: CÍCERO, Marcus Tullius. *De Repulblica/ Vom Gemeinwesen*. Lateinisch/Deutsch Übersetzt und Herausgegeben von Karl Büchber. Stuttgart: Philipp Reclam, 1999,

CALDWELL, Taylor. *Pilar de Ferro*. Um romance sobre a vida fascinante de Cicero e da Roma de seu tempo. Trad. de Ataliba Nogueira. São Paulo: Melhoramentos, 1972.

CAMÕES, Luis de. *Lusíadas. I, 1*. Edição comentada por Professor Otoniel Mota. São Paulo: Edições Melhoramentos, 13ª edição, s/d.

CARLETTI, Amilcar. *Os grandes oradores da antiguidade*. Cícero – As Catilinárias. São Paulo: Livraria e Editora Universitaria de Direito, 2000.

CARLETTI, Amílcar. Introdução. *In*: CÍCERO, Marco Túlio. *As Catilinárias*. São Paulo: Livraria Editora Universitária de Direito, 2000.

CASSIRER, Ernst. *Das Erkenntnisproblem der Philosophie und Wissenschaft der neueren Zeit*. Darmstadt: Wissenschaftliche Buchgesellschaft, 1973-74.

CASTAN TOBEÑAS, José. *La idea de justicia*. Buenos Aires: Reus, 1968.

CHEVALIER, Jacques. *Histoire de la Pensée*. Dès Pre-socratiques à Platon. Paris: Editions Universitaires, 1991.

CICERO, Marcus Tullius. *Las Leyes/De Legibus*, Madrid: Instituto de Estudos Políticos, 1970.

CICERO, Marcus Tullius. *Traité des lois/De Legibus*. Trad. par Georges de Plinval (français/ latin). Paris: "Les Belles Lettres", 2002.

CÍCERO, Marco Túlio. *As Catilinárias*. São Paulo: Livraria Editora Universitária de Direito, 2000.

CÍCERO, Marco Túlio. Philippica I-IV. *In*: *Discours*, Tome XIX. Ed. bilingüe Latim- Francês. Trad. francesa: André Boulanger et Pierre Wuilleumier. Paris: Les Belles Lettres, 2002

CÍCERO, Marco Túlio. Philippica V-XIV. *In*: *Discours*, Tome XX. Ed. bilingüe Latim- Francês. Trad. francesa: André Boulanger et Pierre Wuilleumier. Paris: Les Belles Lettres, 2002

CÍCERO, Marcus Tullius. *De Inventione/De l'Invention*. Trad franc. de Guy Achard. Paris: "Les Belles Lettres", 2002.

CÍCERO, Marcus Tulius. *Reden gegen Verres I*. Übersetzt und heraugegeben von Gerhard Krüger (Lateinisch/Deutsch). Stuttgart: Philipp Reclam, 1998

CÍCERO, Marcus Tullius. *De Officiis*. Trad. Charles Appuhn. Paris: Librairie Garnier Frères, Ed. Bilingue, latim/francês, s/d.

CÍCERO, *De Officiis/Vom pfichtgemässen Handeln*,I,5. Lateinisch/Deutsch. Übersetzt, kommentiert u. herausgegeben von Heinz Gunermann. Stuttgart: Philipp Reclam, 1999.

CICERO, Marcus Tullius. *Tusculanae Meditationes/Gespräche in Tusculum*. Übersetzt und herausgegeben v. Olof Gigon. München: Heimeran Verlag, Lateinisch-deutsch, 1979.

CICERO, Marcus Tullius. *Da República*. Trad. de Amador Cisneiros. São Paulo: Abril Cultural, 1973. (*De Republica*).

CICERO, Marcus Tullius. *De Oratore/Über den Redner* (Lateinisch/Deutsch). Stuttgart: Phillip Reclam, 1997.

CÍCERO, Marcus Tullius. *De Repulbica/Vom Gemeinwesen*,. III, 11. Lateinisch/ Deutsch. Übersetzt und Herausgegeben von Karl Büchber. Stuttgart: Philipp Reclam, 1999.

CÍCERO, Marcus Tullius. *In Catilina Orationes quatuor*/Vier Reden gegen Catilina (Lateinisch/Deutsch). Übersetzt und herausgegeben von Dietrich Klose. Stuttgart: Philipp Reclam,1998.

CICERO, Marcus Tullius. *De finibus bonorum et malorum/Über das höchste Gut und das grösste Übel* (Lateinsch/Deutsch).Stuttgart: Philipp Reclam, 2000.

CICERO, Marcus Tullius. *Pro Marcelo Oratio/Rede für Marcelus (Lateinsch/ Deutsch).* Übersetzt und herausgegeben von Harald Merklin. Stuttgart: Philipp Reclam Jun, 1999.

CICERO, Marcus Tullius. *Drei Reden vor Caesar/ Pro Marcello; Pro Ligario; Pro Deiotaro*. Übersezt und herausgegeben von Marion Giebel. Stuttgart: Philipp Reclam Jun,1999.

CICERO, Marcus Tullius. Les Topiques IV-23. *In*: NISARD, M. (Éd.). *Oeuvres Completes de Ciceceron*. Paris: J. J. Dubochet et Compagne, 1840, t.I, p. 492).

COELHO, Nuno Manuel Morgadinho dos Santos. *Direito, Filosofia e a Humanidade como Tarefa.* (Tese de Livre Docência, defendida e aprovada na Faculdade de Direito da USP, em 2009). Curitiba: Juruá Editores, 2012.

COELHO, Saulo de Oliveira Pinto. *Introdução ao Direito Romano*— Constituição, Categorização e Concreção do Direito em Roma. Belo Horizonte: Ed. Atualizar, 2009.

COING, H. *Grundzüge der Rechtsphilosophie*. Berlin: Walter de Gruyter, 1976.

CORASSIN, Maria Luiza. Comentários sobre as Res Gestae Divi Augusti *In*: *Revista de História* 151 (2° – 2004), 181-199.

COSTA, Ílder Miranda. Entre o Trágico e o Ético. *In*: SALGADO e HORTA (Coordenadores). *Hegel, Liberdade e Estado*. Belo Horizonte: Editora Forum, 2010,

COSTA, Newton Afonso da. *Paixão e Contradição*. Entrevista em publicação eletrônica: http://revistapesquisa.fapesp.br/extras/imprimir.php?id=3536&bid=1, edição 148, junho de 2008. Entrevistador: Neldson Marcolin.

DEL VECCHIO, Giorgio. *La justice – la verité*: essais de philosophie juridique et morale.Paris: Dalloz, 1955.

DEL VECCHIO, Giorgio. *Filosofia del derecho.* Trad. de Legaz y Lacambra. Barcelona: Bosch, 1942.

DE MARTINO, Francesco. *Storia della Costituzione Romana.* Napoli: Casa Editrice Dott, 1972, v. III, p. 66.

DESCARTES, René. *Discurso sobre o Método*. Trad. de Miguel Lemos. Rio: Forense, 1968.

DINIZ, Marcio A. de V. *O Princípio de Legitimidade do Poder no Direito Público Romano e sua Efetividade no Direito Público Moderno.* Rio de Janeiro: Renovar, 2006.

D'ORS, Álvaro. Introducción. *In*: CICERO, Marcus Tullius. *Las Leyes/De Legibus*, Madrid: Instituto de Estudos Políticos, 1970.

EBBERSMEYER, S. Wahrheit. *In*: *Historische Wörterbuch der Philosophie*. Darmstadt: Wissenschaftliche Buchgesellschaft, B. 12: W-Z, 2004.

ESPINOZA, Baruch. *Tratado Teológico-Político*. Trad. de Diogo Pires Aurélio. São Paulo: Martins Fontes, 2003.

FASSÓ, Guido. *Storia della Filosofia des Diritto* I—Antichità e Medievo. Blogna: Il Mulino, 1970.

FERRAZ JÚNIOR, Tércio Sampaio. *Estudos de Filosofia do Direito* — Reflexões sobre o Poder, a Liberdade, a Justiça e o Direito. São Paulo: Editora Atlas, 2009.

GADAMER, G-H. *Elogio da Teoria*. Trad. de João Tiago Proença. Lisboa: Edições 70. 1983.

GADAMER, Hans-Georg. *Verdade e método* II. Trad. de Ênio Paulo Giachini. Petrópolis: Ed. Vozes, 2002. (*Wahrheit und Methode*).

GALILEI, Galileu. *Dialogo sobre los Sistemas Máximos*. Trad. de José Manuel Revuelta. Buenos Aires: Aguilar, 1977, 3 v.

GALILEI, Galileu. *Consideraciones y Demonstraciones matemáticas sobre dos nuevas Ciencias*. Trad de Javier Sádaba Garay. Madrid: Editora Nacional, 1981.

GARCÍA MÁYNEZ, Eduardo. *Doctrina aristotélica de la justicia*. México: Universidad Autónoma de México— Instituto de Investigaciones Filosóficas, 1973.

GARCÍA MÁYNEZ, Eduardo. *Teorías sobre la Justicia em los Diálogos de Platón*. Méxixo: Porrúa/ Universidad Nacional Autónoma, 1988. 3 vols.

GIGON, Olof. Nachwort. *In*: CICERO, Marcus Tullius. *Gespräche in Tusculum*. München: Heimeran Verlag, Lateinisch-Deutsch, 1979.

GOMEZ ROBLEDO, Antonio. *Meditación sobre la justicia*. México Fondo de Cultura Económica, 1963.

GIORGIANNI, Virigilio. *Il concetto del diritto e dello Stato in S. Agostino*. Padova: Casa Editrice Dott Antonio Milani, 1951.

GOMPERZ, Theodor. *Pensadores Griegos*. História de la Filosofía de la Antigüedad. Tomo I. Tradução de KÖENER, Carlos Guillermo. Buenos Aires: Editorial Guarania, s/d.

GROTIUS, Hugo. *Del derecho de la guerra y de la paz*. Trad. de Torrubinao Rigoll. Madrid: Reus, 1925. (*De jure belli ac pacis*).

GRUA, Gaston. *La justice humaine selon Leibniz*. Paris: P.U.F., 1956.

GUNERMANN, Heinz. *In*: CICERO, Marcus Tullius. *De Officiis/Vom pflichtgemässen Handel* (Lateinsch/Deutsch). Stuttgart: Philipp Reclam, 1999 (quarta capa).

GUSDORF. *Les sciences humaines et la pensée occidentale* – la conscience revolucionaire, les ideologies. Paris: Payot, 1978.

HARTMANN, Nikolai. *Ethik*. 3. Ausgabe. Berlin: Walter de Gruyter, 1949.

HEGEL G. W. F. Grundlinien der Philosophie de Rechts. *In*: *Werke in zwanzig Bänden*. Frankfurt: Suhrkamp Verlag.

HEGEL G. W. F. *Leçons sur Platon*. 1825-1826. Trad. Jean-Louis Viellard-Basson. Paris: Aubier-Montaigne, 1976.

HEGEL, G. W. F. *Enziklopädie der philosophischen Wissenschaften*. Werke in zwanzig Bänden. Frankfurt: Surkamp Verlag, 1980.§ 213.

HEGEL, G. W. F. *Phänomenologie des Geistes*. Hamburg: Felix Meiner, PhB B.114, 6te. Auflage, 1952.

HEGEL, G. W. F. Vorlesungen über die Geschichte der Philosophie I. *In*: *Werke in zwanzig Bänden*. Frankfurt: Surkamp Verlag, 1980.

HEGEL, G. W. Fr. Konzept der Rede beim Antritt des philosophischen Lehramtes an der Universität Berlin. *In*: *Werke in zwanzig Bänden* — Emzyklopädie der philosophischen Wissenschaft, III, Band 10 Frankfurt: Suhrkamp, 1981.

HEGEL, G. W F. *La Phenomenologie de l'Ésprit*. Trad. de Jean Hyppolite. Paris : Aubier-Montaigne, II, 1968.

HEGEL , G.W. F. Logik. *In*: *Werke in zwanzig Bänden*. Frankfurt: Suhrkamp, 1981.

HEIDEGGER, Martin. *Introdução à Metafísica*. Trad. de Emmanuel Carneiro Leão. Rio: Tempo Brasileiro, 1966.

HEIDEGGER, Martin. Moira—Parmênides. *In*: *Ensaios e Conferências*. São Paulo: Editora Vozes, s/d].

HEIDEGGER, Martin. *Que é uma Coisa?* Trad. de Carlos Morujão. São Paulo: Editora 70, 1987.

HEIDEGGER, Martin. *Dilucidación'de la "Introducción" de la "Fenomenología del Espírito" de Hege*l. Edición Eletrónica de WWW.philosophia.cl/Escuela de Filosofia Universidad ARCIS, p.8.

HEIDEGGER, Martin. *Sein und Zeit*. Tübingen: Max Nietmeyer Verlag, 1979.

HEIDEGGER. Martin. *Heráclito*. Trad. de Márcia Sá Cavalcante Schuback. Rio: Ed. Relume Dumará, 1998.

HERAKLIT. *Fragmente. (*βΙΟΣ*)*. Hrsg. von Bruno Snell (Griechisch/Deutsch). München: Heimeran Verlag, 1979.

Hobbes, Thomas. *Leviatã, ou matéria, forma e poder de um estado eclesiástico e civil*. Trad. de João e Maria Beatriz da Silva. São Paulo: Abril Cultural, 1974. (*Leviathan, or Matter, Form, and Power ofs Commonwealth Ecclesiastical and Civil)*.

HORTA, José Luiz Borges. *Direito Constitucional da Educação*. Belo Horizonte: Decálogo Editora, 2007.

HORTA, José Luiz Borges. Hegel e o Estado de Direito. *In*: HORTA e SALGADO (Coordenadores). *Hegel, Liberdade e Estado*. Belo Horizonte: Ed. Forum, 2010.

HORTA, José Luiz Borges. *História do Estado de Direito*. São Paulo: Alameda Casa Editorial, 2011.

IHERING, Rudolf von. *L'Ésprit du Droit Romain dans les diverses fases de son développment*. Trad. par A. de Meulenaere. Paris: Librairie A Marescq, MDCCCLXXXVI.

JÄGER, Werner. *Paidéia* – A formação do homem grego. Trad. de Artur Parreira. São Paulo: Martins Fontes, 1995.

JARCZYK, G. *Système et liberté dans la logique de Hegel*. Paris: Aubier-Montaigne, 1980.

JULIANO. *Discursos*. Madrid: Editorial Credos, 1979.

JUSTINIANUS, Caesar Flavius. *Corpus juris civilis*. Hrsg. von MOMMSEN, Theodorus & KRÜGER, Paulus. Berlin: Weidmannsche Verlagsbuchhandlung, 1954-1956. 3 V.

KANT, Emmanuel. Kritik der reinen Vernunft B. *In*: *Gesammelte Schriften*. Hrsg. von der Deutschen Akademie de Wissenschaft zu Berlin, B. III. Berlin: George Reimer, Walter de Gruyter, 1907-1966 (24 Bände).

KANT, Emmanuel. Prolegomena zu einer jeden künftigen Metaphysik, die als Wissenschaft wird auftreten können. *In*: *Gesammelte Schriften*. Hrsg. von der Könnigich Preussischen Akademie der Wissenschaften zu Berlin, B. IV. Berlin: Georg Reimer, 1911.

KELSEN, Hans. *Was ist Gerechtigkeit?* Wien: Franz Deuticke, 1975.

KELSEN Hans. *A justiça e o direito natural*. Trad. de João Batista Machado. Coimbra: Armênio Amado, 1963.

KIENAST, Dietmar. *Augustus—Prinzeps und Monarch*. Darmstadt: Wissenschaftliche Buchgesellschaft, 2009.

KRÜGER, Gerhard. *In:* CÍCERO, *Reden gegen Verres*. Übersetzt und herausgegeben von Gerhard Küger. Stuttgart: Philipp Reclam,1998. (Quarta capa).

LAERZIO, Diogene. *Vite dei Filosofi*. Trad. Marcello Gigante. Bari: Editori Laterza, 1962.

LAÉRCIO, Diógenes. Vidas e doutrinas dos filosofos ilustres. Brasília: Ed. UnB, 1988.

LAGES, Afonso Teixeira. *Aspectos do direito honorário*. Belo Horizonte: Imprensa Oficial, 1999

LIMA VAZ, Henrique Cláudio de Lima. *Contemplação e Dialética nos Diálogos Platônicos*. São Paulo: Edições Loyola, 2012

LIMA VAZ, Henrique Cláudio de. A dialética das idéias no Sofista. *In*: *Ontologia e História*. São Paulo: Loyola, 2001.

LIMA VAZ, Henrique Cláudio de. *Antropologia Filosófica I*. São Paulo: Edições Loyola, 1991.

LIMA VAZ, Henrique Cláudio de. *Escritos de Filosofia II* – Ética e Cultura. São Paulo: Edições Loyola, 1988.

LIMA VAZ, Henrique Cláudio de. *Escritos de Filosofia III* — Filosofia e Cultura. São Paulo: Ed. Loyola, 1997.

LIMA VAZ, Henrique Cláudio de. *Escritos de Filosofia V*. São Paulo: Edições Loyola, 2000.

LIMA VAZ, Henrique Cláudio de. *Escritos de Filosofia VII* — Raízes da Modernidade. São Paulo: Ed. Loyola, 2002.

LIMA VAZ, Henrique Cláudio de. *Escritos de Filosofia IV*. Introdução à Ética Filosófica 1. São Paulo: Edições Loyola, 1999.

LIMA VAZ, H. C. de. *Escritos de Filosofia VI* – Ontologia e História. São Paulo: Ed. Loyola, 2001.

LIMA VAZ, Henrique Cláudio de. Ética e Justiça: Filosofia do agir humano. *In: Síntese,* Nº 75, 1996, p. 443.

LIMA VAZ, Henrique Cláudio de. Presença de Tomás de Aquino no Horizonte Filosófico do Século XXI. *In*: *Síntese*, v. 25 N.80 (1998): 19-42.

LIMA VAZ, Henrique Cláudio de. Teologia medieval e cultura moderna. *In*: *Síntese*, número 17, 1979.

LIMA VAZ, Henrique Cláudio de. Ética e Direito. Edição organizada por Cláudia Toledo e Luis Moreira. São Paulo: Edições Loyola, 2002.

LIMA VAZ, Henrique Cláudio de. O Realismo Platônico. *In*: *Filosofar Cristiano*. Códoba, 1983.

LIMA VAZ, Henrique Cláudio de. *Fé e Razão*. São Leopoldo: Editora Universidade do Vale dos Sinos, 1999.

LIMA VAZ, Henrique Cláudio de. Filosofia da Religião e Metafísica. *In*: *Síntese* Nova Fase. Belo Horizonte, v.25, N. 80, (1998): 133-146.

LIMA VAZ, Henrique Cláudio de. Nas Origens do Realismo: A Teoria das Ideias no "Fédon" de Platão. *In*: *Filosofar Cristiano*. Códoba, 1983.

LIMA VAZ, Henrique Cláudio de. *Humanismo hoje: tradição e missão*. Belo Horizonte: Instituto Jacques Maritain, 2001.

LOCKE, John. *Segundo tratado sobre o Governo*. Trad. de Anoar Alex. São Paulo: ibrasa, 1973.

MACINTYRE, Alasdair. *Historia de la Ética*. Trad. : Roberto Juan Walton. Barcelona: Ediciones Paidós Ibérica. 1ª. Edição (5ª. Reimpressão), 1994. Wissenschaftliche Buchgesellschaft, B. 12, s/d.

MAGALHÃES GOMES, Marcella Furtado de. *O homem, a cidade e a lei*. A dialética da virtude e do direito em Aristóteles. 1. ed. Belo Horizonte: Editora Atualizar, 2010. v. 1.

MAGALHÃES GOMES, Marcella Furtado de . Ética e Direito – Investigações sobre a consciência da virtude na Ética a Nicômacos. 1. ed. Belo Horizonte: FUNDAC-BH, 2009.

MARITAIN, Jacques. *Elementos de Filosofia II* — A Ordem dos Conceitos. Lógica Menor. Trad. de Ilza das Neves, revista por Adriano Cury. Rio de Janeiro: 1986

MARTIN, Gottfrien. *Das metaphysische Problem der Ideenlehre Platons*. *In*: *Kant-Studien*, N.58, 1961.

MATA MACHADO, Edgar de Godói da. *Elementos de teoria geral do direito*. Belo Horizonte: Vozes, 1981.

MATOS, Andítyas Soares de Moura Costa. *O Grande Sistema do Mundo* – Do Pensamento Grego Originário à Mecânica Quântica. Belo Horizonte: Crisálida Livraria e Editora, 2011.

MATOS, Andityas Soares de Moura Costa. *O Estoicismo Imperial como Momento da Ideia de Justiça*: Universalismo, Liberdade e Igualdade no Discurso da Stoá em Roma. Rio: Lumen Juris Editora, 2009.

MATTÉI, Jean- François. *Pitágoras e os Pitagóricos*. Trad. de Constança Marcondes César. São Paulo: Ed. Paulus, 2000.

MATYSZAK, Philip. *Geschichte der Römischen Republik* – Von Romulus bis Augustus. Darmstadt: WBG, 2004.

MERKLIN, Harald. Einleitung. *In*: CÍCERO, Marcus Tulius. *De Oratore/Über den Redner* (Lateinisch/Deutsch). *Übersetzt und herausgegeben von Harald Merklin.* Stuttgart: Philipp Reclam, 1997. .

MERKLIN, Harald. Einleitung. *In*: CÍCERO, Macus Tullius. *De finibus bonorum et malorum/Über das höchste Gut und das grösste Übel* (Lateinsch/Deutsch). Stuttgart: Philipp Reclam, 2000.

METZGER, Wilhelm. *Gesellschaft, Recht und Staat in der Ethik des Deutschen Idealismus*. Heidelberg: Scientia, 1966.

MIGUEZ, José Antonio. Preâmbulo. *In*: PLATON. Teeteto o de la Ciencia. *In*: *Obras Completas*. Madrid: Aguilar, 1977.

MOMMSEN, Theodor. *Römische Geschichte*. Darmstadt: Wissenschaftliche Buchgesellschaft, 2010.

MONDOLFO, Rodolfo. *El genio helénico y los caracteres de sus creaciones espirituales*. Trad. Docezio Licitra. Buenos Aires: Universidad Nacional de Tucuman/ Faculdad de Filosofia y Letras, 1943.

NATORP, Paul. *Platos Ideenlehre*: eine Einfürung in den Idealismus. Hamburg: Felix Meiner, 1961.

NOVAIS, Roberto Vasconcelos. *O Filósofo e o Tirano*. Belo Horezonte: Ed. Del-Rey, 2006.

OLGIATI Francesco. *Il concetto di giuridicitá in San Tomaso D'Aquino*. Milano: Societá Editrice Vita e Pensiero, 1943.

OLDENDORF, Johan. *Was billig und recht ist*. Frankfurt: Klostermann, 1948.

PARMÊNIDES de Eléia. Sobre a Natureza (Fragmentos). Editor: Victor Civita. Trad. de José Cavalcante de Souza. *In*: *Os Pré- Socráticos*. São Paulo: Abril Cultural, 1973. (Coleção "Os Pensadores").

PATERCULUS, Velleius. *Histoire de Rome*, II, 36. Trad. de Joseph Hellegouarch. Ed. bilíngüe latin/français. Paris: "Les Belles Lettres", 1982.

PAULO, Santo. Epístola aos Romanos, 13,8. *In*: *Bíblia Sagrada*. Tradução do hebraico, aramaico e grego, mediante a versão francesa dos Monges Beneditinos de Maredsous (Bélgica), pelo Centro Bíblico Católico de São Paulo. São Paulo: Editora "Ave Maria" Ltda, 3ª Edição, 1960.

PHILIPPE, Marie-Dominique. *Introdução à Filosofia de Aristóteles*. Tradução; Gabriel Hibon. São Paulo: Paulus, 2002

PIMENTEL, Maria Cristina de Souza e RODRIGUES, Nuno Simões. *Sociedade, Poder e Cultura no Tempo de Ovídio*. Coimbra: Centro de Estudos Humanísticos da Universidade de Coimbra, 2010

PLATÓN. *Obras Completas*. Trad. Maria Araújo. Madrid: Ed. Aguilar, 1969, 2ª edição, 3ª reimpressão, 1977.

PLATON. *Werke*. Übersetzt von Friedrich Schleiermacher. Darmstadt: Wissenschaftliche Buchgesellschaft, 1970 (Société d'Édition "Les Belles Lettres", Paris, 1955 et 1960).

PLATON. *Oeuvres Complètes, t.7*. Trad.Maurice Croiset. Paris: "Les Belles Lettres", 1930.

PLESCIA, Joseph. *The bill of rights and roman law*: a comparative study. Bethesda: Austin/Winfield, 1995.

PLUTARCO. *Vida dos Homens Ilustres*. Demóstenes e Cícero. Trad. Sady Garibaldi. São Paulo: Atena Editora, 1956

POLETTI, Ronaldo Rebello de Britto. *Elementos para um Conceito Jurídico de Império*. Tese de Doutorado apresentada à Faculdade de Direito da Universidade de Brasília. Orientadora: Profª Drª Loussia Penha Mussa Felix, 2007.

POPPER, Karl R. *A Lógica da Pesquisa Científica*. Trad. de Leônidas Hegemberg e Octanny Silveira da Mota. São Paulo: Cultrix, 1985.

PRADO JUNIOR, Caio. *Dialética do Conhecimento*. São Paulo: Editora Brasiliense. 4ª Edição, tomo I, 1963.

PRODI, Paolo. *Uma História da Justiça*. São Paulo: Martins Fontes, 2005.

PUFENDORF, Samuel. *De officio hominis et civis*. Frankfurt: V. Klostermann, 1948.

PUFENDORF, Samuel. *De jure naturae et gentium*. Libri octo. Francofurte & Lipsiae, 1745.

PUTNAM, Hilary. Possibilidade/Necessidade. *In*: *Enciclopédia Einaudi* . Vol.13 (Lógica-Combinatória). Lisboa: Imprensa Oficial – Casa da Moeda,1988.

PUTNAM, Hilary. Equivalência. *In*: *Enciclopédia Einaudi* . Vol.13 (Lógica-Combinatória). Lisboa: Imprensa Oficial – Casa da Moeda, 1988.

PUTNAM, Hilary. Referência/Verdade. *In*: *Enciclopédia Einaudi*. Vol.13 (Lógica-Combinatória). Lisboa: Imprensa Oficial – Casa da Moeda,1988.

RADBRUCH, Gustav. *Rechtsphilosophie*. Stuttgart: Koehler,1973.

RATZINGER, Joseph. *Introdução ao Cristianismo*. Preleções sobre o Símbolo Apostólico. Trad. de Alfred J. KELLER. São Paulo: Edições Loyola, 2011.

RATZINGER, Joseph. *Jesus de Nazaré*. Da entrada em Jerusalém até a Ressurreição. São Paulo: Ed. Planeta, 2011.

REALE e ANTISERI, Giovanni et Dario. *História da Filosofia*—Antiguidade e Idade Média. Vol. I. São Paulo: Paulus, 1990.

REALE, Giovanni. *História da Filosofia Antiga*, IV. As escolas da era imperial. Trad. de Marcelo Perine e Henrique C. de Lima Vaz. São Paulo: Edições Loyola, 1994.

REALE, Giovanni. *Para uma nova Interpretação de Platão*. Trad.: Marelo Perine. São Paulo: Ed. Loyola, 14ª ed., 1997.

REALE, Miguel. *Verdade e Conjetura*. 2ª. Edição. Rio de Janeiro: Nova Fronteira, 2001.

REALE, Miguel. Ontognosiologia. Fenomenologia e Reflexão crítico-histórica. *In*: *Revista Brasileira de Filosofia*. São Paulo: Instituto Brasileiro de Filosofia, v.16, fasc. 62, p.161-201, abr./jun., 1966.

REALE, Miguel. *Teoria Tridimensional do Direito, Teoria da Justiça, Fontes e Modelos do Direito*. Lisboa: Imprensa Nacional- Casa da Moeda, 2003.

RIVAS, Hermán A. Ortiz. *La Especulación jusfilosófica en Grecia Antiga*: desde Homero hasta Platón. Bogotá-Colombia: Editorial Temis, 1990

RITTER, Joachim und GRÜNDER, Karlfried (Hrsg.). *Historische Wörterbuch der Philosophie*. Darmstadt: Wissenschaftliche Buchgesellschaft, B.12, 2004.

ROMILLY, Jacqueline. *La Grèce Antique à la* Découverte de la Liberté. Paris: Éditions de Fallois, 1989.

ROMILLY, Jacqueline. *La loi dans la pensée grecque*– des origines à Aristotes. Paris: "Les Belles Lettres", 1971.

ROSTOVTZEFF, M. *História de Roma*. Trad. de Waltensir Dutra. Rio de Janeiro: Zahar Editores, 2ª Edição, 1967.

RÜMELIN, Gustav. *Rechtsgefühl und Gerechtichkeit*. Frankfurt: Klostermann, 1948.

SALGADO, Joaquim Carlos. O Espírito do Ocidente, ou a Razão como Medida. *In*: *Cadernos de Pós-Graduação em Direito*—Estudos e documentos de trabalho. Faculdade de Direito da Universidade de São Paulo. São Paulo: Manole Editora, 2012.

SALGADO, J. C. *A Ideia de Justiça em Hegel*. São Paulo: Ed. Loyola, 1996.

SALGADO, J. C. *A Ideia de Justiça em Kant* – Seu fundamento na liberdade e na igualdade. Belo Horizonte: Delrey, 2012.

SALGADO, J. C. *Atualidade do Pensamento de Miguel Reale*, conferência de encerramento pronunciada no em 19 de novembro de 2010 na Faculdade de Direito da U. S. P., no Congresso Brasileiro de Filosofia do Direito.

SALGADO, J. C. *Miguel Reale e o Idealismo alemão: Kant e Hegel*, conferência pronunciada no "Seminário Internacional em Homenagem ao Centenário de Miguel Reale", na Faculdade de Direito da Universidade de São Paulo, organizado pelos Professores Doutores Tércio Sampaio Ferraz Jr., Celso Lafer, Elza Antonia Pereira Cunha Boiteux e Mônica Heman S. Caggiano, de 5 a 8 de abril de 2010.

SALGADO, J. C. O Aparecimento do Estado na "Fenomenologia do Espírito" de Hegel. *In*: *Revista da Faculdade de Direito da UFMG*. Belo Horizonte, v. 24, n. 17, out/1976 (p. 178-193).

SALGADO, Joaquim Carlos. *A Ideia de Justiça no Mundo Contemporâneo*. Belo Horizonte: Del Rey, 2006.

SALGADO, Joaquim Carlos. A Presença do Estoicismo (Prefácio). *In*: MATOS, Andityas Soares de Moura Costa. *O Estoicismo Imperial como Momento da Ideia de Justiça*: Universalismo, Liberdade e Igualdade no Discurso da Stoá em Roma. Rio: Lumen Juris Editora, 2009.

SALGADO, Joaquim Carlos. Princípios Hermenêuticos dos Direitos Fundamaentais. *In*: *Revista da Faculdade de Direito – UFMG*, 2001.

SALGADO, Joaquim Carlos. Estado Ético e Estado Poiético. *In*: *Revista do Tribunal de Contas de Minas Gerais*, Belo Horizonte, ano XVI, n.2, v.27,1998.

SALGADO, Karine. *A Filosofia da Dignidade Humana.*— A contribuição do alto medievo. Belo Horizonte: Mandamentos Editora, 2009.

SALGADO, Joaquim Carlos . *Ancilla Juris*. Revista da Faculdade de Direito (UFMG), Belo Horizonte, v. 34, p. 77-86, 1994.

SALGADO, J. C. O Espírito do Ocidente ou a Razão como Medida. *In: Cadernos de Pós-Graduação em Direito – Universidade de São Paulo. São Paulo*: Manole Editora, 2012.

SALGADO, Karine. *Filosofia da Dignidade Humana*. Por que a Essência não chegou ao Conceito? Belo Horizonte: Editora Mandamentos, 2011

SALGADO, Ricardo Henrique Carvalho. *A Fundamentação da Ciência Hermenêutica em Kant*, Belo Horizonte: Decálogo – Editora, 2008.

SALGADO, Ricardo Henrique Carvalho. *A Revolução em Hegel*. Exposição nos Seminários Hegelianos, do Programa de Pós-Graduação da Faculdade de Direito da Universidade Federal de Minas Gerais. Primeiro Semestre, agosto de 2011.

SALGADO, Ricardo Henrique Carvalho. Ciência do Direito. *In*: Travessoni, Alexandre et alii. *Dicionário de Teoria e Filosofia do Direito*. São Paulo: LTR Editora LTDA, 2011, p.42.

SALGADO, Ricardo Henrique Carvalho. *Hermenêutica Filosófica e Aplicação do Direito*. Belo Horizonte: Editora DelRey, 2006.

SAMARANCH, Francisco de P. Preámbulo à De la Expressión o Interpretación. *In*: ARISTÓTELES. *Obras*. Madrid: Aguilar, 1977.

SCHEID, John. Commentaire. *In*: AUGUSTUS, Caesar. *Res Gestae Divi Augusti*. Éd. latin/français.Trad. de John Sceid. Paris: "Les Belles Lettres", 2007.

SCHIEFFER, Rudolf. Der König der Franken wird Augustus. *In*: Id. *Das Reich Karls des Grossen*. Hrsg. v. Marlene P. HILLER. Darmstadt: Wissenschaftliche Buchgesellschaft, 2011.

SCHMITT, Carl. *Politische Theologie*. Vier Kapitel zur Lehre von der Souveränität. Berlin: Duncker & Humblot, 2004.

SCHMITT, Carl. *Teologia Política*. Trad. de Elizete Antoniuk. Belo Horizonte: Ed. Del Rey, 2006.

SCHNEIDMÜLLER, Bernd. Karl der Grosse lebt weiter. *In*: *Das Reich Karls des Grossen*. Hrsg. von Marlene P. HILLER. Darmstadt: Wissenschaftliche Buchgesellschaft, 2011.

SCHÜLER, Donaldo. *Heráclito e seu (dis)curso*. Porto Alegre: L&PM, 2000.

SILVA, Semíramis Corsi. O Principado Romano sob o Governo de Otávio Augusto e a Política de Conservação dos Costumes. *In*: *Crítica & Debates*. V. 1. n.1. p.1-17. Jul./dez. 2010.

SOARES, Fabiana de Menezes. *Direito Administrativo de Participação*— Cidadania, Direito, Estado, Município. Belo Horizonte: DelRey, 1997.

SÓFOCLES. Édipo Rei. Trad. de Jaime Bruna. *In*: *Teatro Grego*. São Paulo: Editora Cultrix, MCMLXIV.

SÓFOCLES. Antígona. Trad. de ALMEIDA, Guilherme & VIEIRA, Trajano. *In*: Id., editores. *Três tragédias gregas*. São Paulo: Perspectiva, 1997.

SOMLÓ, Felix. Begriff des Rechts. *In*: Maihofer, Werner (Hrsgr.). *Begriff und Wesen des Rechts*. Darmstadt: Wissenschafkiche Buchgesellschaft, 1973.

STEIN. Apresentação *in*: Strek, Lênio Luis. *Verdade e consenso*. Rio de Janeiro: Lumen Juris. 2009.

STREK, Lênio Luis. *Verdade e consenso*. Rio de Janeiro: Lumen Juris. 2009.

SOUZA CRUZ, *O Discurso Científico da Modernidade*— O Conceito de Paradigma é Aplicável ao Direito? Rio de Janeiro: Lumen Juris—Editora, 2009.

SUETÔNIO TRANQUILO, Caio. *A Vida dos Doze Cézares*. Tradutor: Sady Garibaldi. São Paulo: Atena Editora, 7 ª Edição,1962.

SZAIF, J. Wahrheit. *In*: RITTER, Joachim & GRÜNDER, Karlfried (Hrsg.). *Historische Wörterbuch der Philosophie*. Darmstadt: Wissenschaftliche Buchgesellschaft, B.12, 2004.

THOMASIUS, Christianus. *Fundamenta Juris naturae et gentium ex sensu communi, in quibus ubique sernuntur principia honesti, iusti et decori, cum adjuncta emendatione ad ista fundamenta institutionum iurisprudentiae devinae* (1705). Darmstadt: Scientia, 1979.

TRIGEAUD, Jean-Marc. Tentatives de Réduction Positiviste — Du Conventionnalisme au Volontarisme. *In*: (Idem) *Humanisme de la Liberté et Philosophie da la Justice*. Bordeaux: Editions Biere, 1990.

ULPIANO, Domicio. Digesto, 1, 1, 10, 2. *In*: *Corpus Iuris Civilis*.

URDAÑOZ, Teófilo. Introducción a la cuestión 57. El derecho, objeto de la justicia. *In*: AQUINO, Tomás de (Santo). *Suma Teológica/Summa Theologica*. Madrid: La Editorial Católica. 1956.

URDAÑOZ, Teófilo. Introducción a la cuestión 58. De la virtud de la justicia. *In*: AQUINO, Tomás de (Santo). *Suma Teológica/Summa Theologica*. Madrid: Editorial Católica, 1956.

VARANDAS, José. Legiões em Marcha no Tempo de Ovídio. *In*: Pimentel, Maria Cristina de Souza & Rodrigues, Nuno Simões. *Sociedade, Poder e Cultura no*

Tempo de Ovídio. Coimbra: Centro de Estudos Humanísticos da Universidade de Coimbra, 2010.

VIERA, Pe. Antônio. Lágrimas de Heráclito contra o Riso de Demócrito. *In*: *Sermões*. Lisboa: Lello & Irmão — Editores, 1951, vol. 15.

VIGNALI, Giovanni (per cura). *Corpo del Diritto*. Napoli: Vincenzo Pezzuti Editore, 1856, 10 vols.(Instituzioni I; Digesto II-VIII; Codice IX-X).

VIRGILIUS MARO, Publius [VIRGILE] Énéide/*Aeneidos*, I-IV. Trad. française de Jacques PERRET. Paris: "Les Belles Lettres".Édition bilíngüe: français/latin, 2009.

VIRGILIUS MARO, Publius [VIRGILE] Énéide/*Aeneidos*, V-VIII. Trad. française de Jacques PERRET. Paris: "Les Belles Lettres".Édition bilíngüe: français/latin, 2012.

WERNER, Charles. *La Philosophie Grecque*. Paris: Payot, 1962, p. 19-

WEBER, Max. *Sociologie du Droit*. Tradução de Jacques Grosclaude. Paris: P.U.F., 1986.

WELZEL, Hans. *Introducción a la filosofía del derecho* – derecho natural y justicia material. Trad. de Filipe Gonzales Vicén. Madrid: Aguilar, 1979.

WESEL, Uve. *Juristische Weltkunde*. Eine Einführung in das Recht. Frankfurt: Suhrkamp, 2.000.

WOLF. Erik Robert. *Die Grosse Rechtsdenker. Tübingen: Mohr-Siebeck,* 1963.

WUILLEUMIER, Pierre. Notice. *In*: CÍCERO, Marcuso Tullius. *Discours*, T. XX. Paris: Les Belles Lettres, 2002.

YEBRA, Valentín García, nota n. 1. *In*: ARISTÓTELES. *Poética*. Trad. de Valentín García Yebra. Ed. trilingue, grego/latim/espanhol. Madrid: Editorial Gredos, 1992.

ZACHHUBER, J. Wahrheit, objektive. *In*: RITTER, Joachim & GRÜNDER, Karlfried (Hrsg.). *Historische Wörterbuch der Philosophie.* Darmstadt: Wissenschaftliche Buchgesellschaft, B.12, 2004.

Impresso em maio de 2018